KB061989

빅 엔젤의 마지막 토요일

THE HOUSE OF BROKEN ANGELS

빅 엔젤의 마지막 토요일

루이스 알베르토 우레아 장편소설

심연희 옮김

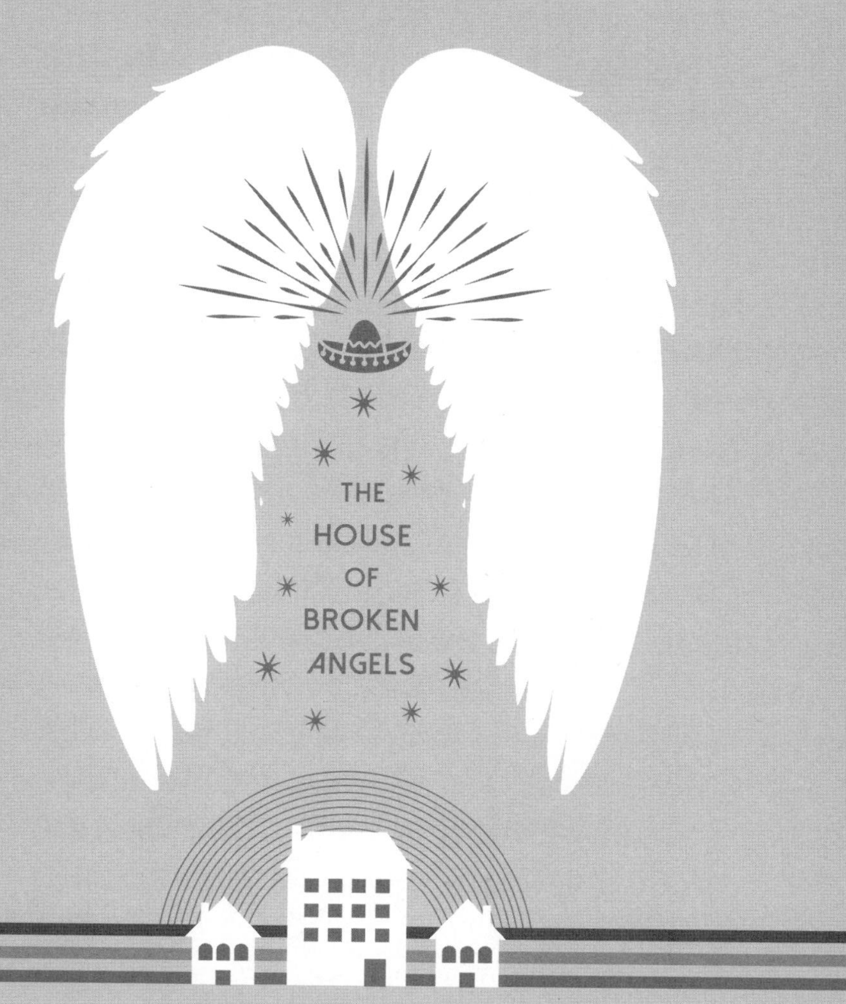

다산책방

짐 해리슨은 나에게 이 책을 쓰라고 말했다.
신데렐라가 그보다 앞서 말했다.
둘 다 옳았다.
이건 그녀를 위한 책이다.

* * *

이 소설에서 일어난 사건들은 시대의 영향을 받았다.
나의 조카 에밀리아 우레아는 그 시대를 살며 빛나는 모범이 되어주었다.

그리고 장례식에서 춤을 추었던 차요를 위해서.

* * *

후안 프란시스코와 우레아 가족은 나에게
이런 이야기도 있을 수 있다는 가능성을 보여주었다.

정녕 나 혼자 가야 하는가,
죽는 꽃들처럼 말인가?
내 이름은 아무것도
남지 않을 것인가?
나의 명성이 이 땅에
전혀 남지 않을 것인가?
적어도 내 꽃들만이라도,
적어도 내 노래만이라도……

— **아요쿠안 쿠에츠팔친**

이것은 나의 사랑 고백이다.

— **릭 일라이어스**

일러두기

* 본문에서 스페인어로 쓰인 부분은 고딕체로 표기하였습니다.
* 본문의 주는 모두 옮긴이주입니다.

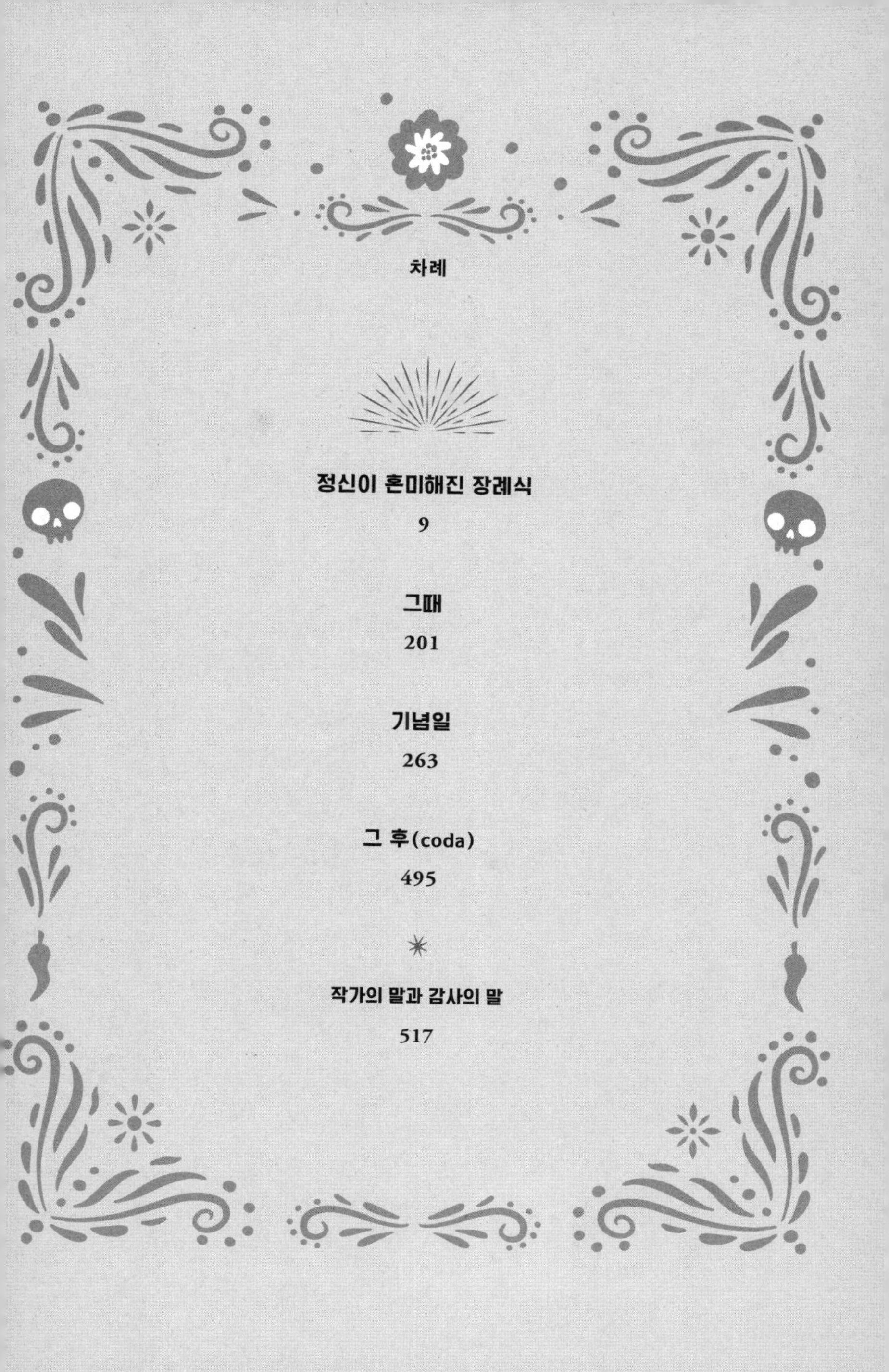

차례

*

정신이 혼미해진 장례식

✳

빅 엔젤의 마지막 토요일

빅 엔젤은 어머니의 장례식에 지각했다.

그는 침대에서 고개를 번쩍 쳐들었다. 발에 침대 시트가 이리저리 감겨 있었다. 이게 무슨 상황인지 깨닫자 옆구리에서 땀이 송송 솟았다. 해가 중천이었다. 가늘게 뜬 눈꺼풀 사이로 빛이 환했다. 온 세상이 분홍빛으로 타오르고 있다니. 다른 사람들은 모두 먼저 가 있을 것이다. 안 돼. 이러지 마. 오늘은 안 된다고. 그는 일어나려고 발버둥을 쳤다.

"멕시코 사람은 이런 실수를 하는 법이 없는데……." 그가 중얼거렸다.

진단을 받은 뒤로 매일 아침 똑같은 생각을 했다. 그 생각을 하느라 제시간에 일어날 수밖에 없었다. 시간이 없는 인간이 어떻게 망가진 걸 고칠 수 있겠어? 오늘 아침도 그랬다. 그런데 이런 걱정에 사로잡혀 잠에서 깨어나자 밝은 빛한테 욕을 먹는 것 같고, 흘러가는 시간한테도 욕을 먹는 것 같고, 쇠약해진 몸한테도 배신당한 기분이 들었다. 머릿속이 마구잡이로 날뛰던 와중에 그는 깜짝 놀랐다. 아버지의 유령이 침대 가장자리에 걸터앉아 있었으니까.

노인은 팰맬 담배를 피우며 이렇게 말했다.

"다 지고 가기에는 너무 무거워. 일어나서 훌훌 털어버릴 시간이야."

아버지는 영어를 쓰고 있었다. 억양이 전보다 거칠어지셨네. 아직도 '웨잇weight(무거워)'을 '그웨이트gweitt'라고 발음하시는군.

"이런 썅."

연기가 되어 천장으로 구불구불 떠오르며 사라져가는 노인에게 빅 엔젤이 말했다.

"말조심하세요."

빅 엔젤은 눈을 깜빡였다. 그는 이 가족의 시계 같은 사람이었다. 그가 자고 있으면, 가족 역시 계속 잤다. 이대로 가다간 정오까지 일어나지 않을 수도 있었다. 그의 아들은 오후 3시까지도 잘 수 있었다. 빅 엔젤은 벌떡 일어나 소리를 치고 싶었지만 그러기에는 너무 힘이 없었다. 그래서 아내의 등을 쿡쿡 찔러 깨웠다. 그녀가 어깨 너머로 빅 엔젤을 돌아보더니 일어나 앉았다.

"우리 늦었어, 여보."

그의 말에 그녀는 소리쳤다.

"그럴 리가! 아이고, 주님."

"늦었다니까."

그는 이렇게 대꾸했다. 그래도 자신이 아직은 남을 혼낼 수 있는 존재구나 싶어 내심 흡족한 마음이 들었다.

아내는 침대에서 벌떡 일어나 사람들을 모두 깨웠다. 두 사람의 딸 미니는 거실 소파에서 자고 있었다. 그 애는 오늘 늦지 않으려고 어젯밤 미리 여기에 왔다. 아내가 소리치자, 미니는 커피 테이블에 쿵 부딪혔다.

"엄마."

미니가 투덜댔다.

"엄마!"

빅 엔젤은 주먹을 쥐고 눈에 가져다 댔다.

여자들은 말없이 방으로 들어와 그를 침대에서 일으킨 다음 부축해 화장실로 가서 이를 닦게 해주었다. 그의 아내는 부스스하게 일어난 남편의 머리를 빗질했다. 빅 엔젤은 앉아서 소변을 봐야 했다. 아내와 딸은 눈길을 돌렸다. 그런 다음 다시 그를 일으켜 바지와 셔츠를 입히고 침대 가장자리에 앉혔다.

'나는 엄마의 장례식을 못 보게 될 거야.' 그는 우주에 대고 말했다.

"난 안 울 거다."

그가 부릅뜬 눈을 형형하게 빛내며 선언했다.

하지만 아내와 딸은 그를 무시했다.

"아빠는 언제나 모든 걸 지켜보고 있으니까."

딸이 말하자, 그 엄마도 대꾸했다.

"정말 대단하지."

심리적인 긴장감이 아무리 커봤자 무엇 하나. 세상은 꿈쩍하지 않고, 그의 몸이 빠릿빠릿하게 움직이지도 않는 것을. 하물며 가족은 어떻겠나? 오늘이라고 해서 다르게 굴 이유가 뭐 있나? 난장판이었다. 집 안의 모든 사람이 갑자기 깨어나서 이리저리 움직이는 꼴이 딱 새장 속에서 마구 날아다니는 비둘기들 같았다. 온갖 야단법석은 다 떨어대는데 제대로 되는 건 하나도 없는 꼬락서니라니. 시간, 시간, 시간이 없다고. 마치 누가 문을 널빤지로 막아버린 것 같았다.

빅 엔젤은 결코 늦는 법이 없었다. 지금까지는 말이다. 그는 가족들이 '멕시칸 타임'이라고 말하며 느릿하게 구는 꼴을 두고 수없이 싸워왔다. 가족들 때문에 미칠 지경이었다. 6시에 저녁을 먹자고 말을 해봤자, 저녁 식사는 9시까지 시작도 못할 게 뻔했다. 느지막이 모인 식구들은 오히려 자기네들이 일찍 온 것처럼 굴었다. 더 심하게는, 마치 이쪽이 문제라는 듯 "뭐가요?"라고 반문하곤 했다. 멕시코 사람이면서 왜 이러세요. 점심 먹자 하면 보통 다들 밤 10시쯤 모이는 거 아시면서.

호로새끼들 같으니라고. 아침은 갈색 진흙처럼 언덕 아래로 꾸물대며 사라졌다. 숨이 막혔다. 그런데 소리는 귀가 아프도록 또렷하게 들려왔다. 메아리가 이리저리 울려댔다. 소음 때문에 그는 충격에 빠졌다. 살 속에 한밤중처럼 깊숙이 파묻힌 뼈들이 하얗고 뜨거운 번개같이 진하게 울어댔다.

"제발."

그는 기도했다. 딸이 말했다.

"아빠, 셔츠 입어요."

셔츠는 뒤가 헐렁했다. 바지에서 셔츠 단이 자꾸 삐져나왔다. 하지만 손이 닿지를 않았다. 그는 침대에 앉은 채로 셔츠를 노려보았다.

"팔이 안 움직여. 예전에는 움직였는데. 이제는 꿈쩍도 안 해. 네가 해줘라."

딸애는 화장실에 들어가서 머리에 스프레이를 뿌리려던 참이었다. 애 엄마는 그 안에 온갖 쓰레기를 다 널어놓았다. 사방에 브러시와 거들, 화장품이 널브러져 있었다. 빗은 플라스틱 나무에서 떨어진 낙엽처럼 탁자에 놓여 있었다. 미니는 벌써 장례식이 전부 지겨워졌다. 나이 마흔이 다 되었는데도 부모님은 열여섯 살짜리에게 하듯 대하고 있다니. 그녀는 대꾸했다.

"네, 아버지."

쟤는 말투가 왜 저렇지? 아까도 저런 말투였던가? 빅 엔젤은 시계를 슬쩍 보았다. 원수 같은 시계를.

'어머니, 아직 돌아가시면 안 되는 거였어요. 지금은 때가 아니라고요. 아시잖아요. 이미 너무 힘들다고요.' 하지만 어머니는 대답하지 않았다. '이것도 정말 어머니답네.' 그는 생각했다. 무언의 대응이랄까. 어머니는 빅 엔젤의 과거에 의혹을 품고 결코 용서하지 않았다. 불이 났을 때 무엇을 했는지, 그 죽음에 얼마나 일조했는지. 그는 누구에게도 이야기하지 않을 참이었다. 영원히.

'그래요. 제가 그랬어요. 두개골이 부서지는 소리가 나더라고요.' 그는 자신의 죄책감을 혹여 누가 알아챌까 봐 고개를 돌렸다. '난 내가 무슨 짓을 하는지 정확히 알고 있었어. 그래서 기뻤다고.'

머릿속에서는 자동차 대신 관으로 꽉 막힌 도로를 그린 만화가 상영되는 중이었다. '정말 이러시기예요? 하느님, 하나도 재미없어요.' 그는 모두에게 보여줄 것이다. 빌어먹을 자신의 장례식에는 기를 쓰고 일찍 가리라.

"가자고!"

이 목소리가 벽을 뚫어버릴 만큼 우렁찼던 때가 있었건만.

침실 저편에 있는 거울 위에는 조상님의 사진을 모신 움푹한 전시 공간이 있었다. 돈 세군도 할아버지는 아주 커다란 멕시코 혁명군 솜브레로*를 쓴 모습이었다. '난 할아버지가 무서워요.' 사진 속 할아버지 뒤편에는 갈색으로 빛바랜 할머니가 계셨다. 세군도 할아버지의 왼편에는 빅 엔젤의 엄마와 아빠가 있었다. 아버지 안토니오. 난 아빠를 위해 애도하죠. 마마 아메리카. 난 오늘 엄마를 묻을 거라고요.

딸애는 제 엄마 옆을 지나려다 말고 허리를 숙여 빅 엔젤의 와이셔츠 단을 정리해주려 했다.

"엉덩이에는 손대지 마라."

그의 말에 딸이 대답했다.

"나도 알거든요. 우리 아빠의 지저분한 엉덩이를 만진다니, 생

---

* 챙이 넓은 멕시코 모자.

각만 해도 신나네."

그들은 억지웃음을 지었다. 딸애는 다시 화장실로 들어갔다.

그 대화를 들은 아내는 손으로 머리를 꽉 쥔 채 깔깔 웃었다. 입고 있던 긴 슬립 끈이 어깨에서 흘러내렸다. 그는 아내의 쇄골과 넓은 브래지어 끈이 참 좋았다. 끈 양편으로 보이는 어둡고 진한 살결, 모유 수유를 한 탓에 길고 무거워진 가슴이 걸린 어깨는 언제 봐도 매혹적이었다. 어깨선에 자리 잡은 진한 굴곡은 항상 고통스러워 보였지만, 아직 그들이 사랑을 나눌 수 있을 때만 하더라도 그는 언제나 그 어깨에 혀를 대고 입을 맞추었다. 그의 가랑이 사이는 물렁했지만, 눈빛만은 살아 있었다. 아내가 서두르는 몸짓을 따라 슬립이 은은히 흔들렸다. 그는 아내가 걸을 때마다 실룩이는 엉덩이를 지켜보았다.

아내는 그 슬립을 고집스레 '내 페티코트'라고 불렀다. 그럴 때마다 그는 올바른 명칭이 뭔지 찾아보려고 했다. 아무리 생각해도 저건 페티코트가 아니었으니까. 하지만 문득 깨달았다. 사실은 아내의 말을 고쳐주고 싶지 않다는 걸. 그가 흙바닥 속에서 쉬고 있을 때쯤이면, 아내의 그 말 한마디도 그리워지겠지. 아내가 서두르며 옷장으로 달려갈 때 스타킹이 바닥에 스치며 내는 '쉭-쉭-쉭' 소리까지 말이다. 그렇게 달려간 아내는 옷방까지 화장실처럼 어지럽히리라. 아내가 어쩔 줄 몰라 하며 내뱉는 투덜거림조차도 들으면 기분이 좋았다. 그녀는 숨을 훅 들이마시고는 이런 소리를 냈다. 후우, 후우. 그러고는 옷방에서 나와서 손을 휘휘 저었다.

"시간 좀 봐줘, 여보. 지금이 몇 시야?"

"지금까지 내가 말했던 게 그거 아니었어?"

그는 진심으로 궁금해서 되물었다.

"맞아, 여보. 당신은 항상 맞는 말만 하지. 아이고, 주님."

"다들 나를 기다리고 있다고!"

그녀는 작게 투덜대더니 다시 스타킹을 쉭쉭거리며 옷장 앞으로 갔다.

그는 침대에 앉아서 간신히 발끝을 바닥에 댔다. 누군가 와서 신발을 신겨주겠지. 분통이 터지는구나.

* * *

밖에 있는 아이들은 개떼들과 함께 아수라장을 만들어놨다. 그 애들은 시끄럽게 굴어도 죄를 용서받았다. 시간을 지키지 않은 죄까지도.

빅 엔젤 데 라 크루스는 시간을 엄수하기로 아주 유명한 사람이었다. 같은 직장에 다니는 미국인들은 그를 가리켜 '독일인'이라고 부르곤 했다. 참 웃긴 일이지, 하고 그는 생각했다. 멕시코인이라고 해서 시간을 안 지킬 거라고 생각하다니. 비센테 폭스*가 일 처리를 제때 하지 못한 적이 있냔 말이다. 호로새끼들. 그놈들의 생각을 고치는 게 그의 소명이었다.

* Vicente Fox Quesada(1942~), 멕시코의 정치인.

병이 나기 전, 그는 매일 아침 일찍 사무실에 도착했다. 회의 때는 매번 남들보다 먼저 자리에 앉아 있었다. 올드 스파이스* 향수 냄새를 온몸에서 자욱하게 풍겨대면서 말이다. 그는 종종 회의 참석자 전원을 위해 스티로폼 컵에 커피를 따라놓기도 했다. 사람들에게 잘해주려는 마음이 아니었다. 다들 지랄 떨지 말라는 의미였다.

TV에서 본 레슬링에서 '사나이' 닉 플레어가 이런 말을 했다. "사나이가 되려면 먼저 사나이를 꺾어야지!" 그 말처럼, 빅 엔젤은 자식들에게 말했다.

"뭐든 해내는 멕시캔Mexi-Can이 되어라. 우리는 능력 없는 맥시캔트Mexi-Can't가 아니야."

그러면 애들은 낄낄댔다. 그 말 분명히 어디선가 들었던 것 같은데. 영화 「엘 마리아치」에 나왔던 대사 아닌가? 거기 나온 배우 치치 마린의 대사 아니야?

빅 엔젤은 직업 자체에 대해서는 신경 쓰지 않았다. 직업이 있다는 게 더 중요한 일이었으니까. 그는 일터에 알록달록한 탈라베라** 커피 잔을 가져왔다. 잔에는 두 단어가 쓰여 있었다. '엘 헤페EL JEFE(윗사람)'. 직원들은 모두 그 뜻을 알아차렸다. 이 멕시코 아저씨가 자기를 상사라고 생각하고 있군. 물론 그들은 '헤페'가 '아버지'를 뜻하는 은어라는 건 알아차리지 못했다. 그 무엇보다

---

* 미국의 남성용 바디용품 브랜드.

** 멕시코와 스페인의 전통 도자기로, 파란색 바탕 위에 알록달록한 색감을 입힌 것으로 유명하다.

도, 빅 엔젤은 아버지이자 한 가문의 가장이었다. 가족의 하느님이자 멕시칸의 최고신이기도 했다.

그건 그렇다 치고, 데 라 크루스 가문은 여기 있는 웬만한 미국인의 할아버지 할머니가 태어나기도 전부터 이곳에서 살아왔다는 점을 알아두자.

그의 직장 상사들은 꿈에도 모를 것이다. 빅 엔젤이 이 땅에서 살아온 많은 아버지 중 하나라는 사실을 말이다. 그의 할아버지 돈 세군도는 멕시코혁명 후 엘 투에르토라는 이름의 암갈색 종마를 타고 소노라에서 국경을 넘어 캘리포니아에 왔다. 저격수에게 총을 맞고 한쪽 눈을 잃은 상태였기 때문이다. 돈 세군도는 부상을 입은 아내를 미국인 외과의사에게 고쳐달라 하려고 멕시코 국경에 인접한 애리조나의 유마로 데리고 갔다. 그는 찌는 듯이 더운 아도비 집*에 머물렀는데, 근처에 국민 방위군 교도소가 있었다. 그 집에서는 감방에서 나는 고함 소리가 들리고 냄새도 고스란히 풍겨왔다. 세군도는 거기서 마차를 한 대 훔쳐서 아내를 태우고 캘리포니아까지 왔다. 제1차 세계대전 참전 군인으로 입대할 생각이었다. 그는 우에르타 장군과 싸우면서 살상 기술을 배웠고, 그 임무를 잘 해냈다. 그 뒤 세군도는 독일인을 증오하게 되었다. 바이에른 지방에서 온 군사 고문들 때문이었는데, 이상하게 생긴 뾰족한 헬멧을 쓰고 다니던 그놈들이 포르피리오

* 아도비 점토 벽돌로 만든 스페인식 가옥.

디아스*의 군대에게 공기 냉각 기관총으로 야퀴 족** 마을 사람을 쏘라고 가르쳤기 때문이다.

아빠는 빅 엔젤에게 이 이야기를 수백 번도 넘게 들려주었다.

미국이 할아버지의 복무 요청을 거절했을 때, 할아버지는 로스앤젤레스에 있었다. 빅 엔젤의 아버지인 안토니오는 그때 다섯 살이었다.

세군도는 피부색이 너무 진한 갈색이라는 이유로 로스앤젤레스 동쪽에 있는 공공 수영장에서 수영할 수 없었다. 하지만 그는 영어를 배웠고 야구를 무척 좋아하게 되었다. 그러다 1932년, 대대적인 멕시코인 추방 분위기에 따라 남쪽으로 돌아갔고, 그렇게 데 라 크루스 가문은 다시 멕시코인이 되었다. 추방 당시, 2백만 명의 메스티소들이 잡혀서 기차에 짐짝처럼 실려 국경 너머로 보내졌다. 중국인을 잡아다가 추방시키는 데 잠시 싫증이 난 미국이 멕시코인을 대신 겨냥한 게 분명했다.

'잠깐. 지금. 몇 시지? 우리 언제 출발하나? 페를라는 아직도 옷 입는 중인가?'

그는 손을 머리 위로 들었다. 가문의 모든 역사와 이 세계, 태양계와 우주가 기묘한 침묵 속에서 그의 주위를 빙글빙글 돌았다. 몸속 피가 뚝뚝 떨어지는 느낌이었다. 시간은 재깍재깍 흐르며 그의 존재를 갉아먹었다.

---

* Porfirio Díaz(1830~1915), 멕시코의 군인이자 정치가.

** 멕시코 서북의 인디언.

"이제 출발해도 되나?"

그가 물었지만, 자기 목소리조차 들을 수 없었다.

"아직 준비 안 됐어? 다들 뭐 해?"

아무도 그 소리를 듣지 않았다.

✳

이제 가요, 아부지

"나 괜찮아 보여?"

빅 엔젤이 아내에게 묻자, 그녀는 대답했다.

"아주 멋있어."

"예전에는 더 멋있었는데."

"당신은 언제나 잘생겼었지."

"나 넥타이 매줘."

"가만히 좀 있어봐."

그는 형제자매들이 뒤에서 자기를 험담하는 걸 알고 있었다. '빅 엔젤은 미국 놈이 되고 싶어 해'라고 씹어대면서 아주 보람찬 가족 화합의 시간을 보냈다. 사람을 잘근잘근 씹어대는 행위는 고대 멕시코 예술의 경지라 할 만하다. 아무도 말해주지 않았지만, 그들이 무슨 말을 하는지 다 알고 있었다. '자기가 우리보다

잘난 줄 안다니까.'

"나는 너희보다 잘났으니까."

"뭐라고?"

아내가 물었지만, 그는 손을 저어버렸다.

빅 엔젤은 그저 미국인들에게 뭔가 보여주고 싶었을 뿐이다. 그들이 원한다면 빅 엔젤의 가족은 기꺼이 관찰하고 배웠다.

수정으로 만든 확대경이 달린 큼직한 43밀리미터 인빅타 드래곤 루파 시계가 그의 손목에 자리 잡았다. 그걸 찬 빅 엔젤의 모습은 폭격기 조종사 같았다. 그 시계는 그가 언제든 제시간을 지키는 인간이라고, 아메리칸 타임을 따르는 자라고 상사들에게 일깨워주었다. 미니가 케이블 TV 홈쇼핑에서 보고 아버지에게 사준 시계였다. 그걸 산 시간은 무려 새벽 2시였다. 불면증에 걸린 딸내미의 선물이었던 셈이다. 가족들은 모두 밤에 잠을 못 자곤 했으니까.

이제 시계는 그에겐 너무 커져서 손목에서 빙빙 도는 꼴이 마치 마른 개의 목에 휑뎅그렁하게 걸린 개목걸이 같았다. 그는 부스스한 검은 머리에 스프레이를 뿌리는 미니를 지켜보았다. 딸은 거울 너머로 아버지와 눈을 마주치고는 미소를 지었다.

'내 딸은 참 예쁘기도 하지. 우리 혈통은 강하고 좋으니까. 하지만 재가 만나는 남자들은 마음에 안 들어.'

그는 딸에게 윙크를 했다. 오로지 빅 엔젤만이 윙크에도 지혜를 담아 표현할 수 있는 것이다. 그는 자신의 루파 시계를 톡톡 두드렸다.

빅 엔젤이 시간을 잘 지키기로만 전설이 된 건 아니었다. 그는 가스와 전기 회사의 컴퓨터 부서 책임자이기도 했다. 그는 자기 회사 이름과 똑같은 록 밴드가 1960년대에 있었다는 점을 무척 자랑스러워했다. 바로 그 유명한 '퍼시픽 가스 앤드 일렉트릭'이었다. 물론 그 밴드보다는 자기가 노래를 더 잘 부를 수 있다고 철석같이 믿었다. 록이라는 장르 때문만은 아니었다. 록이 무슨 음악이라는 건가? 그게 제대로 된 음악이 아니라는 건 다들 아는데. 거기에 더해 털이 수북하니 난 게이 놈들이 꽉 달라붙는 벨벳 바지에다 여자용 셔츠를 입고 나오다니. 물론 톰 존스는 예외다. 그는 어딜 봐도 남자였다.

빅 엔젤은 사무실 데스크톱 앞에 앉아서 샌디에이고 주민의 기록을 죄다 들여다볼 수 있는 건 물론, 네트워크에 등록된 직원과 중역의 소비 내역을 정리하고 관리할 수 있었다. 예를 들어, 이웃 사람들이 얼마나 자주 스토브를 켜서 요리하는지 빅 엔젤은 전부 알 수 있었다. 라호이아와 델마르에 사는 부잣집 놈팡이들은 남부나 바리오 로건에 사는 가난한 이들이나, 그가 사는 국경 근처 로마스 도라다스 지역 사람보다 가스를 적게 사용한다. 가스와 전기 사용량으로 따져봤을 때 그의 아내는 매일 열두 시간쯤 요리를 한다. 물론 최근에 KFC 치킨이 있다는 걸 알아내고는 사용량을 좀 줄이고 있기는 하지만.

컴퓨터는 빅 엔젤에게 그다지 중요한 게 아니었다. 그는 심지어 컴퓨터를 별로 좋아하지도 않았다. 부유한 미국인이 못하는 걸 하는 게 멕시코인에게는 중요했다. 바로 그의 아버지가 그랬듯이 말이다. 그분은 밤중에 피아노로 레이 코니프를 연주해서 미국인들의 아내를 감쪽같이 꾀어냈던 분이니까.

"나는 모두의 비밀을 봤다고."

그가 소리치자, 아내가 받아쳤다.

"잘했네!"

제대로 된 사람들은 요리를 했다. 그는 매일 사용량을 볼 수 있었다. 시간이 있을 때는 거리마다 꼼꼼하게 확인했다. 그건 빅 엔젤이 세운 이론이었다. 부자들은 요리를 배달시키거나 차가운 음식을 먹거나 비싼 레스토랑에 가서 한 끼 식사에 소파 하나 값을 낸다. 멕시코인은 집에서 만든 따뜻한 음식을 먹는 걸 좋아한다. 그것도 많이. 물론 왜 그런지 몰라도 요즘 그의 식구들은 중독이라 할 만큼 팬케이크에 맛을 들이기 시작했다. 그건 아마도 아버지 대에서부터 시작된 게 분명하다. 스페인어로는 '로스 호케키스' 또는 '로스 판케키스'라고 부르는 그걸 아버지는 '핫케이크'라고 불렀다. 전설에 따르면 팬케이크는 아버지가 처음으로 먹어본 미국 음식이다. 촙 수이*도 함께 먹었다고 하셨지.

빅 엔젤과 같이 일했던 회사 중역들은 멕시코인이라면 바닥을 쓸거나 화장실 청소를 하게 마련이라 생각했다. 아니면 안전모를 쓰고 현장에서 일하거나. 빅 엔젤 역시 그런 일을 다 해보았다. 하지만 그들은 컴퓨터 센터장이나 사이버 시스템 관리자로 일하는 멕시코인을 보면 묻지도 따지지도 않고 혐오감을 드

* 중국식 볶음밥 또는 볶음면.

러내며, 세상천지에 이런 일이 일어나버렸으니 앞으로 어떻게 되는 거냐며 은밀하게 자기들끼리 모여서는 정족수가 넘는 회의를 해버리는 것이다.

빅 엔젤은 그걸 다 알고 있었다. 그는 미국인이 내려주는 승인에는 관심이 없었다. 도와달라는 말도 하지 않았다. 그의 가족은 단 한 번도 정부 보조금이나 구호물자로 주는 치즈며 연방 정부에서 주는 커다란 은색 땅콩버터 깡통 따위 받아본 적이 없단 말이다. 배급표라는 건 본 적도 없었다. 그는 안절부절못하는 손으로 밀짚모자를 쥐고서 주인님께 절을 해대는 농군이 아니었다. 오히려 에밀리아노 사파타*에 가까웠다. 그는 무릎 꿇고 살지 않았다. 마음속으로, 그는 오래전 돌아가신 아버지 앞에서 떳떳하게 자라온 아들이었다. 그의 이름표에는 '헬로HELLO!' 대신 '올라HOLA!'라고 적혀 있었다.

그는 고개를 세차게 저었다. 그리고 얼굴을 문질렀다. 지금 졸았던 건가? 씨발!

그는 말했다.

"가자. 다들 뭐 하냐!"

"네, 아빠."

"당장 가자!"

* Emiliano Zapata(1879~1919), 멕시코의 농민운동 지도자.

* * *

랄로, 다시 말하자면 헝그리 맨 상병은 차고에 있는 자신의 방에서 나오면서 베레모를 단정하게 썼다. 그는 아부지의 병세가 깊어지자 집으로 돌아와 가족과 살고 있다.

"난 아부지가 가장 아끼는 아들이지." 그는 혼잣말을 했다. 그러면서 아부지가 주었던 플라스틱 트로피로 슬쩍 시선을 던졌다. '랄로는 1등 아들!'이란 문구가 새겨 있었다. 그는 종종 그 트로피를 바라보곤 했다. 그는 베레모를 눈 바로 위까지 살짝 눌러썼다. 뒤에서는 포스터 속 이소룡이 어딘가를 노려보고 있었다. 마약 갱생 프로그램에 한번 들어가봤을 때 받았던 '하루에 하나씩' 범퍼 스티커도 침대 위에 붙어 있었다.

그의 전 후원자는 그에게 나무 위에 불로 새긴 작은 명언 액자를 만들어주었다. 거기에 적힌 문구는 이랬다. '평온한 마음의 기도를 한마디로 표현하면?—씨발'

랄로는 하던 일에서 손을 뗐다. 나쁜 일이었다. 지금은 극복하려고 노력 중이다. 아부지는 언제나 이게 「웨스트 사이드 스토리」 같은 영화인 줄 아냐며, 현실은 다르다고 말했다. 그게 뭐가 됐든 말이다. 아빠는 알고 있었다. 삶이란 건달 이야기가 아니라는 걸. 삶은 싸움도, 징그러운 헛소리도 아니었다. 어쨌든 랄로도 한 가지는 안다. 자신은 지금 최선을 다하고 있다는 거다.

군인처럼 빡빡 깎은 머리 모양을 보면 아직도 군에 복무하는 사람처럼 보였다. 복무한 지도 참 오래되었지. 그는 군복 재킷의

솔기를 잡아당겨 매만졌다. 각이 잡혀야 한다. 데 라 크루스의 안보 책임자답게.

오늘 같은 날에는 군복을 입어야 했다. 엄마들은 언제나 군복이 빳빳하고 말끔하기를 바랐다. 그는 군복 재킷과 바지, 셔츠와 모자까지 모두 깨끗하고 빳빳하게 간직하고 있었다. 검은 군화는 어두운 거울처럼 빛났다. 과일 샐러드처럼 알록달록한 리본과 메달들은 조르르 열을 지어 단정하게 달려 있었다. 그 열에는 빈자리가 있었는데, 거기 달렸던 퍼플 하트 훈장*을 떼어다가 아버지에게 달아주었기 때문이다. 그는 아직도 다리를 약간 절지만, 상태가 그렇게 나쁘지는 않았다. 마법의 약을 먹었으니까. 될 수 있는 한 그 생각은 안 하고 살았다. 흉터는 동양풍 용 문신을 새겨 전부 덮었다. 용의 꼬리가 감겨 있는 발목은 아직도 걸을 때면 시리얼처럼 바삭거리며 부서지는 것 같았다. 하지만 그렇다는 말은 아무에게도 하지 않았다. 별거 아닌 일이니까. 우리 또래는 저마다 비밀이 있는 법 아니던가. 비밀이랄 게 없는 옛날 사람들이 정말 안타까울 뿐이다. 알고 보면 노인에게도 비밀이 있을지 모르지. 그에게는 아이도 있었다. 히오와 마이라였다. 자식들에게 약한 소리를 할 마음은 전혀 없었다.

랄로는 자기 눈이 비극적으로 보인다는 걸 알았다. 그의 아버지처럼 어두운 눈이다. 그 눈매 때문에 마치 연인을 잃은 사람처럼 보였다. 아니면 지금 앓고 있는 구역질 나는 슬픔을 어떻게든

* 미국에서 전투 중 부상을 입은 군인에게 주는 훈장.

멈추려고 애쓰다가 결국, 삶이란 화창한 독립 기념일에 소풍을 가듯 멋진 것이란 연기를 하다 말고 그만 기진맥진해버린 사람처럼 보였다.

그의 증조할아버지는 군인이었다. 그리고 안토니오 할아버지는 말하자면 좀 나쁜 경찰이었다. 아메리카 할머니는 좀 괴짜였다. 모두를 다 혼내고 다니면서도 다정한 사람이 되려 했다. 할머니는 안토니오 할아버지보다 더 나쁜 인간이었다. 오늘 할머니를 묻게 되어 아쉬운 건 진심이다. 지금 그는 아부지의 장례를 치러야 한다는 건 생각지도 않고 있었다.

아부지. 엄마와 함께 가정을 꾸리는 일 외에 그분이 현실에서 뭘 했는지 랄로는 아는 게 없었다. 인생이라. 참나. 아부지에게 인생이랄 게 있었나? 아빠가 된다는 건, 자그마한 전쟁이나 다름없었다. 랄로는 그 점을 알고 있었다. 한번은 입가를 실룩이며 쳇 소리로 비웃기도 했다. 자신은 물론이고 형제자매에게도 그건 전쟁이었다. 엄마에게도 마찬가지고.

대단하신 엄마. 엄마는 슬리퍼를 들고서 법과 질서를 정했다. 그놈의 슬리퍼. 히스패닉계 애들은 모두 슬리퍼를 무서워했다. 수백만 명의 멕시코 엄마들은 성질이 나면 퉁방울 같은 눈을 부라리며 애들이 비명을 지르도록 팬다. 한쪽 팔로 애들을 잡고서 다른 팔로는 볼기짝을 갈겨대는 것이다. 이럴 때마다 애들은 어떻게든 도망치려 하지만 엄마의 손아귀에서 벗어나질 못하고 빙글빙글 맴돌며 춤을 추는 꼴이 된다. 엄마들은 볼기짝을 갈겨댈 때마다 설교하듯 격식 있는 존댓말을 내뱉었다. "그대는 여기 대장이 누군지 알게 될 거예요!" 노부인들에게 볼기를 맞으면 모두 "그대"란 존댓말을 듣게 된다. 그러다 불쌍한 애들이 탈출이라도 하면, 엄마들은 유도 미사일을 쏘듯 슬리퍼를 던져서 애 뒤통수를 정확히 맞히는 것이다.

"훈련소 조교보다 더 심하고말고."

그는 옛 기억을 떠올리며 말했다.

밖에서는 꼬맹이들과 오줌싸개들이 뒷마당과 집을 포위하는 중이었다. 반쯤 바람 빠진 축구공을 이리저리 차대는 애들은 옥신각신 다투며 비명을 질렀다. 여자애들은 뚱뚱한 남자애들만큼이나 시끄러웠다. 바깥은 아수라장이 된 닭장 같았지만, 아부지는 손주들과 친척 꼬맹이들과 이웃집 애들이 모두 몰려와서 왁자지껄 음식을 먹어대며 물건을 부수는 모습을 좋아했다. 랄로는 애들이 끊임없이 꽥꽥대는 사이로 아빠가 고함치는 소리를 들었다.

"랄로!"

"지금 가요, 아부지!"

그가 외쳤다.

"서둘러라, 애야!"

"지금 가고 있다고요!"

가끔 랄로가 듣기에는 죄다 소리만 지르고 있는 것 같았다. 다들 귀가 먹은 것처럼, 아니면 영어를 이해 못 하는 것처럼. 뭐, 엄마는 확실히 영어를 잘하지는 않는다. 하지만 본인 입으로는 잘 모른다 말해도 생각보다는 꽤 많이 알아듣는 게 분명하다.

"랄로!"
"간다고요!"
랄로는 빅 엔젤 장군의 명령에 경례를 올려붙였다. 그는 다시 거울을 보고 마지막으로 재킷을 단정하게 매만지며 이젠 민간인이 되어버린 속내를 감추었다. 그러고는 발목에 자그마한 은색 22구경 권총을 띠로 묶었다. 그게 무슨 마약성 진통제라도 되는 것처럼. 할 일은 해야지. 거짓말은 말고.
"이제 됐군."
그는 혼잣말을 하며 밖으로 나갔다. 뒷마당에서는 그의 여동생이 담배를 피우고 있었다.
"미니. 나 좀 봐줘. 나 머리 새로 잘랐어."
그는 포즈를 취하며 말했다.
"날렵해 보이는데. 엉덩이도 탱글하고. 감빵 가면 인기 많겠어."
"웃기고 있네. 하긴 요즘은 여자들이 감빵 가는 게 최신 유행이라며? 확실히 넌 한번 갈 때가 됐지."
그러자 미니는 담배를 제라늄 꽃밭에 던지고 대꾸했다.
"오빠, 난 한 번도 체포된 적 없거든?"
"정말? 멕시코 여자 중에서 안 잡힌 건 너뿐일 거야."
미니는 새 담배에 불을 붙여 피우고는 담배 끝을 물끄러미 바라보았다. 그리고 네 번째 손가락으로 재를 우아하게 톡톡 턴 다음 랄로를 곁눈질했다.
"그거 알아? 대부분의 사람은 체포 같은 건 안 당해."
"넌 어디 다른 별에서 살다 왔냐?"

미니는 그에게 담배 연기를 뿜었다.

"너, 담배 너무 많이 피우네."

"약쟁이가 할 말은 아닌데."

"지금 뭐라 그랬어? 뚫린 입이라고 계속 지껄여대, 어디. 어떻게 되나."

그녀는 비웃음을 날렸다. 랄로는 말했다.

"그런 눈으로 보는 거 진짜 싫거든? 미니 마우스."

"그렇겠지."

"난 멀쩡하다고. 알겠어?"

"알았어."

미니는 도넛 모양으로 연기를 뿜었다.

"봐, 난 결백해. 거짓말이 아니라고."

"확실해?"

"난 아무 문제 없어. 지금은 약을 줄여가는 중이야. 내가 이유도 없이 약 먹는 거 아니잖아."

그는 자기 허벅지를 탁탁 쳤다. 하지만 동생에게는 동정심 유발이 더는 먹히지 않았다.

미니는 담배를 입에서 떼고는 고개를 끄덕였다.

"그래. 누가 몰라?"

그러고는 한마디 덧붙였다.

"근데 오빠 지난주에 내 차 훔쳤잖아."

그는 말했다.

"그래도 난 브라울리오 같지는 않아."

"우리 브라울리오 이야기는 안 하기로 했잖아."

"알아, 안다고."

하지만 랄로는 어쩔 수가 없었다. 대화 주제를 바꾸려면 세상을 떠난 형의 이야기를 꺼내지 않을 수가 없었으니까.

두 사람은 잠시 서서 욕설과 비난을 퍼부었다. 그 이야기가 아니라면 뭐든지 내뱉어댔다. 그들은 고개를 숙이고 발을 내려다보았다.

"이제 가야 해."

랄로의 말에 미니가 대답했다.

"아부지 모시고."

"그래. 왕년에 잘나가셨던 아부지는 아직도 하고픈 게 있으니까."

"그 비위 맞추는 게 우리지."

"씨발."

그들은 집으로 들어갔다.

* * *

"나는 아픈 적이 없었어. 지각한 적도 없었다고. 난 휴가도 안 쓰고 차곡차곡 모았단 말이야."

"참 잘했어, 여보."

아내는 빅 엔젤의 어깨를 두드리며 말했다.

"근데 그게 다 무슨 소용인가."

"그야 모르지."

"당신에게 대답을 바란 게 아냐, 여보. 난 그냥 말하고 있는 거라고."

"그래."

"그냥 스스로에게 던지는 질문인 거 같아."

그러자 아내가 대꾸했다.

"당신 아주 철학적이야."

미니는 다시 화장실로 돌아와 덜그럭대며 스프레이를 뿌리고 있었다. 어제 왜 그렇게 술을 많이 마셨을까? 머리가 계속 지끈댔다. 빅 엔젤은 안다. 그는 딸의 눈빛을 꿰뚫어 보았다.

"나는 직장 같은 거 신경 안 써. 멍청한 거였어, 여보. 우리가 그랜드캐니언에 가봤다면 좋았을 텐데."

"참 좋았겠지."

페를라는 거들의 후크를 스타킹 위쪽에 채우려는 중이었다. 그는 아내를 바라보았다. 요즘도 거들을 입는 사람이 있나? 그걸 나일론 스타킹에 채워 입는다고? 여자의 치마를 들어 올리고 얇은 스타킹을 따라 어두운 허벅지까지 손가락을 쓸어 올리는 건 그의 야릇한 성적 판타지였다.

어릴 적에는 나이 든 여자들이 의자에 앉아서 나일론 스타킹을 당겨 올리는 걸 그 앞에서 무릎 꿇고 보곤 했다. 여자들은 다리를 쩍 벌리고 앉았지.

"만지지는 마! 보기만 해."

그건 여인들이 그에게 주는 선물이었다. 비밀스러운 곳의 따스한 향기가 베이비파우더 향과 함께 풍겨왔다. 그는 여인들의 허벅지 사이로 보이는 하얀 라텍스 둔덕의 그림자를 훔쳐보았다. 여인들은 솜씨 좋게 나일론 스타킹을 거들에 걸었다.

"그냥 보기만 해."

여인들은 이렇게 명령을 내렸다. 빨개진 그의 얼굴을 보고 자신들이 발산하는 힘이 뭔지 알고 있었으니까.

요즘은 아내 말고는 아무도 그러는 여자가 없다.

"나는 당신 다리가 좋아."

그의 말에 아내는 이쪽을 쏘아보며 꾸짖듯 말했다.

"우리 그럴 시간 없어."

"누가 뭐래?"

"지금 당신이 그랬잖아."

아내가 대답했다. 마치 그가 아직도 할 수 있는 것처럼 말이다. 어쨌든 그는 대꾸했다.

"그래. 이젠 갈 시간이지. 하지만 그래도 보고 싶어. 당신 허벅지가 좋단 말이야."

"그래, 내 사랑."

"먹음직스럽다고.

"트라비에소."

아내가 말한 단어는 그 옛날 정겨운 멕시코어로 '나쁜 놈'이라는 뜻이었다. 그녀는 자기 손으로 치마를 걷어 올려 그에게 보여주었다.

"당신의 꿀단지 속에는 꿀이 가득하지."

그의 말에 아내는 대뜸 외쳤다.

"뭔 소리야!"

하지만 치마를 내리지는 않았다.

"엄마! 그만 좀 해!"

미니가 화장실에서 소리를 질렀다. 엄마와 아빠는 서로를 보며 미소를 지었다.

"우리가 널 어떻게 만들었다고 생각하는 거냐?"

빅 엔젤이 미니에게 말했다.

"안 물어봤고 안 궁금하거든요!"

미니는 이렇게 말하며 화장실에서 급히 나오더니 귓구멍에 손가락을 꽂은 채 침실을 가로질러 나갔다.

"으아아아아아!"

부모들은 그녀의 뒤에 대고 웃었다. 그는 아내에게 손짓하여 치마를 내리라고 했다. 그러고는 잠깐 말이 없어져버렸다. 빅 엔젤은 사전을 외우면서 영어를 독학한 사람이었다. 누가 더 새롭고 이상한 미국 단어를 배우는가로, 사이가 멀어진 아버지와 경쟁했었지. 한때는 우러러보아야 했던 그의 아버지는 나중에 희끗희끗한 머리에 그렁그렁한 눈망울을 한 채로 쪼그라든 남자가 되었다. 물론 그의 매력과 잔인한 성품은 그대로였지만 말이다. 아버지는 빅 엔젤의 뒷방에서 한 철을 기거했다. 그리고 빅 엔젤은 한 집안의 가장으로 올라섰다. 이럴 줄은 아무도 상상하지 못했다. 멕시코인은 물론 미국 놈들도 마찬가지였다.

언어가 한 가족을 어떻게 다시 세웠는지 알 길은 없다. 그가 온몸을 바쳐 영어를 배우려 했을 때, 그의 자녀들은 스페인어를 배우고 싶어 하지 않았다. 두 남자는 식탁에 앉아 담배를 물고 커피를 마셔가며 사전을 보았다. 그러다 새로운 단어를 발견하면 나비 날개처럼 색색의 종이에다 단어를 써서 벽에 붙였다. '땅돼지', '검은딸기나무', '도전', '반항' 같은 단어들. 둘이 앉아 단어를 공부하는 법은 이랬다. 한쪽이 먼저 단어를 말하는 거다. "양립할 수 없는incompatible." 그럼 다른 쪽은 3분 안에 그 단어의 뜻을 말해야 했다. 단어당 점수는 5점이었다. 그들은 가로 7센티미터 세로 12센티미터 인덱스 카드에 점수표를 만들어 집계했다. 매달 말 승자를 정하고 상품으로 팰맬 담배 한 갑을 걸었다. 그런데 이때, 단어를 말하는 쪽의 억양이 너무 세서 알아들을 수가 없으면 3점이 깎였다. 이렇게 해서 습득한 동사와 명사 덕분에 그들은 캘리포니아에 정착할 수 있었다.

나중에는 주류 판매점에서 사온 책에 나온 단어를 가지고도 영어 시험을 치렀다. 그가 가장 좋아하는 미국 놈의 표현은 직장에서만 쓰고 집에서는 거의 쓰지 않는 말인 "바이 골리By golly!"* 였다. 제임스 본드 소설책을 읽으면서 여자를 후리고 다니는 남자를 '난봉꾼'이라고 부른다는 것도 배웠다. 그리고 존 휘트래치의 액션 소설을 읽으면서 창녀를 아내 삼아 데리고 다니는 남자를 '기둥서방'이라고 부른다는 것도 배웠다. 1960년대 미국인들은 바텐더에게 칵테일을 주문할 때 '이지 아이스'라고 말했는데,

* '저런!'이란 감탄사로, 'oh my god'을 변형한 영국식 은어다.

그렇게 말하면 최신 유행어처럼 들리는 동시에 얼음보다 술이 좀 더 많이 들어가게 해달라는 주문이라는 것도 알게 되었다. 빅 엔젤은 미국인의 비밀스러운 철자법과 주문을 머릿속에 체계적으로 입력하고 유지했다. 발기hard-on, 짭새Johnny Law 등등. 뭐든 물어봐. 내가 다 안다니까?

그는 왜 일 생각을 했을까? 왜 과거를 떠올렸을까? 이젠 다 지난 것을. 다시는 직장에 갈 일도 없을 텐데. 그의 아버지는 이렇게 말하곤 했다.

"이 순간은 곧바로 과거가 되지. 네가 알아차리는 순간 벌써 사라졌다고. 너한테는 참 딱한 일이로구나, 아들아. 하지만 영영 지나가버렸어."

(아주 철학적이시군.)

* * *

미니는 그늘진 거실에 서서, 랄로가 집 뒤쪽 베란다 주변에서 아이들을 쫓아다니는 소리를 들었다. 엄마와 아빠는 정말 너무 추잡하다. 자신도 조금 웃기는 했지만, 너무 징그러워서 눈살이 찌푸려졌다. 꿀단지라니. 꿀이라니. 너무 더러워. 아빠는 다 늙은 나이에도 가수 프린스의 가사처럼 외설적인 말을 해댔다. 하지만 그건 꽤 매력적이었다. 그녀는 화장이 번지지 않도록 조심하며 눈을 비볐다. 이젠 아무도 그녀에게 섹시하단 말을 해주지 않는다. 이곳저곳 살펴봐도 예쁘다는 말을 들을 구석이 더는 없다.

애도 셋이나 있으니, 좋은 시절은 다 갔을지도.

미니는 아이들에게 소리를 질렀다.

"조용히 해!"

사실 그녀는 지금 숙취가 말도 못 했다. 그런데 상을 치러야 하다니. 책임질 게 수두룩하구나. 그걸 다 내가 해야 하다니. 그녀는 이번 주 내내 자잘한 일들을 처리했다. 랄로는 뭐 했냐고? 오빠는 쓸모가 없다. 엄마는 뭐 했냐고? 넋을 놓고 있기밖에 더 했나. 친구들만이 어젯밤 그녀의 집으로 와서 기운을 북돋아주었다. 친구들은 "자기야, 이번 주말은 정말 엿 같아!"라고 농담을 하며 모두 함께 파이어볼과 미첼라다 칵테일을 만들었다. 이렇게 웃어본 적이 또 있던가. 그러다 삼촌인 리틀 엔젤에게 문자를 보냈던 기억이 얼핏 났다.

왜 그랬을까? 그녀와 삼촌 사이에는 무어라 설명할 수 없는 일종의 연결고리가 있었다. 그녀는 이마를 문질렀다. 왜 이토록 민망한 짓을 한 거야? 핸드폰을 잡고서 어젯밤 보낸 문자를 확인해보았다.

새벽 2시에 이렇게 썼군.

—헐. 삼촌. 나 지금 완전 취했어요!

삼촌이 자고 있을 거라 생각했다. 하지만 답장이 왔다.

—나도. 장례식 치르기란 참.

그녀는 어젯밤 여기에 좀 늦게 도착했다. 이렇게 술을 처마시지 말걸 그랬어. 아마 직장 동료 누군가가 데려다준 것 같았다. 모든 게 손에서 빠져나가는 느낌이 들었다.

미니는 화려한 보라색 레이스 속옷을 입었다. 혹시라도 남편이 와서 봐주지 않을까 하는 마음이었다. 그건 일종의 기도였다.

* * *

빅 엔젤과 페를라는 서로를 그저 바라보고만 있었다. 아직 해야 할 말이 너무 많았다. 그런데 미니가 갑자기 방으로 돌아와서는 무릎을 꿇고 빅 엔젤의 발에 낑낑대며 신을 신기기 시작했다. 그는 딸의 머리를 쓰다듬었다. 신발이 꽉 끼어서 발이 아팠다. 하느님 제기랄. '아, 하느님 죄송합니다.'

"조심해라, 미니! 브라울리오가 살아 있었다면 제대로 했을 거야!"

그는 이렇게 말하며 딸을 걷어찼다.

브라울리오. 미니의 오빠. 벌써 죽은 지 10년 가까이 된 무덤 속 존재. 그 아들은 세상을 떠남으로써 가족의 성인 자리까지 등극했다. 불쌍한 아부지. 다 큰 아들 둘이 있지만 다 처절하게 망했다. 아무도 그 둘 이야기를 감히 꺼내지 않았다. 그래서 지금은 랄로나 데리고 스스로를 속이고 계신다. 얘는 좋은 아들이라고. 아마도. 어후, 그녀의 머리가 또 지끈거렸다.

미니는 빅 엔젤을 무심코 올려다보고는 말했다.

"그래도 사랑해요, 아빠."

랄로, 다시 말해 헝그리 맨 상병이 방으로 들어왔다.

"이제 준비 다 됐어요? 아니, 아부지. 뭐 하고 있어요?"

* * *

랄로는 집 안 가득한 오줌싸개들을 모두 모았다. 과연 관리 감독 팀다웠다. 그는 목소리를 높였다.

"야 이놈들, 잘 들어라!"

애들은 모두 반듯이 서서 집중할 줄 알았다.

"아부지께서 이동 중이시다! 다시 말하겠다. 아부지께서 이동 중이시라고! 알겠냐."

"네!"

부엌에 있던 뚱땡이가 대답했다.

"각자 위치로."

애들은 흩어져서 온 집 안에 가짜 검문소라도 있는 양 굴었다. 랄로 삼촌은 최고의 베이비시터다.

거실에 있던 여자애가 소리쳤다.

"여기는 문제 없습니다!"

"들어라. 저격수들이 발견되었다. 6시와 9시 방향을 주의하라!"

"알겠습니다!"

빅 엔젤은 휠체어에 털썩 앉아 고개를 떨구었다.

"뭐 하는 짓이냐, 랄로."

그는 아들이 자신의 쪼그라든 가슴에 달아준 퍼플 하트 훈장을 만지작거리며 투덜댔다.

"그냥 놀고 있었어요. 아부지."

"뭐가 재밌다고. 이 녀석아."

"재미있는 일이야 항상 있죠. 아부지."

랄로는 이렇게 대답하고서 고함을 쳤다.

"들어간다, 이것들아!"

미니와 페를라가 핸드백과 접이식 노인용 보행기를 챙겨 들고 뒤를 따랐다. 문밖으로 나간 그들은 노란 잔디밭 가운데로 빅 엔젤을 데려가 미니밴에 태웠다. 제아무리 하늘 같은 아버지라도 이제는 이분이 운전하게 둘 수 없었다. 다리가 페달에 닿지 않게 되었으니까. 그는 뒷좌석 가운데에 앉아서 망가진 몸을 진자처럼 이리저리 흔들었다. 그 모양새를 보니, 꽉 막힌 차량들을 근심 걱정으로 돌파해버릴 기세였다. 강력한 의지로 바다의 조류를 압도해서 저 해안 끝까지 확 밀어버리겠다고 말이다.

빅 엔젤의 절친한 친구인 데이브는 이런 말을 했었다.

"아주 넓은 해안이 있어. 우리는 모두 자그마한 호수야. 그런데 저 물 한가운데가 요동치면, 중심에서부터 퍼진 물결이 완벽한 원을 이루거든."

그때 그는 이렇게 대꾸했었다.

"데이브, 지금 뭔 헛소리를 하는 거야?"

"인생이 그런 거라고, 멍청아. 너 말이야. 물결은 처음에 세차게 시작하지만, 해안으로 갈수록 점점 약해지지. 그러다 다시 안으로 돌아오고. 돌아오는 물결은 눈에 보이지 않아. 하지만 분명히 존재해서 세상을 바꾸는 법이야. 그런데 너는 지금 본인이 뭔가 성취했는지 어떤지 의심이나 하고 있잖아."

빅 엔젤은 고개를 저었다. 데이브, 이 빌어먹을 놈.

"자, 액셀 밟아!"

"밟고 있어요, 아부지."

예전의 빅 엔젤이라면 이럴 때 호통을 쳤으리라. 하지만 지금은 소리를 질러봤자 자기 접시에 크림 좀 채워달라고 앵앵대는 고양이 같을 거란 생각이 들었다.

안테나에 걸린 자그마한 미국 국기가 휘날렸다. 랄로는 운전을 하고, 페를라는 조수석에 앉아서 나이 든 멕시코 여자 특유의 말버릇처럼 "오 주님. 아이고. 세상에나" 같은 소리를 중얼대고 있었다. 어휴, 믿음 좋게 반복하는 저 소리를 듣느라 하느님은 참 피곤하시겠군. 신께서 귀가 안 들릴지도 모른다는 증거가 아니겠는가.

어쩌면 하느님은 스페인어를 쓰지 않을지도 모른다고 페를라는 생각했다. 그래서 그녀는 참회하는 마음으로 성호를 그었다. "멋지신 주님." 하느님을 칭찬하는 건 언제나 잘하는 일이었다. 그분은 자신이 얼마나 잘생겼는지 듣고 싶어 하시니까.

라 미니*는 세 번째 열에 앉아 빅 엔젤의 어깨를 주무르고 있었다. 접어서 뒤편에 실어놓은 휠체어가 노인용 보행기와 자꾸 부딪쳤다. 그 소리를 들으니 교통체증에 꼼짝없이 갇혀버린 차라도 브레이크가 작동하긴 하는구나 싶었다.

빅 엔젤은 주먹으로 좌석을 쳤다.

---

* 스페인어에서는 사람을 별명으로 부를 때 앞에 정관사를 붙인다. 여성은 라(la), 남성은 엘(el)이다.

"하필이면 오늘 같은 날에!"

그가 자녀들에게 분명히 선언한 메시지가 두 가지 있었다. 시간을 잘 지켜라. 그리고 변명을 하지 마라. 그런데 지금 그는 늦어서 무슨 알리바이를 댈지 수십 가지 변명을 만들어내고 있지 않은가. 자기 생일 전날 엄마를 묻으러 가게 되다니. 그의 마지막 생일이 될 터였지만, 아무도 그 사실을 몰랐다. 그는 명령을 선포하여 전국에 흩어져 있는 가족을 불러들였다. 이 생일은 아무도 잊지 못할 완벽한 파티가 되리라.

"너는 좋은 애다."

빅 엔젤은 가만히 있다가 말하고는 미니의 손을 토닥였다.

그리고 자신의 거대한 손목시계를 바라보았다. 눈을 가늘게 떠야만 했다. 눈까지 맛이 가고 있구나. 참 잘됐군. 시력이 뛰어나다는 걸 늘 자랑스럽게 생각했는데. 그는 시간이 흘러가도록 그냥 놔두기로 결심했다. 하지만 아직 안경을 쓸 때는 아니었다. 이만하면 됐지.

"라디오 꺼라!"

그가 쏘아붙였지만, 아들은 대꾸했다.

"라디오 안 켰는데요, 아부지."

"그럼 라디오 켜라!"

랄로는 라디오를 켰다.

"다시 꺼!"

미니밴에 탄 모든 이들은 그의 변덕에 고분고분 따랐지만, 하늘과 시계와 망할 놈의 교통 상황은 그의 지시를 무시하는 것 같았다. 고가도로에 서 있는 남자 하나가 남쪽을 향해서 '벽 공사 중'이라는 팻말을 들어 올렸다.

"우리 어머니는 내가 이럴 줄 몰랐을 텐데."

빅 엔젤이 말했다. 어머니에게 참 많은 것을 증명해 보였다. 그리고 또 수백 번 어머니를 실망시켰다. 그는 어머니가 자기에게 품었던 의심을 차마 확인시켜줄 수 없었다. 그건 불가능했다. 아버지가 했던 짓과는 비할 바가 아니었다. 게다가 어머니는 그가 페를라와 결혼한 걸 절대 용서하지 않았다. 어머니는 페를라를 "그 세뇨라*"라고 불렀다. 페를라가 이미 중고품이란 의미였다. 남의 여자였던 적이 있노라고 말이다.

"아빠는 지금 최선을 다해 가고 있는 거예요."

미니가 말했다.

"최선을 다해도 이것밖에 안 되는 거라면, 여기서 나를 당장 죽여라."

"아이고, 주님."

그의 아내가 또 중얼거렸다.

* señora, 기혼 여성을 부르는 호칭.

✴

비 오기 전의 기도

대체 이 교통체증은 어디서 생긴 건가?

어머니는 일주일 전에 돌아가셨지만, 빅 엔젤의 생일 파티는 그보다 훨씬 전부터 공지된 사항이었다. 훨씬 전이라 해도, 요즘 시간이 얼마 남지 않은 빅 엔젤의 처지에서 볼 때나 훨씬 전이기는 했지만. 루파 손목시계의 초침을 바라보며 하루하루 초조하게 보내는 그로서는 일주일도 참 긴 시간이었다.

사람들은 전국에서 왔다. 베이커스필드, LA, 라스베이거스. 그의 막냇동생인 리틀 엔젤은 무려 시애틀에서 왔다. 사람들은 숙소를 예약하고 직장에 휴가를 냈다. 도박꾼과 전문대학 학생, 감방에 숱하게 들락날락거린 전과자와 생활 보조금으로 애를 키우는 엄마, 그저 해맑은 아이들과 좋은 시절 다 보낸 늙은이들과 머저리 같은 미국 놈들 등등 올 수 있는 친척은 다 왔다.

아주 빠듯할 것이었다.

그래서 그는 엄마를 화장함으로써 화를 자초했다. 커다란 성당에서 성대한 천주교식 장례를 치를 시간이 없었다. 성당에서 한다고 해도, 대체 어느 성당에서 하겠는가? 식구들 중 절반은 최근에 모르몬 교도가 되어버렸고, 몇몇은 UFO를 믿는 집단이 되어 행성 X가 지구 궤도에 진입해 아눈나키*가 귀환하기를 기다리고 있었다. 또 어떤 친척들은 기독교 복음주의자가 되었다. 아무것도 안 믿는 사람도 있었다. 랄로는 이신론자가 분명했다. 아니면 태양신을 숭배할지도 모른다. 빅 엔젤의 동생 세사르의 큰아들은 자기가 바이킹이라고 믿는 것 같았다. 솔직히 빅 엔젤은 세세한 걸 다 따져볼 시간이 없었다.

게다가 그는 화장보다 더욱 대담한 조치를 취했다. 어머니의 장례식을 일주일 뒤로 미뤄서, 다음 날 바로 자신의 생일 파티를 하도록 일정을 잡았던 것이다. 어차피 한번 태운 재는 영원히 변하지 않는다. 미뤄도 아무 걱정이 없지 않은가.

아무도 그 일정을 신경 쓰지 않는 것 같았다. 사람들은 빅 엔젤이 모든 일을 해주어서 좋아했다. 그게 빅 엔젤의 일이었다. 사람들은 책임을 지고 싶어 하지 않았다. 장례의 당사자인 왕 어머니는 그들이 머리를 맞대고 장례식을 어찌할까 모의를 해봤자 꼬투리를 잡아낼 게 뻔했기 때문이다. 그리고 빅 엔젤은 믿음직

---

* 미국의 신비주의 종말론자들이 주장하는 외계인. 행성 X에 사는 외계인 아눈나키들이 지구에 고대 수메르 문명을 전파했으며, 조만간 다시 지구에 와서 종말을 일으킬 거라는 이야기가 있다.

한 사람이었다. 그의 명령을 받아서 따르는 편이 쉬웠다. 그래서 사람들은 별 소란 없이 생일 파티에 장례식을 별책 부록처럼 붙이는 일정을 순순히 받아들였다. 대부분은 먼 길을 두 번 올 수 있을 만큼 휴가가 많지는 않았기 때문에 안도하기도 했다. 게다가 돈도 많지 않았다. 일주일 일정은 모두에게 좋았다.

'길이 더 막히고 있다고? 다들 대체 어디를 가는 거야?'

빅 엔젤은 손으로 눈을 가렸다. 이렇게 해서라도 손목 안쪽으로 스며드는 암흑을 보지 않을 수 있다면 얼마나 좋을까. 손에도 암흑이 점점이 묻어났다. 그는 절대로 다리를 보지 않았다. 다리에는 또 무엇이 보일지 무서웠으니까.

바깥에서는 작열하는 오후의 태양이 구름 사이로 빛을 냈다. 둥둥 떠다니는 빙판 같은 구름 사이로, 태양 빛이 크레바스의 틈을 새빨갛게 태우며 유령 같은 노란 햇빛을 도시에 쏘아댔다. 그건 마치 시원한 바람에 흔들리는 황금 망사 커튼처럼 보였다. 빅 엔젤은 저 태양이 하와이에서 얼마나 멀리 떨어져 있는 건지 머릿속으로 계산해보았다. 그는 불타오르는 구름 위의 파란 하늘까지 각도를 따져보았다. 하늘은 청사진 같았다.

어머니는 라파스에서 나온 이후로 그를 전혀 살갑게 대해주지 않았다. 그분은 나머지 형제자매만 싸고돌았다. 심지어 본인의 아들도 아닌 배다른 형제 리틀 엔젤까지도 예뻐했다. 어머니는 그 애에게서 일종의 매력을 알아보았는데, 빅 엔젤은 그게 대체 무엇인지 제대로 납득한 적이 한 번도 없었다.

그는 하늘을 바라보았다. 그리고 저 지고한 너머로부터 내려오는 계시 같은 게 있지 않을까 찾아보았다. 하지만 아무것도 없었다. 브라울리오? 어머니? 아무도 안 계세요? 비가 내리면 좋을 텐데. 비는 알아볼 수 있었다. 비에는 많은 의미가 담겨 있다. 무지개가 뜨면 더욱 좋고.

그가 꼬마였을 적, 어머니는 그에게 무지개는 천사들이 하늘에서 땅으로 내려오는 다리라고 알려주었다. 스페인어로는 '아르코 이리스arco iris'였다. 영어보다 훨씬 사랑스러운 단어 아닌가. 나비나 벌새나 데이지를 가리키는 말도 영어보다 스페인어가 더 좋았다. 그는 이런 데서 우쭐함을 느꼈다. 스페인어 최고! 선플라워sunflower(해바라기)가 뭐냔 말이야. 히라솔girasol이란 말이 더 좋다고.

히라솔girasol(해바라기)
마리포사mariposa(나비)
콜리브리colibrí(벌새)
마르가리타margarita(데이지)

그러나 무지개는 보이지 않았다.

"어머니가 먼저 돌아가셔서 잘됐어."

빅 엔젤의 말에 아내는 스페인어로 대답했다.

"아, 여보. 당신도 알지. 어머니는 본인보다 아들이 먼저 죽는 걸 견딜 수 없으셨을 거야."

"누가 죽는다는 거야, 여보? 나는 너무 바빠서 죽을 수가 없다고."

그는 이런 말을 입에 달고 살았다. 하지만 그만큼 "난 이제 죽을 때가 됐어"라는 말도 많이 했다.

그는 이미 신부에게 고백했다. 소변에 다시 선혈이 나오기 시작하면 곧 쓰러지게 될 거라고 나겔 의사가 말했을 때, 곧바로 고해성사를 했다. 참으로 묘하게도, 그 순간 마음이 차분해졌다. 그는 의사를 바라보며 생각했다. '이 의사 이름은 메르세데스 조이 나겔이지. 그러고 보니 메르세데스 벤츠를 한 대 샀다면 좋았을 텐데. 그럼 나도 기쁨을 느꼈을 테니까.' 의사는 엑스레이 사진 속 그의 복부 안에 주렁주렁 열린 죽음의 모습과 폐에 생긴 두 개의 어두운 반점을 보여주었다. 그는 그 진료실에 홀로 앉아 더없이 엄숙한 전사의 얼굴을 꼿꼿이 들고 의사를 응시했다.

"얼마나 남았습니까?"

어깨를 한 번 으쓱였다. 손을 한 번 쓰다듬었다.

"얼마 안 남았습니다. 몇 주 정도요."

"나 사탕 먹어도 됩니까?"

그가 묻자 의사는 유리병을 열어주었다. 그는 체리 맛을 좋아했다.

그는 신부에게 전화를 걸어서 고해성사를 한 다음, 페를라에게는 친구와 야구 이야기를 했다고 둘러댔다.

"아부지. 나 거짓말이 아니라 진심으로 말하는 건데요. 할머니는 일부러 이런 거예요. 이건 할머니가 손을 쓴 거라고요. 진짜로."

아들이 말하자, 빅 엔젤이 대답했다.

"항상 그런 식이셨지."

"아빠, 무지개가 떴어요!"

딸애가 소리를 쳤다.

빅 엔젤은 미니가 가리키는 곳을 보고 마침내 미소 지었다.
'잘하셨어요, 하느님.'

* * *

리틀 엔젤은 착륙했다.

"막냇동생이 집에 왔다고!" 그가 혼잣말을 했다.

빅 엔젤의 배다른 동생인 그는 자신이 늦을 거라고 예상했었다. 나이 든 지 한참 되었는데도, 모두 그를 아직도 꼬마로 보았다. 하긴, 스스로 그렇게 생각하고 있기도 했다. 그는 지구상에서 가장 나이를 많이 먹은 스물여덟 살짜리 인간이다. 28세로 지낸 지 그럭저럭 20년쯤 되었다.

가모장의 장례식에는 빠질 수 없는 법이다. 게다가 늦어서도 안 되었다. 그분은 리틀 엔젤의 엄마가 아니었다. 그는 종종 비딱하고 소심하게 그 점을 떠올렸다. 리틀 엔젤은 이 가족의 각주 같은 존재였다. 모습을 드러내기로 마음먹었을 때, 모든 이들이 마음먹고 받아들여야 할 세부 사항 같은 존재 말이다. 왕 할아버지 돈 안토니오를 뺏어간 미국 여자, 바로 이 가족의 전설에 낙인을 찍은 미국 여자의 아들. 가족들은 심지어 그의 어머니가 일찍 죽은 것도 은근히 개탄스러워했다. 마마 아메리카가 저세상에서 미국 여자의 손아귀에 잡혀 있는 할아버지를 몸싸움으로 빼어 와야 하는데, 그 전에 선수를 쳐서 내세로 할아버지를 따라가다니.

리틀 엔젤은 캘리포니아에 있고 싶지 않았다. 그곳은 슬픔의 땅이었다. 그래서 자신과 고향 사이에 수천 킬로미터나 되는 완충 지대를 놓고 살았고, 그걸 침범하고 싶지도 않았다. 하지만 빅 엔젤이 언짢아할 것이 너무 두려운 나머지 결국 망설임을 이기고 발걸음을 재촉했다. 마음 같아서는 시애틀에서 출발한 비행기의 속도를 높이고 싶을 지경이었다. 해안가 산맥을 따라 부서지며 대양 위로 쏟아지는 햇빛은 한 폭의 장엄한 벽화 같았다. 뜨겁게 불타오르는 붉은색으로 시작해서 푸른색을 거쳐 초록빛, 그다음에는 보랏빛으로 변해가는 햇살에 정신이 멍해졌다. 그러다 비행기가 샌디에이고를 향해 처절하게 곤두박질치고, 빌딩 사이로 어딘가 길을 찾아 활주로를 달리는 느낌이 들더니…… 고향에 도착했다.

렌터카 센터에 도착했을 때 아직 아침 8시도 안 되었다는 걸 깨닫고, 그는 갑자기 자신이 바보 같은 기분이 들었다. 하지만 안심도 되었다. 장례식에 못 갈 일은 없겠군. 마음속 깊이 상처받은 눈빛으로 자기를 쏘아보는 큰형의 타박을 받을 일도 없을 거다. 그는 빅 엔젤의 일정에 맞추고 있었다. 언제나 빨리 오라고 재촉하는 그 일정에.

술에 취해 있을 때면, 빅 엔젤은 둘의 형제 관계를 두고 "알파와 오메가"라고 말했다. 리틀 엔젤은 테킬라가 그에게 정말 잘 맞는 술이라고 생각했다. 빅 엔젤이 스스로에게 부여한 성스러움을 벗겨버리는 술이니까. 그래, 우리가 처음과 나중이라는 거지? 리틀 엔젤은 그 말의 속뜻을 모르지 않았다. 국경조차 뛰어넘는 형제자매라는 신비한 존재론에 대해서는 박사 학위를 받을 수 있을 정도로 잘 알았다. 그는 어쨌든 미소를 지었다.

빅 엔젤은 의기소침해질 때마다 그들이 무슨 레슬링 태그 팀이라고 생각하는 듯했다. 이렇게 선언하곤 했으니까.

"선수 입장! 몸무게 250파운드, 출신지 불명의 오메가!"

그러면 리틀 엔젤은 손을 들었고, 당황한 여자들과 아이들은 박수를 치곤 했다.

이 소리를 들을 때면 리틀 엔젤은 증인을 가진 기분이어서 내심 좋았다. 가족 중 그 누구도 자신의 어린 시절이 어땠는지 관심을 두지 않았다. 쳇. 본 적도 없음은 물론이다. 그들의 아버지는 리틀 엔젤과 나머지 가족을 확실하게 갈라놓았으니까.

하지만 빅 엔젤은 리틀 엔젤을 보았다. 그는 맏형이었고, 리틀 엔젤의 존재를 보았을 때는 벌써 차도 있고 직업도 있을 정도로 다 큰 사람이었다. 그는 리틀 엔젤의 미국 엄마의 존재를 알고 너무나 경악한 나머지, 그들이 사는 칙칙한 클레어몬트 집에 찾아왔었다. 엄마는 형에게 치킨 파이를 만들어주며 좋은 인상을 주려고 무척 노력했다. 그때쯤엔 엄마도 돈 안토니오가 재킷 주머니에 란제리를 넣고 샌디에이고 집으로 갈 거라는 걸 알고 있었다. 엄마는 아버지와 끝났지만 달리 갈 곳이 없었다. 하지만 지치고 불안한 가운데서도 아이들에게 미소를 지어주었다. 검은 눈동자를 이글거리며 빅 엔젤이 겁을 주더라도 말이다. 엄마는 형이 자신을 싫어한다는 걸 알고 있었다.

빅 엔젤은 막내 남동생이 토요일을 어떻게 보내는지 알았다. 아침에 방영하는 만화를 보고, 「스리 스투지스」*의 재방송을 본 다음, 차가운 스파게티나 흰 빵으로 만든 프리홀 샌드위치에다 초코 우유를 곁들여 만화책을 보면서 음식을 먹는, 뚱뚱한 꼬마 애다운 점심 식사를 했다. 만화책을 보지 않으면 《영화 속 유명 괴수》라는 잡지를 봤다. 사실 그는 몬스터에 흠뻑 빠져 있었다. 그런데 가족은 한 번도 그걸 이해하지 못했다. 돈 안토니오는 가끔 주류 판매점에서 마지못해 잡지를 한 권씩 사주곤 했지만, 나중에는 꼭 혼을 냈다. 하지만 리틀 엔젤은 상관하지 않았다. 머릿속은 킹콩과 랩티리커스**, 늑대인간과 고질라로 가득했다. 괴수 잡지를 본 엄마는 슈퍼맨 만화책이나 《매드 매거진》을 봤을 때보다 더욱 속상해했다.

점심을 먹은 다음에는 야생 다큐멘터리인 「와일드 킹덤」을 보았다. 그다음에는 레슬링 경기가 이어졌다. 빅 엔젤은 이 토요일 의식에 세 번쯤 참여했지만, 절대로 그 광경을 잊지 않았다. 그의 막냇동생은 이 순서를 빼먹지 않고 지켜가며 고집스럽고 열렬하게 시간을 보냈다. 웃기게 생긴 레슬러들이 무채색의 흑백 링으

---

* Three Stooges, 미국의 코미디 그룹으로, 여기서는 그들이 주연한 단편 영화 시리즈를 가리킨다.

** 덴마크에서 만든 날개 달린 뱀 모양의 괴수.

로 떨어져갔다. '클래시' 프레디 블레시, 페드로 모랄레스, 더 디스트로이어, 보보 브라질. 리틀 엔젤은 그 선수들이 모두 자기 친구라고 여기는 모양이었다.

3시가 되면 10번 채널에서 무나 리사가 나오는 「공상 과학 극장」이 방영되었다. 무나는 달을 본떠 만든 싸구려 세트장에 나와 모티샤 애덤스*가 입을 법한 딱 달라붙는 드레스를 입고서 어슬렁거렸다. 빅 엔젤은 그녀가 섹시하다고 생각했다. 하지만 리틀 엔젤은 뭐가 뭔지 모르는 눈치였다. 그는 숨을 죽이고 「뎀」**과 「아로스 행성에서 온 뇌」를 보았다.

빅 엔젤은 리틀 엔젤을 자신의 연구 대상으로 삼았다. 그는 이 세상 속에서 고립된 자신의 모습을 객관적으로 바라본 적이 한 번도 없었다. 리틀 엔젤은 몇 년 뒤에야 이 사실을 알게 되었다. 그의 형이 '선수 입장' 선언을 외쳐댔을 때.

그들은 후에 리처드 레인이 KTLA 방송국에 출연했을 때 소리치던 영어 표현도 공유했다. V 모양 안테나를 달아놓은 TV로 지지직대고 화질이 깨지는 방송을 같이 보다 고른 표현이었다.

"후아, 넬리!(대박 놀랍군!)"

더 디스트로이어가 블레시를 코너로 몰아붙여 무릎을 꿇고 빌게 만들 때마다 레인은 이렇게 외치곤 했다.

그래서 빅 엔젤이 그를 '선수 입장'이라는 말로 소개할 때, 리

* 미국의 공포 시트콤 「애덤스 패밀리」에 나오는 엄마.
** Them!, 1954년작 미국의 SF 공포 영화.

틀 엔젤은 가끔 이렇게 외치곤 했다.

"후아 넬리!"

그러면 나머지 가족들은 멀뚱히 쳐다볼 뿐이었다.

* * *

달러 렌터카 사무실에서는 크라운 빅토리아만 빌릴 수 있다고 했다. 그것도 까만색밖에 없단다. 리틀 엔젤은 뭔가 더 극적인 차를 턱 빌려볼까 하는 상상에 부풀어 있었는데 말이다. 무스탕 GT 500 컨버터블이면 좋았을 텐데. 아니면 챌린저 헬캣이나. 한 7백 마력쯤 되는 놈으로. 꼬마 동생이 떵떵거리며 지낸다는 걸 보여줘야 할 거 아닌가. 뼛속까지 못된 생각이었나.

백만 년은 되어 보이는 렌터카는 경찰차로 주로 쓰이는 차였다. 리틀 엔젤은 망설였다. 이런 차는 할아버지들이 골프 친구들을 데리고 라호이아에 가서 맛있는 브런치를 먹을 때나 타는 차잖아. 하지만 결국 그 차를 보니 기분이 좋아져서 그냥 빌리기로 했다. 이럴 줄 알았으면 트렁크에 넣을 짐을 한 열 개쯤 가져올 걸 그랬군. 그는 하룻밤 묵을 짐을 싼 가방을 트렁크에 던져 넣었다. 웅크린 가방의 모습은 사랑받지 못하는 것처럼 보였다. 어깨에 메는 메신저 백을 소파처럼 생긴 뒷좌석에 놓은 다음, 그는 앞에 탔다. 리틀 엔젤 교수님. 공책과 윌리엄 스태퍼드의 시로 가득 찬 서류 가방을 들고 오셨도다. 그는 점수를 매겨야 하는 리포트 열 개를 무시할 참이었다.

저 아래 남쪽 지방은 부글부글 끓을 시간이군. 생각하고 전략을 세울 시간이 온 거야. 생각이 너무 많으신 박사님이 고향에 돌아오셨다고.

빅 엔젤은 가끔 기분이 안 좋을 때면, 리틀 엔젤을 이름 말고 별명으로 불러대곤 했다. '저 미국인'이라고 말이다. 뭔 소리란 말인가. 그게 욕이 되기나 하나? 하지만 그 별명에는 견딜 수 없는 뭔가가 있었다. 특히 공화당원에게 저런 소리를 듣다니. 적어도 리틀 엔젤은 빅 엔젤이 공화당원이라고 생각했다. 미국인이라니, 차라리 '민주당 놈'이라고 부르지 그래? 둘은 그걸 두고 딱 한 번 주먹다짐을 한 적이 있었다. 단 한 번뿐이었다. 둘 다 입술이 터져 피가 났었지.

왜 오늘 그게 갑자기 생각이 나지?

차는 안쪽이 넓고 쿠션감이 좋았다. 리틀 엔젤은 1979년형 자동차 안이 2.5제곱킬로미터 정도 되는 들판 같다는 생각이 들었다. 차에서 나는 담배 냄새를 맡으니 아빠가 떠올랐다. 그는 크게 회전해서 바다 폭풍에 밀려온 구름처럼 I-5 고속도로로 진입했다. 서두를 필요는 없었으므로, 북쪽으로 살짝 돌아가기로 마음먹었다. 몇 년 만에 돌아왔지만 고향의 모습을 잊었을 리는 없잖은가. 비록 장례를 치르기 위해 돌아온 것 같기는 해도 말이다.

좌회전해서 클레어몬트 국도를 타고 예전에 살던 동네로 갈 수도 있었다. 그러면 미션 베이 위쪽 인디언 테마 거리에 자리 잡은 빛바랜 옛 집을 볼 수도 있겠지. 모히칸 가에 있는 그 집. 그는 엄마가 울창한 정글처럼 가꾸던 다육 식물과 대나무, 제라늄과 염자를 더는 볼 수 없다는 사실을 알고 있었다. 가뭄이 오기 전부터 먼지처럼 스러진 지 오래니까. 그 집 앞마당과 뒤뜰은 샌디에이고의 불모지처럼 변해 있었다. 더러운 일본산 픽업 트럭이 진입로에 기우뚱 놓여 있고, 그 옆에는 설상차도 보였다. 휘어진 농구 골대가 차고 문 위에 달렸군. 지금은 모르는 사람들이 살고 있다.

그의 옛 연인이었던 고스족 라이샤는 아직도 아파치 가에 살고 있다. 지금은 할머니가 되었으리라. 그는 아직도 라이샤의 허벅지에서 나던 백단유 향기를 맡을 수 있을 것만 같았다.

* * *

가족들이 빅 엔젤에게 옷을 입히기 전에, 리틀 엔젤은 이미 속력을 내어 미드웨이 고속도로를 지나 타워 레코드로 향하고 있었다. 그는 데이비드 보위 노래를 듣고 싶었다. 「지기 스타더스트」를 들으면 언제나 기분이 좋아졌다. 크라운 빅토리아 차에는 CD 플레이어가 장착되어 있었다. '킵 유어 일렉트릭 아이 온 미, 베이베.'* 그와 라이샤는 이 노래를 틀어놓을 때마다 울었고, 다들은 다음 사랑을 나누었다. 그런데 이제 보위는 떠나버렸지.

타워 레코드가 아직 열지 않았다 해도 기꺼이 그 근처 주차장에 차를 대놓고 시간을 보낼 참이었다. 하지만 아무리 봐도 음반

---

* Keep your electric eye on me, babe. 데이비드 보위의 곡 「Moonage Daydream」 가사.

가게가 보이질 않았다.

그는 스포츠 아레나를 지나 계속 운전했다. 그가 어렸을 때는 그 건물을 '스포츠 아로마'라고 불렀지. 그는 유턴을 해서 다시 되돌아왔다. 아무리 봐도 타워 레코드 가게가 없었다. 이번에는 긴 블록을 천천히 따라 내려갔다. 사람들이 경적을 울려댔지만 신경 쓰지 않았다. 타워 레코드가 없어졌구나. 대신 그 자리에는 겉만 번지르르한 같잖은 가게가 들어섰다.

다시 고속도로로 돌아왔지만, 한번 실망해버린 마음이 추슬러지지 않을 것 같았다. 라디오 주파수를 돌려봐도 91X번을 찾을 수가 없을 것 같았다. 그는 남쪽으로 차를 돌려 워싱턴 가로 향한 다음 가파른 비탈길에서 속력을 내어 힐크레스트 쪽으로 갔다. 음반 가게는 또 있다. '오프 더 레코드'에 가면 마음이 풀리겠지. 제길. 그곳은 이 동네에서 제일가는 CD 가게니까.

그런데 그 가게도 없어져버린 게 아닌가.

누군가 그의 기억에 들어와서 보이지 않는 불도저로 사방을 다 밀어버린 것이 분명하다. 그는 예전에 '립 반 윙클 룸'이 있던 텅 빈 주차장 자리로 차를 몰았다. 지금 그곳에는 '앨버토 타코' 가게가 있었다.

그는 차를 세우고 그 광경을 멍하니 응시했다. 아빠는 한때 이곳에서 피아노를 치며 팁을 받았지. '립스 룸'이라고, 좀 논다 하는 이들은 가게 이름을 줄여서 그렇게 불렀다. 카펫이 깔린 계단 위에 빨간 조명을 켜둔 피아노 라운지가 있었다. 그곳에서는 온통 담배와 술, 향수와 아쿠아 벨바 애프터 셰이브 냄새가 났다.

리틀 엔젤의 기억은 메아리로 물결쳤다. 설탕 입힌 체리, 바닐라 코크. 아빠가 피아노로 「우울한 여인에게는 빨간 장미를Red Roses For A Blue Lady」이란 곡을 치지 않을 때면 주크박스에서 팻시 클라인*의 노래가 나오던 그곳. 칵테일을 나르던 웨이트리스들은 입술을 체리처럼 붉게 칠하고 화이트 숄더스 향수와 머스크 오일의 향기를 흩날려대며 아빠의 등을 손끝으로 쓸고 지나갔다. 그는 금요일과 토요일 밤이면 대부분 그곳에 있었다.

「워킹 애프터 미드나잇Walkin' After Midnight」
「아이 폴 투 피시스I Fall to Pieces」
「크레이지Crazy」

리틀 엔젤은 그 노래들이 무슨 뜻인지 전혀 이해하지 못했다.

하지만 아빠의 등을 스쳐가는 빨간 손톱들이 무슨 의미인지는 확실히 이해했다. 돈 안토니오는 정성들여 머리를 포마드로 말쑥하게 빗어 넘기고 자그마한 페드로 인판테** 스타일 콧수염을 길렀다. 그는 리틀 엔젤의 매력을 이용해서 웨이트리스와, 볼링을 치러 다니는 유부녀들과, 은퇴한 다음 만사가 지루해서 정열적인 하룻밤을 찾으러 다니는 사람들을 낚아댔다. 그리고 리틀 엔젤에게 여자들이 스스로 존재감을 느낄 수 있게 만드는 기술

---

* Patsy Cline(1932~1963), 미국의 컨트리 가수.
** Pedro Infante(1917~1957), 라틴아메리카에서 큰 인기를 끌었던 영화배우.

을 가르쳤다.

"여자를 잘 가르쳐라. 여자들이 자기를 예술 작품이라고 생각하게 만들어. 그러면 넌 매일 밤 그 여자와 사랑을 나눌 수 있지."

으음, 아빠. 그렇죠. 알겠어요.

아빠는 그에게 포르노가 그려진 냅킨을 주었다. 부산을 떨어대는 멍청한 농사꾼 여자들이 헛간에서 세일즈맨과 뒹구는 장면이 그려져 있었다. 왜 헛간에 있는 남자들이 양복과 작은 모자 차림일까, 그게 궁금했었다. 그리고 이상한 성냥갑도 있었다. 짓궂은 장치가 되어 있는 것들이었다. 예를 들어 립 반 윙클 룸의 전설이라 할 만한 베이비 바비 성냥갑이 그랬다. 그 성냥갑 겉면에는 베이비 바비 캐릭터가 통통한 손가락으로 다리 사이를 만지작거리는 그림이 그려져 있었다. 리틀 엔젤이 성냥갑을 열면, 빨간 머리통의 성냥이 자그마한 분홍색 플라스틱 튜브에서 톡 튀어나왔다. 그리고 베이비 바비는 무척 기분 좋은 얼굴로 팔을 활짝 벌리며 사정의 기쁨을 표현하는 것이었다.

그때 리틀 엔젤은 5학년이었는데.

「러브 이즈 블루Love Is Blue」

「퍼피디아Perfidia」

「걸 프롬 이파네마The Girl from Ipanema」

손톱에 물감을 칠한 아가씨들은 리틀 엔젤을 사랑했다. 그는 여자들에게 귀염둥이 강아지 같은 존재였다. 높다란 의자에 앉아 배트맨 만화를 보고 있노라면, 여자들이 와서 그를 꽉 안아주었다. 옷에 둘러싸인 풍만한 가슴이 그의 뺨을 스치고 지나가면 여자들의 겨드랑이 사이 뜨거운 공간의 향기를 맡을 수가 있었다. 그럴 때면 다리 사이의 베이비 바비가 솟아나오려는 걸 여자들이 보지 못하게 애써 가렸다.

피아노 위에서 1달러와 5달러 지폐가 가득한 브랜디 술잔이 반짝였다. 세련된 손님들은 피아노 연주자에게 쉴 새 없이 칵테일을 보냈지만, 바텐더와의 협의에 따라 그 칵테일은 모두 진저에일 온더록이었다. 맨해탄 열다섯 잔을 마시고 나서 피아노 곡을 칠 수 있는 인간이 어디 있겠는가? 운전을 못 하는 건 두말할 나위도 없지. 아빠는 술꾼들이 바텐더에게 그의 몫으로 지불한 술값을 나눠 가졌다.

그게 아빠가 밤에 하는 부업이라는 걸 아무도 몰랐다. 낮 동안에는 하루 종일 볼링장을 청소한다는 사실도 몰랐다. 아빠는 소변기 안에 세제 블록을 채우고, 여자 화장실에 있는 하얀색 쓰레기통을 비웠다. 그리고 밤이 되면 말쑥한 크림색 벨벳 재킷을 입고 술에 취한 미국인들을 위해서 그 나름의 연예인 생활을 하는 것이었다. 반질하게 빗어 넘긴 머리, 결혼반지 없는 손가락으로 담배를 문 남자.

그것이 리틀 엔젤이 기억하는 아버지의 모습이었다.

그는 그대로 앉아서 타코 가게를 한참 동안 응시하며 담배를 피울 수 있다면 얼마나 좋을까 생각했다. 기억. 그것은 패자를 위한 전리품이다. 그는 가야 할 곳이 있었다. 오전 10시도 되지 않왔는데 벌써 시간 여행을 너무 많이 했군.

"죄다 지옥에나 가버려라."

그는 이렇게 말하며 주차장에서 나왔다. 그리고 다시 남쪽으로 차를 몰았다. 반짝이는 푸른 바다 옆을 지나 저 앞으로 코로나도 다리의 장엄한 광경을 바라보면서, 더없이 행복한 기분으로 마른 언덕 위에 난 고속도로를 달렸다. 머리 위로 거대한 제트기들이 공항으로 내려앉는 모습이 마치 거대한 나방의 침공 같았다. 그리고 저 멀리 남쪽으로 언제나 보이는 곳. 그들 모두의 어머니와도 같은 티후아나의 언덕이 있다.

지금은 아무도 그곳에 가지 않는다. 그들의 아버지 묘지를 보러 가지도 않는다.

***

'저 미국인'이라고 빅 엔젤은 리틀 엔젤을 가리켜 말했다. 뼛속까지 미국인이 되어버린 배신자라고. 리틀 엔젤의 엄마는 미국인이지. 그런데 바에 있는 미국 여자들처럼 품위 있던 것도 아니었어. 그러면 웃음이 터졌다. 모두가 그를 바라보았다. 리틀 엔젤의 역할은 그 말에 수긍하고 미소 짓는 것이었다.

리틀 엔젤이 내셔널 시티 부근까지 남쪽으로 내려왔을 때도 아직 약속 시간까지 몇 시간이나 남아 있었다. 그가 묵는 호텔은 자동차 협회 바로 근처였고, 장례식장이 코앞이었다. 그는 고개를 저었다. 이곳은 지저분했다. 시애틀에 사는 땅딸막한 영문과

놈들이나 괜찮게 생각할 수준이었다. 와, 캘리포니아다, 와, 샌디에이고다, 하며 떠들어대겠지. 챙 좁은 모자를 쓴 놈들은 이상한 안경을 낀 눈으로 이곳을 바라보며 '디에이고'라는 발음도 제대로 못 하고 '다고'라고 북쪽 사투리를 써댈 것이다. '와, 라티노들이다'라고도 하겠지. 하지만 우리 가족 중에는 라틴어를 아는 사람이 하나도 없다고.

호텔에는 미리 체크인을 했다. 침대에 가방을 내려놓았다. 화장실에 가보니 누가 썼는지 구겨진 휴지가 그대로 있었다. 휴지에 립스틱 자국이 보였다. 그걸 보자 칵테일을 나르던 웨이트리스들이 생각났다. 이런 걸 보고도 알 수 없는 에로틱한 기분이 들다니 마음이 심란해졌다. 이제 그분들은 여든이 되었겠지. 벌써 죽었을지도 모르고. 보기만 해도 위험했던 여자들. 이제는 저 하늘에서 하느님이 운영하는 네온 불빛의 칵테일 라운지에 있을지도.

메이드가 쓰레기를 치우러 왔다.

"그라시아스."

그의 스페인어를 들은 메이드는 깜짝 놀란 것 같았다.

다시 밖으로 나가서 거대한 승용차 쪽으로 가는데 갑자기 부슬비가 내리기 시작했다. 제기랄, 빅 엔젤은 싸우다 내 코를 부러뜨렸다고. 그는 생각했다. 이제껏 내내 그 주먹다짐을 생각하고 있었다는 사실을 미처 깨닫지 못했다.

* * *

일주일 전, 어머니의 임종 자리에 도착한 빅 엔젤의 모습은 그의 아내가 이제껏 본 중 가장 영웅적이었다. 평생 지켜본 남편의 모습은 영웅이라 할 만했지만 이보다 멋진 순간은 없었다. 그런데 그 늙은이는 아들을 거부했다. 페를라는 그 노인네를 좋아하지 않았다. 하지만 이제 죽는다잖아. 그러니 봐줘야지.

그날 빅 엔젤이 얼마나 힘들었는지 페를라는 알고 있었다. 가족의 역사를 통틀어, 그가 마지막으로 어머니의 자식이 되기 위해 돌아가던 그 순간을 페를라는 생생히 그릴 수 있었다.

그는 페를라에게 라파스에 대해 많은 이야기를 하지 않았다. 기분이 아주 좋을 때를 빼고는 빅 엔젤은 천성적으로 과묵한 사람이었다. 엉큼해질 때도 말수가 늘긴 했지. 그녀는 반백 년이 지난 지금도 그때를 떠올리면 얼굴이 빨개졌다. 아, 빅 엔젤이 그녀와 한 짓들이라니. 남편이 아프기 전까지는 좋았잖아.

그가 말이 없을 때조차도, 그녀는 남편이 라파스와, 그의 아버지와, 그곳에서 일어났던 온갖 일을 생각하고 있다는 걸 알고 있었다. 그는 고개를 푹 숙인 채로 바닥을 응시할 뿐이었다. 이제는 담배를 피우지 않지만, 인스턴트 블랙커피를 여러 잔 마시면서 생각에 빠지는 것만은 여전했다. 게다가 사탕도 너무 많이 먹고.

페를라는 라파스가 아니라 북쪽으로 오게 된 일에 대해 생각했다. 이제껏 그녀가 내린 결정 중 가장 큰일이었고, 아직도 매일 그 무시무시한 순간을 생생히 떠올리곤 했다. 오는 과정이나 도착하게 될 곳이 무서웠던 게 아니었다. 오히려 이렇게 한 발짝을 내디디면 자신의 운명이 그의 운명과 합쳐진다는 걸 알았기에, 그게 무서웠다. 영원히 함께하겠지. 모든 위험을 무릅써야 하고. 그래. 그건 로맨틱한 선택이었지만, 또한 모든 걸 잃을 수도 있는 결정이었다.

그녀는 그때 이미 아빠 없는 남자아이 둘을 키우고 있었다. 어째서 천사 같은 남편 엔젤이 자기를 보고 "참으로 귀중한 페를라"라고 부르는지 알 수가 없었다. 라파스 사람들은 그녀를 망가진 상품 취급했으니까. 이름도 기억하지 않을 남자한테 단물 빼먹히고 버림받은 멍청한 계집애라고 말이다. 페를라는 엔젤이 했던 말을 믿고 싶으면서도, 그 다정함이 그냥 남편의 천성 때문이 아닌가 싶어 너무 두렵기도 했다. 그녀는 남편이 다른 여자들에게 매력을 발산하고, 또 여자들이 그를 유혹하는 모습을 보았다. 그래서 남편이 다른 여자랑 자지 못하도록 지키느라 미친 듯이 애를 썼다. 뭐가 진짜인지 언제나 확신할 수가 없었다. 단지, 그녀가 그와 함께해야 한다는 것만 알았다. 이런 결정을 내려버린 이상 돌아갈 곳은 없을 테니까.

그녀가 아들들을 데리고 북쪽에 왔을 당시에는 아직 현대적인 고속도로가 없었다. 큰아들인 인디오는 겨우 걸어 다닐 나이였고, 브라울리오는 아직 아기였다. 장거리 버스 여행을 하려고 그녀는 가진 돈을 모두 털어야 했다. 길은 험했고 가끔은 진창과 바윗길을 지나기도 했다. 지나는 정류장에는 먹을 수도 없는 타코를 파는 노점에 옥외 화장실이 딸려 있었다. 가끔은 주유소도 나왔는데, 거기에 있는 변기는 오줌이 고여 지린내가 너무 심하게 나고 옥외 화장실보다 훨씬 더러웠다. 버스에 탄 사람들은 자기 먹을 것을 알아서 준비했다. 그녀는 1킬로그램의 토르티야와 도자기 물병 하나, 염소 치즈를 갖고 탔다. 나흘 걸리는 길이었다.

엔세나다 남부에 이르자, 경찰이 도로에 바위를 설치해놓고 버스를 멈춰 세웠다. 차에 오른 그들은 승객들에게 권총을 겨누면서 가방을 뒤졌다. 페를라는 내놓을 돈이 없었다. 경찰은 꼬마 애들은 거들떠보지도 않았다. 하지만 그녀의 가슴은 만져댔다. 페를라는 창밖을 내다보며 숨을 참고서 머릿속으로만 그들을 마구 밀어냈다. 엔젤의 아버지였다면 경찰을 막았을 거야, 라고 그녀는 혼잣말했다. 하지만 자신에게는 아버지가 없었다.

그녀는 증오 어린 눈길로 그들을 바라보았다. '언젠간 너희들도 무릎 꿇고 빌 날이 올 거야.'

세 명의 경찰관이 어떤 남자의 팔을 잡아채어 버스에서 끌고 내렸다. 그들은 문을 걷어차는 걸로 그 남자가 내려야 한다는 걸 운전사에게 알렸다. 남자는 비명을 질러댔지만, 아무도 그를 돌아보거나 말을 들어주지 않았다.

여행 막바지가 되자 사람들의 몸에서는 죄다 냄새가 났다. 그들은 굴욕감을 느꼈다. 멕시코인 중에서 헛간 속 짐승 같은 냄새를 풍기고 싶은 사람은 아무도 없으니까.

티후아나는 별천지였다. 페를라와 두 아들은 도시 북쪽 끝에 있는 버스 터미널에 옹기종기 모여 앉았다. 강변 근처에 있는 그곳은 매연으로 가득했다. 바하주 끄트머리에 자리 잡은 라파스는 사막과 바다밖에 보이지 않았다. 대양의 산들바람은 물론 아열대성 폭우와 허리케인이 휩쓰는 곳이었다.

그녀는 어머니의 식당에서 요리했다. 그녀의 여동생들도 옆에서 같이 일했다. 모두 다 늙은이의 노예가 되었지. 아들들은 마사틀란에서 거대하고 하얀 배들이 부릉대며 입항하는 모습을 보며, 페리 선착장 옆에서 자랐다. 그리고 자기보다 그리 나이 많지 않은 소년들이 관광객에게 풍선껌과 장신구를 파는 광경을 보았다. 어부들이 부두에 들어오면, 아이들은 싼 값에 게를 달라고 흥정하거나 참치를 구걸했다. 가끔 그들은 배에 가득 든 것을 비워주고 청량음료를 받았다.

인디오는 이게 미래를 위한 훈련이라고 여겼다. 이렇게 해서 앞으로 가족을 먹여 살릴 수 있을 거라고 말이다. 가끔 그 애는 어머니에게 코카콜라 한 병을 가져다줄 수도 있었다. 그때는 배고프긴 했어도 단란한 가족으로 살았다.

그러나 지금 그들은 불안한 가운데서도 흥분하고 있었다. 마치 티후아나가 엘도라도라도 되어서, 모든 좋은 일들이 일어나기라도 할 것처럼 말이다. 그곳은 시끄럽고 정신없이 붐볐다. 무섭고 금방이라도 쓰러질 것 같았다. 너무 밝았다. 너무 알록달록했다. 페를라가 압도당했던 티후아나의 인상은 두 가지였다. 소음의 향연, 그리고 끝없는 먼지의 소용돌이. 끈적끈적한 들개들은 모두 몸집이 다부졌고 털은 누런빛을 띤 붉은색이었으며 맨살이 검었다. 천하태평한 발걸음으로 차도를 이리저리 누비는 개들의 모습은 마치 춤꾼이나 투우사 같았다. 그놈들은 낡은 뷰

익 범퍼나 '부라스'라고 불리는 두 가지 색의 도시 버스에 치여서 날아갈 것처럼 보였지만, 그러다 다시 먼지구름 위로 휙 올라와 하나도 상한 데 없이 연석 위에 사뿐히 내려앉아 태양 빛을 받으며 몸을 쭉 뻗고는 눈에다 파리를 붙이고 낮잠을 잤다. 하지만 어쩌면 티후아나에서 가장 놀라운 것은 한 번도 볼 거라 상상하지 못했던 존재, 바로 예상치 않은 미국 놈들이었다. 티후아나 시내에는 큰 체격에다 시끄럽고 딱 봐도 부유한 미국인들이 끊임없이 지나다녔다. 페를라는 아이들이 벌써 영어를 배우기 시작한 것을 알아차리고는 무척 놀랐다. 전혀 예상치 못했던 일이었으니까.

그녀는 빅 엔젤이 배고픔을 참고 모두가 조금이나마 배를 채울 수 있게 해준 모습을 기억했다. 비록 한 입씩이었더라도, 그는 그녀의 아들들에게 자기 몫의 음식을 나눠주었다. 그때 두 사람은 서로를 여보, 당신이라고 부르게 되었다. 그때처럼 빼빼 말랐던 때는 다시 없을 것이다.

가끔 그는 페를라의 두 아들에게 사탕을 사다주곤 했다. 물론 그녀는 남편을 꾸짖었지만, 그는 이렇게 말했다.

"페를라. 그러잖아도 고달픈 인생이야. 아이들이 이런 거라도 먹으며 즐거워하게 해줘."

그리고 첫 번째 크리스마스가 돌아왔을 때, 빅 엔젤은 아이들에게는 같이 탈 자전거 한 대, 그녀에게는 새 원피스를 사주었다. 그녀는 그에게 스웨터를 한 벌 떠주었다. 그해는 더웠는데도 그는 그 스웨터를 매일 입고 다녔다.

빅 엔젤은 그녀의 영웅이었다. 그녀는 남편의 영웅심이 이글이글 불타는 분노에서 비롯되었다는 사실을 몰랐다. 그는 페를라나 그녀의 아이들을 모욕하는 이들이라면 그게 누구든 맞서 싸웠다. 심지어 자기 가족의 반대를 무릅쓰고 그녀와 결혼한 다음, 그들을 미국으로 몰래 밀입국시켰다. 그들이 이제껏 살아온 곳이 식민지 중에서도 가장 가난한 곳이라, 굶주림과 더러움과 쥐떼들과 사악한 경찰관밖에 찾아볼 수 없다는 게 명백해졌을 때의 일이다.

어쩌면 그의 가장 큰 실수는 분노를 통해 완벽한 아버지가 될 수 있다고 믿었던 것인지도 모른다. 사실, 분노하는 모습을 빼면 아버지다운 모습이 뭔지 빅 엔젤은 몰랐다. 어떤 날에는 분노하는 아버지상이 잘 먹히는 것 같기도 했다. 하지만 페를라는 자신이 얻어낸 것을 잃을까 봐 너무 두려운 나머지 무조건 남편 편을 들기 시작했고, 아들들에게 엔젤이 언제나 옳다고 주장했다. 심지어 자신이 봐도 남편이 틀렸다는 게 분명했을 때도 그랬다. 아이들은 가끔 멍이 들도록 맞았고, 그래서 아버지의 말을 듣지 않았다. 폭력은 맏아들인 인디오에게 가장 심하게 가해졌다. 라파스의 거리에서 지내던 때에는 어머니의 보호자로서 어머니의 명예를 지켜냈던 아들이었는데. 음식을 뒤지고, 이상한 일도 해내고, 여전히 생부를 기억하고 있던 인디오. 그래서 만형인 이 아이는 자신이 학대당하고 있고, 그다음으로는 훈련받고 있다는 걸 깨달은 뒤부터 빅 엔젤이 절대로 꺾을 수 없는 평생의 저항을 시작했다.

가족은 헤어졌다가도 다시 만나는 법이지, 하고 그녀는 생각했다. 마치 물처럼 말이다. 이 사막 같은 삶에서, 가족이란 바로 그 물이었다.

* * *

가엾은 어머니 아메리카.

빅 엔젤의 여동생인 마리루는 이 노인을 병원에서 간병했다. 페를라의 동생인 라 글로리오사가 그녀를 도왔다. 은퇴한 여인인 그들을 두고, 연장자인 여인들은 "그 여자애들"이라고 불렀다. 그보다 어린 여자들은 그들이 진짜 이모뻘이든 아니든 "이모"라고 불렀다. 이런 호칭은 멕시코 가족의 법칙이다. 나이 든 여자는 전부 누군가의 이모 아니면 언니다.

그들은 모두 곧 임종을 맞이할 어머니가 환각에 빠진 몇 시간 동안 그 곁을 지켰다. 아메리카는 죽은 친구들과 죽은 친척들, 천사들과 예수 그리스도를 보며 인사하고 손을 뻗었으며 함께 웃었다. 사돈지간인 여자들은 아메리카가 정말로 그들을 만났다고 생각했다. 적어도 둘 중 하나는 그랬다. 믿지 않는 쪽은 끝까지 아무것도 믿지 않았지만 그래도 기꺼이 자기 의견을 내놓으며 토론했다. 게다가, 어머니는 눈이 완전히 멀고 귀가 반쯤 먹었는데, 어떻게 무언가를 보고 들을 수 있단 말인가?

아메리카는 지극히 일상적인 것들을 종종 잘못 이해했다. 심장 박동수 모니터와 연결된 플라스틱 클립이 빨래집게처럼 집게 손가락에 물려 있는 걸 보고 그걸 커피 컵 손잡이로 오해해서 계속 마른 입술에 갖다 대며 잔을 홀짝이려 했다. 그녀가 가장 좋아하던 인스턴트 커피를 공손한 웨이트리스가 방금 갖다준 것처럼 말이다.

"그라시아스."

아메리카는 허공에 대고 보이지 않는 액체를 후루룩거렸다.

그러면 옆에 있는 사람들은 그저 고개를 저을 뿐이었다.

그들은 빅 엔젤을 이 병상으로 데려와야 했다.

이것은 군사 기동과 비슷한 대규모 작전이 될 것이었다. 빅 엔젤을 화장실로 옮기는 것만으로도 튼튼한 허리 힘과 악취를 견뎌내는 후각 능력이 필요했다. 그에게 옷을 입히는 일은 마치 이를 악물어야 하는 악몽 같았고 사지가 갈기갈기 찢어지는 듯 고통스러운 일이었다. 모두 뼈가 부서지거나 어깻죽지가 비틀릴 각오를 해야 했다. 빅 엔젤은 그 나름의 문제가 있었다. 왜 아니겠는가. 그들은 누구보다 잘 알고 있다고 다들 속으로 생각했다. 물론 혼자서 그렇게 생각했을 뿐, 남에게 이야기하지는 않았다. 이건 죽음이 임박했을 때 나타나는 가장 재미있는 현상인데, 그 광경을 본 사람들은 누구나 그 신비로움에 익숙해지고 싶어 했다. 실제로 자기가 죽는 건 아니지만 죽음을 간직하고 싶은 것이다. 특히 고통받는 환자의 밑을 닦아준 적이 있는 사람이라면 더더욱 그랬다.

하지만 빅 엔젤의 아내는 자신이 그 누구보다도 빅 엔젤을 잘 안다고 느꼈다. 그의 딸 역시 그랬다. 그의 아들도 마찬가지였다.

게다가 그의 신부마저 그랬다. 다들 죽음 때문에 지쳐버렸다. 그래서 모두들 저마다의 의견이 있었다.

"빅 엔젤한테 전화해."

"네가 전화해."

"마음에 안 들어."

"너무 슬프단 말이야."

"빅 엔젤한테 전화하는 거 소름 끼쳐."

"너 진짜 진짜 진짜 나쁘다."

"내가 언제 나 좋은 사람이라 한 적 있어? 바보같이 굴지 마."

그들은 빅 엔젤이 최근 세 번이나 죽을 뻔한 장면을 옆에서 지켜보았다. 그리고 그때마다 예상치 못하게 부활하여 집으로 돌아와서는 더욱 오만하게 구는 것도 보았다. 하지만 지금 그는 아이 크기로 쪼그라들어 열 걸음도 걸을 수 없는 상태였고, 그마저도 보행기에 기대서 걷는 수준이었다. 그의 아들이 휠체어에다 자전거 경적을 달아주자 빅 엔젤은 빵빵 소리를 내면서 혼자 즐거워했다. 하지만 그건 아무리 봐도 한 집안의 가부장이라기엔 참 열적은 꼴이 분명하지 않은가. 조그만 애들과 길 가던 놈팡이나 웃을 뿐이지.

그들은 빅 엔젤의 집에 전화를 걸어서, 그 집 사람들에게 빅 엔젤을 일으켜서 씻긴 다음 옷을 입혀 데리고 나오라는 막중한 임무에 착수하라고 전했다.

빅 엔젤은 대기실에서 페를라를 옆에 두고 휠체어를 탄 채였다. 페를라는 그와 함께라면 어디든 가겠지만 이곳만은 예외였다. 그녀는 병원이라면 질색했다. 너무 많이 왔으니까. 빅 엔젤이 뿌리는 올드 스파이스 향도 좋아하지 않았지만, 한 번도 말한 적은 없다. 그녀는 내심 올드 스파이스 향이 병원 냄새 같다고 느꼈다.

빅 엔젤은 자기 모습이 훌륭해 보인다고 여겼다. 그 옛날 토킹 헤드 뮤직비디오에 나오는 너무 큰 정장을 입은 남자처럼 보인다고 생각하는 건 미니밖에 없었다.

가족들은 모두 자리를 잡고 앉아서 TV 게임 쇼를 보며 살충제를 지지직 뿌려대는 소리가 난다고 불평하고 있었다. 다들 커피가 담긴 종이컵을 든 채였다.

그는 이제는 가느다란 갈대같이 변해버린 목소리로 선언했다.

"엄마한테 내가 이런 꼴을 보일 수야 없지."

그는 손을 부들부들 떨었다. 바짓단 아래로 슬쩍 보이는 그의 발목은 닭 뼈 같았다. 고통을 꾹 참고 있었다.

이윽고 그는 의자에서 힘겹게 일어났다. 온갖 노력을 하느라 툴툴거리면서, 순전한 분노를 품고 미친놈처럼 씩 웃었다. 알루미늄 보행기를 쓰는 것도 거부했다. 사람들이 자기가 보행기를 잡고 걷는 모습을 보고 무어라 생각할지 상상만 해도 너무 아팠다. 다들 그쪽으로 몸을 숙이며 도와주려고 하다가도 혹시나 그 몸에 손이 닿을까 조심하고 있었다. 그의 바지와 하얀 셔츠는 부풀어 오른 텐트처럼 텅 빈 채로 앙상한 몸을 감쌌다. 그는 눈물을 훔쳐내고 오롯이 자신의 힘으로 어머니의 병실로 걸어갔다.

빅 엔젤은 마리루를 안는 둥 마는 둥 했다. 라 글로리오사는 좀 더 오랫동안 안았다. 빅 엔젤은 라 글로리오사를 안고 있는 동안 그녀의 머리카락 향기를 맡았다. 하지만 그녀를 쳐다보지는 않았다. 그의 눈길은 어머니라는 자그마한 생명체에 닿아 있었다. 그는 병상으로 가서 절하듯 몸을 굽혔다.

그리고 어머니의 손을 잡고 말했다.

"어머니, 제가 왔어요."

"뭐라고?"

그녀의 말에 그는 더 크게 말했다.

"어머니, 제가 왔다고요."

"뭐라고?"

"어머니, 저 왔어요!"

그러자 그녀가 빅 엔젤을 꾸짖었다.

"아, 이놈아. 난 너를 이토록 버릇없게 키우지 않았어! 넌 대체 왜 이 모양이니?"

이 말을 끝으로 그녀는 죽었다.

그는 자신의 의무를 다했다. 어머니의 신부님을 미리 만나두고 그에게 장례를 집도하는 명목으로 수표를 슬쩍 찔러주었다. 그들은 서로를 좋아하지 않았다. 빅 엔젤은 이 고약하고 자그마한 신부 놈이 그를 인정하지 않는다는 걸 알고 있었다. 소문이 돌았던 것이다. 빅 엔젤은 분명히 처제들과도 잤다고. 그 교구 일대의 수다쟁이들이 하는 말이었다. 게다가 빅 엔젤의 아버지 역시 같은 짓을 했을지 누가 알겠는가. 그런데 아무도 고해성사를 하러 오지 않았다. 소문에 따르면 빅 엔젤은 개신교도 아니면 모르몬 교도, 프리메이슨 중 하나라 했다. 어쩌면 장미 십자회원*일 수도 있고, 예수회 회원일 수도 있다고 한다! 아니면 그보다 더 기상천외한 그 무엇일지도 모르지.

빅 엔젤은 신부의 이를 보고 고개를 저었다. 그가 제일 싫어하는 것이 '멕시칸 타임'과 어쭙잖은 변명, 그다음이 바로 안 좋은 이였다. 멕시코인들이 미국 놈들에게 제대로 인정을 받고 싶다면 이가 상해서는 안 되는 법이었다. 금니도 소용없었다. 물론 멕시코인들은 입에 금을 박고 다니면 부자처럼 보인다고 생각하기는 하지만. 신부의 이는 쥐새끼 같았다. 죄다 상한 이 때문에 말할 때마다 마치 작게 휘파람을 부는 듯 말소리가 샜다. 게다가 마구 떠들 때는, 잔디밭 위에서 도는 스프링클러처럼 침이 사방에 튀었다.

빅 엔젤이 건네는 수표를 주머니에 슬쩍 넣은 신부는 따끔하게 한마디를 날렸다.

"늦지 마십시오. 나는 바쁜 사람이니까요."

"늦는다니요! 어떻게 그런 말을 합니까?"

빅 엔젤이 말했다.

"멕시코인들이 어떤지는 당신도 아실 거 아닙니까."

그는 조그마한 쥐새끼처럼 웃었다. 그러고는 장난이라는 듯 어깨를 주먹으로 슬쩍 치고 지나갔다.

빅 엔젤은 발작적으로 부르르 분노했다.

* 연금술사 집단.

✷

하느님 감사합니다

• **오후** 1:00

언제 또 기억이 불쑥 들이닥칠지 알 수 없었다. 사내의 옆머리를 퍽 치는 몽둥이 소리. 손목이 얼마나 아팠던가. 아무도 죽일 마음은 없었다. 가끔 자다가도 떠오를 때가 있었다. 때때로 TV 쇼를 볼 때나 아침 식사를 할 때, 그는 거칠게 고개를 흔들며 "안 돼" 하고 말하곤 했다. 그러면 다른 사람들은 모두 '아부지가 또 아부지 짓 하는군'이라고 생각했다. 그는 관자놀이를 사납게 문지르며 그 기억을 쫓아냈다. 그러면 또 손에서 휘발유 냄새가 났다. 다른 사람들도 이 냄새를 맡을 수 있을 거라고 그는 확신했다. 불꽃이 사악 이는 소리는 그 후로 평생 귓가에 울려댔다.

"우리는 늦었다."

그는 선언했다. 이게 몇 번째던가.

다들 그가 싸가지 없이 구는 데 지쳐가고 있었다. 이건 다 그의 빌어먹을 잘못 때문이었다. 빅 엔젤도 그걸 알았다. 처음에는 그의 방광에서 시작됐다. 그는 소변에 피가 섞여 나온다는 말을 아무에게도 하지 않았다. 만약 어느 날 아침 그만 기절하지 않았더라면, 사람들은 그 종양을 발견하지 못했을 것이다. 하지만 그는 아직 죽지 않았다. 간단한 수술을 받아 포도처럼 퍼진 그 조그마한 개자식 종양을 야금야금 잘라냈다. 긴 탐침을 요도에 찔러 넣기도 했다. 아버지는 그에게 초연한 자세를 가지라고 가르쳤다. 남자는 고통을 참아냄으로써 자신의 가치를 증명하는 법이기에, 그는 요도에 관을 넣을 때도 미동하지 않았고, 나머지 치료에서는 잠이 들었다. 그러자 순식간에 자그마한 포도송이 같은 종양 더미들이 사라졌다.

나중에 알고 보니 그것들이 이제는 배 속에서 자라나고 있었다. 엑스레이와 MRI를 찍었고, 팔에는 바늘을 꽂아 독성 물질을 주입했다. 독에 이어 썩은 생선 냄새가 나는 온갖 약을 줄줄이 복용했고 방사선 치료도 했다. 그런데 그 보답이 뭔가. 바로 폐에 얼룩까지 보이다니. 그는 담배란 담배는 죄다 욕했다. 스스로도 욕했다. 그다음에는 뼈가 시들어버렸다. 화학약품과 요도에 주입한 금속관과 방사선이 뼈를 죄다 쭈그러뜨렸다. 더 이상 줄어들 것도 없을 때까지.

"하지만 환자분은 암으로 죽지는 않을 겁니다."

나겔 박사는 마지막 진료에서 말했다.

"온몸이 체계적으로 붕괴할 겁니다. 신장이 기능을 못 하겠지요. 심장도요. 아니면 폐렴에 걸릴 겁니다. 본인의 의지는 강할지 몰라도, 몸은 이미 지쳤어요."

"얼마나 더 살 수 있습니까?"

"한 달 예상합니다."

그게 3주 전이었다. 간호사가 휠체어를 밀어 그를 진료실에서 내보내자 그는 복권에라도 당첨된 것처럼 미소를 지었다. 걱정 때문에 충혈된 페를라의 눈에는 눈물이 그렁그렁했다. 미니는 손을 꽉 쥐고서 손가락으로 머리카락을 꼬아댔고, 랄로는 초연한 기색이었지만 보이지 않는 데서 애도의 눈물을 감추었다. 모두가 빅 엔젤의 미소를 믿었다. 그래야 했으니까. 그들은 언제나 빅 엔젤을 믿어왔으니까. 그는 그들의 법이었으니까.

"여보, 의사가 뭐래?"

페를라의 물음에 그는 대답했다.

"음, 내가 아프대. 하지만 우리 다들 알고 있었잖아."

"그런데 아부지는 아무렇지 않으시네요."

"당연하지, 랄로야. 난 괜찮다고 말하지 않았냐."

미니는 그를 껴안았다. 딸애의 머리카락이 닿자 불로 그을리는 듯한 느낌이 났다.

"더 나빠질 수도 있대."

그가 페를라에게 말하자, 그녀가 소리를 쳤다.

"얼마나?"

"아직 치질에는 걸리지 않았거든."

예전 같았다면 이런 농담에 그의 팔을 탁 쳤을 아내였다. 하지만 그가 어찌나 빨리 멍이 드는지 봤기 때문에, 더 이상 그를 치는 일은 결코 없었다.

* * *

빅 엔젤은 자기 몸 내부의 것들에게 소리를 질러대는 데 신물이 났다. 그의 분노는 이제 그의 주변 환경에 널린 독성으로 쏟아지기 시작했다. 누군가 그를 죽이려고 한 것이다. 아내의 요리가 그렇다고 생각했다. 프라이팬의 코팅 때문이라고. 식구들이 그에게 부과한 시련이라는 생각이 들었다. 살사 소스. 쇠고기. 살충제. 어떻게든 거부해보려고 해도 안 먹을 수가 없는 두툼한 파스트라미 샌드위치 때문인 것도 같았다. 멕시코 펩시를 마시고 소금 간을 한 땅콩을 먹어서일지도 모른다. 시계 때문인지도 모른다. '시간을 잘 지키라고, 쌍놈아.' 아니면 하느님 때문일지도.

빅 엔젤이 운전석 뒷부분을 내리쳤지만, 그의 주먹은 너무 약해서 아들이 느낄 수도 없었다.

"흥분하지 마요, 아빠."

미니는 뒤에서 그의 어깨를 주무르며 말했다.

그는 딸애의 손길을 확 뿌리치며 소리쳤다.

"미니! 난 아프다고! 너희들은 죄다 남이 아프든 말든 자기 잇속이나 차리는 것들이야!"

그녀는 조용히 울었다. 이렇게 우는 게 수백 번째였다. 하지만 눈물은 단 한 방울만 흘릴 뿐이었다. 이거 먹고 떨어져버려라.

아내는 한숨을 쉬었다. 아들은 담배 연기를 후 불고 풍선껌으로 풍선을 불었다. 그리고 피우던 담배를 잡고 창밖으로 잠시 내보냈다. 빅 엔젤은 스러지는 연기를 지켜보았다.

그는 눈을 질끈 감고 자기 친구 데이브가 했던 말을 애써 떠올려보았다. 감사, 명상, 기도, 작지만 역설적으로 영원한 것들에 관심 갖기. 그는 일가친척 안에 영혼이 존재했다는 사실을 떠올렸다. 좋을 때나 나쁠 때나 항상 말이다. 그 영혼은 식물을 심고 아침을 먹는 행위 속에 존재한다고 데이브는 말했다. 이건 싸잡아 다 거짓말이라고 빅 엔젤은 결론을 내렸다.

"하느님 제기랄!"

그는 이렇게 욕지기를 하고서 신의 이름을 경솔히 여긴 것에 대해 사과를 했다.

하지만 진짜 이렇게 말고는 달리 표현할 말이 없었다.

미니밴은 여전히 갈 길이 멀었다. 그런데 시간은 재깍재깍 잘만 가더라.

* * *

가족은 자동차 협회에 있는 바바리안 샬렛 장례식장을 빌렸다. 혼다와 다지 대리점이 저 멀리 보였다. 가족의 아버지들은 모두 현관에 도착해서, 목을 빼고 앉아 그들이 차를 대놓은 주차장에 세워놓은 알록달록한 사탕 색깔 자동차들을 정신없이 비교해대고 있었다. 그보다 젊은 사람들과 꼬맹이들은 혼다가 주차되어 있는 곳에서 「분노의 질주」에 나왔던 차들을 관찰했다. 두 세대 모두 어른들이 몰았던 고물은 몰고 싶어 하지 않았다.

사람들은 이중문 주변을 어슬렁거렸다.

그들은 브라울리오를 이곳에 묻었다. 그리고 안토니오 할아버지도. 다들 이곳과 깊은 관계가 있었다. 이곳은 그들의 전통이었다. 그들은 묘하게도 이곳이 편안했고, 설명할 수 없는 쾌감마저 느꼈다. 이제껏 계속 장례식에 왔던 이들은 커피 주전자가 어디 있는지, 종이컵과 미백 파우더는 또 어디 있는지 알고 있었다. 이곳은 말하자면 그들에게 죽음의 디즈니랜드와도 같았다.

바깥의 진입로에서 반 블록 떨어진 번화가에는 감시자가 숨어 있었다. 바로 전설의 인디오였다. 혼자 온 그는 온통 하얗게 차려입었다. 근육질의 팔에는 왼쪽 이두박근 위로 벌새와 넝쿨 문양의 트라이벌 타투가 보였다. 오른쪽 이두박근에는 알라딘 세인* 이 새겨 있었다. 그 아래에는 데이비드 보위의 가사도 한 줄 적혀 있다. 내일로 나를 던져줘Throw me tomorrow. 심장 바로 위 왼쪽 쇄골에는 이름을 하나 새겨 넣었다. 그가 설명한 적도 없고 설명할 마음도 전혀 없는 그 이름은 '사랑스러운 멜리사'였다. 이 사람들은 이게 문제지, 하고 인디오는 생각했다. 그들은 다른 사람이 비밀을 품고 있는 꼴은 죽어도 못 보면서, 정작 자기네들은 매일 서로에게 이것저것 숨기며 사는 것이다. 백 년도 더 된 것 같은 그 옛날, 리틀 엔젤이 그에게 그 보위 음반을 주었다. 그가 차고 있는 초커에 달린 검은 에나멜 깃털 하나가 달랑거렸다. 그는 진주색

* Aladdin Sane, 데이비드 보위의 1973년 앨범 제목.

으로 마감한 흰색 아우디 A6에 웅크려 앉았다. 차의 내부는 온통 흑단 색이었다. 인디오의 광택 어린 검은 머리카락은 어깨로 흘러내려 가슴까지 내려왔다. 그는 커티스 메이필드의 「푸셔맨」을 틀어놓고 한 블록을 슬금슬금 운전하며 1천2백 달러짜리 선글라스를 낀 눈으로 그들을 지켜보았다.

그는 몇 년간 이 사람들을 직접 만난 적이 별로 없었다. 브라울리오의 장례식 이후로는 안 봤다. 뭐, 엄마를 가끔 보기는 했다. 엄마와 미니 정도. 누군가는 그들의 머리카락이 꽤 볼만하다고 했을 것이다. 그는 잘생긴 얼굴을 깔끔하게 정돈하고 다녔다. 엄마도 예전에 구레나룻을 싹 왁싱해버렸으니까. 이건 그들만의 비밀이었다.

그는 가족들이 브라울리오가 10대 때 죽었다는 듯이 행동하는 걸 보고 짜증이 났다. 그 망할 놈은 군대도 갔다 온 다음 죽었단 말이다. 그때 서른다섯 살이었다고! 사람들은 죽은 애들 나이도 줄여버렸다. 이토록 멍청하니 욕을 하지 않을 수 있는가.

제길. 저기 둘째 삼촌 세사르가 오는군. 저 치는 키가 컸다. 그는 세사르가 얼마나 큰지 잊고 있었다. 그리고 악명 높은 그의 부인도 그만큼 키가 컸다. 그들은 호빗 사이의 거인 같았다. 세사르의 부인은 멕시코시티 토박이였다. 인디오는 그녀와 실제로 말해본 적이 한 번도 없었기 때문에, 누가 그녀를 좋아하고 싫어하는지 그다지 신경 쓰지 않았다. 하지만 사람들이 그녀를 좋아하지 않는다는 사실은 알았다. 미니가 말해줬으니까. 그들은 어쨌든 외부인을 좋아하지 않았다. 이 가족은 침입자는 누구든 의심했다. 솔직히 말하면 인디오는 일가친척 대부분을 좋아하지 않았다. 두 엔젤 중 누구도 천사 같지는 않았다.

"호로새끼들."

그는 큰 소리로 말했다.

그리고 차의 속력을 높였다. 차는 정글 고양이처럼 으르렁댔다. 딱 그가 좋아하는 식이었다. 그는 사람들과 합류하려 들지 않았다. 대신 유턴을 해서 북쪽으로 사라졌다.

* * *

• **오후 1:20**

대형 크라운 빅토리아는 주차장 뒤편에 구부정히 멈춰 섰다. 장례식장의 외벽은 겉만 번드르르한 독일풍이었다. 길 건너편에는 타코 가게와 주유소, 스타벅스가 보였다. 거리에서는 카르네 아사다* 냄새가 풍겼다. 스테인드글라스 창문은 플라스틱이었다. 알프스풍 지붕에는 비둘기 떼가 모여서 정신 사납게 야자수와 빈소를 거쳐 타코 가게까지 날아갔다가 도로 돌아왔다. 그중 한 마리가 누가 흘리고 간 양파 튀김이라도 발견하면 아주 난리가 났다. 리틀 엔젤은 차에서 내려서 건물로 향했다.

가족들이 안에서 화환을 정돈하고 있었다. 그중 몇 개는 고등

---

* 멕시코식 바비큐.

학교 관악대 경연 대회의 우승자들에게 주는 것처럼 생겼다. 반짝이는 글자를 써 넣은 현수막들은 애도를 표하고 있었고, 좀 나았던 시절에 찍은 마마 아메리카의 사진이 중앙 제단을 둘러싸고 이젤에 전시되어 있었다. "정말 귀엽네요." 손자 중 누군가가 말했다. 그들은 모두 미소를 지었다. 여자애들은 사진틀에다 하얀 스티로폼과 깃털로 만든 비둘기를 글루건으로 붙였다. 꽤 예쁘다고 모두 생각했다. 리틀 엔젤은 설탕을 넣지 않은 캐러멜 라테를 홀짝이면서 입고 온 캐주얼한 재킷과 검은 넥타이가 아무렇지 않은 척했다. 누군지도 모르는 여자들이 와서 그를 껴안았고, 그의 재킷 라펠에 화장품 자국을 냈다.

사랑과 슬픔은 향수처럼 예배당 안을 떠돌았다.

향수 냄새도 떠돌았다.

미니는 보이지 않았다. 그는 라 글로리오사를 지켜보았다. 큰형의 모습은 어디에도 없었다. 그가 보기 두려워하는 그 존재가 없다니.

장의사는 뒤편에 있는 사무실에 숨어서 핸드폰으로 골프 경기를 보고 있었다. 그는 보던 것을 멈추고 비척비척 일어나 나와서 노트북을 연결하고 슬라이드 쇼를 재생했다. 마마가 제일 좋아하는 가수인 페드로 인판테의 노래를 배경음악으로 깔고 그녀의 삶을 그린 영상이었다. 사진이 차례차례 지나가기 시작했다. 빅 엔젤의 소년 시절, 이상하게 생긴 검은 강아지들, 꽃 넝쿨이 벽에 드리워진 옛 집들, 사막, 빅 엔젤과 마리루와 세사르의 사진. 단지의 손잡이처럼 불쑥 튀어나온 귀에 진한 눈썹, 뱃가죽이

빼빼 마른 한 세 아이들의 모습. 브라우니 카메라로 찍은 흑백사진에는 더 많은 아이들이 보였다. 오토바이와 지저분한 고깃배, 아이 키보다 높이 쌓인 조개와 굴 껍데기 더미 사진도 있었다. 하지만 돈 안토니오의 사진은 없었다.

조문객들이 들어오기 시작했다. 그들은 가족이 마련한 성대한 장례식 규모에 어안이 벙벙한 채로 빅 엔젤이 어디 있나 찾았다. 45분간 누군가 시끌벅적하게 도착하는 소리와 포옹이 이어졌고, 모든 형제자매들은 알아서 맨 앞줄에 앉았다. 그다음으로는 그 자손들의 대열이 동심원처럼 이어졌는데, 그 모습은 마치 유성이 떨어져 생긴 충격파처럼 식장 안으로 겹겹이 이어졌다. 논란이 되고 있는 멕시코시티 출신인 세사르의 아내 파스는 본인이 보기에 제대로 된 복장을 갖추지 않은 사람들에게 천사 같은 경멸의 눈길을 던졌다. 그녀는 제단에 찬란한 금사 시트를 보란 듯이 펼쳐놓으면서 그들을 지켜보았다. 그녀는 세사르가 자랑스럽게 선보이는 세 번째 아내니까. 호피무늬 옷을 입고, 끝부분에 살짝 보라색 염색을 한 샤기 컷 머리를 화려하게 스타일링 했다. 리틀 엔젤은 세사르에게 다가가 서로 포옹을 했다.

"우리 중 제일 섹시한 동생이 왔군."

세사르는 이렇게 말하며 손을 뻗어서는 리틀 엔젤의 엉덩이를 꽉 움켜잡았다.

리틀 엔젤은 주변을 둘러보고 아무도 보지 않았다는 걸 확인했다. 이건 여러모로 참 부적절한 행동 같았다.

파스는 비웃었다.

"만나서 반가워, 형."

리틀 엔젤이 말했다.

파스는 그를 노려보았다. 그는 나이 들었지만 아주 늙지는 않았다. 자기가 아주 특별하다고 생각하는 인간이다. 저 먼 곳에서 히피 미국 놈들이랑 살고 있던가. 문제 될 행동도 전혀 안 하고. 왜 그는 나이를 먹었을까? 관자놀이 주변에 흰머리가 보이기는 했어도, 리틀 엔젤을 보게 된 파스는 기분이 좋았다. 그런데 세사르는 자기 동생 엉덩이나 주무르고 있다니. 세사르는 땅에 난 구멍 속에 혹시 땅다람쥐라도 숨어 있다 싶으면 구멍을 쳐댔을 인간이었다.

"내 엉덩이 좀 놔."

세사르의 슬픈 얼굴이 일그러지더니 이레 만에 드디어 미소를 지었다.

"형 보고 싶었니?"

"항상 보고 싶지."

세사르는 리틀 엔젤이 눈을 굴리며 모여든 이들을 바라보는 모습을 지켜보았다. 그는 한 사람 한 사람을 마치 모르는 사람을 보듯 관찰했다. 그 점은 빅 엔젤과 아주 닮았다고 세사르는 생각했다. 항상 사람을 지켜보는 그 눈빛이라니.

손주들은 고집스러운 증손주들을 등에 업고 있었다. 미국물이 들어버린 10대 녀석들은 저 끝에 도사리고 앉아서 핸드폰을 보는 중이었다. 모두 최대한 좋은 옷으로 차려입고 왔다. 물론 멍청한 늙다리 하나는 하와이언 셔츠에 반바지를 입고 오긴 했지만.

큰누나 마리루가 방으로 들어왔다. 검은 원피스를 입은 그녀는 침울하고도 우아한 모습이었다. 리틀 엔젤은 누나의 향기가 참 좋았다. 어딜 봐도 샤넬 넘버 파이브 같은 향기지. 포옹과 입술이 닿지 않는 볼 키스 인사가 이어졌다.

"막내 왔구나."

그녀는 말했다. 사람들은 모두 영어를 쓰고 있었다.

"다 온 거야?"

그가 물었다.

"그럼. 츄어*."

"엘 인디오도 왔다고?"

그들은 마치 인디오가 나타난 것처럼 문을 바라보았다.

"그건 이야기가 다르지."

그녀가 대답했다. 어색한 침묵이 흘렀다. 이러다 민들레 홀씨에서 싹이 트겠다 싶을 정도로.

마침내 리틀 엔젤이 물었다.

"그런데 이 집 어르신은 어디 있어?"

마리루는 아주 거친 몸짓으로 자그맣고 네모난 손목시계를 바라보았다.

"애들이 늦게 데리고 오나 봐."

그러면서 슬며시 웃는 그녀의 얼굴에는 가학적인 만족감이 담겨 있는 것 같았다. 마치 쪽지 시험에서 부정행위를 한 어린애

---

* chure, 'sure(물론이지)'를 잘못 발음한 것.

를 방금 잡아낸 선생님의 얼굴이었다.

마리루는 리틀 엔젤의 손을 잡고 앞으로 이끌었다. 그리고 '형제-자매-형제'의 순으로 줄지어 앉았다. 그 옆에는 파스가 앉았다. 그녀는 지구상에서 둘도 없는 마리루의 적수였다. 두 여자는 서로를 우아하게 무시했다. 세사르는 자기 몸으로 둘 사이에 훌륭하게 경계선을 구축했다.

마리루가 장지갑을 열고서 민트 향 라이프 세이버스*를 꺼냈다. 리틀 엔젤은 사탕 한 알과 혹시 몰라 고이 접은 크리넥스 티슈도 하나 받았다. 그리고 주머니에서 작은 수첩과 펜을 꺼내들었다.

"너 글 *쓰게? 지금?*"

마리루가 묻자, 그는 누나 쪽으로 몸을 숙이고는 수첩을 보여주었다.

"아니. 메모하려고. 누가 누군지 모르겠어서. 커닝 페이퍼를 만들고 있어."

메모에는 "파스"라고 적어 놓고 검은 동그라미를 쳐놓은 부분이 있었다. 그리고 구불구불한 선이 그 원과 세사르를 이었다. 옆쪽에는 세사르의 전 부인들도 저마다 동그라미로 표시되어 있었고, 거기에 딸린 다른 인물도 보였다. 자녀들이었다. 손자가 하나던가 둘이던가. 차원 분열 도형처럼 뻗어가는 페이지였다.

마리루는 가족 특유의 '뭔지 알겠군'이란 표정을 지었다. 그러

* 동그란 도넛 모양의 사탕. 폴로와 비슷하다.

더니 나지막한 목소리로 한마디 했다.

"으음, 무슨 말인지 알겠다."

그러더니 자손들을 적어놓은 페이지를 톡톡 두드렸다.

"그런데 마르코를 빼먹었네."

"마르코가 누구야?"

"사탄 같은 놈 있어."

그때 세사르가 누나 쪽으로 몸을 기울이더니 머리 위로 손가락을 홱 치켜들며 말했다.

"머리카락을 그려. 얘 내 아들이야!"

리틀 엔젤은 마르코를 도표 안에 추가했다. 그리고 작은 동그라미 위에 쭉쭉 위로 뻗은 머리카락을 그렸다.

그동안 신부는 사제복을 거하게 차려입고 커튼 뒤에서 스르르 나와 방 앞으로 걸어갔다. 그 모습은 마치 리버라치* 같았다. 그는 시계를 확인했다. 빅 엔젤이 왔든 안 왔든 신경 쓰지 않았다. 그는 정확히 제시간에 불쑥 나타나서 두 손을 들더니 맛있는 음식을 와구와구 먹을 때처럼 얼굴을 찡그렸다. 그 모습이란 주제가도 건너뛰고 바로 본편으로 들어가는 드라마 같았다. 곧바로 대뜸 소리를 치니 마치 악마들이 뒷방으로 나가떨어지는 것 같았다. 그는 조문객들의 머리 위 허공을 가리키며 저 초록빛 천국 영토를 축복했다. 그리고 고인의 형제자매와 자손을 무시하면서 로켓처럼 복음의 말씀을 퍼부어댔다. 사람들은 고개를 저

* Wladziu Valentino Liberace(1919~1987), 미국의 피아니스트.

으며 의아해했다. '지금 저분 나한테 소리 지르는 거야?'

예전에도 이런 상황을 본 적은 있었다. 최근 멕시코 장례식에 가보면, 장례식이 살아남은 사람들을 공포에 떨게 만들어서 종교로 귀의시키는 절호의 기회로 각광받고 있는 것 같았다. 돈 안토니오의 장례 미사 때도 그랬고, 브라울리오의 장례식 때도 비슷했다.

"우리는 도나 아메리카를 애도합니다! 우리는 마마 아메리카가 그립습니다! 여러분 모두 그분을 진정 사랑했다고 당당하게 말할 수 있습니까? 그분께서 살아계셨던 백 년에 가까운 시간 동안, 여러분은 무엇을 했습니까? *그저 TV나 보고 있지는 않았습니까?*"

조문객들은 다들 생각했다. '아우, 짜증나.'

신부는 이제 천국으로 가는 레이싱 카처럼 흥분했다. 그래서 이 종교의 바퀴를 굴리고 굴려 길을 쭉 따라 천국으로 끌고 갈 심산이었다.

"그분은 여러분에게 백 년 가까이 어머니의 희생으로 헌신하셨습니다! 좋으신 어머니였고, 좋으신 할머니였으며, 좋으신 천주교 신자셨고, 좋으신 이웃이었습니다! 이곳에는 더 많은 조문객이 와서 *저 문밖까지* 줄을 섰어야 했습니다! 그런데 지금 이게 뭡니까. 부끄러운 줄 아십시오."

뭐, 틀린 말은 아니었다.

* * *

빅 엔젤의 미니밴은 지금 막 도착했다.

"이제 왔군."

그는 손을 비볐다.

최근 그의 분노는 종종 심술궂게 좋은 기분으로 나타나곤 했다. 이 땅에 머물 시간이 점점 줄어들수록, 자신이 천하무적이라는 확신이 들었다. 만사가 자신의 계획대로 잘 따라주기만 한다면야. 리틀 엔젤이 대학에 가서 그 유럽 책들을 전부 읽으며 무어라 했더라?

"타인은 지옥이야."

약은 문제없이 들었다. 하지만 남들보다 뛰어난 그의 능력, 모든 사람과 모든 것, 심지어 죽음까지도 능가하는 그의 능력은 초능력이었다. '죽음 네까짓 게 뭐란 말이냐.'

벌레와 병아리나 죽는 거지, 천사는 죽지 않는다고.

골수암? 지난번에 약초와 미네랄을 발견했다고. 그걸 복용하면 산호초처럼 뼈가 다시 자라난다고! 비타민 C, 비타민 D, 비타민 A도 있어. 차가버섯 차를 마시면 돼. 장내 종양? 강황을 먹으면 돼! 셀레늄도 있고. 저런, 저런.

"나는 천하무적이야." 그는 혼잣말을 했다. "나는 천하무적이 아니야."

빅 엔젤은 비록 휠체어에 앉아 있어도 자신에게 닥쳐오는 그 어떤 것도 무찌를 수 있다고 믿었고, 다른 사람들도 역시 그렇게 믿었다. 그들에겐 그게 진실이어야 했다. 비록 자녀들은 무시무시하게 저질러댄 범죄행위와 도덕적 부패에 대해 빅 엔젤을 속이고 있다 생각했지만, 그래도 그들은 내심 빅 엔젤에게 아무런 오점이 없다고 믿으며 마음을 놓았다. 빅 엔젤은 언제나 그들을 잡아내겠지만, 그래도 용서해주리라.

"내가 이 집 어른이라고." 그는 수천 번째 혼잣말을 했다. 그동안 사람들은 그를 미니밴에서 끌어내어 크롬으로 만든 전차 같은 휠체어에 앉히느라 고군분투했다. 너무 화가 난 빅 엔젤은 아내와 아들과 딸에게 미소를 지었다. 그 미소에 모두 오싹해졌다.

그는 문 너머로 흘러나오는 화려한 스페인어를 들었다.

"어머니 아메리카는 여러분이 지옥에서 빠져나오기만을 바라셨습니다! 이 독사의 자식들이여!"

저게 무슨 지랄 맞은 소리지?

"예에수 크리스도여."

빅 엔젤은 마치 기병대를 이끌 듯이 예배당의 문을 가리켰다.

그는 분명 최대한 큰 소리로 문을 쾅 열라고 시켰다. 그리고 좌석 통로 사이로 휠체어를 밀어 정중앙으로 가라고 명령했다. 결국 그에게는 미겔 엔젤이라는 이름이 있으니까. 대천사 미카엘의 이름을 딴 사람이 가족 중 그 말고 또 누가 있는가? 지금 불의 검을 들고 있지 못해서 아쉬울 따름이다.

'하느님 제기랄. 아, 하느님 죄송합니다.'

그의 미소가 더욱 커졌다. 이러다가 하느님도 이겨먹을 수 있겠다는 강한 확신이 들었다.

페를라는 휠체어 쪽으로 몸을 숙이며 그를 계속 밀었다. 랄로는 뒤에서 군화를 신고서 뚜벅뚜벅 행진했다. 빅 엔젤은 참 요란했다. 기침을 하고, 발걸이를 두어 번 걷어차서 덜그덕 소리를 내니 행진에 타악기 소리를 더한 셈이었다.

가엾은 미니는 바닥만 보고 걸으며 웃지 않으려고 애썼다. 아, 안 돼. 저기 리틀 엔젤 삼촌이 있잖아. 안 돼. 삼촌을 절대로 보지 않을 거야. 아마 삼촌이랑 눈이 마주친다면 너무 웃겨서 오줌을 지릴지도 모른다. 모두가 이쪽을 돌아보았다. 미니는 리틀 엔젤의 시선을 외면했다.

빅 엔젤은 왼쪽 눈썹을 들어 올려 모두에게 세상에 다시없을 아이러니한 눈빛을 쏘아 보냈다. 이제 이 동네 왕초가 오셨다는 걸 알릴 차례였다. 아이들과 그 손주들은 모두 빅 엔젤을 '아부지'라고 불렀다. 마법과도 같은 그 단어는 모여든 씨족에게 전해졌다.

"아부지가 오셨어."

"아부지가 집에 왔어."

"모두들 정신 차려. 아부지가 떴다."

가족의 연장자들은 애들이 이렇게 굴 때마다 잊지 않고 깜짝 놀라주었다. 또한 그들은 빅 엔젤이 그 애들에게 호탕하게 껄껄 웃으면서 질 나쁜 농담을 던지고, 영적인 통찰력을 주고, 아이스크림 사 먹을 돈을 주고, 그 애들이 견디다 못해 집에서 뛰쳐나오거나 감옥에서 석방되거나 재활원에서 퇴원하거나 한밤중에 길거리로 어쩔 수 없이 나와야 했을 때 피난처가 되어주는 모습에도 역시 놀랐다.

빅 엔젤은 사람들에게 고개를 끄덕여주고 하나하나 눈을 맞춰가며, 특히 좋아하는 사람들에게는 손가락을 하나 들어보였다. 그러면 그 모습을 본 모든 사람은 그게 자기라고 생각하게 되는 것이다.

"천천히 가, 여보. 나를 저 한가운데까지 밀고 가. 천천히."

그가 아내에게 말하자, 아내는 부드럽게 대답했다.

"아, 여보. 너무 거창하게 굴지 마."

"그냥 날 지켜보라고, 페를라."

그녀는 고개를 저으며 모여든 얼굴들에 미소를 지어 보였다. '나는 의지가 굳센 남자와 결혼했답니다.' 그녀는 두 눈 가득 이런 말을 담아 전했다.

휠체어에 앉은 그는 매처럼 사나웠다. 그는 비밀 병기처럼 복도에 뿜어지는 신부의 입 냄새를 맡았다. 빅 엔젤은 수천 명의 조카들과 손녀들과 자식들을 가리켰다. 그의 형제자매들은 이제 구세대였다. 맨 앞줄에 음산하게 앉아 있는 그들. 모두 마마의 유골함을 바라보며 동시에 똑같은 사실을 깨달았다. '우리가 이제 제일 윗세대군. 이제 다음으로 죽는 게 우리겠지.' 그들은 뒤를 돌아보다 빅 엔젤의 모습을 보고 충격을 받았다. 심지어 그를 매일같이 봤는데도 그랬다.

빅 엔젤은 휠체어에서 목을 길게 빼고서 페를라의 자매들에게 고개를 끄덕였다. 한결같은 루피타는 미국인 남편인 엉클 짐보와 함께 왔다. 아니, 반바지를 입었잖아! 그리고 그녀, 라 글로리오사도 있었다. 처음 봤을 때나 지금이나 그녀는 비극적이고도 아름다웠다. 별명만 알고 있을 뿐, 그녀의 진짜 이름은 기억할 수 없었다. 진짜 이름을 들은 적은 있던가. 그녀는 언제나 영광스러운 존재였다. 그녀는 홀로, 자신만의 사상이라는 서늘한 초원 어딘가에 언제나 길을 잃은 채로 사는 이였다. 반짝이는 검은 머리카락 사이로 이 세상 것 같지 않은 은빛 머리칼 한 줄기가 왼쪽 얼굴에 드리워진 여인. 그녀의 그늘은 형언할 수 없을 정도로 검었다. 지금 빅 엔젤을 보고 있는 걸까. 모르겠다.

라 글로리오사의 손에서는 따스하고 달콤한 향신료 향기가 풍겼다. 빅 엔젤은 그녀의 목덜미를 떠올려보았다. 오렌지 껍질과 레몬그라스, 민트와 시나몬 향기가 났지. 라 글로리오사는 가볍게 고개를 끄덕였다. 그는 고개를 돌렸다.

페를라는 그 모습을 보았다. 수십 년간 둘이 찍는 신파를 다 눈치채고 있기도 했다. 그녀는 눈을 가늘게 뜨고 동생을 바라보았다. 라 글로리오사는 뭐? 하는 표정으로 되물었다.

빅 엔젤은 막냇동생이 맨 앞줄에 앉은 모습을 보자 흥분했다. 위대하신 잃어버린 영혼. 멀리 시애틀로 떠나 비를 맞으며 사는 영어 선생. 빅 엔젤은 무슨 프라모델 조립 부품으로 막냇동생을 만들었다는 느낌이 들었다. 리틀 엔젤. 이름 그대로 아닌가.

'나는 남동생의 코를 부러뜨려서 기분이 좋았다고.'

* * *

리틀 엔젤은 형제자매가 앉은 열의 제일 끝에 앉아서 큰형 쪽으로 씩 웃었다.

빅 엔젤은 리틀 엔젤에게 손을 흔들었다. 팔걸이에서 몇 센티미터밖에 올리지 못했지만, 마치 축성이라도 내리는 것처럼 손을 들었다.

리틀 엔젤은 누나인 마리아 루이자, 즉 마리루에게 속삭였다.

"어이, 루루. 큰형이 티후아나의 교황님이 되었군."

다들 그녀를 여전히 마리루라고 불렀다. 그 이름은 1967년에는 꽤나 앞서가던 멋진 이름이었다. 그때는 고고 부츠를 신고 핀 꽂은 머리를 치렁치렁 늘어뜨리고 다녔다. 청바지나 티셔츠 따위는 절대 입지 않았지. 그녀는 환한 분홍색 꼬리빗과 디피티-두라는 이름의 가래침 같은 헤어젤로 스타일링을 했다.

세사르는 자리에 앉아 있어도 나머지 사람들보다 앉은키마저 컸다. 모두 마마 아메리카에게 숨겨둔 애인이 있었을 거라고 농담을 했다. 그게 아니라면 이렇게 큰 아들이 어떻게 태어났겠나. 오딘의 시중을 드는 여전사 발키리 같아 보이는 그의 아내는 저 끝에 앉아서 뚱한 표정을 짓고 있었다. 불쌍한 세사르는 어머니가 돌아가셔서 심하게 충격을 받았다. 그는 지금 예순일곱 살이었지만, 어머니는 여전히 그의 셔츠를 다려주셨다. 크리스마스에는 잊지 않고 오렌지 모양 초콜릿도 선물했다. 언제나 아들을 위해 메누도*를 끓이고 옛 스페인어 버전《리더스 다이제스트》 잡지를 갖춰놓았다. 어머니를 잃은 그는 폭풍우 속에서 길을 잃은 아이처럼 보였다. 손이 부들부들 떨렸다. 세사르는 큰형의 병이 어떤지 상세히 짚어볼 수조차 없었다. 그는 빅 엔젤의 손을 잡으려 했다. 그들의 손가락이 닿았다. 빅 엔젤의 손가락은 무덤처럼 차가웠다. 세사르는 자기 손을 꼭 쥐고서 그의 입술 앞에 들어 올렸다.

참석자들이 자신에게 집중하지 않는 것을 감지한 신부는 갑자기 소리를 질렀다.

"죄인들은 매년 마디 그라** 때마다 콘돔을 천만 개씩 삽니다!"

마마 아메리카가 살아 있었다면, 자기 유골함 앞에서 콘돔 이야기를 꺼낸 저놈을 때렸을 것이다. 빅 엔젤과 리틀 엔젤은 서로 눈을 마주보며 웃기 시작했다. 휠체어는 중앙 통로를 지나 맨 앞줄에 다다랐다. 바로 신부 앞이었다.

"내가 왔습니다."

빅 엔젤은 이렇게 선언하며 휠체어에서 좀 더 편안하게 자세를 잡았다.

신부는 말을 멈추고 그를 노려보았다.

"계속하시오. 허락하겠소."

빅 엔젤은 이렇게 말하며 깡마른 다리를 벌렸다가 오므리고는 손을 무릎에 올렸다.

---

* 멕시코의 내장탕.

** 사순절이 시작되기 전날인 참회 화요일.

"계속하라니까."

선량한 신부는 마음을 가다듬었다.

빅 엔젤은 성 프란치스코처럼 미소를 지었다. 그는 조급하게 손짓했다. 손목시계를 탁탁 치면서.

"멕시코인답게 꾸물거리시는구먼. 신부님. 우리는 다 직업이 있는 사람들이오. 자, 합시다."

신부는 설교를 재개했다.

"나는…… TV를 끊었습니다. 사순절 기간 40일 동안 말입니다. 의무적으로 한 게 아니었습니다. 내 자신을 희생 제물로 기꺼이 드리고 싶었기 때문입니다!"

그는 자기 리듬을 다시 찾아가기 시작했다.

"개신교인들은 우리의 성자들을 빼앗아 가고 싶어 합니다! 우리의 성상들을요! 우리의 성모님을 말입니다! 그들은 결혼하지도 않으면서 섹스는 하고 싶어 합니다. 이 땅의 법은 소돔처럼 타락했습니다! 그런데 당신들, 바로 저주받은 세대들은 하느님과 당신 어머니의 가치를 저버리고 있지 않습니까! 남은 자손들이 지금 다 마찬가지예요! 최소한 희생은 할 수 있지 않습니까! 그래요, 우리 동네 사람들! TV를 끊으십시오!"

그는 손을 들었다.

"우리 구세주 주님께서는 희생을 원하십니다! 제일 좋아하는 TV 프로그램을 끊으세요."

그러자 빅 엔젤은 가족들을 돌아보며 말했다.

"씨발.「아이스 로드 트러커스」*를 내가 꼭 끊어야 하겠냐."

사람들은 웃음을 참느라 목이 졸리는 것만 같았다. 리틀 엔젤은 누나 마리루의 어깨에 얼굴을 묻고 말았다.

"쉿!"

마리루와 세사르가 주의를 주었다.

마리루는 아직도 독실한 천주교 신자였다. 그녀 나름대로는 그랬다. 그녀는 손수건으로 입을 가리고 쿡쿡 웃으며 리틀 엔젤에게 속삭였다.

"넌 나빠."

미니는 리틀 엔젤의 뒤에 앉아 말했다.

"아빠 1승."

리틀 엔젤은 뒤돌아 조카를 보았다. 그 눈빛은 이렇게 말하고 있었다. '네 아빠야 항상 이기시잖냐.' 그러자 미니도 눈빛으로 말했다. '알고 계시는군요.'

"아멘."

결국 신부는 내뱉듯이 이 말을 던지고는 제단 옆에 드리워진 모조 새틴 커튼 뒤로 휙 사라졌다.

빅 엔젤이 말했다.

"그럼 이제 가족끼리 진행하도록 합시다."

아무도 애도사를 말할 준비가 되어 있지는 않았지만, 가문의 어르신께서 이미 명령을 내렸다. 가족들은 한 명씩 앞으로 나와

---

* Ice Road Truckers, 얼어붙은 호수와 강 위를 달리는 트럭 운전사들의 다큐멘터리 시리즈.

서 자기가 알고 있는 시 비슷한 것을 말했다. 그는 자그마한 배 위에 손을 포개고 고개를 끄덕이며 미소도 짓고 웃기도 했지만, 절대로 울지는 않았다.

* * *

• **오후** 3:00

“아, 우리 어머니.”

빅 엔젤이 말했다.

그는 어머니를 실망시켰다. 자신이 한 짓을 알았다. 참 다양한 방법으로, 갖가지 일을 저질러 실망시켰지. 어머니, 아버지, 마사 틀란, 벤트 가족, 브라울리오, 인디오에게까지. 하지만 이 배의 주도권을 잡는 데는 시간이 걸렸다. 실수도 있었다. “선장이란 타고나는 게 아니라 만들어지는 법이니까.” 그는 혼잣말을 했지만 아직도 자신의 말에 대한 확신이 없었다.

하지만 어머니. 그는 어머니가 자신이 사랑하는 페를라를 존중하지 않는다는 걸 느꼈다. 그는 페를라가 남편의 삶의 배경이 되어 존재감 없이 희미해지도록 내버려두지 않았다. 멕시코 어머니라면 남자가 아내 편을 드는 걸 존중할 거라고 믿었다. 그는 자신의 멕시코 어머니가 세운 규칙을 순순히 따르며 살지 않았다. 의견 차이 같은 건 없었다. 말을 안 듣지도 않았다. 모자는 서로 진심으로 잘 지냈다. 그렇지만 어머니는 아들의 집을 방문해서 갖은 술수로 집을 쑥대밭으로 만들어놓곤 했다. 시어머니는 부엌을 어슬렁거리며 찬장에 다가가서는 나긋한 어조로 이렇게 말하는 것이었다.

"이 냄비들이랑 프라이팬을 좀 더 잘 닦아야 하지 않겠니. 뭐, 잘 안 닦아서가 아니라 낡아서 그런 건진 모르겠다만."

아니면 쪽지에 페를라가 커피 컵을 그냥 헹구지만 말고 문질러 닦아야 한다고 조언을 남기기도 했다.

빅 엔젤은 동생인 세사르가 하듯 어머니와 포옹을 한 적이 없었다. 하, 심지어 리틀 엔젤도 자신보다 마마 아메리카와 더 많이 포옹했을 정도다. 세사르는 결혼이 파국을 맞을 때마다 어머니 집 소파에 와서 자곤 했다. 그녀는 여전히 세사르의 빨래를 해주고 일터에 나갈 때 도시락을 싸주었다.

'아들들은 어머니가 돌아가시고 나서야 어머니에게 고맙다고 말하는 데 참 인색했다는 걸 깨닫고 괴로워하게 되는 법이지.' 그는 생각했다.

"나는 특별한 놈이 아니야. 그냥 한 여자의 남편이고, 아이들의 아빠였지. 일하는 남자였고. 나는 세상을 바꾸고 싶었는데."

그는 말했다.

거기에는 아무도 없었다.

* * *

빅 엔젤은 이제 곧 일흔이 될 참이었다. 일흔이라니, 참 늙었다는 생각이 들었다. 하지만 동시에 너무 젊은 것 같기도 했다. 이렇게 빨리 사람들을 두고 떠날 마음은 없었다.

"나는 좋은 사람이 되려고 노력해왔습니다."

그는 보이지 않는 인터뷰어에게 말했다.

그의 어머니는 100세 가까이 살 수 있었다. 그래서 그도 최소한 그때까지는 살겠거니 싶었다. 마음속으로는 아직도 어린애였다. 웃고 싶고, 좋은 책을 읽고 싶고, 모험을 떠나고 싶고, 페를라가 만든 알본디가스* 수프를 한 번 더 먹고 싶었다. 대학에 갔다면 좋았을 텐데. 파리에 가봤으면 얼마나 좋았을까. 카리브 해협을 일주하는 크루즈를 탈걸 그랬어. 내심 스노클링을 해보고 싶기도 했다. 일단 건강해지면 하러 가야지. 그는 시애틀에 가볼 생각도 했다. 막냇동생이 어떻게 살고 있는지 봐야겠어. 그러다 불현듯, 자기가 샌디에이고의 북쪽인 라호이아에도 안 가봤다는 게 떠올랐다. 그곳에서는 부자 미국 놈들이 다 모여서 선탠하고 다이아몬드를 사대지. 그 해변을 걸어봤다면 얼마나 좋았을까. 왜 성게와 조개껍데기를 줍지 않았지? 갑자기 성게가 꼭 한 번 가져봤어야 할 좋은 물건처럼 느껴졌다. 그러고 보니 디즈니랜드에 가보는 것도 까먹었군. 그는 충격을 받은 채로 등받이에 몸을 기댔다. 너무 바빠서 동물원에 가볼 새도 없었다니. 자기 이마라도 치고 싶은 마음이었다. 사자나 호랑이에게는 관심이 없었다. 그가 보고 싶은 건 코뿔소였다. 미니에게 코뿔소 모형을 좋

---

* 토마토 소스와 같이 조리하는 미트볼.

은 놈으로 하나 사달라고 해야겠다. 그러자 그걸 또 어디다 둬야 하나 고민이 되었다. 침대 옆에 둬야지. 딱 맞는 장소 아닌가. 그는 코뿔소였다. 그러니 죽음이란 놈을 들이받아 확 처박아버릴 것이다. 랄로는 문신이 있지. 나도 하나 새겨보면 어떨까. 건강이 좋아지면 말이다.

사람들이 줄지어 나왔다. 사촌들은 서로를 안아주었다. 거창한 포옹이었다.

빅 엔젤은 목록을 작성 중이었다. 그의 머릿속에는 엑셀 시트가 펼쳐져 있었다. 그는 하루에 하나씩 죄를 참회한 다음, 그걸 '다 참회했음' 열로 옮겼다. 오늘 그는 바다거북 수프를 좋아하지 않았던 걸 참회했다. 소파 데 카구아마Sopa de caguama. 참 진국인 수프였지. 라임과 고수를 곁들이고 갓 구워 돌돌 만 옥수수 토르티야에다 소금을 친 다음 그 국물에 찍어 먹고, 칠리도 좀 넣어서 먹을걸. 그는 사실 칠리를 좋아하지 않았다. 하지만 그의 아버지는 남자라면 땀이 뻘뻘 날 때까지 칠리를 먹어야 한다고 가르쳤다. 나이 든 돈 안토니오께서는 칠리를 먹을 때마다 재채기를 했다. 그것도 얼굴이 새빨갛다 못해 푸르딩딩해질 때까지 말이다. 그래도 아버지는 칠리를 계속 먹었다. 고통이야말로 그의 종교였으니까. 빅 엔젤은 고개를 저었다. 그 수프를 생각만 해도 혓바닥이 입속에서 꿈틀댔다. 지금 그가 정말로 바라는 건 거북이들과 함께 헤엄치면서 그 지느러미가 그토록 맛있다는 걸 너무 늦게 알아버려 미안하다고 비는 것뿐이었다.

"골칫덩이가 많군. 그리고 호로새끼들도 많고."

그는 이렇게 말하고 휠체어라는 작은 파수대에 앉아서 모든 이들을 관찰했다.

한때는 죄를 전혀 기억해낼 수 없던 시절도 있었다. 그런데 요즘은 이 모든 죄악을 전부 다 처리할 수도 있겠다는 생각이 든다. 싹 다 말이다. 하지만 그는 똑똑한 사람이었다. 자기 꾀에 넘어가기에는 너무 똑똑하고말고. 저 그늘 속에서 언제나 또 다른 죄목이 흘러나와서 불을 지피고 양심을 찔러대려고 대기 중이니까.

미니가 걸음을 멈추고 이쪽의 상태를 확인하자 그가 말했다.

"얘야. 코뿔소는 가죽이 아주 두꺼워서 모기나 파리가 물지를 못한단다. 주둥이가 구부러지기나 하지."

"아, 좋겠네요."

그녀가 대꾸했다.

* * *

• **오후** 3:30

잠시 집에 왔다. 빅 엔젤은 어머니를 매장하기 전에 기저귀를 갈아야 했다. '불쌍한 미니. 이런 일을 해야 하다니. 하지만 할 일은 해야지. 가족이란 그런 거니까. 물론이고말고.' 그는 이렇게 생각했다.

그의 친구 데이브는 한때 그에게 자그마한 몰스킨 수첩 세 권 세트를 선물하면서 거기다가 감사할 거리들을 적으라고 말한 적이 있다.

"뭘 감사하라는 건데?"

"그건 네가 알아서 해야지. 네가 뭘 감사해야 하는지 내가 어떻게 알려주겠어."

"같잖은 소리군."

"같잖다니, 감히 그런 말을 하냐. 어쨌든 너는 스스로를 너무 진지하게 생각하는 놈이잖아."

"그래서 감사를 어떻게 해?"

"일단 해봐. 감사는 기도와 같은 거야. 기도란 하면 할수록 쓸모가 있어."

"망고나 파파야를 좋아하니까 그게 감사하다는 것도 되나?"

"다 네가 정하는 거라니까, 엔젤. 좋아하는 마음이 진심이야? 없으면 안 된단 생각이 드냐?"

"물론이지."

"음, 그럼 그것도 감사지. 그리고 생각해봐. 내 기분이 좋아진다면야 좀 멍청한 짓을 해도 되는 거 아니겠어?"

수첩에는 제목이 있었다. '나의 멍청한 기도 제목들'. 그는 주머니가 있는 셔츠를 입을 때면 수첩 하나를 셔츠 주머니에 넣었다. 침대나 휠체어에 앉아 있을 때는 왼쪽 엉덩이 아래에 꽂아놓았다. 파란색 파이롯트 G-2 볼펜이 떨어지지 않게 사두라고 딸에게 으름장을 놓았다. 그는 다른 펜으로는 아무것도 쓰지 않겠다고 했다. 그건 빅 엔젤이 직장에서 쓰던 펜이었고, 지금도 쓰고 있는 것이었다.

망고

첫 번째 줄에 쓴 단어가 이거였다. 그다음으로는

(데이브 이 멍청한 자식)

데이브가 볼지도 몰라서 적어놓았다.

결혼
가족
걷기
일하기
책
먹기
고수cilantro

그 단어를 보고 그는 깜짝 놀랐다. 갑자기 어디서 튀어나온 말인가. 고수라고? 그다음에는 다른 말들이 이어졌다.

내 막냇동생

그는 감사할 거리들이 매일 더 우스워지고 있음을 알아차렸다. 하지만 감사 제목들은 많았다. 비 온 뒤 피어나는 사막의 야생화처럼 번성했다. 스스로를 제어할 수가 없었다. 그래서 딸애는 그에게 두 번째, 세 번째, 계속해서 작은 수첩 세트를 사다주어야 했다.

비 온 뒤의 야생화
심장이 벌어지면 자그마하고 밝은 씨앗들이 떨어져 나온다

이제 와서야, 그는 자신의 수많은 능력 중에 시 쓰는 재주도 있다는 걸 깨닫게 되었다.

* * *

그는 섹스를 못 하게 되어 너무 아쉬웠다. 자위라도 할 수 있으면 좋으련만. 지금은 아무리 노력해봤자 그저 매가리 없고 물렁하여 절망밖에 차오르지 않는 상태였다. 한때는 침실을 지배하는 부피와 궤적과 길이로 유명했는데. 이제 그런 것들은 죄다 사라지고 거시기는 축 시들어 몸에서 다시는 아무것도 나오지 않게 되어버렸다.

"아, 자기야! 정말 대단해!"

사랑을 나눌 때마다 페를라는 이렇게 소리 지르곤 했다.

갈색 유두가 떠올랐다. 그의 인생을 통틀어 그 젖꼭지는 그가 손댈 수 없지만 너무나 먹음직스러운 작은 새의 묘한 그림자처럼 둥둥 떠다녔다. 혀에 닿으면 버터처럼 사르르 녹아들었지. 퀼

트 천 위에 손을 올려놓았을 때조차도 그의 손가락과 손바닥은 시나몬 빛 배와 등을 느낄 수 있었다. 그는 연인의 몸속에서 바다를 맛보았다. 그녀의 우유 역시도.

걷지 못하게 되어 아쉬웠고, 페를라의 여동생들에게 끊임없이 추파를 던지던 시절이 그리웠다. 물론 그건 후회스럽기도 했지만. 특히 라 글로리오사와의 일이 그랬다. 이럴 수가. 지금도 그녀는 다리를 슥 보여주면 트럭을 세울 수 있을 여자였다. 거시기에 느낌을 받지 못한 지도 참 오래되었지만, 라 글로리오사가 알록달록한 드레스를 입고 아찔한 힐을 신은 모습을 생각만 해도 그곳의 맥이 뛰고 부풀어 올랐던 옛 기억이 났다. 잠시 동안, 그는 몸이 다 나아서 다시 솟아오르게 될 거라 믿었다. 그러다 비탄에 잠겨 고개를 저어버렸다.

"걷기가 있잖아." 그는 혼잣말을 했다. 당장 할 수 있는 것에 집중하자고! 공원을 산책하고, 맥도날드에 가고, 페를라와 손을 잡고 플라야스 데 티후아나를 천천히 둘러보는 거다. 국경 순찰 헬리콥터가 녹슨 국경 장벽 북쪽을 지나는 모습을 보며, 바닷가 투우장 옆에 있는 노점에서 생선 타코를 먹는 거다.

아프지 않은 몸이 너무나도 그리웠다.

어쩐지 페를라는 지금 그가 이런 생각을 하고 있다는 걸 아는 것도 같았다. 특히 그가 여자들 생각을 할 때마다 아내는 빠르게 알아챘다. 그래서 그는 머릿속을 비웠다. 가족 중에서 처음 컴퓨터를 사용한 사람인 그는, 이렇게 혼잣말을 했다. "리부트. 리부트. 이 호로새끼야. 컨트롤-알트-딜리트 누르라고. 몽땅, 딜리트."

"나의 엔젤, 무척 섹시하네."

페를라는 사람들이 다 모인 곳에서 종종 이렇게 말하곤 했다.

하지만 온몸의 뼈가 죄다 석회처럼 굳어가고 다리가 밤낮으로 아픈데 섹시하기란 참 힘든 법이다. 게다가 기저귀까지 차고 있지 않나. 그의 용감한 딸은 종종 이렇게 묻곤 했다.

"아빠, 아직 오줌 안 쌌죠?"

예수님 제기랄. '죄송합니다, 주님.' 하지만 어쩌다가 그는 딸보다 더 작아져버렸을까?

내 자식들보다 더 키가 커지기

빅 엔젤은 언제나 가족의 지도자였다. 돈 안토니오가 가족들을 라파스에 굶어 죽게 내버려두었을 때, 형제자매들은 빅 엔젤을 아버지처럼 따랐다. 그랬던 빅 엔젤이 이제는 자기 딸의 아기 노릇을 하고 있다니. 지금은 딸애가 그의 가랑이에다 베이비파우더를 바르고 있다. 이 상황이 가족들이 전부 모였을 때 그가 즐겨 하던 야한 농담같이 느껴졌다.

"아빠, 괜찮아요?"

그녀가 물었다.

"내가 괜찮아질 날이 언제 또 오겠냐."

그는 저 먼 곳을 응시했다. 미니는 아버지 마음속에서 아주 많은 일이 일어나고 있다는 걸 알았다. 대체 얼마나 많은 일이 일어나는 건지 알 수는 없었지만.

미네르바. 그녀는 자신의 본명이 싫었다. 하지만 고향의 단짝 친구들이 미니라는 별명을 지어주었고, 훗날 그녀는 '라 미니 마우스La Minnie Mouse'라고 불리게 되었다. 이러니까 크리스마스 선물을 사주기에도 쉬웠다. 그래서 미니는 꽤 많은 미니 마우스 제품을 모았다. 미니와 미키 인형은 헝겊과 플라스틱 종류별로 있었고, 후드 티셔츠와 베개도 있었다.

빅 엔젤은 모여 있던 꼬마애 두 명에게 이리 오라고 손짓했다. 손주들이로군. 어쩌면 증손주일지도 모르고. 언제나 주변에 애들이 두엇은 있었다. 그의 자녀들은 모두 자식을 낳았고, 그 손주들은 또 자녀를 낳을 것이었다. 조카들도 다 자녀가 있었다.

그들은 빅 엔젤의 휠체어로 모여들었다.

"아부지, 부르셨어요?"

"내가 마지막으로 병원에 있었을 때 말이다."

그는 즐거운 기색이 가득한 억양으로 말했다. 리카르도 몬탈반*의 말투를 따라 한 것이다. (이 꼬맹이들이 아는 스페인어라고는 '타코'와 '토르티야'밖에 없기 때문에, 그는 영어로 말했다.)

"그때 무슨 일이 있었게?"

"모르겠는데요, 아부지."

"거기 아주 아픈 남자가 하나 있었다."

"그 사람 입원했었어요, 아부지?"

"아 그래. 아주 아파서 그 남자는 몸의 절반을 잘라내야 했어."

* Ricardo Montalbán(1920~2009). 멕시코 출신의 할리우드 영화배우.

"징그러워요!"

"그래. 의사들은 그 남자의 왼편을 전부 잘라냈다!"

"뭐라고요? 왼편을 전부요? 진짜예요, 아부지?"

"전부. 왼쪽 팔, 왼쪽 다리, 왼쪽 귀, 왼쪽 궁둥이까지."

아이들은 소리를 질렀다. 어린 애들은 엉덩이 이야기만 나오면 아주 환장한다니까.

"그런데 어떻게 됐는지 아냐?"

"어떻게 됐는데요, 아부지?"

"그 남자는 지금 *멀쩡히* 살아!"

아이들은 그 말을 이해하지 못했다.

✳

또 비가 오잖아

• **오후** 4:00

온수 샤워

운전

스타킹을 올리는 페를라

돼지기름에 구운 달걀 프라이

토르티야—밀가루가 아니라 옥수수 가루로 만든 것!

스티브 맥퀸

랄로가 도와주러 왔다.

빅 엔젤이 말했다.

"깨끗하게 잘해라. 산뜻한 느낌이 나게."

그는 아들에게 영어로 말했다. 아주 기분이 좋았다. 작은 수첩을 엉덩이 밑에다 끼웠다. 그는 이겨낼 것이다.

"난 살아 있다."

"알겠어요."

랄로는 군복을 벗고 옷을 갈아입은 상태였다. 이제는 군복이 너무 낀다는 걸 아무에게도 인정할 마음은 없었다. 그리고 제일 좋은 정장을 입으면 멋있어 보인다는 걸 알고 있었다. 이건 한 벌밖에 없는 정장이었다. 예전에 빅 엔젤이 그를 쇼핑몰에 데리고 가서 사준, 하얗고 가느다란 줄무늬가 들어간 진청색 투피스 정장. 거기다 흰 셔츠와 진빨강 넥타이, 끈 달린 검은 정장 구두까지 갖추었다.

미니는 페를라와 리틀 엔젤을 데리고 앞서 걷고 있었다. 그들은 주차장에서 기다렸다. 랄로가 아스팔트 길을 지나 묘지 잔디 위로 휠체어를 미는 동안, 빅 엔젤은 생각했다. '하루만 더요.'

하루는 더 살아야 한다. 가족 파티까지는.

"조심해서 가라, 아들아."

"알겠습니다, 아부지."

"나 떨어뜨리지 말고."

"떨어뜨리면 웃기기는 하겠네요."

"넌 아비를 존중 안 하냐?"

"존중하고말고요! 우리의 전설인데 존중해야죠!"

"전설이라. 그거 '전부 설사나 싸는 놈'의 줄임말이냐?"

"재밌네요, 아부지!"

"재밌는 거 안다. 서둘러라."

* * *

아니, 아부지는 뭐 하러 이토록 서두르는 건가? 랄로는 흔히들 쓰는 진정제가 노인네에게도 곧 필요할 것 같다고 생각했다. '여보쇼, 뭐가 급한데?' 랄로가 지금 무덤으로 들어가야 할 상황이라면, 발을 질질 끌면서 몇 번 투덜거린 다음 긴장을 풀고 편안하게 들어가리라. 뭐, 지금 그렇게 살고 있기도 하고. 어차피 다들 언젠가는 죽을 날을 기다리며 사는 거잖아? 흙 속에 망할 놈의 구덩이를 파기 위해서 말이야. 그러니까 이보쇼, 좀 유하게 살라고. 이건 누가 빨리 가나 시합하는 경주가 아니니까 천천히 가라고요.

왼쪽 팔 위쪽이 미친 듯이 간지러웠다. 최근에 새로운 문신을 새겼기 때문이다. 바로 왕년의 아버지 모습으로, 그 옛날 유행하던 멕시코식 콧수염을 기른 모습이었다. '아부지여 영원하라'라는 글귀도 같이 새겨 넣었다. 샌 이스드로에서 260달러를 주고 했다. 그는 팔을 긁고 싶었지만, 새로 새긴 문신에 피가 스며드는 건 싫었다.

랄로는 유일하게 남은 아들이었다. 살다 보니 다른 아들들은 사라졌다. 그중 한 아들은 여기에 머물고 있다. 할머니가 잠드실 곳 근처에 말이다. 그 생각을 하니 울고 싶었다. '제길, 브라울리오.' 그는 브라울리오를 생각했다. 그 피가 며칠 동안 길가에 흩뿌려져 있었지. 결국 갈색으로 변해버렸고. 죽은 호수 같았어. 그와 친구들은 곁에 서서 하염없이 길바닥을 응시하다 울면서 복수를 맹세했다. 태양 빛에 피가 응고되자 파리들이 몰려들었다.

왜 아무도 그 피를 씻어낼 생각을 하지 않았을까? 파리라니. 어휴. 그는 파리가 싫었다. 이라크에는 망할 놈의 파리가 가득했다. 물론 거기서는 피가 흙 속으로 스며들었지만. 피 웅덩이는 오래가지 않았다. 먼지와 자갈 속으로 빨려 들어갔지. 그건 때로는 그림자처럼 눈에 보이기도 한다. 하지만 정말 그 피를 느낄 수 있는 건 냄새를 통해서다.

그는 고개를 저었다.

굳은 피가 말라붙은 다음에는 말벌들이 그 위로 몰려들었다. 그놈들은 몸을 흔들어대며 피 얼룩의 말라붙은 가장자리를 뜯어먹었다. 브라울리오. 이 모든 것은 그의 머릿속 전투 장면과 섞여들었다. 다리의 상처가 불타오르는 듯 아팠다. 혹시 자신의 피는 그곳 흙에 아직도 남아 있는 걸까. 아니면 어떤 개가 와서 피를 파내어 싹 핥아먹었을까.

그리고 또 다른 형, 큰형은 집을 떠나 한 번도 이곳에 돌아올 생각이 없었다. 인디오. '그래. 좋아. 저 손해지. 등신 새끼.'

그는 아빠를 계속 밀고 가며 말했다.

"난 좋은 아들이에요, 아부지."

빅 엔젤은 머리 위로 최대한 높이 손을 뻗었다. 랄로는 아버지에게 가볍게 하이파이브를 했다. 손가락이 아빠의 손가락을 슬쩍 스칠 정도로.

"고맙다, 얘야."

아부지가 대답했다.

빅 엔젤은 하느님과 협상 중이었다. '생일을 한 번만 더 보내게 해주세요. 제가 그 생일을 잘 보낼게요. 누구도 잊지 못할 생일을 만들 거랍니다. 그러면 사람들은 모두 하느님을 영원히 기억하겠죠. 하느님께서 베푸신 그 모든 기적을 생각하면서 말이에요. 그렇죠? 저처럼요. 그러니 저에게 하루만 더 주십쇼. 들으셨죠, 하느님. 하실 수 있잖아요.'

그의 마음속은 불쑥불쑥 튀어나오는 온갖 종류의 영광으로 불타올랐다. 라파스를 비추는 일몰. 인부들이 죽은 비둘기와 똥들을 다 파내고 난 멕시코 대성당 유적의 그림자. 그의 아내 허벅지 사이에 겹겹이 드리워진 무한한 그림자. 코르테스 바다에서 본 고래. 고래가 물속에서 솟아올라 산산이 부서지는 바닷물 가운데 떠 있는 모습은 마치 부서진 유리 스커트를 입은 듯했다. 마치 공기가 그 무지막지한 덩치를 끌어올린 것만 같았다. 고래는 옆을 지나는 자그마하고 하얀 앵무새 같은 물고기들을 둥근 배 아래로 날리면서 다시 물거품 속으로 사라졌다.

그는 하늘을 보았다. 여전히 비가 내리고 있었다. 페를라는 비를 싫어했지만, 빅 엔젤은 이게 신호라는 것을 알았다. 새 삶이 오고 있군. 삶은 계속되고 있어. 그는 하느님에게 눈썹을 찡긋해 보였다.

앞에 가는 리틀 엔젤은 페를라에게 우산을 씌워주고 있었다. 그녀는 리틀 엔젤에게 기댄 채로 젖은 잔디 위를 걸었다. 그는 빅 엔젤을 속일 수가 없었다. 빅 엔젤은 막냇동생이 언제나 자기 아내에게 매력을 느꼈다는 걸 알고 있었다. 누군들 아니었던가?

그는 골똘히 생각했다. 혹시 그 파티 날 중 하룻밤, 테킬라가 흐르고 있었을 때…… 아니, 그럴 리가. 절대 그럴 리가 없지. 이제 와서 의심해 뭐 하나?

페를라와 리틀 엔젤은 옆길로 샜다. 브라울리오의 무덤으로 가려는 거군. 하지만 페를라는 그곳에 한 번도 가질 못했다. 그가 예상한 대로, 페를라는 주저앉았다. 10년 동안 그녀는 그 잔디밭 길을 끝까지 걸어본 적이 없었다. 리틀 엔젤은 페를라를 잡고 반쯤은 질질 끌고서 매장지로 향했다. 울부짖는 페를라의 목소리가 공간을 가르고 작게 들려왔다. 목 멘 소리. 그 소리에 빅 엔젤은 끔찍한 꿈을 꾸고 있는 것처럼 마음이 불안정해졌다. 고개를 돌려 다른 광경을 눈에 담았다. 무덤들, 조각상들, 나무들, 그리고 빗줄기. 그런 다음 다시 아내와 막냇동생을 바라보았다.

그녀도 이젠 쪼그라들었다. 빅 엔젤처럼 말이다. 이젠 다들 작아졌지. 불쌍한 나의 아내. 검은 드레스와 숄을 걸친 채로구나. 그녀의 피부는 아직도 아름다운 갈색이긴 하다. 빅 엔젤의 어머니가 받아들이기에는 너무 어두운 갈색이었다. 마마 아메리카는 그보다 더 연한 피부색을 좋아했다. 하지만 그와 페를라는 나름의 반점과 상처와 사마귀와 주름을 얻으며 살아왔다. 그녀의 다리는 혈관이 튀어나오고 굽었지만, 페를라가 한창 아름다웠을 때 리틀 엔젤이 그 다리를 보며 얼마나 감탄했는지 빅 엔젤은 짜증날 정도로 잘 알고 있었다. 다른 남동생도 그랬다. 그의 아버지도 그랬다. 하지만 페를라는 자신의 것으로 남았다. 그래서 빅 엔젤은 그녀를 딱 있는 그대로 무척 감탄하며 사랑했다.

젊었을 적, 페를라는 그가 혀를 몸 어디에 대야 하는지 가르쳐야 했다. 하지만 일단 배운 다음에는 실패한 적이 한 번도 없었다.

"내가 이겼다고."

그는 말했다.

장례식에 가려고 미친 듯이 허둥대는 동안 식구들이 집 안에서 찾을 수 있었던 단 두 개의 우산은 리틀 엔젤이 들고 있는 저것과 보기에도 딱할 정도로 우스운 아동용 우산이었다. 빅 엔젤은 우산을 폈다. 분홍색 헬로키티 우산을 쓰고 눈을 가늘게 뜬 채로 바라봐야 하다니. 지금 어떤 꼴로 보일지 애써 생각하지 않으려 했다. 이제 공기 중에는 살짝 안개가 꼈다. 무상한 풍경. 장례식에 적합한 분위기로군.

빅 엔젤은 안개 너머를 좀 더 자세히 바라보았다. 그러자 그곳에 어떤 형상이 보였다. 아버지였다. 돈 안토니오의 유령은 말쑥해 보였다. 유령은 나무 뒤를 어슬렁거리며 마마 아메리카가 지금 펼쳐지는 갈라 쇼를 얼른 끝내기를 기다리고 있었다. 그녀와 춤추러 토성으로 가려는 것이다. 빅 엔젤은 아버지에게 고개를 끄덕였다. 아버지는 씩 웃더니 입술에 손가락을 대고는 나무 뒤로 사라졌다.

"랄로. 죽음이 끝이 아니야."

빅 엔젤은 아들을 돌아보며 말했다.

"그래요? 하. 그건 좀 더 연구해봐야겠는데요."

'나한테는 아주 끝장인 것처럼 보인다고요, 아부지.'

보통 랄로는 운동복 반바지에 낡은 반 헤일런* 티셔츠를 입고 지냈다. 하지만 가끔, 오늘처럼 그가 어떤 사람이었는지 세상이 기억해줄 필요가 있는 날이 있었다. 행사 날에는 으리으리한 소품이 필요한 법이다. 랄로는 그 소품을 여봐란듯이 보여주기 위해 좋은 옷을 입는 걸 좋아했다. '아부지에게 보여줄 소품이지.' 그는 생각했다.

하지만 "죽음이란 없다"라니, 무슨 개소리야? 그래. 없다.

죽음이란 분명 그의 형에게는 종말이었다. 죽음은 확실히 그 알라후 아크바르 골목에서 그의 분신의 반을 앗아간 정말 나쁜 쌍놈이었다. 죽음 이 개자식은 아무리 생각해도 자신의 불알 반쪽만을 데려가지 말고 차라리 자신을 죽여야 했다. 그 죽음이란 그의 다리를 가르고, 그의 불알을 지퍼처럼 쭉 당긴 다음 허벅지부터 무릎까지 쫙 열고 무릎을 돌아 부츠까지 찢어발겼다. 그냥 안이 어떤가 보려고. 그 안에 스테이크라도 있다는 듯이. 그가 집에 돌아오자 인디오는 그를 반쪽짜리 불알이라고 불렀다. 랄로는 뭐가 그리 우스운지 알 수가 없었지만, 어쨌든 너무 심하게 웃은 나머지 눈물이 날 정도였다. 그래서 형에게 이렇게 소리쳤었다.

"이게 뭐가 웃겨, 젠장!"

죽음이라고?

바로 이 동네에서 그가 잃어버린 친구만 해도 열 손가락을 다 써서 세어야 했다. 맥도날드에서, 공원에서, 805번 국도로 나가

---

* Van Halen, 1972년 캘리포니아주에서 결성된 미국의 하드 록 밴드.

는 진출로 아래에서. 그리고 브라울리오와 조커가 사슬로 때려 눕힌 그 경찰도. 그놈은 다시는 일어나지 못했다. 일어났다 하더라도 다시는 춤을 출 수 없게 될 것이었다.

바로 그게 진짜였지.

맞아. 그중 아무도 찍 소리조차 내지 않았다. 그때 있었던 놈들은 아무도 돌아오지 않았다. 저 신비하신 아부지 마법사께서는 그냥 멕시코의 늙은이가 그렇듯 우주적인 헛소리를 지껄이는 거야. 죽음이 끝이 아니라고? 그럴지도 모르지. 악몽이란 게 있으니까. 악몽 속에서는 죽은 놈들이 참 많이도 나와서 수다를 떨어댔다. 아부지는 뭘 알긴 하지만, 길거리에 널린 사람의 뇌를 본 적은 없다. 다른 젊은이들과 마찬가지로, 랄로 역시 철학자 기질이 있었다. 제길. 또 다리가 아파온다. 통증을 없애기 위해 뭘 조금 맛보았으면 좋겠는데.

빅 엔젤은 이렇게 생각했다. '이 애들은 정말 멍청하구나. 세상을 자기네들이 처음 발견한 줄 아나.'

* * *

랄로는 가느다란 줄무늬가 들어간 새 양복이 자신에게 꽤 날렵하게 잘 맞는다는 걸 알고 있었다. 두목처럼 반쯤 삭발한 머리 위로 빗방울이 떨어졌다. 베레모를 벗자 머리가 비바람에 그대로 노출되었다. 그는 자신의 얼굴이 검은 나무에 새긴 것처럼 보일 거라고 상상했다. 어엿한 치치메카족 전사가 나가신다, 호로새끼들아. 좋아.

살짝 들린 꽁지머리와, 입술과 턱 사이에 세로로 길게 남겨놓은 수염은 척 봐도 깡패 같아 보였다. 그의 검은 그림자는 아무것도 드러내지 않았다. 물론 그는 항상 주위를 흘깃거리며 라마라나 엘오요 마라비야에서 온 얼간이들을 지켜보고 있었다. 그 양아치들은 언제나 말썽 피울 거리만 찾아다닌다. 그 동네 애들이 다 그렇지.

그는 빌어먹을 국경 순찰대를 지켜보는 일에 더욱 몰두했다. 정부의 드론들도 지켜보았다. 그 갈색 남자를 엿보라고, 진짜로 조심하라 그랬겠지.

미그라!* 왜인지 몰라도 그의 티후아나 친구들은 국경 순찰대를 "바다의 작은 별"이라고 불렀다. 그게 뭔 헛소리인가. 랄로는 그 이유를 알고 싶었다. 하지만 티후아나에 가서 누구한테 물어볼 수가 없었다. 지금 당장은 안 된다.

국경 순찰대는 최근에 교활해졌다. 국경 순찰대 요원들이 술집에 모인 늙은이들 사이에 끼어들어 나가는 길에 갈색 피부를 지닌 노인들을 끌고 나간다는 소문을 들었다. 나중에 처리하자고! 그는 이민 경찰대 그 개자식들이 삼촌이나 숙모를 끌고 가게 두지는 않을 참이었다. 오늘은 안 돼.

사실을 말하자면, 그를 끌고 갈지도 모르지.

경찰이란 단어는 쓰지 않는다. 그는 아버지가 알아듣지 못하

---

* 미국의 이민 경찰대.

는 말로 '고자질쟁이'나 '배지'라는 은어를 썼다. 브라울리오와 인디오에게서 배운 것이다. 물론 인디오는 다른 소년들보다 더 무서웠다. 키가 무척 크고 피부도 검은 데다, 이야, 그 근육이라니. 하지만 그는 보기와는 정말 다른 사람이었다. 인디오야말로 그들 중 최고의 남자애였다. 브라울리오는 모두를 놀려먹었다. 참 웃겼지. 엄마와 아빠에게 듣기 좋은 말을 퍼부을 수 있는 아들이었다. 아무도 몰랐지만, 미니는 알았다. 체포된 적이 있는 건 인디오가 아니었다. 바로 랄로였지.

그는 벌써 두 번이나 감옥에 갔다 왔다. 두 번째는 정말 상황이 안 좋았다. FBI에서도 오고 그랬으니까. 하지만 제일 안 좋았던 건 아부지 얼굴에 먹칠을 했다는 거였다. 아부지는 그에게 이제껏 계속 경고했었다. 이렇게 줄곧 사고만 치고 다니면, 가족의 얼굴에 먹칠을 하는 것은 물론이고 경찰이 그가 불법체류자라는 걸 알아내서 미국 땅에서 추방할 거라고.

"걱정 마세요, 아부지. 나는 상이군인이라고요."

그 말은 맞았다.

솔직히 말하면 부모님에게 어린 자신을 업고 티후아나 강을 건너라고 부탁한 적은 없었다. 하지만 일이 그렇게 되어버렸다. 랄로가 막 태어났던 1975년, 아부지는 가족을 국경 너머 샌디에이고로 데려갈 때가 왔다고 결심했다. 거기서 몰래 일을 하겠다고 말이다. 물론 불법이었지. 그들은 할아버지 집에서 캠핑을 했다. 멕시코로 기어들어 오는 주말이면 아부지는 "가족들에게 더 좋은 삶을 주기 위해" 그랬다며 말하곤 했다. 랄로는 스스로가 불쌍했다. 난 샌디에이고에서 자란 놈인데. 저 위대한 멕시코계 미국인 히스패닉이라고 생각했는데, 자기도 모르게 국경 순찰대를 피해 숨어야 하는 신세가 되어버리다니. 이런 개 같은 상황이 또 어디 있나.

"왜 항상 나만 이래요?"

그가 말하자 빅 엔젤이 대꾸했다.

"뭔 소리냐?"

랄로는 그래도 뭔가 말했다는 게 기분이 좋았다. 아부지가 휠체어에 앉아 쪼그라든 모습을 보자, 랄로는 혹시 아버지가 자는 게 아니라면 죽은 거라는 생각이 들기 시작했다. '아직 죽지 않는 게 좋을걸요, 아부지. 제가 지켜보고 있는 데서 죽지 말라고요.'

* * *

랄로는 젖은 잔디 위를 억지로 걸어 브라울리오의 묘비 앞에 섰다. 너무 고통스러웠다. 이 순간에 할 수 있는 일이라고는 고통을 느끼는 것뿐이었다.

"안녕, 형."

그는 속삭였다. 이런 말뿐이라도 충분하기를.

이민 문제를 해결해야 한다고 생각한 것도 브라울리오였다. 미니는 이 문제를 걱정할 필요가 없었다. 개는 미국 계집애였으니까. 그 애는 진짜 미국인처럼 내셔널 시티에서 태어난 본토민이었다. 그러니 이런 문제들을 처리해야 할 필요가 없었다. 투표

권도 있었고.

어쩌면 브라울리오도 좋은 사람이 되고 싶었던 마음이었으리라. 좋은 일을 하자고. 누가 알겠는가? 신분증명서를 가지고 인생에 뭔가 의미를 부여하려고 했을지. 무엇이든 가능하다는 걸 랄로는 이미 배웠다.

브라울리오는 학교에서 싸움을 일으켜 퇴학을 당한 다음, 빅 엔젤과 페를라의 실망하는 눈길을 피해 점점 더 집에 들어오지 않았다. 그러다 1991년, 그가 바로 스무 살이 되었을 때였다. 그날도 하릴없이 어슬렁거리던 브라울리오는 불쑥 군대 모병관들과 마주쳤다. 그들은 쇼핑몰에 작은 부스를 설치해놓았다. '신기한 시각 효과'를 주는 3D 포스터와 곤충처럼 앵앵대는 소리를 내며 빠르게 돌아다니는 자그마한 플라스틱 헬리콥터를 파는 진지한 행상인 같았다.

브라울리오는 랄로를 데리고 쇼핑몰에 가는 걸 좋아했다. 가서 여자애들도 좀 만나고, 미시즈 필즈 쿠키를 먹기도 했다. 보통 쇼핑몰에 갈 때는 브라울리오의 양아치 사촌인 기예르모와 함께 몰려다니곤 했다. 하지만 그날은 그들 둘이서만 나갔다. 브라울리오는 스키니 진을 사고 싶었지만, 기예르모는 전통적인 히스패닉 젊은이라 그런 거지 같은 옷은 좋아하지 않았다. 기예르모랑 스키니 진을 사러 간다면 브라울리오가 미국 놈이 되고 싶어 한다고 하루 종일 놀려댈 것이었다.

그래서 둘이 갭 매장을 막 빠져나왔던 그때였다. 보안 요원은 로보캅 같은 눈으로 그들을 주시하고 있었다. 둘은 어슬렁거리면서 조막만 한 반바지를 입은 필리핀계 여자애들한테 수작을 걸어보려던 참이었다. 하지만 뭐라고 말할까 아무리 머리를 굴려봤자 기껏 떠오르는 말은 "죽이는데!"뿐이었다. 말보다도 더 중요한 건 어떻게 발음하느냐였다. "쥑이는데!"라고, 캐러멜을 잔뜩 발라 혀에 착 붙는 듯한 진짜 본토 발음을 해야 한다. "쥑이는데, 이쁘뉘"라고 입가를 살짝 척! 올려주며 머리를 슬쩍 흔들어야 한다. '진짜 본토인처럼' 말이다. 어쩌면 한 손을 재빨리 거시기에 대면 좋을지도 모른다. 불쌍한 랄로. 그는 이게 멋들어진 비즈니스라고 생각했다.

그때, 브라울리오의 눈에 탱크가 보였다.

육군 모집 부스는 뒷벽에 플라스틱 M14 모형을 세워두고 2미터 넘는 높이의 탱크 포스터를 붙여놓았다. 외국 어딘가 저 멀리 모래 언덕에서 이쪽으로 웅장하게 달려오는 모습이었다. 이 액션 장면을 배경으로 당당하게 앉아 있는 젊은 금발 병사가 눈에 띄었다. 그 모습은 마치 '이달의 반려동물'처럼 환하게 빛이 났다. 그는 이 세상에 아찔할 정도로 긍정적인 격려를 보내고 있었다. 각진 머리 모양을 한 병장은 책상에 앉아 50구경 총알로 만든 펜을 쥐고 있었다. 이가 하얀 플라스틱처럼 빛났다. 부스 주변으로 조무래기 소년들이 와글와글 모여들었다. 브라울리오와 랄로는 그 애들의 입에서 "자식아", "당연하지, 새끼야" 같은 말과 함께 극도의 경외심 어린 목소리를 들었다. 물론 그 조무래기들의 말은 너무 헛돌아서 "브로bro"라는 발음을 못 하고 그저 "브라brah"라고 지껄여댔다.

트랙터의 헤드라이트 빛에 이끌린 것처럼, 브라울리오는 1980년대의 촌스러움에서 벗어나 메탈과 엔진이 갖추어진 기술의 미래로 굴러갔다. 랄로가 보기에는 형이 가족에게서 빠져나가 불과 50걸음 만에 미 육군으로 끌려들어 가는 것만 같았다. 무슨 연금술처럼 갑자기 확 변해버리다니, 이 상황이 전혀 이해되지 않았다.

형의 걸음을 따라잡는 데도 한참 걸렸다. 랄로가 겨우 형을 잡았을 때, 브라울리오는 애들과 축구 선수들을 밀치고 부스 책상에 앉아서 벌써 멕시코식 헛소리를 병장에게 털어놓고 있었다.

"저기요, 저 솔직하게 말할 건데요, 선생님."

"날 '선생님'이라고 부르지 마라. 나도 먹고살려고 하는 일이니까."

브라울리오는 이게 으레 하는 케케묵은 소리라는 걸 몰랐다. 그래서 속으로 이 새끼는 나쁜 놈이구나, 하고 생각했다.

"제가 좀 그렇고 그런 문제가 있거든요."

그러자 병장은 하하하 웃으며 들으란 듯이 대놓고 말했다.

"그렇고 그런 문제라니, 그게 설마 출생의 비밀 같은 건 아니겠지. 네 말을 들어보니 지금 *조폭이랑 연관되어* 있다는 말을 하고 싶은 모양인가 본데. 너는 *히스패닉이니까* 말이야."

그는 또 하하하 웃더니 브라울리오의 깡마른 얼굴에 총알로 만든 펜을 겨누었다.

"이것 봐. 내가 같이 복무했던 군인 중에 제일 좋은 놈들은 빌어먹을 타코 장사치들이었다고, 꼬마야. 이건 놀리는 말이 아니라 진짜야."

"음, 사실 저는 신분 문제가 있어서……."

그러자 상병의 거대한 손바닥이 마치 자그마한 국경 장벽처럼 브라울리오의 얼굴 앞을 척 가로막았다.

"더는 말하지 마라. 한마디도 하지 마. 난 네가 술 마실 나이가 됐나 안 됐나도 궁금하지 않아. 알겠냐. 스물한 살이 넘었나 안 넘었나도 솔직히 나한텐 전혀 중요하지 않다고. 그리고 군대에서도 마찬가지다."

"진짜로요?"

랄로는 얼굴을 찡그리는 병장을 지켜보았다. 그가 히스패닉 젊은이들이 쓰는 영어를 그다지 좋아하지 않는 게 딱 보였다.

병장은 거짓말을 늘어놓았다.

"네가 조국을 위해서 싸울 마음가짐이 있다면, 조국은 너를 위해 싸워줄 준비가 되어 있어. *그보다 더 위대한 선물이 뭐겠어.* 게다가 이것저것 다른 것도 있고. 미국을 위해서 싸우는 거다, 얘야. 네가 입대하면, 우리가 네 서류를 처리해줄 거야. 그리고 네가 파병이 되잖아? 하, 그럼 오케이! 넌 미국인인 거야. 자동적으로."

브라울리오는 진지한 얼굴로 랄로를 올려다보았다.

"이건 우리가 해줄 수 있는 일 중 가장 사소한 거다."

병장은 이렇게 말하며 브라울리오와 악수를 했다.

브라울리오는 2년간 복무했다. 대부분은 독일에서 보냈고, 전투는 한 번도 치른 적이 없었으며, 돌아왔을 때는 헤로인에 절어 있었다.

서류라. 그래. 그것부터가 참 대단한 헛소리였지만 랄로는 그걸 몰랐다. 그리고 브라울리오는 그게 거짓말이라는 걸 알아채기 전에 그만 죽고 말았다. 수많은 고향 친구들이 그 거짓말에 속아 넘어갔고, 후에 그들은 모두 티후아나에 있는 퇴역 군인 벙커에 쪼그려 앉아서, 대체 왜 나라에서 쫓겨난 건지 의아하게 생각했다.

몇 년 뒤 문제에 휘말린 랄로는 병장의 말을 떠올렸다. 그건 별것 아닌 일이었다. 그저 사소한 '조폭 관련' 사기 행각이었을 뿐. 하지만 문제가 더 심각해지기 전에 멈추고 싶었다. 스물여섯 살이었던 그는 군인이 되기에는 너무 나이 들었다고 생각했지만, 정부는 필사적으로 모병 중이라 누구든 오기만 하면 받았다. 나이가 서른 정도 되면 멍청한 애송이들보다 사소한 범죄에 훨씬 더 많이 직면한다는 것도 랄로는 알고 있었다. 마약을 조금씩 갖고 다니며, 주머니에는 칼을 넣고 다니다 거리에서 싸움을 벌이게 되니까. 그는 자기 아부지만큼 좋은 사람이 되고 싶었다. 물론 그렇게 될 리는 없었지만, 그렇다면 적어도 그의 형만큼은 좋은 사람이 되고 싶었단 말이다. 군대에 가면 사람이 되어 나오지 않을까. 적어도 자신이 되고 싶어서 발버둥 치는 그 모습이, 멋진 누군가가 되지 않을까. 그래서 그는 모병 부스를 찾아갔다. 그런데 실제로 전쟁이 있을 거라고는 생각하지 못했다. 한 번도 들어본 적 없는 곳에서 전쟁이 일어날 줄이야.

처음으로 파병된 곳의 골목길에서 불에 탄 고기 냄새를 맡으며 폭탄을 맞을 줄은 더더욱 전혀 예상하지 못했다. 아부지가 재향 군인국으로 그를 데리러 왔다. 랄로는 한동안 지팡이를 짚고 걸어 다녔으니까. 그는 자신만만해졌다. 그는 시민이었다. 사람들은 군 신분증만 있으면 된다고 했다. 그 말이 맞는다고 믿었다. 그러다 너무 막 나가버려서 갑자기 상황이 심각해졌던 것이다. 그제야 비로소 속았다는 걸 깨달았다. 신병 모집 요원들과 군대는 필요한 말만 했다는 것을. 총알받이를 하나라도 더 모으기 위해서.

지금은 자신을 미국인이라고 여기고 있기는 하지만, 여전히 멕시코의 티후아나에 내려가서 친구들과 어울려 놀았다. 그러던 2012년, 그는 아주 대범하게도 티후아나 애들을 데리고 미국으로 올라오면 어떨까 생각해보았다. 콜로니아 인데펜덴시아에 사는 녀석 하나가 샌디에이고에 가고 싶어 했다. 그 애는 델마르 경마장에서 일하기로 약속이 되어 있었다. 경기가 끝나고 흥분한 경주마를 달래는 조련사가 된다나. 랄로가 도와준다면 여기에 끼워주고 돈을 좀 챙겨준다고 했다. 그쪽 사장의 말에 따라 상근직을 줄 가능성도 있다고 말했다. 좋아! 랄로는 그 이야기에 푹 빠져버렸다.

그는 순식간에 불법 체류자 교육의 전문가가 되어 자신의 학생을 가르쳤다.

"너는 바리오 로건 출신 치카노*인 거야. 멕시코인 따위가 아

* 멕시코계 미국인.

니라고. 그냥 이 말만 해, 친구야. 나머지 말은 내가 할게."

랄로는 그 녀석에게 샌디에이고 파드레스 야구모자와 뷔아르네 선글라스를 주었다.

"사람들이 네 출생지를 물으면 미시간주 디트로이트라고 해."

"왜?"

"그건 그러니까, 미국식이라고, 멍청아. 티후아나에서 진짜 먼 곳이야."

"알았어."

"말해봐!"

"치카노! 로건! 디트로이트, 미시간. 알았어! 미국에서 쭉 살았어!"

"'디트로이트, 맨.' 해봐. 진짜 미국 말처럼 들리게."

"디트로이트, 멩."

"'멩'이 아니야! '맨!'이야!"

"맹."

"아, 됐어! 그냥 '치카노'라는 말만 해. 그리고 '디트로이트'도. 알겠냐?"

"알겠다."

"나머진 내가 알아서 할게. 나는 어쨌든 미국인이니까."

그 옛날에는, 미국으로 돌아올 때 여권 따윈 필요 없었다. 랄로는 1967년산 임팔라 컨버터블을 몰았다. 서스펜션을 개조해 차체가 지면에 낮게 깔린 로우라이더였고, 하얀색으로 가장자리를 마감한 캔디애플블루색 차였다. 그 차를 사려고 빅 엔젤에게 빛을 졌다. 하지만 일자리를 구할 거야, 라고 그는 혼잣말을 했다. 언제라도 당장 구할 거라고.

그는 일부러 제일 긴 대기 줄을 골랐다. 국경 검문소 직원이 피곤할 테니 설렁설렁 내보내줄 거라고 생각했기 때문이다. 그는 레이더스 모자를 쓰고, 무릎에는 마운틴듀를 올려놓았다. 라디오는 옛날 팝송에 맞추고, 차 안테나에는 자그마한 미국 국기도 달았다. 하지만 그들이 부스에 진입하자, 검문소 직원은 예상과 달리 여자로 밝혀졌고, 그녀는 랄로가 미소 짓기도 전부터 이쪽에 경멸 어린 눈빛을 보냈다.

"국적은요?"

그녀의 말에 랄로는 군인 신분증을 휙 보여주었다.

"미국입니다. 선생님. 퍼플 하트 훈장이 있죠."

"아, 네."

그녀는 입매를 슬쩍 비틀면서 언행을 조심하라는 경고를 날렸다.

"멕시코에는 무슨 일로 가셨나요?"

"'타코스 엘 파이사노' 가게에 가서 현지 타코 먹으려고요. 쇼핑도 하고요. 아시잖아요."

그녀는 몸을 앞으로 굽히더니 그의 친구를 바라보며 이빨을 쩝쩝거렸다.

"당신은요? 국적이 어디죠?"

"치카노, 맨."

"그러시군요."

"미국에서 쭉 사랐숴!"

그녀는 고개를 끄덕이더니 라디오를 만지작거렸다.

랄로는 점점 불안해지기 시작했다. 그래서 아부지처럼 미소를 지으며 검문소 직원 여자의 마음을 풀어주려 했다.

"이제 됐죠?"

그러자 여자는 그의 친구에게 말했다.

"선생님, 어디서 태어나셨죠?"

"디트로이트!"

그 대답을 들은 여자는 고개를 끄덕이더니 몸을 뺐다. 랄로가 기어를 넣고 그곳에서 빠져나가려던 찰나, 옆에 앉은 인간이 기어코 한마디를 덧붙여 외쳤다.

"디트로이트. 미초아칸!*"

제에에길.

그들은 2차 검문소 지역까지 끌려가서 곧바로 수갑을 찼다. 외국인 밀입국 시도 죄로 재판을 받을 때까지 엄마와 아부지를 볼 수도 없었다. 그리고 모두는 물론 그조차도 놀랐던 사실, 바로 그가 미국 시민이 아니었다는 사실을 알게 되었다. 최선을 다해 노력했지만 결국 추방당해버렸고, 가족에게 더욱 큰 수치심만을 안겨주었다.

현재 그는 빌어먹을 멕시코인들이나 하는 짓처럼 어둠 속에서 티후아나 강을 건너 몰래 미국으로 들어와 아버지의 차고에

---

* 멕시코의 도시.

서 살고 있다. 티후아나에서의 삶은 괜찮았지만, 아부지를 돌보기 위해 돌아와야 했다. 인디오가 내려와서 빅 엔젤이 아프다는 소식을 전하자마자 랄로는 곧장 북쪽으로 향했다. 주변을 정리하고, 돈도 좀 모았다. 지금은 자녀들도 있었다. 돌봐야 할 망할 것들. 또 망해버릴 수는 없으니까.

"찰레Chále!"

그가 큰 소리로 말하자, 빅 엔젤이 물었다.

"뭐야?"

"아무것도 아니에요, 아부지."

"너 지금 또 조폭들이나 쓰는 말을 하는 거냐?"

"'절대 안 돼'라고 했어요. 찰레란 그 뜻이에요. '아니'라는 거라고요."

"뭐가 안 된다는 거냐?"

"죽으면 안 된다고요."

"그런데 왜 스페인어를 쓰냐? 왜 그냥 '노'라고 인간답게 말하지 않고?"

"스페인어 쓰면 인간이 아닌가요? 인종차별주의자 같은 말씀하시네."

"멕시코인이 어떻게 멕시코인을 차별한단 말이냐."

"그건 잘 모르겠네요."

랄로는 자기 자녀들이 있나 주변을 돌아보고선 말했다.

"나는 치카노라고요. 그러니 치카노처럼 말하는 거죠."

"그 치카노라는 말, '쉬케이너리'*에서 왔다는 거 내가 말 안 해줬냐?"

헛소리, 라고 랄로는 생각했다.

"이제 다 왔어요, 아부지."

그는 이렇게 말하며 아버지를 멈춰 세웠다. 여기서까지 또 짜증나게 문화 충돌이 있구나.

* * *

랄로는 조문객들이 비를 피하도록 설치해둔 텐트의 꼭대기를 바라보며 미소를 지었다. 이곳의 대장은 빅 엔젤이고, 그의 군사들이 막 뛰어다니는 걸 모두가 보게 하는 게 규칙이었다. 왜 아니겠는가? 삶이란 좋은 것이다. 잔디밭 위로 아버지의 휠체어를 밀고 갈 수 있어서 그는 자랑스러웠다.

"독수리가 착륙했다."

그는 이렇게 말하며 아부지가 굴러가지 않도록 발로 조그마한 브레이크를 탁 쳤다.

빅 엔젤은 목을 빼고 아들의 멋진 바지를 바라보았다. 재킷도 좋군. 문신을 새긴 건 정말 나쁜 짓이었어. 그 빌어먹을 라틴 아메리카풍 십자가를 손에다 새기다니.

그는 아들의 새로운 양복을 두고 이렇게 생각했다. '내 장례식

---

* chicanery, 교묘한 속임수라는 뜻.

때 아들이 멋있어 보이기를 바란다고. 랄로가 나중에 사진을 찾아봤을 때 자기가 제대로 격식을 갖춰 옷을 차려입은 걸 보고 자랑스럽게 생각하길 바란단 말이야. 그냥 멕시코 놈팡이가 아니라, 어엿한 멕시카노답게 옷을 입었다는 걸 알아둬야 해. 그리고 아버지가 이 양복을 직접 골라줬다, 아버지가 자기 장례식 때 입을 드레스 코드를 지정해놨다는 것도 기억해야 하고말고. 그러면 이놈이 얼마나 경외심을 느끼겠냔 말이야.'

빅 엔젤이 원하는 건 단 하나였다. 경외심을 불러일으키는 존재가 되자.

무덤은 작게 열린 갱도 같았다. 주변에는 평평한 묘비들이 잔디밭 위에 모자이크처럼 늘어져 있었다. 빅 엔젤의 형제자매들이 모여 섰고, 그 주변으로 다른 이들이 가족에게 조의를 표하기 위해 함께 모였다. 마리루, 세사르, 리틀 엔젤.

그날만은 여러 가지 원한과 내부에서 돌던 소문들을 잠시 묻어두었다. 그러지 않았다면 그들은 상대방의 사소한 만행을 두고 고개를 절레절레 저어가며 바쁘게 움직였을 것이다. 비밀스럽게 주방 모임을 열고 그 자리에 없는 이를 먹잇감 삼아 갈기갈기 씹었으리라. 희생자들은 모임이 끝날 때쯤이면 망가진 코트처럼 너덜너덜해지기 일쑤였다. 패거리들은 계절처럼 바뀌었다. 그럴듯한 말솜씨라는 무기는 언제나 사용 준비가 되어 있었다.

미니는 오빠의 묘비 앞에 서서 떨어지는 빗물과 낙엽을 쓸어냈다. 마치 오빠를 보호하려는 듯한 손짓이었다. 에메랄드 빛을 받아, 단풍나무의 우울한 이파리 아래 깔려 있는 묘비.

리틀 엔젤은 그녀 옆에 서서 고개를 숙였다.

"미니."

"우리 둘째 오빠 묘야. 삼촌."

묘비에는 이렇게 적혀 있었다.

'브라울리오 데 라 크루스. 1971-2006.'

"벌써 10년이나 됐어, 삼촌."

그녀는 훌쩍였다. 그는 장례식장에서 마리루가 준 크리넥스 티슈를 미니에게 건넸다.

"난 가끔 여기 와서 오빠한테 말을 걸어. 오빠는 진짜 장난꾸러기였어."

미니는 코를 닦으며 말했다.

"나는 예전에 밥을 서서 먹었거든. 알아? 아침식사 말이야. 아직 학교에 다닐 때였어. 그럼 오빠가 몰래 와서는 내 귀에다 대고 소리를 질러서 난 주방에 온통 시리얼을 뿜곤 했어."

그녀는 웃으면서 묘비에 말을 걸었다.

"이 바보."

"여기서 살지 않아 그런 이야기도 모르다니 유감이구나."

리틀 엔젤의 말에 그녀는 이쪽을 돌아보았다.

"난 삼촌이 여기 안 살아서 좋아. 삼촌은 이런 거 알 필요 없어. 여기서 멀리 떨어진 곳에서 삼촌의 삶을 사는 게 나으니까."

미니는 잠시 생각에 잠겼다 말했다.

"미안. 내가 어제 취해서 삼촌한테 문자 보냈지."

리틀 엔젤은 그녀의 등을 두드렸다.

"그 문자를 받으니까 내가 특별한 사람인 것 같더라."

리틀 엔젤은 브라울리오를 무서워했었다. 그 애는 깡말랐지만 이소룡처럼 근육질이었다. 가끔 도베르만 같은 눈빛을 할 때가 있었다. 공격하기 전에 부르르 떠는 눈빛.

"삼촌이 사는 위쪽은 좋아?"

미니가 물었다.

"그래. 아름다운 곳이지. 그리고 빅풋*도 살고."

"말 같지도 않은 소리 마, 삼촌."

미니는 삼촌을 한 팔로 껴안더니 이렇게 말했다.

"나는 가끔 이 동네가 너무 싫어."

"그럼 시애틀로 와."

"아니야. 여기가 내 고향이야. 난 이곳 사람이라고."

그들은 돌아섰다.

"내가 가면 여기는 누가 돌보겠어?"

"어떻게든 되겠지."

"그래도 생각해봐. 안 되잖아. 오빠가 여기 있었으면 얼마나 좋았을까. 큰오빠 말이야. 오빠랑 아빠는 지금은 서로를 안 좋아하지만."

리틀 엔젤은 그녀를 바라보았다.

"인디오 오빠는…… 이성애자로 살지 않기로 했으니까."

"그랬구나. 알겠다."

---

* 북미 서부에 살고 있다고 전해 내려오는 전설의 설인.

하지만 실은 이해가 가지 않았다. 리틀 엔젤은 자세한 사항을 기억하지 못하는 스스로를 용서하기로 했다. 언젠가 듣기는 했을지도 모르지. 지금은 듣고 싶지도 않았다.

하지만 미니는 아직 할 말이 더 있어 보였다. 그녀는 핸드폰을 꺼내들더니 말했다.

"오빠 페이스북을 봐, 삼촌."

그녀는 프로필 페이지를 열었다. 몇 년 전 마릴린 맨슨을 코스튬플레이한 사진이 보였다. 고무로 만든 가짜 가슴을 달고 머리부터 발끝까지 여장을 한 모습이었다. 프로필 이름은 인디오 제로니모였다. 리틀 엔젤은 무어라 할 말을 찾지 못한 채로 대꾸했다.

"으음, 이야."

미니가 대답했다.

"그렇지? 하지만 여기 뭐라고 써 있나 읽어봐."

생물학적 성과 성 정체성이 일치하지 않는 논-시스젠더, 비이성애중심자, 문화 해방 전사.

"이게 우리 오빠야."

"미니, 난 이게 다 무슨 뜻인지 모르겠구나. 하지만 네 아버지가 왜 이걸 받아들일 수 없는지는 알 것 같다."

"아빠가 이걸 문제 삼았을 것 같아? 아니야, 오히려 엄마 쪽이 문제였어. 엄마는 오빠가 죽은 것처럼 행동하고 있어. 오빠가 그립지도 않은 척해. 그래서 우리는 몰래 나가 오빠랑 만나서 팬케이크를 먹어. 아빠는 모르게 말이야."

그는 이럴 때 해줄 만한, 뭔가 삼촌다운 지혜로운 말을 떠올리려고 하다가 그저 '이야' 하는 소리만 내고서는 목을 가다듬었다.

솔직히 말해서 리틀 엔젤은 인디오의 존재를 간신히 받아들였을 뿐이었다. 그가 보기에 두 사내아이는 진짜 가족처럼 여겨지지 않았다. 그래서 인디오가 몇 년간 사람들 사이를 겉돌기만 했을 때도 리틀 엔젤은 그걸 눈치채지 못했다. '나쁜 삼촌이네'라는 생각이 들었다.

그는 미니가 자기 남편 쪽으로 걸어가 팔을 잡는 모습을 지켜보았다. 저 둘이 결혼을 했는지 안 했는지도 기억나지 않았다.

리틀 엔젤은 모여 있는 사람들 뒤편으로 가서 자리를 잡았다. 엘 인디오였던가. 어떻게 보면 배우 같기도 하고 모델 같기도 했던 아이. 엉덩이까지 머리를 길렀지. 리틀 엔젤이 기억하는 건 그게 전부였다. 그 애한테 데이비드 보위의 앨범을 준 적이 있었다. 빅 엔젤과 페를라는 좋아하지 않았다. 혹시 자기 때문에 그 애가 성 정체성을 더 빨리 자각한 건 아닌가, 하는 생각이 불현듯 들었다. 만약 그랬다면, 그건 좋은 일이었을까? 아니면 나쁜 일이었을까?

가족의 유산이지, 하고 그는 생각했다. 끝없는 드라마를 만들어내는군. 그가 시애틀에 사는 이유가 이거였다. 가족. 가족이란 너무 복잡하기만 하다.

* * *

빅 엔젤은 어머니에게 속삭였다.

"어머니, 제가 어머니를 위해 흘릴 눈물이 없다면 용서하세요. 저도 이제 막판에 이르렀거든요. 이해하실 거라 믿어요."

비

조문객들은 대부분 천막 아래 비좁게 모여 섰다. 그들은 서로 앞으로 밀어대면서 분골이 담긴 파란 유골함에 손을 얹은 다음 자그마한 접이식 단상에 앉았다. 아름다운 화환이 열린 유골함 입구를 장식했다. 사람들이 더 많이 왔다. 바바리안 예배당에서 나온 숙녀들의 남편은 저마다 꽃을 들고 터벅터벅 걸어왔다. UPS 배달원이 멕시코에서 보낸 화환을 가지고 왔다. 하지만 신부님은 없었다.

쌓여 있는 흙더미 위로 파란색 방수포를 덮어놓았다. 라 미니는 눈물을 훔치며 그쪽으로 갔다. 엔젤 형제들이 보기에 미니는 예나 지금이나 아름다웠다. 미니의 남편은 어색한 모습으로 미니의 뒤에 서서 오줌이 마려운 것처럼 지퍼 앞섶에 손을 모았다.

리틀 엔젤은 보지 않아도 알 수 있었다. 이제 미니야말로 이 가족의 새로운 중추라는 것을. 그 애는 검고 파란 의상을 입고, 곱슬곱슬 물결치는 머리카락을 폭포처럼 드리웠으며, 두 가지 색 매니큐어를 칠했다. 그리고 유골함에 대고 말했다.

"신의 은총이 함께하시길, 할머니."

미니의 남편은 레슬링 시합 중에 의자에 맞은 선수처럼 아내를 응시했다. 그건 사랑의 눈빛이었다.

빅 엔젤도 지켜보고 있었다. 그는 저 남자애 이름이 기억나지 않았다. 뭐 이런 경우가 다 있나? 오랫동안 알고 지낸 사람인데. 그러다 문득 TV에 나오는 사람 이름도 기억이 안 난다는 걸 깨달았다. 심야 뉴스에 나오는 그 흑인 남자 이름이 뭐더라. 안경 낀 사람. 그러다 또 이젠 페를라의 동생인 루피타의 남편 이름도 기억나지 않았다. 주황색 셔츠를 입고 온 저 망할 미국 놈 이름은 뭐더라. 예수님 제기랄. 죄송합니다, 주님.

그는 모여든 사람들을 감시하는 눈빛을 이리저리 던졌다. 여자애들은 대개 하이힐을 신고 왔다. 그래서 진흙에 푹푹 빠져대는 굽에 낙엽이 꿰이는 모습이 마치 공원에서 관리인이 들고 다니는 낙엽 갈퀴 같았다. 루피타는 미끈하게 잘 빠진 왼쪽 구두굽에 자기도 모르게 낙엽을 세 장이나 꿴 채였다.

잔디밭에 발이 빠지지 않으려고 평평한 묘비 위에 서 있는 여자들도 몇몇 보였다. 그는 고개를 저었다. 그 아래 누워 있는 고인들이 여자들의 스커트 안을 들여다보는 모습이 떠올랐다.

저 뒤에 멀찍이 떨어져 선 라 글로리오사는 그럭저럭 높지 않은 굽에 검은 버버리 코트를 입고 자기 우산을 쓰고 있었다. 커다란 프랑스제 선글라스를 낀 채였다. 살짝 화를 내며 조용히 울고 있었다. 그녀는 모든 이들을 위해 울었다. 그리고 자신을 위해서도 울었다. 이 가족의 묘에서 약 90미터쯤 떨어진 곳에도 묘가 하나 있었다. 그녀는 감히 가보지도 못하는 묘, 심지어 그쪽을 바라보지도 못하는 묘였다. 그래, 브라울리오는 참 비극적인 죽음을 맞았지. 하지만 그날 죽은 건 브라울리오만이 아니었다. 그녀는 그쪽 묘에 등을 돌리고 섰다. 그런 다음 자신의 비겁함에 와락 밀려오는 죄책감과 수치심을 견뎠다. 그녀는 리틀 엔젤을 바라보았다. 언제나 그가 예쁘장한 소년이라고 생각해왔다. 그녀를 포함해서 어느 정도 나이가 든 멕시코 여자들이라면 푸른 눈동자에 속수무책으로 빠져들게 마련이다. 그녀는 입술을 앙다물었다. 어리석긴. 필요 없는 걸 바라는 건 오로지 그녀의 아픈 마음뿐이다.

'그 애는 나에게 추파를 던졌었지.' 넌 아직도 그 생각이니, 하고 그녀는 혼잣말을 했다. 코트를 더 여몄다. 나이 먹은 여자일지는 몰라도, 아직도 탐스러운 여자니까. 그녀가 리틀 엔젤을 슬쩍 쳐다볼 때마다, 마치 시선을 방해받았다는 듯 그가 고개를 돌려버린다는 걸 알 수 있었다. 어쩜 저렇게 어린애 같을까. 진짜 남자라면 으레 그녀와 눈을 지그시 맞추어주며 이쪽의 얼굴이 달아오르게 만드는 것을. 그리고 일단 그녀가 얼굴을 붉히면, 남자는 그녀 옆에 와서 서는 것이었다.

그녀는 리틀 엔젤이 자신을 원하기를 바랐다. 그냥 오후 한때만이라도. 이곳에 자기를 홀로 두지 말아주기를, 후줄근하게 비를 맞은 강아지처럼 젖은 채로 놔두지 않기를.

한때는 그들 모두 자신의 발아래로 몰려들던 시절이 있었다. 그녀는 하나씩 발로 차버릴 수도 있었다. 하지만 지금이라면 그가 팔을 내밀어 동행해주겠다고 제안해도 괜찮으련만. 그녀는 머리카락을 흔들었다. 혹시 그가 다시 이쪽을 볼 수도 있으니까.

* * *

둘째 아들인 훌리오 세사르와 그의 요정 같은 아내 파스는 누나인 마리루 옆에 서 있었다. 세사르는 서로 으르렁대는 여자들 사이를 방어하는 중이었다. 말하자면 인간 비무장지대라고나 할까. 형제자매들은 세사르를 줄기차게 도널드 덕이라 불러댔다. 예전부터 들어온 놀림이었다. 목소리를 이렇게 타고난 걸 어쩌란 말인가.

여자들이 서로 싸우지 않고서 무사히 장례식을 넘길 확률은 반반이었다. 파스가 세사르의 누나에게 독기 어린 시선을 던질 때마다, 세사르는 용맹스럽게 앞으로 나서서 턱으로 그 눈빛 공격을 차단했다. 그의 아름답고 예민한 두 번째 전 부인은 아들들을 데리고 멀찍이 서서 이쪽을 쳐다보지도 않았다. 첫째 부인은 어디 있냐고? 아마 두랑고 어딘가 목장에 있을 것이다. 빅 엔젤은 이 상황도 모두 보았다. 그래서 세사르는 형이 무슨 생각인지 얼굴에 훤히 드러나는 것도 보았다. '내가 지금 무슨 생각을 하게? 너 참 안됐구나 싶다. 나는 내 아내와 평생을 살았거든.' 빅 엔젤은 자랑스레 턱을 치켜들었다.

그는 벌써 엄마의 묘에서 멀지 않은 곳에 묫자리 두 개를 사두었다. 엄마의 무덤에 그늘을 드리우는 자그마한 단풍나무의 반대편 자리였다. 바로 브라울리오 옆이다. 그와 페를라는 여기에 함께 안장될 것이다. 그러니 여자 치마 속을 들여다보는 짓은 못하게 되겠지. 묘비에는 '잉꼬부부 함께 잠들다'라고 쓰일 것이다.

아래에는 이름과 생몰 연도가 들어가겠지. 하지만 페를라는 자기가 죽을 때 나이를 속여달라 말할 작정이었다.

그들은 영원히 함께할 것이다. 그리고 남은 아이들도 언젠가 모두 그들 곁에서 잠이 들겠지. 마치 소멸해가는 별자리처럼.

* * *

랄로는 리틀 엔젤에게 다가가 나지막이 말했다.

"뭐 해요, 삼촌?"

"내 할 일을 하고 있지."

"그러시군요."

"이분은 나에게 잘 대해주셨어. 너희 할머니께서는 나한테 이렇게 말씀하셨지. '나는 네 두 번째 엄마야'라고."

랄로는 한쪽 입으로 푸스스, 바람 빠지는 웃음을 좀 짓더니, 알겠다는 듯 작게 큭큭 웃었다. 큭큭큭.

"저는 삼촌의 엄마를 본 적 없는 것 같아요. 그렇죠?"

"아, 없어."

"그분은 백인이었죠."

"어딜 봐도 백인이었지. 자, 너는 잘 지내니?"

"네, 삼촌. 아주 당당하게 잘 지내요."

"내가 보기에도 그렇구나."

리틀 엔젤은 랄로가 아닌 동네의 활기찬 남자아이를 열심히 상상하며 대답해야 했다.

"아, 삼촌. 삼촌 부인은 어디 있어요?"

"가버렸어."

"집을 나갔다는 거예요? 아님 죽었다는 거예요?"

"집을 나갔다고. 내 가구를 전부 빼 가지고."

"제길. 백인 여자였겠네요."

"그래."

그러자 랄로는 큭큭 웃었다.

"이보쇼, 다음번엔 갈색 여자를 찾으시오. 인종을 배신하면 씁니까."

큭큭큭. 랄로는 팔꿈치로 그를 슬쩍 쳤다.

"아래 지방 멕시칸 여자를 고르라고요!"

"알았어."

리틀 엔젤은 이렇게 말했다. 여기다 대고 달리 뭐라 말한단 말인가?

랄로는 슬쩍 웃고는 그와 주먹 인사를 했다. 그리고 소매를 걷어서 아부지 문신을 보여주었다.

리틀 엔젤은 점잖게 고개를 끄덕였다.

"나도 이런 거 하나 해야겠군."

"그럼 삼촌은 '형은 영원하다'라고 적어야겠네요."

그들은 슬퍼하는 사람들을 바라보았다.

"이 가족은 정말 말이 많아. 다들 뭐라고 하는지 따라잡을 수가 없어. 누가 누군지도 모르겠고."

리틀 엔젤은 메모를 하면서 랄로에게 수첩을 보여주었다. 그걸 본 조카는 무척 재미있어했다.

그리고 그는 마침내 삼촌에게 이렇게 말했다.

"말이라. 그렇죠. 말 빼면 우리에게 뭐가 남겠어요."

그 말을 끝으로, 랄로는 휠체어 뒤를 지키는 경호원의 본분으로 되돌아갔다.

* * *

약간의 소란이 일었다. 모여 선 사람들이 비켜선 가운데로 불쌍한 우키 콘트레라스가 비틀거리며 다가왔다. 그 애는 여전히 바비 인형을 갖고 놀았다. 인형은 대개 홀딱 벗은 채로 머리가 잘려 있었다. 우키는 누군가에게서 받은 너무 큰 양복을 입었다. 갈색 페도라는 어떤 늙은 삼촌에게서 받은 것인데, 비를 맞아 살짝 비뚤어졌다. 그 애는 열세 살쯤 된 것 같았지만 어찌 보면 일흔 살처럼 보이기도 했다. 눈은 사시였다. 턱에는 사춘기 소년의 턱수염이 드문드문 성기게 나 있었다. 사람들은 그 애를 우키라고 불렀다. '쿠키'라는 발음을 못 해서 '우키'라고 했기 때문이다. 그리고 이놈은 쿠키를 좋아했다. 하지만 동네 사람들 사이에서 우키는 남의 집에 몰래 들어가서 레고를 훔치는 아이로 악명이 높았다. 우키는 오레오나 머리 없는 바비 인형보다 레고를 더 좋아했으니까.

우키는 유골함으로 다가갔다.

"할머니, 할머니는 이제껏 본 사람 중 최고의 할머니예요."

그러더니 사람들을 둘러보며 말했다.

"맞아요?"

"맞았어!"

다들 소리 높여 대답했다.

"나 잘했어요?"

그러자 빅 엔젤이 외쳤다.

"잘했다, 우키! 우리는 네가 자랑스럽구나! 얘야!"

신이 난 우키는 모자를 벗더니 소리쳤다.

"빅 엔젤 아저씨, 아저씨는 내가 본 빅 엔젤 중에서 최고예요. 근데 죽는다니 슬프네요."

순간 싸한 정적이 흘렀다. 누군가 헛기침을 했다.

"우리는 언젠가 모두 죽는단다. 하지만 오늘은 안 죽을 거야."

빅 엔젤의 말에 우키는 미소를 지었다.

"우리 할머니예요?"

대답은 라 미니가 했다.

"아니야, 우키야."

"그럼 나는 아줌마 사촌이에요?"

"아니야. 우리는 이웃 사람이야."

우키는 주먹을 불끈 쥐었다. 그러더니 있지도 않은 눈물을 얼굴에서 훔쳐야 한다는 걸 기억하고는 어슬렁어슬렁 물러났다.

"폭시 레이디Foxy lady. 퍼플 헤이즈Purple haze."*

---

* 지미 헨드릭스의 노래 제목들. 우키는 계속 앨범과 노래 제목으로 대화한다. 폭시 레이디는 '섹시한 여자', 퍼플 헤이즈는 '마리화나'라는 뜻이다.

리틀 엔젤은 애써 숨을 쉬었다. 대재앙이 또다시 벌어질 뻔했다. 가족이란 게 있으면 책임감도 참 많이 따라붙는다. 수천 킬로미터는 떨어져 있어야 겨우 살 만해지는 것이다.

진짜 손자 중 하나가 자기의 열네 살 먹은 딸을 앞으로 밀었다. 그 애는 바이올린을 연주했다. 되는대로 막 살던 이곳 사람들은 여기 애가 바이올린을 연주한다는 걸 믿을 수가 없었다. 그들은 해보라고 했다. 그 자리의 분위기는 정말 나빴다. 그 애 아빠가 딸을 앞으로 밀어낸 건 마리아치* 팀에 끼어 연주하라는 의미였다. 하지만 그 애는 클래식 음악을 연주하고 싶어 했다. 학교 오케스트라에 그럭저럭 들어갈 만한 실력이었기 때문이다. 드뷔시 취향이었지, 셀레나 페레스 취향이 아니었다. 히스패닉 젊은이들은 열광할 것이었다. 삑사리를 낼 때마다 비웃어대는 건 비꼬기 좋아하고 최신유행 감성을 지닌 대학생 애들이었다.

"아름답구나, 얘야."

미니가 말했다.

그들은 박수를 쳤다.

식구 중 남자 몇이 앞으로 나와 떨리는 목소리로 발라드를 불러서 모두 목이 멨다. 그들은 모두 시선을 떨구었다. 그리고 비 내리는 광경을 응시했다. 그들은 서로의 손을 잡았다.

"짜증나게 우울하네."

랄로가 한마디 했다. 우는 걸 좋아하지 않았으니까.

---

* 멕시코 전통 음악을 연주하는 유랑 악사.

빅 엔젤은 뒤를 돌아보며 막냇동생이 어디 있나 찾아보았다.

젊은 녀석들 중 많은 수가 새로이 생긴 미국식 자세로 앉아 있었다. 머리를 숙이고, 손을 가슴께에 둔 모습은 수도사들의 기도 자세 같아 보였다. 그 자세로 스마트폰을 보느라 정신이 없는 것이다. 그 애들은 몰래 셀카를 찍어서 SNS에 올렸다.

할머니 장례식 왔음.

그러면 라 베라La Wera니 비에호 베어Viejo Bear니 하는 이름의 사람들이 '자기야, 할머니의 명복을 빌게 흑흑:-(' 같은 댓글을 다는 것이다.

빅 엔젤은 리틀 엔젤을 찾았다. 걔도 역시 폰질 중이었다.

* * *

• **오후** 4:48

다시 집으로 돌아왔다. 어떻게 한 시대를 끝내고 백 년의 삶을 묻은 다음 저녁 전에 집에 올 수 있단 말인가? 빅 엔젤은 모두가 몸을 담은 이 더러운 거래에서 헤어 나오질 못하고 있었다. 죽음이라. 참으로 우습고도 현실적인 농담이지. 노인들이라면 어린 애들은 죽었다 깨어나도 이해 못 하는 촌철살인의 한마디를 갖고 있기 마련이다. 모든 수고와 욕망과 꿈과 고통과 일과 바람과 기다림과 슬픔이 순식간에 드러낸 실체란 바로 해 질 녘을 향해 점점 빨라지는 카운트다운이었다.

일흔을 목전에 둔 사람이라면, 본인이야 모든 게 아주 중요하다고 생각할지라도, 사실상 아무것도 중요하지가 않다. 그걸 어떻게 해야겠다는 필요성도 간절하게 느끼지 않는다. 그러다 갑자기, 생일날에 이런 생각이 드는 것이다. '기껏해야 20년 정도 더 살겠군.' 그리고 한 해 한 해가 점점 어둡게 저물기 시작하면서 이렇게 생각하게 된다. '15년 남았군.' '10년 남았나.' '이제 5년 정도겠군.' 그러다가 아내가 이런 말을 하게 된다.

"사는 게 뭐 대수라고. 내일이라도 버스에 치여 죽을 수 있어! 언제 골로 갈지는 아무도 몰라."

하지만 알다시피 그렇게 말한 아내도 불을 끄고 남편 옆에 누워서는 자신은 몇 년 남았나 세보고 있는 건 마찬가지다. 본인은 그 사실을 받아들이지 않는다 해도 말이다. 왼쪽 어깨에 느껴지는 경련이 결국은 심장마비로 이어지는 게 아닌가 걱정하면서. 그러다 이제 1년도 남지 않았다는 걸 깨닫는 날이 온다. 남은 건 이제 며칠뿐이다.

그게 바로 소중한 것이다. 결국 마지막 한 방울의 피와 불꽃을 가지고 매 분의 생명을 위해 싸울 가치가 있다는 깨달음. 그리고 피와 불꽃은 대부분 별 생각 없이 화장실에 쏟아버리게 된다는 사실. 이제껏 크리스마스 아침을 예순아홉 번밖에 보지 못했는데. 하느님 제기랄! *주님, 죄송합니다.* 아직 충분하지가 않아. 전혀 충분하지가 않다고.

그래서 사람은 남은 시간에 허풍을 떤다. 지금처럼 말이다. 이 집은 오래된 만화처럼 탄력적으로 부풀고 있는 듯 보인다. 몸을 튕기며 춤추는 벽의 쩍 벌어진 틈새 사이로 음악과 먼지가 흘러나온다.

빅 엔젤은 자신의 영역을 조사했다.

* * *

아이들은 천막을 빌릴 때 자기 몫을 냈다. 결혼식 피로연 업체는 빅 엔젤의 현관 베란다 위에서 시작해서 뒷마당까지 높다란 알루미늄 기둥을 세우고 하얀색 비닐 지붕을 씌웠다. 접이식 탁자와 의자도 설치해주었다. 탁 트인 뒷마당 저 끝에는 작은 무대에 앰프를 놓고 다양한 추천 곡을 부르거나 즉석 가요 무대를 열 수 있게 해놓았다. 앰프는 파란색 비닐 방수포로 덮어놓았다.

자동차들이 주변 블록을 꽉 메웠다. 하지만 이 주변은 언제나 가족들이 모여드는 곳이었기 때문에, 빅 엔젤의 집에 손님으로 온 차와 NFL 경기 하이라이트를 보러 온 차와 집에 모여서 타말레* 파티를 하러 온 차를 구별하기란 힘들었다. 미니밴은 진입로 중간에 주차해놓았다. 사람들은 차고를 열어 빅 엔젤을 집 안으로 데리고 들어갔다. 차고 문이 열리자 랄로는 기분이 나빠졌다. 그의 방 앞 벽이 전부 올라간 거나 다름없어서, 침대와 소지품이

* 옥수수 가루·다진 고기·고추로 만드는 멕시코 요리의 일종.

길가에 다 보였기 때문이다. 진입로에는 항상 트럭 두 대쯤이 주차되어 있었기 때문에 실제로 랄로의 작은 왕국을 본 사람은 없었다. 하지만 그가 붙여놓은 '로스앤젤레스 차저스' 팀의 포스터는 떨어졌다.

이 집은 1958년도에 지어진 전형적인 남부 캘리포니아 목장식 주택이었다. 내셔널 시티와 출라 비스타 사이에 있는 샌디에이고 남부의 멕시코인 주거 구역 로마스 도라다스에 위치해 있다. 한때는 옆집에 선원이 살았다. 유럽 출신의 나이 든 백인이었던 이웃 사람은 다양한 전쟁을 겪으며 이곳까지 쫓겨 왔고, 내셔널 시티 보트 야적장에서 부두 노동자로 일했다. 바스크 참치 어부도 있었다. 하지만 점차 필리핀계 사람들이 이사를 왔고, 그들은 또 멕시코인들에게 자리를 내주었다.

집들은 전부 창문에 널빤지를 박아놓았다. 그걸 본 외부인들은 겁을 먹었지만 이곳 사람들은 아무렇지도 않았다. 거리에 사는 할머니들이라면 길거리를 쏘다니는 깡패 녀석들이 창문으로 들어와서 프랭클린 민트 한정판 접시를 훔쳐가는 꼴을 바라지 않았으니까. 존 웨인과 천사들이 조그마한 금발 어린이들을 불의 검으로 보호하는 그림은 거리에 있는 집들의 부엌마다 걸려 있었다.

야자나무. 벽돌로 마감한 베이지색 벽. 아스팔트와 자갈로 만든 지붕널. 집들은 모두 116제곱미터였다. 집의 종류는 다섯 가지로, 각 종류마다 다른 각도로 벽을 세워 다양성을 주었다. 란타나와 제라늄을 키우고, 낙원의 우울한 새들과 선인장이 있다. 빅 엔젤의 현관 앞에는 조슈아 트리가 좁은 잔디밭 위에 만들어둔 작은 돌멩이 원 위로 가지를 뻗었다.

모든 집에는 방이 네 개, 거실이 하나, 화장실이 두 개, 멋진 주방과 식사 공간이 있다. 주방에 설치된 미닫이문을 열면 1천1백 제곱미터 면적의 뒷마당이 나온다. 그리고 취업을 못 해서 엄마네 집으로 들어온 자녀들이 차고에서 자신만의 왕국을 세우는 일이 허다했다.

이게 미국의 모습이다.

빅 엔젤의 집에는 뒷마당으로 난 콘크리트 테라스가 있는데, 집터보다 층 하나가 높았다. 가뭄에 말라붙은 담쟁이덩굴과 피클위드, 그리고 정신이 이상해 보이는 노팔 선인장도 하나 있었다. 그 선인장은 잘만 하면 선사 시대의 나무처럼 클 것 같았다. 그 선인장 위에서 아래를 내려다보면, 남부 쪽으로 티후아나 라디오 송신탑의 반짝이는 불빛을 볼 수 있다. 어두워지면 티후아나도 다이아몬드를 흩뿌려놓은 것처럼 보이니까.

빅 엔젤은 그 값을 모두 치렀다.

저 뒤로는 건물이 한 채 더 있었다. 크기와 모양은 차고와 같았다. 빅 엔젤의 작업실로 알려져 있지만, 몇 년째 아무도 얼씬도 하지 않았다. 그 문에는 통자물쇠가 달려 있었다. 가족들은 가끔 뒷마당에 닭을 키웠는데, 작업실 뒷벽에다 닭장을 벽처럼 쌓아놓고 그 안에 짚을 깔아 닭들의 산란장이자 침실을 만들어주었다. 매일 신선한 달걀이 나왔다. 그리고 페를라는 눈 하나 깜짝하지 않고 닭의 목을 쳐서 냄비에 요리하는 걸 좋아했다. 그러다 이웃들이 불평을 했고, 시에서 닭장을 치워버렸다.

랄로는 이웃 사람들을 '닭 고자질쟁이'라고 불렀다.

페를라는 테라스에 놔둔 테이블에 앉아 아픈 무릎을 주물렀다. 그녀가 키우는 개 몇 마리가 필로폰을 넣어 살아 있는 엠파나다*처럼 이리저리 소란을 피웠다.

"아, 개들이 왜 이럴까."

페를라가 말했다. 그 개들은 치위니, 다시 말해 치와와랑 위너독** 믹스견이다. 라 미니는 그 개들을 '털 없는 뒤쥐'라고 불렀다. 아이들을 데리고 가끔 동물원에 갔기 때문에 뒤쥐가 뭔지 알고 있어 붙인 별명이었다. 미니는 미술관에도 가본 적이 있다.

페를라는 개들이 이따금 땅에서 뛰어올라 인부들의 다리로 깡충깡충 뛰는 모습을 지켜보았다.

그녀는 남은 주말 동안 그 묘지 생각을 하지 않을 참이다.

"얘, 미네르바! 커피 좀 주련? 부탁한다, 아가."

'미네르바라니.' 라 미니는 생각했다. 왜 난 이토록 이상한 이름이 붙은 거야?

"알겠어요, 엄마! 곧 갖다줄게요!"

"뭐?"

페를라가 미국에 산 지는 겨우 41년밖에 안 됐다. 그러니 하룻밤 새 영어를 배울 거란 기대는 하지 말아야 하는 거 아닌가.

"고맙다, 얘야."

---

* 중남미의 스페인식 파이 요리. 고기·생선·야채 등을 재료로 사용한다.
** 닥스훈트를 뜻한다.

예를 들어, 그녀는 딸을 '허니'라고 부르려고 할 때 아직까지 그걸 스페인어로 바꾸어 썼다. 그래서 딸애를 '라 호니스La honis'라고 불렀다. 머릿속으로 '허니'라는 발음을 멕시코식으로 j로 시작하고 길게 발음하는 e로 끝내어 *'라 호-니스*La jo-nees'라고 발음하는 것이다.

페를라는 '과달루페*의 성모님'을 향해 길게 한숨을 지었다. 진실한 기도, 바로 여자가 하는 기도는 말도 할 필요가 없는 법이지. 엄마가 되어 딸의 한숨을 이해 못 하는 이가 어디 있나? 그녀의 기도는 이랬다. '이 파티는 너무 부담스러워요.' 성모께서는 그저 고개를 끄덕이시리라. 그분은 남자라는 복잡한 생물에 대해 다 알고 계시니까.

페를라의 여동생들도 물론 도와주고 있었다. 루피타와 글로리오사 말이다. 그들은 언제나 언니와 빅 엔젤과 함께했다. 명절이나 장례식 때, 결혼식이나 누군가의 탄생에, 세례식과 생일날에. 커피를 마시러 모이기도 하고, 이혼한 다음에 모이기도 했다. 저녁 식사 자리나 아침 식사 자리나 술병을 새로 딸 때나 도미노 게임을 할 때도.

그녀는 떠들썩한 광경을 지켜보았다. 조그마한 아이들이 치위니 뒤쥐들과 마당을 뛰어다니는 모습이었다. 라 글로리오사가 늦네. 아이들이 날뛰도록 몰아대며 그 흐름을 계속 만들어내는

---

* 과달루페는 멕시코 시 근교에 있는 도시로, 1531년에 이곳에 성모 마리아가 출현했다고 전해진다.

게 그녀의 일이었다. 글로리오사는 말하자면 행사 감독이었다. 그건 마치 춤 같았다. 그녀는 언제나 늦었다. 라 글로리오사. 누구든 자신이 영광스럽다면, 할 일을 해야 한다. 온 세상은 기다릴 수 있으니까.

페를라는 담배에 불을 붙였다. 그녀는 50년 동안 담배를 끊었었다. 하지만 지금은 그저 어깨를 으쓱일 뿐이었다. 라 글로리오사도 가끔 담배를 피우는걸.

페를라는 눈을 가늘게 떴다.

저 조그마한 애들은 누구지? 손자로군. 쟤는 증손자고. 조카도 있고. 종손주도 있군. 쟤는 동네 애야. 그런데 저 구석에서 어슬렁거리는 커다랗고 검은 애가 하나 있었다.

그녀는 랄로를 불렀다.

"얘야, 후안! 아니, 토니오! 아니다! 디고, 타토. 넌 이름이 뭐니? 이리 오렴!"

그녀는 더는 누구의 이름도 기억할 수 없었지만 별 신경을 쓰지는 않았다.

랄로는 차고에서 빅 엔젤의 낡은 비디오테이프를 보고 있었다. 이건 말하자면 골판지 상자에 담긴 도서관 같았다. 그는 1980년대 괴수 영화 「C.H.U.D.」를 보다가 영화를 멈추고 차고에서 나와 주변을 어슬렁거렸다. 양복은 벌써 벗어버리고 로스앤젤레스 차저스 운동복과 아주 커다란 갱스터 반바지로 갈아입었다. 양말을 신지 않은 발에는 검은색 컨버스를 신었다. 그는 자그맣고 뚱뚱한 소년에게 말했다.

"어이, 폐인처럼 굴지 마라!"

그는 페를라 앞에 우뚝 섰다.

"나예요, 랄로. 엄마, 타토가 아니라고요. 무슨 일이에요?"

그는 엄마의 머리에 키스했다.

미니는 커피를 가져오며 말했다.

"민머리 저리 치워."

"나 민머리 아니야. 네 꼴이나 신경 써, 꼭두각시처럼 흐느적 흐느적 움직이는 꼴하고는."

"오빠 머리 꼭 삶은 달걀 같거든?"

미니가 한마디 했다.

"너 진짜 발로 차여볼래?"

그때 페를라가 스페인어로 말했다.

"저 까만 애는 누구니?"

랄로가 대답했다.

"엄마 조카잖아요."

"쟤가 머리에 쓴 게 뭐니?"

"샌디에이고 파드리스 야구 모자요."

"쟤 이름이 뭐지?"

"로드니."

미니는 그녀 앞에 커피 잔을 내려놓았다.

"당구공 머리통 치우라고."

미니는 랄로에게 말하며 짧게 민 그의 머리를 문질렀다.

"누가 네 줄 끊어버리지 않게 조심해라, 꼭두각시."

"닥쳐, 어휴, 짜증나."

그때 페를라가 그녀에게 말했다.

"인생은 놀라운 거야, 미니. 놀라운 일이 가득하지. 난 유령이 보이는구나."

"대단하네요, 엄마."

라 미니는 주방에서 노예처럼 일하려고 다시 들어갔다. 살짝 어안이 벙벙해진 채였다. 하지만 나이 든 분들이 항상 그렇지 않던가. 아빠가 헛소리를 하는 것도 벅찬데, 이젠 엄마까지 저러니 어쩐담.

"폐인처럼 굴지 마, 미니!"

랄로가 외쳤다. 그는 '아부지여 영원하라' 타투를 계속 긁고 있었다.

"불쌍한 로드니. 걔 안 불편하대니?"

페를라의 말에 랄로가 대답했다.

"뭐가 불편한데요? 걔는 괴짜 로드니라고요. 항상 여기 있었잖아요, 엄마."

페를라는 계속 말했다.

"나는 네 아버지 가족들에게 하얗다는 소리를 한 번도 들은 적 없다. 물론 마마 아메리카도 하얀 분은 아니었지. 커피 우유처럼 갈색인 분이었다. 하지만 나보다는 하얬지. 아, 그래. 얘야. 네 할머니가 날 인디아라고 부르는 것도 들어봤어. 너도 알겠지만 난 귀가 먹지 않았다고!"

그녀는 커피를 홀짝이더니 말했다.

“너무 뜨거워. 이거 누가 내렸니? 어쨌든. 네 할머니는 날 절대로 인정하지 않았다. 내가 하급이라고 생각했지. 날 창녀라고 불렀고.”

랄로는 뭐라 할 말이 없었다.

“제기랄.”

그래서 이렇게 말한 다음 다시 영화를 보러 차고로 들어갔다.

그는 그냥 전부 다 보지도 듣지도 않으려고 했다. 랄로의 아들이 한 시간 전에 랄로를 불렀었다. 누가 그랬는지 안다면서.

“뭘 알아?”

랄로가 물었다.

“브라울리오 삼촌 죽인 놈.”

“헛소리하지 마라.”

하지만 그의 아들이 말했다.

“아부지, 무슨 말이 그래. 이제 어떻게 할 거야?”

그래서 랄로가 물었다.

“나 말이야?”

* * *

• 오후 5:00

리틀 엔젤은 그 구역에 주차했다. 주변은 시궁창 물로 축축했지만 습관처럼 햇빛이 비치고 먼지 낀 것처럼 보였다. 잔디는 누랬고 벽은 빛이 바랬다. 그는 동네의 백인 지구에서 자랐다. 학교 애들은 리틀 엔젤의 가족이 프랑스인이라고 생각했다.

하지만 그의 집은 여기가 됐을 수도 있다. 110제곱미터의 네모난 상자 같은 집. 부겐빌레아가 피어 있고, 어린이용 세발자전거와 스쿠터들이 진입로에 버려져 있는 집. 농구 골대가 차고 문에 달려 있는 집. 유사 계급 계층이군, 하고 그의 머릿속 교수가 강의를 했다. 하지만 음악은 달랐다.

그는 거리를 걸어 올라갔다. 감시 카메라가 그를 비추는 느낌이 들었다. 창문마다 눈이 달려 있는 것만 같았다. 동네 사람들은 크라운 빅토리아 차를 엿보며 '돼지 새끼!'라고 생각하겠지. 그는 고개를 숙이고 어깨를 축 내려뜨렸다. 그러면 좀 작아 보이거나 안 보일 수도 있다는 듯 말이다.

'저 백인은 누구야?'

'아, 저 사람 미국이랑 멕시코 혼혈이다.'

'마약 단속 경찰처럼 생긴 놈이군.'

빅 엔젤과 페를라의 집 현관으로 들어설 때부터, 다른 사람들과는 달리 그는 언제나 사람들의 시선을 느꼈다. 아직도 클럽의 회원권을 얻지 못한 멤버 같았으니까. 하지만 노크를 하거나 초인종을 누를 때마다 그들은 모두 리틀 엔젤을 타박했다. 동생이 집에 들어오는 건데 뭐 하러 노크를 해? 그냥 들어오면 되지. 그래서 그는 남자답게 마음을 먹고 무거운 철망 안전 격자를 열고서 안으로 들어갔다. 사람들은 거실에 펴놓은 커다란 탁자 주변을 어슬렁대고 있었다. 야구 모자 안에는 물건 인수증이 들어 있고, 담배가 보였다.

라 글로리오사는 방금 막 들어와 환하게 불을 밝힌 식당 벽감 안에서 엉덩이에 손을 대고 역광을 받으며 서 있었다. 보정 속옷을 입어서 죽을 것만 같았다. 금빛 치마가 불꽃처럼 펄럭이며 갈색 다리를 드러냈다. 그는 옷감 너머로 그 다리의 그림자를 보았다. 어깨에 드리워진 그녀의 머리카락은 탄력적이고 빛을 받아 반짝이는 모습이 마치 잉크의 바다 위에 반짝이를 뿌려놓은 것 같았다.

그녀는 리틀 엔젤에게 시선을 보냈다. 그는 씩 웃었다. 그녀는 타코 가게에 걸린 아즈텍 여신의 모습이었다. 벨벳 천에 그린 그림처럼 무척 웅장해 보였다.

"안녕."

"아, 너 왔구나."

라 글로리오사는 바보짓을 할 시간이 없었다. 그녀는 머리를 휙 젖히며 턱짓으로 그를 무시했다. 곱슬곱슬 컬이 들어간 머리카락이 휘날렸다. 명백한 질책이었다.

그는 눈썹을 재빨리 한 번 들어 올려 대답했다.

그녀는 머리를 다시 내렸다. 곱슬머리가 어깨 위로 드리워졌다. 화해라고 봐야 할까. 그녀는 늑대처럼 눈길을 지그시 들어 올려 위를 보았다. 그는 얼굴을 붉혔고, 눈망울이 그렁그렁해졌다.

그녀의 왼쪽 눈썹이 천천히 올라가더니 그대로 멈췄다. 그는 그녀의 쇄골을 바라보았다. 아래를 보는 눈길은 외설적이지 않았다. 그러다 다시 눈을 천천히 들어 그녀와 눈빛을 마주쳤다. 그는 한쪽 입매를 올려 미소를 지었다.

"까불지 마."

그녀가 말했다.

뒷마당에 있던 페를라가 커피를 더 마시려고 들어왔다.

"우리 아가로구나!"

그녀는 이렇게 외치며 비척비척 리틀 엔젤에게 다가와 얼굴을 쓰다듬었다. 그녀는 둘 사이를 왔다 갔다 하며 말했다.

"너희들 다시는 이러지 마."

라 글로리오사는 리틀 엔젤 쪽으로 코를 찡그리며 뾰로통한 입술 모양을 지어 보였다. 그런 다음 찬장 뒤로 사라져 싱크대에서 뭔가 덜컹대며 설거지했다. 짜증이 났다는 티를 내며 말이다. 그가 만약 새처럼 볏을 가지고 태어났다면, 지금쯤 깃털을 곤두세우고 어디론가 날아가 그녀에게 예쁜 나뭇가지를 찾아다주었을 텐데.

"네 형은 침대에 있어."

페를라는 빅 엔젤이 쉬고 있는 뒷방을 가리키며 말했다.

"언제나 침대에 있지."

리틀 엔젤이 말했다.

"분명 지쳤겠죠."

"항상 그렇지. 불쌍한 우리 남편."

그녀는 빈 커피 잔을 손가락에 끼워 돌리면서 주위를 둘러보았다. 그는 페를라에게 컵을 받아들고 그녀를 작은 알루미늄 테이블에 앉혔다.

"내가 커피 드릴게요."

그의 말에 페를라가 대답했다.

"텡큐. 우유, 부탁해. 그리고 설탕도."

"네."

"설탕, 많이. 설탕."

라 글로리오사는 어젯밤 요리에 썼던 냄비를 닦으며 그에게 등을 돌리고 섰다. 곁으로 다가간 리틀 엔젤은 조리대에 있던 커피포트를 집으려고 그녀 쪽으로 몸을 숙였고, 향긋한 냄새가 풍겼다. 라 글로리오사는 그가 몸을 숙인 걸 느꼈다. 목덜미 바로 위쪽에 알 수 없는 정전기가 확 일었지만 아무것도 보이지는 않았다.

"잠시만요."

리틀 엔젤은 이렇게 말하며 그녀의 등에 손을 얹었다. 그녀는 흠칫 놀랐다.

"나는 예순 살이란다."

속삭이는 그녀에게 리틀 엔젤이 대답했다.

"60대도 요즘은 40대나 다름없다고 하던데요. 게다가 난 내일모레 쉰이고. 그러니 지금은 나보다 어리신 거라고요."

그녀는 그 점을 생각해보아야 했다.

커피포트에서 '꿀꺽' 하는 소리가 났다.

그녀는 눈을 가늘게 뜨고 그를 바라보며 말했다.

"나랑 장난칠 생각 마."

그는 가만히 섰다. 커피에서는 김이 모락모락 났다. 그녀와 가까이 서 있어서 체온이 느껴질 정도였다. 그녀에게선 아몬드와 바닐라 향기가 났다.

리틀 엔젤은 그녀가 그때를 기억하지 못한다는 걸 알아챘다. 둘 다 이보다 훨씬 어렸을 때였다. 부모님 집에서 오랜만에 열린 모임에서 그녀는 선더버드를 너무 많이 마셨다. 그녀는 그의 어머니에게 라틴 댄스 동작을 보여주었다. 라 쿰비아*와 룸바, 차차차까지. 그날 밤 끝까지 엄청나게 술에 취했고, 후에 코트를 걸어놓는 작은 방에서 리틀 엔젤을 찾아내고서는 그에게 기대어 말했다.

"잘 자라고 키스해줘, 이 나쁜 놈아."

그는 그녀에게 10대들이 하는 가벼운 입맞춤을 해주었다.

"여자한테 하는 키스는 이런 게 아니야."

이렇게 말한 그녀는 그의 입에 키스했다.

"이게 여자한테 키스하는 법이야."

그러고는 코트를 챙겨서 유령처럼 어딘가로 홀연히 사라졌다.

"나 장난하는 거 아닌데요."

리틀 엔젤이 말했다.

"너 이게 쉬워 보이나 보네!"

"쉬우니까."

"오, 그러니, 호로새끼야? 그래서 나한테 뭘 바라는데?"

그녀는 얼굴을 가린 머리카락을 휙 날렸다. 멍청한 자식!

---

* 콜롬비아와 파나마의 민속춤.

"그만두길 바라요?"

그녀는 싱크대에 냄비를 쾅 놓았다. 창문 너머를 응시하는 눈빛은 진입로에 서 있는 히스패닉 아이들에게 향했다. 그녀는 곱슬머리를 흔들었다. 한숨이 따라붙었다.

"아니."

리틀 엔젤은 커피와 연유 캔과 설탕을 페를라에게 주었다. 그녀가 물었다.

"인스턴트 커피야?"

"아뇨. 끓였어요."

페를라는 얼굴을 찡그렸다. 이 노인 양반 세대는 인스턴트 커피를 마시는 낙으로 산다.

페를라는 그를 쳐다보지도 않았다. 그저 글로리오사 쪽으로 눈썹을 슬쩍 들어 올리더니 이렇게 말했다.

"바람둥이."

"나 말이에요?"

그녀는 커피를 후후 불었다.

그는 이걸 자신의 학생들에게 어떻게 설명해야 할까 생각해보았다. 이건 멕시코식 표현이란다. 꿀벌? 아니. 호박벌? 아니지. 벌새? 꽃에서 꽃으로 옮겨 다니며, 꿀을 채취하는 생물.

그는 목을 가다듬고 말했다.

"나는—"

"네 형에게 가봐."

페를라가 말했다.

* * *

리틀 엔젤은 먼저 거실로 들어가서 빅 엔젤의 시민권을 자세히 관찰했다. 빅 엔젤은 시민권 서류를 액자에 끼워 넣고 모두가 감탄하며 보도록 전시했다. 자그마한 미국 국기도 귀퉁이에 꽂아놓았다. 빛바랜 아이들의 사진은 인디오와 브라울리오였다. 리틀 엔젤은 눈을 가늘게 떴다. 저 브라울리오 녀석, 아름다운 모습이었군. 천사 같아. 그리고 꼬마 랄로는 아주 토실토실하고 얼굴이 둥그스름했다. 미니는 아직 태어나지도 않았을 때다.

가족사진은 그 옆에 걸려 있었다. 커다란 하얀색 틀 위로 금줄 덩굴이 새겨 있는 나무 액자였다. 시어스에서 찍은 컬러사진. 마마 아메리카는 아버지의 사진을 들고 있었다. 그리고 빅 엔젤과 마리루, 세사르는 마마 주변을 둘러쌌다. 그랬군. 그들은 리틀 엔젤을 초대할 생각을 하지 않았던 거군. 그럴 의도가 전혀 없었다. 어쩐지 기분이 더 나빠졌다.

미니는 옆으로 다가와 같이 사진을 보며 말했다.

"온 가족의 사진이야, 삼촌."

"다는 아니지."

그녀는 리틀 엔젤을 바라보다 다시 사진을 보고, 또 그를 보다 다시 사진을 보았다.

"아."

"그래."

"이런."

"별것 아닌 실수지."

그는 자괴감이 어린 명랑한 말투로 말했다.

"삼촌은 정체성에 문제가 있었지?"

"그건 비밀이었는데 어떻게 알았니."

"그렇게 느끼는 건 삼촌 혼자만이 아니야. 우리 중에도 그게 어떤 기분인지 아는 애들이 있어."

그녀는 현관으로 나가더니 거리를 따라 걸어 내려갔다.

그는 침실 문까지 열네 걸음을 되돌아갔다.

* * *

그는 무서웠다.

리틀 엔젤은 형이 죽었을 거라고 확신했다. 아니면 뭔가 심각한 의학적 상태에 빠져 있을 게 분명했다. 아니면 뭔가 냄새가 날 거라고, 민망한 악취 때문에 형도 자기도 기분이 상해버릴 거라고 생각했다.

하지만 그중 어떤 것도 들어맞지 않았다. 빅 엔젤은 일어나 앉아서 베개 더미에 등을 대고 있었다. 그는 밝은 하얀색 속옷과 편안한 잠옷 바지 차림이었다. 두툼한 하얀 스포츠 양말도 신었다. 베이비파우더와 옅은 땀 냄새가 났다.

빅 엔젤은 9학년 애들을 몇 명 모아놓고 연설 중이었다. 애들은 어색한 표정으로 침대 발치에 서 있었다. 여자애들은 한쪽 팔을 배 쪽에다 대고 갈비뼈를 잡았고, 다른 팔은 생기 없이 늘어뜨렸다. 남자애들은 손가락 끝을 바지 주머니에 쑤셔 넣은 채였다.

빅 엔젤은 계속 말했다.

"판다곰이 식당으로 들어갔지."

"그래서요, 아부지?"

"그래. 그리고 카운터에 가서 음식이랑 펩시콜라를 달라고 했다."

"그래서 어떻게 됐어요, 아부지?"

"곰은 먹고 마신 다음 권총을 빼서 요리사를 쐈다."

"뭐라고요!"

"그리고 나가면서 이렇게 소리쳤지. '구글에 검색해봐!'"

빅 엔젤은 거리를 쏘다니는 미친놈처럼 씩 웃었다. 반짝거리는 눈빛은 음울했다.

아이들은 서로를 쳐다보았다.

"그래서 구글을 찾아봤대요, 아부지?"

"물론이지. 그랬더니 뭐라고 나왔는지 아냐?"

애들은 고개를 저었다.

"검색 결과, '판다곰은 초식 포유류로 새싹과 잎사귀를 먹는다.'"

그는 웃었다.

아이들은 다시 서로를 쳐다보았다.

"이해했어요."

그중 뚱뚱한 남자애가 말했다.

"나가라, 코딱지 녀석들아."

리틀 엔젤의 말에 아이들은 허둥지둥 나갔다.

"나는 코딱지 아니거든요, 아저씨."

뚱뚱한 남자애가 되받아쳤다.

침대 위에는 신문이 여기저기 널려 있었다. 빅 엔젤은 악명 높은 사진을 한 백 번쯤은 계속 보고 또 보곤 했다. 유럽 바닷가에서 엎드린 모습으로 시체로 발견된 꼬마였다. 그 애는 버려진 옷이 든 자그마한 가방처럼 널브러진 채로 익사했다. 빅 엔젤은 리틀 엔젤이 사진을 보는 모습을 바라보았다. 그는 신문을 들어서 조심스럽게 접고는 탁자에 놓았다.

빅 엔젤이 말했다.

"이민자를 좋아하는 사람은 아무도 없지. 그 애는 물에 빠져 죽었어."

"나도 알아."

"새로운 삶을 찾으려고 했던 아이인데."

"알아."

"우리 민족도 저런 모습이었지. 사막에서 말이야."

우리 *민족*이라.

"그건 좀 생각해봐야겠는데."

리틀 엔젤이 말했다. 그러다 갑자기 빅 엔젤이 공화당 지지자는 아닌 것도 같다는 생각이 들었다. 자신이 큰형에 대해서 아는 게 거의 없었다는 걸 이제야 깨달았다.

"우리가 여기서 산 지도 참 오래된 것 같네. 국경 지대 사막에는 데 라 크루스 집안 사람들이 거의 없을 것 같으니까."

리틀 엔젤은 말했다. 형의 낯빛이 어두워지는 걸 알면서도 자기 입에서 나오는 말을 막을 수가 없었다.

"우리는 이제 미국인이 다 되었잖아, 안 그래? 내 말은, 그러니까 우리는 이민자 가족에서 벗어났다는 거야. 뭐, 거의 50년 다 되었잖아?"

"이런 제길."

리틀 엔젤은 계속 말했다.

"나는 아직도 멕시코인이야. 아니, 멕시코계 미국인인가? 하지만 인정할 건 하자고. 나는 시날로아*에 살지 않아."

빅 엔젤은 입술을 닦았다. 입술이 축축한 줄 알았는데, 알고 보니 챕스틱을 발라서였다.

"그거 멋지겠군, 아우야. 네가 누군지 고를 수 있다니."

빅 엔젤의 말에 리틀 엔젤은 그 방의 매혹적인 구석으로 눈길을 떨구었다.

"오늘은 더 이상 하지 말자."

"뭘?"

"형이 하는 게임. '난 너보다 더 멕시코인이거든'이라는 놀이."

"난 지금 네가 '난 미국인이야'라고 말하는 줄 알았다."

"엿이나 먹어."

리틀 엔젤이 투덜댔다.

"머저리 새끼."

---

* 멕시코 북서부에 위치한 주.

그들은 갑자기 열한 살로 돌아갔다.

빅 엔젤은 한쪽 어깨를 으쓱였다.

"좋아. 난 내일이면 죽을 텐데, 뭐가 문제야."

제길 제기럴 제기랄 아이고 주님. 리틀 엔젤은 따뜻하게 미소 지었다.

빅 엔젤은 옆자리를 톡톡 쳤다.

"앉아."

지역적 내전은 이미 사그라든 듯 보였다. 마치 느릿느릿 움직이던 자그마한 비구름이 동쪽으로 흘러가다가 쿠야마카 산맥에 부딪혀 사그라지는 것처럼.

"아우야!"

빅 엔젤은 갑자기 눈을 번쩍 뜨며 말했다. 그의 눈동자는 검게 타오르는 자그마한 모닥불 같았다.

"내 아버지가 오렌지 껍질을 어떻게 벗겼는지 기억해?"

리틀 엔젤은 고개를 끄덕였다.

"그래. 우리 아버지 버릇 기억하지."

빅 엔젤은 리틀 엔젤의 어감을 눈치챘다.

"우리 아버지. 그분은 오렌지에 칠리 가루를 뿌려 먹었지."

"소금도 뿌렸고."

"타힌*이었지."

그들은 왜 그런지 몰라도 그 사실이 우스웠다. 빅 엔젤이 소리

---

* 멕시코 향신료 제품 이름, 칠리와 소금의 혼합물이다.

쳤다.

“아버지는 오렌지 껍질을 아주 길게 잘라 벗겼어. 벗겨놓은 껍질이 꼭 뱀 같았다고. 매번 그랬어.”

그들은 또 웃었다. 웃으니 좋군. 아무 생각이 없이, 안전하니.

“아버지는 그게 테이프 벌레라고 했었지.”

리틀 엔젤이 말했다.

“내가 말한 적 있던가? 그게—”

빅 엔젤이 불쑥 말을 꺼내어 이야기는 또 삼천포로 빠졌다. 우습고도 슬픈 이야기였다. 선조들의 이상한 이야기도 했고, 시애틀에 대해 묻기도 했다. 그러다 탁자에 올려놓은 수많은 약병들을 하나하나 자세히 설명하기 시작했다. 약의 복용량과 시간들에 대한 이야기를 들으며, 리틀 엔젤은 어색하게 앉아 있던 자세를 포기하고 침대에 올라 형 옆에 앉았다.

침묵
즐거운 이야기
굴
고통 없는 하루

✳

파티 전날 밤

• **오후** 10:00

페를라가 마침내 방에 들어왔을 때 빅 엔젤은 이미 자고 있었다. 오늘 하루는 끝이 없어 보였다. 할 일이 너무 많았고, 돌봐야 할 것도 너무 많았고, 기도도 너무 많이 했다. 그녀는 가끔 자기가 암에 걸린 건 아닐까 하는 생각이 들었다. 하지만 그런 끔찍한 생각을 감히 인정할 수가 없었다. 자기 연민에 빠질 자격 같은 건 자신에게 없다며, 페를라는 혼잣말을 했다. "머지않아 그럴 날이 올 테니, 지금은 안 돼."

사람들은 대부분 집에 갔다. 라 글로리오사는 리틀 엔젤이 도둑고양이라도 되는 것처럼 쫓아냈다. 왜 빗자루로 때리지 않았는지 의아할 지경이었다. 이제 그녀도 마침내 떠날 수 있었다. 그래서 코트를 집어 들고 손에 키를 쥔 채 급히 차로 향했다. 꽉 쥔 주먹 사이로 차키 끝이 불쑥 튀어나와 있었다. 혹시 어떤 멍청이가 다가올 상황에 대비해서였다. 그녀는 핸드백 속에 호신용 스프레이를 갖고 있었다. 티후아나에서 산 전기충격기도 있었다. 마음이 내키지 않았다.

라 미니는 던킨 도너츠에 가서 자기 남편 먹일 도넛을 한 박스 샀다. 엘 티그레. 그는 분명 도넛을 사 온다는 말에 찬성했겠지. 몸에 안 좋은 쓰레기를 먹고도 어떻게 복근을 유지할 수 있는 건지 이해가 되지 않았다. 도넛 같은 걸 먹은 다음에는 칼로리를 줄이려고 따뜻한 토르티야 샌드위치를 포기해야 하기 때문이다.

미니의 큰아들은 선원이었다. 그 애 말에 따르면 포틀랜드에는 부두 도넛 가게 같은 게 있단다. 그곳은 관 모양 상자에 도넛을 가득 담아주는 게 콘셉트다. 정신 나간 히피나 하는 짓이지. 같이 배를 타는 남자애들은 베이컨을 감은 메이플 시럽 도넛이라면 사족을 못 쓴다고 했다. 그거 한번 사봤으면 좋겠다. 그이가 좋아할 테니까.

다시 빅 엔젤네 집. 보수주의자들이 거실에서 투덜대고, 굳게 닫힌 차고 너머에서는 비디오 게임에서 나는 삑 소리, 으악 소리가 들려왔다. 뒷방에서는 꼬마 녀석들이 코를 골기도 하고 훌쩍이기도 하면서 개들을 품에 끼고 무더기를 이루어 자고 있었다.

페를라는 욕실로 들어가 이를 닦고 어둠 속에서 옷을 갈아입었다. 그녀는 거울에 비친 자기 모습을 좋아하지 않았다. 이제 그녀는 할머니들이나 입는 커다랗고 하얀 팬티를 입었다. 브래지어는 흘러내리는 살덩이를 받쳤다. 뭐, 이 둔덕에 나이가 들긴 했지만 여전히 꽃이 피어 있다고. 일흔 먹은 여자가 자신을 서른다섯 먹은 여자로 상상하기란 어렵다. 그땐 살짝 엉덩이가 처지긴 했어도 전체적으로 괜찮은 몸매였는데.

그녀는 잠옷을 걸치고 침대로 아주 살금살금 다가갔다. 매트리스를 움직이지 않고 그 위로 올라가기란 참 힘들었다. 빅 엔젤은 하루 종일 다정하고 친절했지만…… 갑자기 침대를 털썩 움직여 예상치 못하게 놀라게 하거나 그에게 부딪치기라도 하면 돌변할 것이다. 매섭게 다그치겠지. 그가 "이 멍청아!"라고 소리를 지를 때마다 다들 눈물을 찔끔 흘렸다.

페를라는 이를 악문 나머지 턱이 아파왔다. 무릎 한쪽을 올리고, 그다음 또 한쪽. 그러다 우드득 소리가 났다. 그녀는 얼굴을 찡그렸다.

이제 엉덩이를 얹고 나서 머리를 아주 천천히 눕혔다. 그녀는 침대의 왼쪽에서 잤다. 빅 엔젤은 오른쪽에서 자고, 그 옆에는 작은 탁자가 있다. 손에 닿을 거리에 늘어선 약병은 흡사 자그마한 미래 도시 모형 같았다. 고층 빌딩처럼 늘어선 플라스틱 약병 안에는 알록달록한 알약들이 들어 있다. '내일도 있구나.' 그녀는 생각 중이었다. 멋지신 주님. 부디 *내일도 잘 치르게 하소서.*

그녀가 베개에 머리를 눕히자, 빅 엔젤이 말했다.

"여보, 다들 집에 갔어?"

제길!

"여보! 당신 자는 줄 알았어."

그러자 그가 대답했다.

"자고 있었지. 하지만 난 꿈속에서도 당신을 볼 수 있어."

그는 요즈음 이상한 말을 해댔다. 하긴, 예전부터 그러긴 했다. 자신은 천재라고. 천재들은 이상한 소리를 한다고. 하지만 그는 지금 훨씬 더 이상한 게, 마치 황야에 선 마술사 같은 말을 지껄여댔다. 한번은 미니에게 이런 말을 했었다.

"강들은 신을 믿는다."

이게 대체 뭔 소리란 말인가? 불쌍한 랄로한테는 이런 말도 했었지.

"새들은 언제나 죽은 자의 언어를 알고 있었어."

어느 날 아침에는 식사를 하다 말고 자기를 보더니 이렇게 말했다.

"여보, 우주는 달걀 안에 다 들어갈 수 있어."

빅 엔젤이 불쑥 내뱉는 이런 말들이 화낼 일은 아니었지만, 어떻게 받아들여야 할지 알 수 없어서 그녀는 부드럽게 말했다.

"아, 그런 거야, 여보?"

"그래. 하지만 그 달걀을 품는 닭은 너무 커서 우리가 볼 수 없는 거야. 우주가 알을 깨고 나오면 무엇이 될지 궁금하군."

"참 멋지네."

그녀는 이렇게 대답하면서도 속으로는 말없이 하느님과 성모님에게 소리치며 도와달라 애원하고 있었다.

"여보."

그는 밝은 목소리로 말했다. 마치 그들이 여름날 같이 점심을 먹고 있다는 투였다.

"응?"

"우리 만났을 때 기억나?"

"어떻게 그걸 잊어? 이제 자."

"처음 만나고 나서 그 뒤로 1년을 보질 못했잖아."

"그랬지."

"그러다 영화관에서 다시 만났지."

"알아, 여보. 그랬지. 이제 자."

"그 지저분하고 작은 영화관 이름은 '라스 풀가스'였어."

"그래. 거기서 당신 벼룩이 옮았잖아. 더러운 곳이었어."

"우리는 거기서 사람이 인형으로 변하는 영화를 봤어. 당신은 내 앞줄에 앉았지."

"「퍼펫 피플」 영화였지, 여보. 난 아직도 그걸 생각하면 악몽을 꿔."

"내가 그때 펩시콜라 사줬잖아."

"세븐업이었어, 여보. 당신은 그걸 '시에테-웁'이라고 스페인어로 읽었잖아."

부부는 웃었다.

"그러고 나서 말이야."

"하지 마."

"해변에서 말이야."

"변태!"

그녀는 손으로 얼굴을 가리고 못마땅한 소리를 냈다.

"당신은 그때 하얀 원피스를 입었지. 그리고 해변에 누웠어. 난 당신 등을 쓰다듬었다고."

"아유, 엔젤! 그만해!"

"당신은 내 재킷 위에 누웠어. 난 당신 등을 문질렀고, 치마를 올렸지."

"아이고, 주님!"

"당신은 몸을 떨었지. 당신 손이 모래에 박히는 걸 봤어."

"아이고."

그가 열일곱, 그녀가 열여섯 살 때 일이었다.

그날 밤, 하느님의 손톱같이 이지러진 달이 떴다. 중학생 애들이 2백여 미터 떨어진 곳에 모닥불을 피워놓았지. 검은 바다는 하얀 파도로 빛났고, 둥글게 뜬 달 아래 파도를 가로질러 은하수가 은화를 뿌려놓은 고속도로처럼 길게 뻗어 있었다. 시작은 키스였다. 그녀의 혀가 그의 입을 파고들었다. 미끈하고 차가운 그 혀에서는 둘이서 제방에서 막 사 마셨던 딸기 주스 맛이 났다. 빅 엔젤은 바로 알 수 있었다. 이 혀 놀림. 그녀는 새로운 세계를 알고 있구나.

처음에 그는 그녀 옆에 무릎을 꿇었다. 파도가 모래로 밀려들어 그의 무릎을 적셨다. 여자의 등에 손을 대본 건 이번이 처음이었다. 그녀의 탄탄한 어깨가 주는 느낌에 정신이 혼미해졌다. 자신의 손길 아래에서 부드럽게 풀려가는 어깨라니. 그리고 그녀의 한숨이 이어졌다. 살이 주는 절묘한 윤기를 통해 느껴지는 갈비뼈. 면 원피스 너머 은은히 느껴지는 체온. 등을 가로지르는 브래지어의 끈. 가슴이 시작되는 지점에서 살짝 부풀어 오른 살집. 그는 살짝 떨었다. 무거운 짐을 이고 먼 길을 왔던 사람처럼.

그러다 정신을 차려보니 대체 어떻게 한 건지 자신도 모르게 그녀의 다리 뒷부분을 벌리고 올라 앉아 있었다. 그는 그녀에게 몸을 숙였다. 머리카락과 향수의 내음. 바지 사이 허벅지에서 열기가 피어올랐다. 그런 다음 그 하얀 원피스가 더 높이 올라갔다. 또 다른 향기였던가? 목이 바짝 마르고 너무 세게 이를 악물어 턱이 아팠다. 그는 아래를 바라보며 그녀 허벅지 위로 치맛자락이 올라가는 모습을 지켜보았다. 멈출 수가 없었다. 몸을 앞으로 숙이고 응시했다. 그의 시선을 그녀도 알고 있었다. 그녀의 허벅지가 조여들더니 떨리기 시작했으니까. 그리고 그는 둘 사이에 무슨 일이 일어나는 건지 모르면서도 그게 뭔지 알았다. 이윽고, 모든 걸 벗어버린 그녀의 엉덩이 곡선이 드러나더니 그를 엿보았다.

"그때 당신 엉덩이를 봤지."

그녀는 숨죽여 웃었다. 특유의 야한 웃음이었다.

이제 그의 손은 그녀의 허벅지를 미끄러져 올라가 그곳에 닿았다. 그녀는 몸을 펄쩍 흔들며 한숨을 쉬었고, 그는 숨을 죽였다. 조심스럽게 손가락을 움직여 촉촉하고 뜨거운 곳에 닿았다. 혹시라도 너무 성급하게 한계를 넘지는 않을까 걱정스러운 마음에 얼굴이 빨갛게 달아오른 채로 손을 덜덜 떨었다. 그녀는 거기에 대양을 품고 있었다.

"내 몸에는 샘이 있어. 널 위한 샘이야."

그녀가 말했다. 그의 바지 안은 타들어갔다. 이게 무슨 일인지 알 수가 없었다. 남자한테 일어나는 일인가? 이걸 숨겨야 하나 걱정이 되었다. 그러다 그만 배려도 잊어버렸다.

그의 일생을 통틀어, 그때가 가장 좋아하는 순간이었다.

이제 둘은 침대에 누워 있으면서 동시에 그 옛날 따스한 해변에 있었다. 그녀는 그의 어깨에 이마를 댔다. 그녀가 말했다.

"그래서?"

"당신이 내 처음이었어."

"아! 정말 이름처럼 천사 같군."

그는 그녀의 얼굴을 쓰다듬었다.

"난 당신 엉덩이에 키스했지!"

뿌듯한 마음으로 그는 머리를 손에 얹고 누웠다. 그녀의 시나몬 빛깔 엉덩이 곡선이 서늘하게 떨렸지. 등과 피부에서 나던 달콤한 내음. 그의 팔과 머리 안을 헤엄치는 술처럼 느껴지던 그녀의 알싸함. 그는 팰맬 담배를 한 대 피우고 싶었다.

잠시 후 그녀가 말했다.

"그것만 한 거 아니었잖아."

편안하고 나이 든 침묵이 둘 사이에 흘렀다. 먹이를 잔뜩 먹은 고양이의 따스함과 호사스러움 같은.

"나 피곤해."

그의 말에 그녀는 남편을 부드럽게 두드렸다.

"어서 자."

"나는 영적인 임무가 있어. 그래서 쉴 수가 없어."

"아, 귀찮네!"

"나는 몸에서 벗어나서 돌아다닐 수 있어."

"그게 무슨 소리야!"

그녀는 외쳤다. 어둠 속에서도 남편이 미소 짓는 소리가 들리는 것 같았다.

"유체이탈을 하면 휠체어가 필요 없다고, 여보."

"지금 대체 무슨 소리야? 당신 미쳤구나. 처음에는 내 엉덩이 이야기를 하더니, 이젠 유체이탈? 헛소리 좀 그만해."

"당신 엉덩이에 키스해서 내가 유체이탈을 한 거야."

"좋은 말 할 때 그만……."

"리틀 엔젤은 마리루네 집에 잘 갔어. 지금 봤어. 걔는 마리루의 소파에서 잘 거야."

"무서운 소리 하지 마."

"난 미치지 않았어. 그냥 둘러보면 무슨 일이 일어나는지 보인다고. 이 생이 끝나면 내 영혼이 어디로 갈지 알게 될 거야."

페를라는 가슴속으로 숨을 죽이고 부르르 떨었다.

"음, 그럼 내 동생 욕실은 보지 마."

그러자 빅 엔젤이 키득키득 웃었다.

"라 글로리오사가 거품 목욕 하는 곳에 가면 안 된다고?"

"안 돼!"

그녀가 말했다. 둘은 등을 대고 누웠다. 그들 위의 어둠 속으로 백 가지나 되는 흐릿한 장면이 떠올랐다.

"좋은 인생이었어."

그의 말에 페를라는 그 손을 잡았다.

"당신 덕택이야, 엔젤."

"당신 덕택이지, 페를라."
"우리가 함께한 거야."
그는 하품을 했다.
"경우에 따라서는."
그는 이렇게 말하고는 어둠 속에서 그녀에게로 돌아누웠다.
"하지만 난 지금 피곤해."
"그러니 자."
"잔다고 해결될 피곤함이 아니야."
오랜 침묵이 흘렀다.
"여보, 안 돼."
"이제 때가 된 거야. 내 사랑."
"아니, 아니야."
"난 할 일을 다했어, 여보. 우리 아이들은 다 컸어. 이제 난 다 한 거야."
"엔젤, 그런 말 하지 마."
그녀는 빅 엔젤의 어머니가 하던 말투로 그를 꾸짖었다.
"당신 또 미친 소리 하고 있구나. 우리에겐 손주들이 있잖아! 아직 할 일이 남아 있어! 나는 어떡하라고?"
그는 한숨을 쉬며 그녀의 손을 꼭 잡았다. 그녀가 말했다.
"날 화나게 하지 마."
"화나게 하면 어쩔 건데?"
"슬리퍼로 엉덩이를 때려주겠어."
슬리퍼라.

"그거 괜찮겠군."

그는 이렇게 말하며 미소 지었다. 그녀는 그 미소를 느꼈다.

잠시 후 그녀가 다시 말했다.

"여보? 정말로 내 동생 벗은 거 볼 수 있는 건 아니지?"

하지만 그는 이미 코를 고는 중이었다.

* * *

• **오후** 10:30

리틀 엔젤은 마리루의 소파 위에서 뻗었다. 누나는 동생이 호텔에서 자겠다는 말을 들어주지 않았다. 소지품도 다 두고 왔고, 에어컨도 나오는 아주 좋은 방이었는데도 말이다. 마리루는 그에게 칫솔과 수건을 하나씩 주었다. 타깃 마트에서 팬티 세트와 멋진 밥 딜런 티셔츠까지 사주었다. 1965년 암페타민에 취한 밥 딜런의 모습. 하모니카와 레이밴 선글라스, 펑크 헤어였다. 마리루는 밥 딜런이 머리를 잘라야 한다고 생각했다.

그녀의 자녀들은 LA에 살았다. 거기서 대학을 가고, 사업을 시작하고, 손주를 낳았다. 씨를 퍼뜨리고 있는 것이다.

누나의 소파는 나쁘지 않았다. 뭐, 엄밀히 말해 마리루의 소파는 아니다. 이건 누나 어머니의 소파니까. 정말 놀라운 분, 아메리카. 리틀 엔젤은 종종 그녀를 생각했고, 그때마다 거의 매번 웃었다. 아메리카가 정말 재미있는 분이라고 생각하는 이는 그뿐이었다. 하지만 다들 리틀 엔젤과 빅 엔젤이 보아왔던 것을 본 적이 없어서 그렇다.

가끔, 만사가 따분해질 때 엔젤 형제 중 하나가 불쑥 "앵무새"라고 말할 때가 있었다. 그러면 다른 사람들은 그게 뭐가 그리 웃긴지 이해하지 못했다. 그래서 그게 대체 뭐냐고 계속 물었지만, 두 형제 중 누구도 대답하지 않았다. 그건 일종의 신성한 비밀이자 오로지 둘만을 위한 기억이었다. 리틀 엔젤은 사실 이걸 마리루에게 말해줄까 생각했다가 지금은 때가 아니라고 여기고 그만두었다. 나중에 말하자.

하지만 그는 지금 말하고 싶어서 입이 근질근질했다. 모든 게 바뀌고 있었다. 국경을 넘어선 가족의 역동성 안에서 새로운 패러다임이 서술되고 있는 것이다. 이것이 바로 증명된 정리다.

* * *

마리루는 노인과 3년을 같이 살며 수발을 들었다. 그녀는 이혼한 뒤 집을 따로 얻어 살 만한 형편이 되지 않았다. 그래, 예순아홉 살에 엄마네 집에 얹혀사는 건 쪽팔리긴 하다. 하지만 이런 상황에서는 누구라도 달리 어쩔 수가 없지 않은가. 하느님께서는 만사를 다 주관하는 법이 있으시니까.

"누나."

그녀는 리틀 엔젤이 자기를 소녀처럼 대해주는 게 좋았다. 풋풋한 10대가 된 기분이니까.

"브롸아더."

그녀는 혀를 굴린 영어로 대답했다.

"이 상황이 앞으로 다 어떻게 될까?"

그는 손을 쫙 폈다.

그녀는 부엌 의자에 앉아서 작은 그릇에 담긴 엠앤엠스 피넛 초콜릿을 무릎에 얹어놓고 먹었다. 라 글로리오사는 어떻게든 그녀를 체육관에 데리고 가서 운동을 시키려고 한다. 40년째 다이어트를 하고 있으니까. 뭐, 지금은 걔가 옆에 없잖아. 그래서 초콜릿을 또 먹었다. 그들은 이 암흑 세상에서 자신만의 피난처를 찾아 조용히 숨죽인 단 둘뿐인 창백한 영혼이었다. 이러면 모든 게 잘됐다는 듯이, 밤이 무섭지 않다는 듯이. 별들은 그들 주위를 말없이 차갑게 맴돌았다.

그들은 언제나 영어를 썼다. 물론 가끔 스페인어가 한두 마디 가볍게 튀어나오기는 했지만.

리틀 엔젤은 겉으로 보기에 전혀 멕시코인 같지 않았다. 자세히 보기 전까지는 모르는 거다. 그의 형수인 파스는 그를 "아파치 인디언식 코쟁이"라고 불렀다. 그것도 그를 모욕하려고 쇳소리를 내지 않는 평상시 호칭이 그랬다. 그녀는 잘생긴 것도 같은 그의 굽은 코가 빅 엔젤에게 주먹으로 맞아서 저리 되었다는 사실을 몰랐다.

마리루는 자그마한 부엌에서 그를 지켜보았다. 미국 꼬맹이. 뭐, 재 엄마는 미국인이니까. 그래서 다른 사람들은 모두 무척 화를 냈지. 파파 안토니오가 그 미국 계집애 때문에 그들을 등졌기 때문이었다. 빅 엔젤은 그걸 '캐딜락을 사는 것과 같은 사치'라고 했다. 그녀는 살짝 웃었다. 그리고 이내 고개를 저었다.

"아이고, 주님."

나이가 몇이 됐든 멕시코 여자들은 세대를 초월하여 다들 이런 말버릇을 갖고 있다.

그녀와 리틀 엔젤은 친한 남 같았다. 리틀 엔젤이 열 살이 되고서야 그들은 겨우 만났으니까. 그때 그는 콧잔등에 주근깨가 잔뜩 난 땅딸보 꼬마였다.

그녀는 이렇게 물었었다.

"근데 너, 이름이 뭐야?"

"앙헬."

"어떻게 네 이름이 앙헬이야? 앙헬은 벌써 여기 있다고!"

그녀는 자기 큰오빠를 가리키며 소리쳤다. 하지만 리틀 엔젤은 그저 어깨를 으쓱였다.

"그 이름을 벌써 썼다는 걸 파파가 까먹었나 보지."

그 말에 모두 크게 웃었다. 그건 사실이었으니까. 지금도 그 생각을 하며 마리루는 씩 웃었다. 하지만 이내 미소가 사라졌고, 그녀는 초콜릿을 더 집어먹었다.

솔직히 말하면, 리틀 엔젤은 바삭거리는 그 소리를 좋아하지 않았다. 혼자 외롭게 커서 그런지, 그는 다른 사람이 씹는 소리가 귀에 거슬렸다. 하지만 그의 집안 사람들은 죄다 그 소리를 편안하게 생각하는 것 같았다.

"동생아. 너도 알지. 앙헬은 오래 못 가."

"알아."

"그래서 생일 파티를 하고 싶은 거야. 마지막 생일로."

그녀는 자리에서 일어섰다. 허리가 아파왔다. 그래도 가서 판둘세* 접시를 가져왔다. 그는 돼지 모양 진저브레드 쿠키를 안 먹을 수가 없었다. 이름하여 마라니토 말이다. 마리루는 그 위에 코코넛 가루와 끈적끈적한 레인보우 스프링클을 뿌려 먹기 좋아했다. 그에게 줄 우유도 탁자 위에 한 잔 놓았다. 그는 일어서서 손을 뻗었다.

"다들 앙헬이 내년 생일까지 못 산다는 거 알고 있구나. 그렇지?"

그의 말에 그녀는 어깨를 으쓱였다.

"대부분 그렇지. 맞아. 하지만 개중에는 안 똑똑한 사람도 있으니까."

"빅 엔젤은 그냥 놔둬도 괜찮아. 자기 장례식에도 참석할 분이잖아."

리틀 엔젤은 이렇게 말하며 우유를 홀짝였다. 그는 랄로가 한 말을 생각하고 있었다. "말 빼면 우리에게 뭐가 남겠어요." 그들은 자기 전에 「지미 팰런 쇼」를 보았다. 그때도 리틀 엔젤은 생각했다. '이래도 되는 거야? 삶이 이렇게 끝나는 거야? 그런데 우리는 TV를 보고 있어도 되는 거냐고?'

---

* 멕시코식 페이스트리.

* * *

리틀 엔젤은 접이식 소파에 누워 생각 중이었다. 그는 관광객들이 기념품으로 즐겨 사 가는 알록달록한 티후아나 담요를 덮고 있었다. '나는 클리셰 같은 인간이지. 여기다 솜브레로까지 쓰면 완벽할 텐데, 왜 그건 없지?'

시애틀에 있는 그의 여자친구는 자기가 여기서 무슨 이름으로 불리는지 몰랐다. 그녀에게 그는 '엔젤'이 아니었다. 북부에서는 가운데 이름을 사용했기 때문이었다. 가브리엘. 참 로맨틱한 이름이다.

그들의 위대한 아버지 돈 안토니오 역시 엔젤이었다. 그분의 어머니이시자 일족의 할머니이신 전설의 마마 메체Meche는 그를 엔젤이라고 불렀다. 엔젤은 어머니의 아가였고, 그야말로 오냐오냐 길러졌다. 말하자면 치케아도chiqueado, 영어로 말하자면 '응석받이'라고나 할까. 어화둥둥 업어 키운 아들이라, 엄마는 아들이 상처가 날 때마다 침을 발라 낫게 해주고, 무슨 일이 벌어지든 우리 애가 절대 잘못할 리 없다 잡아뗐다. 이 무자비한 할머니의 이름이 자비*라는 것도 빅 엔젤과 그의 자매들은 이해할 수 있었다.

리틀 엔젤의 형제자매들은 아버지를 첫 번째 엔젤이라고 생각했다. 말하자면 제1앙헬이다. 가족의 모든 남자가 같은 이름

* Meche는 스페인어로 자비를 뜻하는 Mercedes의 준말이다.

이라는 점은 꼭 남미 소설 같았다. 그래도 그들은 자매의 이름으로 '앙헬라'를 쓰지 않았다. 물론 조카손녀 중에는 앙헬리타가 있긴 하지만.

이건 소용돌이 같았다. 그는 바람에 빙글빙글 휘날리는 꽃가루 종이처럼 조각조각 번뜩이는 가족사를 잡았다. 그러다 거대한 계시와 고백이 어디선가 불쑥 나타나 몰아쳐서 그들이 연 술자리를 파괴해버리는 것이다.

그는 손에 머리를 얹고 누웠다.

리틀 엔젤 가브리엘은 제1앙헬 돈 안토니오와 빅 엔젤에 이어 세 번째 엔젤이 되었다. 그는 부모님의 결혼이라는 거미줄에 걸린 나방 같았다. 돈 안토니오는 이류 취급을 받아야 하는 이민 생활에서 미국 호로새끼들에게 인종 차별을 받아 분개한 채로, 아파트 구석에서 묘하게 잔인하고도 방어적인 모습을 보였다. 담배 연기를 입과 코로 내뿜는 모습은 마치 불타는 헛간 같았고, 부서진 이는 너덜너덜해진 헛간 문의 판자 같았다. 밤마다 이를 갈던 탓에 그의 치아는 고통스럽게 뿌리만 남았다. 자신이 저지른 수많은 죄 때문에 죄책감과 후회로 물든 악몽을 꾸었고, 그래서 입속에 끝없는 고통을 품게 되었다. 그는 고통이 없는 사람들을 보면 무척 화를 냈다. 그리고 그가 핍박했던 희생자들처럼 용감하게 고통받지 않고 고통을 두려워하는 사람들을 가엾게 여기기보다는 욕을 해댔다.

돈 안토니오는 어떤 남자가 야구 방망이로 맞는 모습을 본 적이 있었다. 그런데 그 남자는 자기 아들들이 넘어져서 무릎이 까졌을 때보다도 시끄럽게 굴지 않고 조용했었다. 자신의 자식을 아프게 한 건 인생의 쓴맛을 미리 알려주기 위해서였다. 그는 경멸과 두려움을 품고서 리틀 엔젤을 노려보았다. 아이를 아프게 하고 싶지 않았지만, 그건 아버지의 의무였다.

"난 모르겠다. 그 애는 천재 아니면 사이코패스야."

돈 안토니오는 한때 빅 엔젤에게 이렇게 말했다. 그러자 빅 엔젤은 대답했다.

"걔는 미국인이잖아요."

"씨발."

돈 안토니오는 리틀 엔젤의 어머니에게 심하게 분노했다. 그 여자는 너무나 미국적이었지. 베티라는 이름까지. 그는 궁극의 미국 여자를 찾다가 마침내 그녀를 발견했다. 젖과 꿀이 흐르는 인디애나 출신 여자. 옥수수꽃 같은 푸른 눈동자. 스스로 아주 우월하다고 생각했던 여자. 자신의 아들을 미국 게이새끼처럼 만든 여자. 만화책과 히피 음반을 사주었지. 하지만 애가 죄를 지으면 허리띠로 때리라고 안토니오에게 부탁도 했었다. 허리띠로 때리는 것보다 더 나은 벌은 있었다. 아들이 남자답게 크도록 사랑해주는 더 좋은 방법은 분명히 있었다. 그는 담배를 피우고 눈동자를 이글거리며 생각했다. '하지만 조그마한 고집쟁이 새끼였지.' 리틀 엔젤은 돈 안토니오가 무슨 짓을 해도 변하지 않았다.

아빠. 죽었으니 더는 어떻게 해도 닿을 수 없게 되었다. 그리고 지금은 빅 엔젤이 죽어가고 있다.

그의 형은 언제나 목소리가 굵었다. 베이스라고까진 할 수 없지만, 아주 저음인 굵은 바리톤 목소리는 참 강력했다. 어쩌면 지금 형의 상태를 보며 가장 충격적이었던 건 앙상하니 뼈만 남은 모습이나 쪼그라든 몸집이 아닐지도 모른다. 목소리가 가장 충격이었다. 이상한 바람 소리가 나는 알토로 변해버리다니. 그 목소리는 이 집안의 큰형이 헬륨 가스를 마셨나 싶은 소리였다. 아니면 몸이 망가지면서 나이를 거꾸로 먹었나 싶기도 했다. 여섯 살배기 어린애의 목소리에 여섯 살배기 어린애의 눈빛. 저 원한 서린 얼굴에는 이글이글 타오르는 석탄 두 개가 박혀 있다. 그의 검은 눈동자는 광기 어린 눈빛으로 빛나며 이 세상과 즐거움과 흥분에 대한 갈망을 드러냈다. 그 눈은 모든 것에 기뻐 날뛰었다.

리틀 엔젤은 큰형이 이토록 흥분하는 모습을 본 적이 없었다. 그는 기운이 너무 뻗쳐오르는 나머지 다리만 버텨준다면 휠체어에서 벌떡 일어나 손주들과 함께 사방치기를 할 것만 같았다. 분명 고통스러울 텐데도, 그는 언제나 만면에 미소를 띠었다. 삼촌 중 하나가 리틀 엔젤에게 눈짓하더니 머리 옆에다 손가락을 대고 빙빙 돌렸지만, 리틀 엔젤은 절대 형이 미친 건 아니라고 생각했다.

아까 베개를 같이 베고 환자 침대에 누웠을 때, 빅 엔젤은 물었다.

"넌 뭘 가르치고 있냐, 아우야?"

"레이놀즈 프라이스."

"그게 누구야?"

"소설가이자 시인이야."

"그럼 시 한 구절 읊어봐라."

"나는 소금으로 만든 방에서 예수를 기다리고 있네."

빅 엔젤은 잠시 그 시구를 생각하더니 말했다.

"좋군. 그게 나야."

"'내가 울면 방이 녹으리'라는 구절도 있어."

빅 엔젤은 눈을 비볐다.

"그래."

리틀 엔젤이 말했다.

"지금 그 작가는 죽었어."

"시를 들어보니 그런 것 같더라."

빅 엔젤의 검고 숱 많았던 머리카락은 이제 하얗게 센 데다 화학요법 치료를 받아 얇아져서 힘없이 죽었다. 두피에 난 작은 반점들이 보였다. 하지만 그런 모습 때문에 오히려 빅 엔젤은 젊어 보이기도 했다. 돈 안토니오는 언제나 아들들이 머리를 아주 짧게 자르게 했다. 그런데 처음으로 리틀 엔젤이 머리를 미친 듯이 길게 기른 남자가 되었고, 거기다 귀에 피어싱까지 하고 나타나 모두를 욕되게 한 아들이 되었다. 하지만 머지않아 그들의 남자 조카들이 반 헤일런을 알게 되어 뒷머리를 기르고 문신을 새겨 모두를 뒤집어놓게 되었다. 후손 세대는 망해버렸다.

빅 엔젤과 아버지는 리틀 엔젤에게 무력을 써가며 억지로 스페인어를 가르쳤다. 하지만 그는 영어 사용자였다. 어머니와 대화하는 언어가 영어였기 때문이다. 그들은 애써 싸운 끝에 무승부를 기록했다.

빅 엔젤이 말했다.

"내가 너한테 책을 줬잖아. 그거 잃어버리지 마."

"안 잃어버려. 하지만 나도 형한테 책을 줬지."

"트래비스 맥기 미스터리 시리즈였지."

리틀 엔젤은 미소를 지었다.

"그런데 페를라가 버렸어. 표지에 여자 그림이 있었거든."

여기에다 대고 뭐라 말하겠는가.

* * *

• 오전 1:00

라 미니는 드디어 소파로 기어 들어갔다. 남편은 침실에서 자고 있었다. 그가 코를 골 때까지 안 자고 기다렸다는 게 못된 짓이라는 마음은 들지 않았다. 남편을 껴안고 몸을 비벼대기에는 너무 피곤했으니까. 그녀는 와인을 홀짝였다. 코 고는 소리라. 저 소리를 들으면 어쩐지 잠이 왔다. 그러니 지금은 건드리지 말자. 조금 있다가는 어떻게 될지 모르겠지만.

그녀는 수많은 일에 지쳤다. 그래서 그냥 어두운 거실에 앉아서 담배를 피우며 생각을 좀 하다가 존 레전드와 프린스의 음악을 낮은 볼륨으로 듣고 있었다. 그리고 화이트와인 한 잔. 안에 복숭아 한 조각도 넣었다. 그녀는 손톱을 세 가지 색조의 보라색으로 칠했다. 진보라, 연보라, 그리고 아주 옅은 라벤더색으로.

왼쪽 손목에는 가느다란 금팔찌가 헐겁게 걸려 있다. 팔찌에는 예스러운 필기체로 '마우스Mouse'라고 각인해놓았다.

프린스의 「리틀 레드 코베트Little Red Corvette」를 계속 들었다. 라미니는 울지 않았다. 하지만 가끔 밤이 되면 살갗에 오로지 어둠만을 느끼고 싶을 때가 있다.

* * *

• **오전** 2:00

이따금 그랬던 것처럼, 빅 엔젤은 고통을 느끼며 잠에서 깨어났다.

페를라는 가볍게 코를 골며 잠든 채였다. 입술에서 부드럽게 '푸' 소리가 났다. 그는 어둠 속으로 손을 뻗어 코데인 알약을 더듬대며 집어 들고 미지근한 물과 함께 두 알을 꿀꺽 삼켰다. 염소의 맛이 새삼 싫었다. 이건 잊어버리지 말아야 하는 것이다.

"생수를 사기에는 이 물이 너무 싸지."

그의 말에 페를라가 대답했다.

"푸."

그는 집 안의 소리에 귀를 기울였다. 이것 역시 당연히 잊어버리지 말아야 하는 것이다. 이 집은 조금 낡기는 했다. 페인트칠을 해야 한다. 새 카펫도 깔고 더 좋은 가구도 놓아야 한다. 커튼도. 그는 최근에 집 뒤 유리창에 압정으로 시트를 박아놓은 것을 보고 깜짝 놀랐다. 온 벽에는 못 자국이며 흠집이며 움푹 파인 곳이 가득했다. 브라울리오가 쓰던 방 천장은 지붕에서 물이 새 한쪽 벽이 아직도 갈색으로 얼룩져 있다.

빅 엔젤은 폭풍이 부는 날 타르 단지와 흙손을 들고 그 위로 올라갔던 일을 기억했다. 그땐 아직 저 위를 올라갈 수 있었다. 바깥에 있는 연수 장치 위로 뛰어올라서 주방 뒤쪽에 붙어 있는 자그마한 온수기 지붕 위로 올라갔었다. 그리고 비가 퍼붓는 날씨인데도 지붕 꼭대기에서 더 이상 물이 새지 않겠다고 확신할 때까지 타르 처리가 된 루핑 지붕널의 구멍을 메웠다. 어둠 속에 누운 지금도 그 냄새를 맡을 수 있었다. 캘리포니아에 내리는 비의 향기는 온 지붕에 젖은 흙의 향취를 날라 왔다. 그리고 지붕널의 냄새와 타르 냄새도.

잠시 그는 침대에 누운 게 아니라 그 지붕에 다시 올라섰다. 그리고 지붕 위에 서서 세상을 내려다보며 느꼈던 그 놀라움을 다시금 만끽했다. 티후아나의 언덕에 내리치던 번개. 그의 앞에 펼쳐진 모든 것. 그야말로 가능성과 기회가 만발했었다.

아, 이 보잘것없는 집은 그때만 하더라도 궁궐 같았는데. 하지만 어떤 면에서는 아직도 궁궐처럼 느껴졌다. 매일 그는 이 집의 가장 구석에서도 한때 그가 티후아나에서 북쪽으로 몰래 밀입국하던 때를 기억할 수 있었다. 그런데 지금을 보라. 미국식 집을 갖고 있지 않은가.

그는 조용히 몸에서 벗어나 침대에서 일어났다. 그리고 복도를 걸었다. 자신의 영혼을 뚫고 부는 미풍은 놀랍도록 상쾌했다.

바람은 암 덩이가 어디 있는지 찾아서 열기를 식혀줄 줄 알았다. 고통이 줄어드는군. 햇볕에 탄 몸에 시원한 물을 붓는 것처럼. 아주 좋아. 그라시아스.

그는 거실에 나란히 놓인 소파 두 개를 보았다. 하나는 오래전 몽고메리 와드*에서 예약 구매로 산 것으로, 미니가 여기서 생겼다는 건 그와 페를라만 알고 있는 비밀이었다. 왜 여기서 잠자리를 치렀는지 이유는 간단했다. 당시에는 모두에게 침대를 사줄 만한 여유가 없었기 때문이다. 그래서 빅 엔젤과 아내는 소파에서 자고 브라울리오에게 침대를 내주었다. 그래야 애가 학교에서 공부를 잘할 테니까. 하지만 결국 그 애는 퇴학을 당했고, 부부는 침대를 되찾았다. 이제 미니가 그들의 집에 머무는 날은 그 소파에서 잤다. 딸애의 몸은 그 소파에서 탄생한 메아리다.

다른 소파는 상태가 좋지 않았지만, 빅 엔젤은 그래서 그 소파가 더 좋았다. 그들은 아버지가 돌아가신 다음 그분의 슬픈 아파트로 가서 소파를 가져왔다. 소파 팔걸이에는 담뱃불에 그을린 자국들이 있었다. 집으로 소파를 가져 와서 보니 쿠션 아래에서 1967년 발행된 누드 잡지가 하나 나왔다. 페를라는 잡지를 버렸지만, 빅 엔젤은 그걸 도로 찾아다가 작업장에 숨겨놓았다. 그 잡지를 다시 볼 때마다 그는 열세 살로 돌아간 기분이 들었다. 백인 여자들이 다 벗은 몸을 세상에 훤히 드러낸 광경에 경탄하던 그때. 피아노 의자에 앉은 피곤한 여인들은 미소 짓는 법을 잊은

* 미국의 통신판매업체.

것처럼 카메라를 보며 얼굴을 찡그렸다. 다 벗은 채로 어딘가의 모래밭에서 비치발리볼을 하는 여인들의 사진. 공중에 뛰어오른 몸을 잡아낸 사진 속에서 여인들의 가슴도 날아오르기를 바라는 것처럼 솟구쳤다. 그건 슬픔의 갤러리였다. 그리고 '자기 전 짓궂은 술 한 잔'이라는 야한 소설 페이지를 보다가 싸구려 인쇄지 위에 얼룩으로 남은 아버지의 지문을 발견했다.

그는 소파에 앉아서 그 담뱃불 그을린 자국을 손끝으로 만지기를 좋아했다. 소파 등받이의 머리가 닿을 만한 높이의 쿠션은 아버지가 발랐던 포마드로 얼룩져 있었다. 빅 엔젤은 그 포마드 브랜드가 뭔지 기억했다. 딕시 피치였다.

"난 뭐든 다 기억한다고."

그는 큰 소리로 말했다.

거실 끝을 둘러놓은 철제 난간의 장식도 그랬다. 그 장식은 현관 쪽으로 한 계단 떨어져 있었다. 그는 그 장식에 손을 얹었다가 엘 인디오가 집 안에서 브라울리오와 불쌍한 랄로와 잡기놀이를 했던 걸 기억해냈다. 그땐 애들이 참 작았지. 랄로는 이 난간에 부딪혀서 눈썹이 찢어졌었다. 아, 그때 얼마나 목청껏 울던지! 사방에 피가 튀었다. 랄로의 새된 울음소리에 미니도 놀라서 울기 시작했다. 페를라가 랄로의 머리에 휴지를 댄 채로, 그들은 병원으로 운전했다. 파라다이스 밸리 병원의 응급실은 그 후로도 많이 방문했지만, 첫 방문은 그때였다. 랄로는 두 바늘을 꿰맸고, 악마처럼 갈라진 눈썹의 흔적은 훗날 젊은 아가씨들을 홀리는 무기가 되어주었다. 그런데 지금은 반대로, 빅 엔젤이 죽어간다고 생각될 때마다 랄로가 그를 데리고 병원 응급실로 운전을 한다.

집안의 가장인 빅 엔젤은 소파를 탁탁 쳤다. 리틀 엔젤의 미국인 어머니가 그들의 아버지를 내쫓았던 적이 있다. 그가 그녀의 절친한 친구와 침대에서 뒹굴었기 때문이었다. 집에서 쫓겨난 아버지는 이곳으로 왔었다. 그들이 같이 앉았던 식탁이 아직도 있었다. 커피를 마시면서 서로를 노려보았지.

빅 엔젤은 선 채로 방 한가운데를 둥둥 떠다녔다. 그리고 그를 아름답게 덧입혀주기를 바라며 모든 기억을 불러들였다.

그때

✳

빅 엔젤이 처음 페를라를 보았을 때는 아직도 어린 소년이었다. 열여섯이 겨우 되었던 그때. 그는 미국식 블랙진에다 우스꽝스러운 노란 체크무늬 재킷을 입었다. 그의 삼촌 쿠카가 마사틀란에서 보내준 것이었다. 소포는 고깃배를 통해 왔다. 라파스에서는 아주 자연스러운 운송 방식이었지만 후에 샌디에이고에서 보기에는 어떻게 그럴 수 있을까 신비로운 부분으로 여겨지게 되었다.

"확인해봐, 멍청아. 아부지가 고깃배에서 실로 건져 올린 물건이다. 거짓말 아니야!"

그 재킷은 1년도 되지 않아 해변에 펼쳐져 거사의 깔개가 될 운명이었다.

그의 아버지는 엔젤을 데리고 경찰서에 갈 때마다 옷을 차려입혔다.

"신사란 말이다, 항상 옷을 잘 입고 다녀야 해. 턱수염 빼고는 깔끔하게 면도도 해야 한다. 턱수염은 조심스럽게 다듬어야 하지. 손톱도 언제나 짧게 깎고 깨끗하게 유지해라. 그러지 않으면 신사가 아니야."

그는 엔젤더러 구두닦이 남자를 '장인'이라 부르게 했다. 머리에 걸레 같은 천을 감고 발걸이가 달린 볼품없는 작은 나무 상자를 들고 다니는 구두닦이에게 말이다.

엔젤은 거대한 경찰 오토바이를 아버지 뒤에서 타고 달리기에는 너무 커버렸다. 하지만 아버지와 신체적인 친밀감을 느낀지 너무 오래되었던 엔젤은 아주 드물게 오는 기회를 이용했다. 바로 오토바이 속력을 높이느라 어쩔 수 없이 아버지가 자기를 꼭 안고 매달리라고 허락해야 했던 때 말이다. 그런 날이 있었다. 설명할 수 없는 은혜로운 날들이었다.

아버지와 라파스를 횡단하는 건 대단히 짜릿한 일이었다. 경찰복 역시 강렬할 정도로 극적이었다. 청동과 도기로 만든 빛나는 배지 중앙부에는 독수리와 선인장이 달려 있었다. 거울처럼 반질반질하게 빛나는 검은 롱부츠, 오일 향이 나는 낡은 가죽 권총집 속의 거대한 권총. 그리고 아버지가 눈 위를 덮는 항공용 선글라스를 쓰면 왜 그런지 그게 아무것도 없는 한 쌍의 웅덩이 같아 보였다.

아버지의 거대하고 떡 벌어진 등 뒤에 앉아서 할리 데이비슨 오토바이의 진동을 몸 아래 느끼며 꽉 막힌 도로를 비집고 달릴 때의 느낌이란. 그건 평생에 다시없이 엄청난 스릴이었다. 그는 사람들이 속력을 늦추며 옆으로 비키는 광경을 지켜보았다. 그들은 거리를 질주하는 오토바이 순찰차의 대장인 돈 안토니오를 두려워했다. 그러면 빅 엔젤은 등대지기처럼 세상을 향해서 환하게 웃으며 생각했다. '우리 아버지야. 우리 아버지라고.'

가끔 그는 바람결에 소리치기도 했다.

"사이렌!"

그러면 아버지는 엄지손가락으로 버튼을 눌렀다. 앞 펜더 위에 솟은 빛나는 은색 클랙슨에서 무시무시하게 '빵' 소리가 나면, 그 블록에 있던 사람과 가축은 모두 두려워했다. 그 두 사람은 분노의 신처럼 도시를 불태웠다.

엔젤이 아버지의 비위를 잘 맞추는 날에는 그 커다란 오토바이를 만져도 좋다는 허락을 받았지만, 꼬마 세사르와 마리아 루이자는 오토바이에 손조차 댈 수 없었다. 그들은 모두 세사르 엘 파토를 도널드라고 불렀다. 세사르의 새된 목소리가 꼭 도널드 덕처럼 들렸기 때문이다. 그가 화를 내도, 모두 계속 웃다 지쳐 눈물을 흘릴 때가 많았다. 그들이 웃으면 세사르는 더욱 심하게 화를 냈고, 꽥꽥거리는 목소리가 더 광적으로 변해버려서 사람들은 더 심하게 웃었다. 세사르에게는 참으로 딱한 일이었다. 물론 자라면서 목소리는 굵어졌지만 그래도 청둥오리의 '꽥' 소리 정도였고, 어쩔 수 없이 그 별명은 영원히 남게 되었다.

하지만 도널드 덕조차도 할리 데이비슨에 손을 댈 수는 없었다. 돈 안토니오는 오토바이를 흠집 없이 반질반질하게 닦았다.

당시 라파스에 있는 여타 집들처럼, 그들의 집에도 들쭉날쭉한 나무문이 달려 있었고, 그 문 뒤로 펼쳐진 흙 마당에는 자두나무와 코코넛 나무, 야자나무 잎으로 지붕을 덮은 정자와 해먹이 있었다. 오토바이는 정자 아래 두고 방수포를 덮어놓았는데, 그 모습이란 마치 조금이라도 건드렸다가는 벌떡 일어나서 뭐든 잡아먹을 것 같은 신화 속 짐승이 잠든 것 같았다.

이른 아침이면 마마 아메리카는 탁 트인 주방에서 아침 식사를 준비했다. 장작이 타는 화덕에서는 연기가 피어올랐고, 불꽃 위에 얹은 얇은 철판에서는 토르티야가 익어갔다. 초록색 앵무새와 슬피 우는 비둘기들은 나무 새장 안에 있었다. 아이들은 종종 자그마한 닭장 바깥에서 걸음을 멈추고 할리 데이비슨이 자는 모습을 지켜보았다. 아버지가 코 고는 소리가 바깥까지 시끄럽게 울렸기 때문에, 아이들은 아버지의 애마에 가까이 가봐도 된다는 걸 알았다.

그는 오토바이를 '제일가는 말'이라고 불렀다.

어머니는 아이들의 호기심을 눈치챘지만 모른 척 등을 돌렸다. 그녀는 강낭콩을 삶고 토마토와 양파를 써는 일에 온통 정신을 쏟고 있는 척했다. 그리고 커다란 냄비에 라드 한 국자를 떠서 녹이고 지글지글 소리 내며 끓어오르는 기름에 콩과 수프를 넣었다. 선명한 하얀 수증기가 냄새와 함께 모락모락 퍼졌다. 앵무새는 자기 똥으로 말라붙은 횃대를 발톱으로 잡고 앉은 자리에서 마구 날갯짓을 했다. 새가 미친 듯이 날개를 쳐대는 바람에 못에 걸린 새장이 마구 흔들렸다. 앵무새는 지금 불이 걷잡을 수 없이 번졌다는 사실을 새된 목소리로 세상에 알려댔다. 하지만 어머니는 그걸 무시했다.

그녀는 돼지기름에 콩을 으깨고 콩 위에 뜨거운 돼지기름을 한 국자 다시 떠서 섞었다. 튀겨진 콩이 죄다 끈적한 덩어리로 변했다. 아이들도 저마다 할 일이 있었다. 학교 가기 전에 집안일을 해야 했다. 비질하기, 가축 밥 주기, 빨래하기, 아니면 집에서 키우는 닭 세 마리가 낳은 달걀 주워 오기 등이었다. 그녀는 애들이 학교 가기 전에 빈둥대리라는 걸 알았다. 이구아나를 찾아다니거나 가슴 큰 여자라는 이름이 붙은 멍청한 칠면조를 놀려대겠지.

애들은 손대지 말라는 명령을 받고도 오토바이를 향한 위험한 관심을 멈추지 않았다. 아메리카는 애들을 대놓고 지켜보지 않고, 그냥 오토바이를 보도록 내버려두었다. 하지만 그럼에도 멕시코 어머니 특유의 초인적인 힘으로 애들이 뭘 하는지 관찰했다. 엄마들은 시시각각 변하는 아이의 발소리와 숨을 들이켜는 소리를 알아차리는 법이다. 심지어는, 속삭이는 소리도 들을 수 있다. 그러면 엄마는 1초도 되지 않아 슬리퍼를 확 벗어 들고, 그 무시무시한 슬리퍼는 잘못이 들통난 아이들의 엉덩이를 후려치겠지.

엔젤은 빼빼 마른 아이였다. 피부도 짙었다. 엉덩이를 맞기에는 너무 커버렸지만, 그렇다고 슬리퍼를 안 맞지는 않았다. 그는 아버지처럼 눈에 확 띄는 눈썹을 타고났기에, 언제나 화가 난 얼굴이었다. 빽빽한 정글처럼 숱 많은 눈썹은 코 위에서 서로 이어졌다. 그는 엘비스 프레슬리의 헤어스타일을 따라서 머리를 만졌다. 물론 아직 구레나룻을 관리하지는 않았지만 말이다.

엔젤은 입술에 손가락을 대고서 살금살금 걷는 두 꼬맹이들을 정자 아래로 데려가 방수포 끝을 걷어 올리고 아이들에게 오토바이의 거대한 앞 타이어를 보여주었다. 의기양양한 각도의 타이어는 굽을 들고 잠에 빠진 말의 앞다리 같았다. 그 위로 육중한 펜더가 보였다. 아이들은 한숨을 쉬었다.

"이놈들!"

엄마가 소리를 지르면 아이들은 뿔뿔이 흩어졌다.

* * *

커다란 오토바이는 여름 태풍처럼 요란했다. 빨간색 경광등이 지붕에 달린 순찰차를 탄 경찰들은 손가락을 들어 보이거나 창문으로 손을 내밀었다. 돈 안토니오는 그저 고개를 끄덕였다. 머리에 쓴 모자는 비스듬했다. 그의 머리는 딕시 피치 젤을 발라 딱딱하고 무거웠다. 그 젤은 로스앤젤레스 아니면 어딘가 이국적인 미국 땅에서 수입한 것으로, 그곳에는 이모들이 살고 있었다. 독일식으로 보이는 경찰 모자는 꿈쩍도 하지 않은 채로 오른쪽 눈 바로 위에 걸쳐 있었다. 높이 솟아오른 모자의 반짝이는 검은 챙은 속을 알 수 없는 항공 선글라스를 슬쩍 건드려댔다.

엔젤에게 라파스란 대부분 빛과 냄새로 남아 있다.

햇빛은 바다와 고래 등에서 튕겨 나와, 청새치와 파도와 모래 위에서 반짝였다. 헐벗은 뾰족한 바위와 은은한 사막을 스치고 지난 그 햇빛은 홍수처럼 이 땅을 가득 채웠다. 노랗고, 파랗고, 투명하고, 하얗고, 사방이 진동하고, 솔직하고도 무뚝뚝하게, 있는 그대로를 드러냈다. 빨갛고, 노랗고, 파란 꽃들이 꼭 플라스틱 같았다. 빛. 억수처럼 내리쬐었지.

엔젤은 비 오는 날도 무척 좋아했다. 비가 오면 그림자가 모퉁이와 골목길을 따라 신비한 길을 내었다. 그리고 모두는 황혼을 사랑했다. 빛이 정신을 잃고 언덕을 지나 태평양으로 떨어지는 모습. 붉은 태양은 점점 더 빨개지고 주홍빛으로 변하다 마침내는 초록빛이 되어갔다. 하늘은 용암이 검은 바위를 먹어치워 불타오르는 거대한 잇자국을 내듯 녹아내렸다. 때로는 온 도시가 멈추어 서서 서쪽을 바라보았다. 가게 주인들은 안에서 나와 거리에 섰다. 가족들은 집에 누워 있던 병자들을 침상이나 휠체어에 태워서 밖으로 데리고 나왔다. 그러면 그들은 하늘을 집어삼키고 있는 그 광기에 굽은 손을 흔들어 보이는 것이다. 갈매기 떼와 펠리컨의 소용돌이가 하늘에 폭동을 일으키며 떠다니는 모습은 마치 하느님이 손수 뿌리는 꽃가루 눈송이 같았다.

엔젤은 오토바이에서 떨어질까 봐 무서웠다. 그래서 아버지의 거대한 몸통을 팔로 꼭 잡고서 그 등에 뺨을 대고서야 겨우 눈을 감을 수 있었다. 아버지를 꽉 잡고 있다면 떨어지지 않을 테니까. 하지만 눈을 꼭 감고 있으면서도, 아버지가 지금 땅 위를 훌쩍 날아 자기를 흔들어대며 구름 아래 저 사막으로 떨어뜨리려 한다고 생각할 뻔했다. 그는 아버지가 자신을 높이 들어 올릴 거라고 믿었다.

그는 숨을 깊이 들이마셨다. 집중을 하면 이 세상의 향기를 정말로 들이마실 수 있을 테니까. 아주 집중해야겠지. 그는 벌써 많은 이론을 만들어냈다. 돈 안토니오가 가끔 그를 '철학자'라고 부른 데는 이유가 있었다. 그의 철학은 벌써 정립되어 있었다. 그의 사상 중 하나는 바로 이것이었으니, 세상의 각 부분을 알기 위해서 탐색자는 불필요한 감각을 차단하고 목표에 집중해야 한다는 것이다.

오늘, 1963년이라는 마법 같은 해의 어느 날 아침 8시 30분, 센트로 경찰서에서 그는 페를라 카스트로 트라스비냐를 만날 운명이었다. 그날 세상은 온통 향기로웠다.

그건 아버지의 등에서 시작했다. 담배 연기와 가죽, 모직 상의의 냄새였다. 아버지의 뺨에서는 베이 럼과 셰이빙 비누의 냄새가 났다. 제복에서는 바람과 태양의 향기가 났고, 엄마가 쓰는 가성 소다 비누의 향기도 있었다. 심지어 엄마의 향기도 살짝 났다.

이 냄새들 뒤에, 아니 그 냄새들을 모두 감싸 안는 냄새가 있었다. 바로 바다, 쉴 새 없이 움직이는 바다의 향기였다. 소금과 해초와 새우와 저 먼 곳의 냄새. 해변에 떠내려 온 돌고래 사체가 바위틈에서 질척한 회색으로 썩어가는 지독한 악취. 해협을 타고 건너오는 신비한 시날로아의 향기. 숨이 턱 막혀오는 구아노의 악취와 백만 킬로미터나 되는 깨끗한 돌풍의 달콤한 향기.

"사이렌!"

"야! 시끄러워!"

그리고 연기의 냄새가 났다. 사방이 연기였다. 온 세상이 연기로 이루어진 것만 같았다. 하늘은 불타고 있는 제물을 거두어들여 그 위와 사방으로 향기의 궁전을 지었다.

그중에서도 요리에서 나는 연기가 최고였다. 카르네 아사다. 카니타.* 라임과 치즈를 뿌려 구운 옥수수. 튀긴 생선. 토르티야. 노팔스 선인장을 썰어서 돼지기름을 수북이 녹인 위에 넣고 스크램블드에그를 만들면 참 좋지. 빵집에서 나는 맛있는 빵의 연기. 설탕이 타는 연기. 바람결에 실려 오는 새우 타코 냄새.

쓰레기가 탄다. 가게와 할머니들의 집과 교회에서 나는 향취. 담배 연기.

그리고 먼지.

비가 내리면 꾸물거리던 사막의 냄새가 젖어들기 시작한다. 그리고 디젤과 매연, 특히 연기를 듬뿍 뿜어대는 트럭과 오래된 버스에서 매연이 나온다. 골목길에서는 하수구 냄새와 썩은 과일향이 난다. 꽃. 그래, 꽃향기도 있다. 꽃은 색만 알록달록한 게 아니었다. 그 향기도 공기에 색을 입혔다. 그다음에 오는 향은 양파와 토마토, 칠리와 묘하게 비누 향이 나는 고수였다. 민트 잎사귀 향기. 숯 내음. 향수와 선술집에서 풍겨오는 미지근한 공기 덩어리에 담긴 오래된 맥주의 악취.

얽히고설킨 냄새들이 빚어내는 장엄한 화폭 어딘가에서 엔젤은 죽은 자의 냄새를 확실히 맡았다고 생각했다. 그들의 시체가

---

* 멕시코식 풀드 포크.

아닌, 영혼의 냄새를. 그의 가장 최근 이론은 죽은 자들이 향수와 담배, 또는 햇빛에 머리카락을 말릴 때 나는 달콤한 비누 향을 가냘프게 내뿜으며 유령으로 등장한다는 것이다…….

***

이윽고 그들은 도심지를 지났다. 거리는 크리스마스 때 장식하고 남은 전구의 전선들을 축축 늘어뜨린 채였다. 튜바 연주자들이 광장에서 연주를 하고 있었다. 트럼펫 소리가 국가주의적인 팡파르를 울리자 엔젤은 눈을 떴다. 이어서 벽 사이를 지나 더 좁다란 거리를 거쳐 경찰서로 가는 동안 엔진이 찢어질 듯이 어마어마하게 울려댔다. 돈 안토니오가 속력을 늦추자 거리에 늘어진 자갈과 콘크리트의 조각들이 마구 흩날렸다. 그들은 교도소와 경찰서가 함께 있는 단지 앞에 멈추었다. 오줌 냄새가 저 뒤 창살로 막힌 창문에서 풍겨댔다. 희망이 안 보이는 단조로운 목소리가 창살과 철조망으로 막힌 높은 창문에서 흘러나왔다. 돈 안토니오는 엔진을 끄고 끼익대던 소리를 단숨에 멈췄다. 그들은 갑작스러운 조용함에 놀란 듯 가만히 앉았다.

"넌 곧 알게 될 거야."

그는 아들에게 말했다. 여기 오는 동안 내내 생각한 말이라는 투였다.

"분홍색 젖꼭지가 갈색 젖꼭지보다 사람을 더 훅 가게 만든다고."

엔젤은 아버지를 올려다보았다. 햇빛 때문에 아버지의 얼굴에 그림자가 졌다. 그는 생각했다. '그게 무슨 소리야?'

그리고 돈 안토니오가 커다랗고 반짝거리는 부츠를 들어 올리더니 빅 엔젤이 고개를 홱 숙인 위로 지나갔다. 아버지는 당당하게 서서 허리띠를 차고 모자를 확인했다. 그는 바지 천 위로 불알을 잡고서는 올가미 밧줄을 왼쪽으로 옮겼다. 그는 소년을 보면서 검은 선글라스를 벗었다.

그리고 윙크를 했다.

* * *

경찰서 안은 언제나처럼 소란스러웠다. 암모니아 냄새와 솔향 세정제 냄새가 코를 찔러댔다. 무정한 타일 바닥 위로 요란한 메아리가 울려 퍼졌다. 젊은 경찰들은 돈 안토니오에게 수줍은 눈초리로 경의를 표하며 살짝 옆으로 비켜섰다. 그들의 신발 소리가 바닥에 찍찍 울렸다. 늙은 경찰들은 아버지의 등을 철썩 치며 빅 엔젤을 때리는 시늉을 했다. 소년은 움찔했다. 그 모습을 본 돈 안토니오는 격분하고 말았다. 움찔하다니! 조그맣고 새카만 아들놈. 이놈은 기타도 안 치고 야구도 안 한다. 우두커니 꿍해 있는 꼴이 꼭…… 시인 같군. 그래. 그는 이 애에게 심하게 굴었다. 그건 사랑이었다. 이 세상을 좀 보라고.

그는 아들을 채찍질했던 때를 기억했다. 바로 어제 같았다. 벌써 1년이 넘었지만, 후회 때문에 기억은 더욱 선명해져만 갔다.

그건 아주 정당한 행위였다는 걸 인정하고 싶지 않았지만 말이다. 그는 결국 남자였다. 그리고 아들을 남자로 키우는 중이었다. 그는 엔젤에게 뒷방에 가서 다 벗고 서도록 시켰다.

"엉덩이 대라."

그는 이렇게 말했다.

"안 돼요, 아빠!"

돈 안토니오는 허리띠를 주먹으로 쥐었다.

"좋아. 어디 한번 내 말을 거역해봐. 역효과만 날 뿐이야."

그는 아이의 엉덩이와 등에 스물다섯 대의 매 자국을 내면서 명령했다.

"절대로. 울지. 마라. 겁쟁이야."

한 단어당 한 대였다. 울지. 말라고. 이. 겁쟁이야. 쉿 소리가 나고, 허리띠를 철썩 내리치는 소리가 이어졌다. 아이의 손은 채찍질을 피하려 했다.

"어디 또 손을 들어 올려봐라, 바보 녀석아. 나한테 손을 올리다니. 나랑 싸우고 싶다는 뜻이냐? 그러면 스물다섯 대를 더 때려야겠구나. 그렇지? 그걸 바라니 이러는 거잖아. 그러면 더 좋겠니?"

그러면서 그는 아들을 살펴보았다. 감옥에서 벗은 남자들을 채찍질할 때, 비명을 지르는 남자들은 마치 작은 가지처럼 몸뚱이가 발기하는 경우가 있기 때문이었다. 그의 아들은 손으로 자기 것을 가리고 있었다. 돈 안토니오는 갑자기 힘이 쭉 빠졌다. 더 이상 매질할 마음이 싹 사라졌다. 그는 팔을 내리고 엔젤의 온몸에 그물망처럼 새겨진 붉은 X자들을 멍하니 응시했다. 그 흔적은 마치 구름이 모여 생긴 예수의 얼굴처럼 기적적으로 현현한 것 같았다.

현실로 돌아온 그는 아들을 바라보았다. 살짝 후회가 들었다. 그는 엔젤의 어깨를 쥐고서 미소를 지어 보이고서 위엄 있게 말했다.

"이 아빠가 어깨를 잡아주었으니 운이 좋을 거다!"

"고맙습니다, 아버지."

그는 엔젤의 머리를 문지르며 말했다.

"이 녀석!"

솔직히 엔젤은 지금 이걸 어떻게 받아들여야 할지 알 수 없었다. 아버지가 자신을 그다지 신경 쓰지 않는다고 확실하게 믿고 있었으니까. 그는 돈 안토니오에게 기대어 용의자들이 앉은 벤치 의자를 바라보았다. 아버지도 고개를 돌리고 그쪽을 보았다.

거기에 있던 이들. 바로 카스트로 가족이었다. 그들은 현관 로비와 뒷방 쪽 무시무시한 교도소 구역 사이에 있는 중간지대에 후줄근한 모습으로 대기하고 있었다. 아직 수갑을 채워 벤치에 연결해두지는 않았다. 빼빼 마른 젊은이는 찢어진 턱에서 기름지고 끈적끈적한 핏방울을 느릿느릿 흘려대면서 덜덜 떠는 허벅지 사이로 손을 모으고 있었다. 그의 눈은 검었다. 그 옆에는 여자애 하나가 앉아 있었다. 페를라였다. 깡마르고 툭 튀어나온 회색 무릎을 드러냈고, 얼굴이 상처투성이인 여자애. 아직도 상처에는 깨진 유리 조각이 붙어 반짝였다. 아무리 봐도 열다섯은 넘지 않아 보였다. 그 애는 커다란 눈에 두려움을 가득 담고서 자기보다 더 조그마한 여자애의 손을 꽉 쥐고 있었다. 그 조그만 애는 바로 어린 글로리오사로, 옷 없는 인형의 팔을 비틀며 노는 모습이 꼭 팔을 뽑아내려는 것처럼 보였다.

"이건 뭐야?"

돈 안토니오가 묻자, 내근 직원이 대답했다.

"자동차 사고가 났어요."

"죽은 사람은?"

"없어요."

돈 안토니오는 손가락을 딱 튕기고서 소리쳤다.

"조서 썼어?"

하지만 조서는 없었다.

"조서가 없다는 게 무슨 소리야?"

그러자 직원은 어깨를 으쓱였다.

"아직 일러요, 대장. 방금 일어난 일이라고요."

벤치에 앉은 아이들은 바닥만 응시했다.

경찰이 다가와서 피투성이 소년을 가리키며 말했다.

"이 멍청한 놈이 목장에서 일하는 애들이 잔뜩 탄 픽업 트럭으로 달려들었어요."

뭐 이런 덜떨어진 놈이 있나.

"아, 호로새끼."

돈 안토니오는 그들을 내려다보며 말했다.

페를라는 울기 시작했다. 소년이 말했다.

"죄송해요."

"그럼 그 카우보이들은 어디 있어?"

"도망쳤어요."

"근데 넌 도망치지 않았군."

"도망 안 쳤어요, 선생님. 사람들은 제 앞에서 바로 멈췄어요. 저는 멈출 새가 없었어요."

"넌 멈출 수 없었구나."

"전 멈출 수 없었어요."

엔젤이 어리기는 했어도 이 지역에서 일어나는 차 사고의 경우, 모두가 잡혀서 조사를 받는다는 것쯤은 알고 있었다. 부상자라 해도 말이다. 죄가 없다고 밝혀지기 전까지는 모두 잠정적인 용의자다.

"너는 도망쳐야 된다는 것도 몰랐어?"

"알고 있었어요, 선생님. 하지만 저는 아버지의 트럭을 두고 그럴 수는 없었어요."

엔젤은 한창 훌쩍대고 있는 빼빼 마른 여자애를 바라보았다. 그 애는 무척 슬퍼하고 있었다. 그는 곧바로 사랑에 빠져버렸다. 그래서 용감하게 일어나서는, 마치 그게 자신의 의무라는 걸 안다는 듯이, 뒷주머니에서 손수건을 꺼내어 그 애에게로 다가갔다. 그리고 손을 내밀었다. 그 애는 하얗고 네모난 천을 응시하다가 그와 눈을 마주쳤다. 그는 고개를 끄덕였고, 그녀는 손수건을 받아들었다.

젊은 경찰 하나가 영어를 써가며 그들을 놀려댔다.

"전부 교도소에나 가버려라!"

하지만 그는 '교도소jail'를 '고됴소yail'라고 말하며 웃었기 때문에, 완벽한 영어라고는 볼 수 없었다.

엔젤은 기절할 것만 같았다. 그녀는 자기보다 조금 어렸다. 돈 안토니오도 바로 낌새를 알아챘다. 그는 꼬리 치는 계집아이가 못마땅했다. 저 여자애의 눈빛에는 뭔가 있었다. 남자를 품으면 어떤 느낌인지 이미 아는 여자애였다. 잘만 했으면 자기가 저 애를 따라갔을지도 모른다.

그는 다시 아들을 슬쩍 보았다. 엔젤은 지금 자그마한 자기 거시기를 생각하는 중이군. 돈 안토니오에겐 그게 보였다. 그는 여자애를 하나하나 훑어보았다. 사슴처럼 커다란 눈망울. 헝클어진 머리카락에 여전히 붙어 있는 유리 조각들. 코가 컸다.

엔젤은 손을 뻗어 그 애의 짧고 검은 머리에서 유리 조각을 떼어주었다. 그 애는 엔젤을 올려다보았다. 엔젤은 그 애에게 미소를 지었다. 그 애도 미소를 지어주었다.

돈 안토니오는 생각했다. '저놈, 저 애한테서 불길한 낌새가 피어나는 것도 못 보고 있군.'

"제가 벌금을 낼 수 있을까요?"

다친 소년은 벤치에 앉아 말했다.

돈 안토니오는 허리를 펴고 숨을 훅 들이마셨다.

"너 지금 무슨 소릴 하는 거냐?"

"저는……."

"입 닥쳐."

"네, 선생님."

"너 지금 우리한테 뇌물을 받으라고 말하는 거냐?"

그는 '뇌물'이라고 대놓고 고전적인 용어를 사용해서 말했다.

"아닙니다, 선생님."

"우리가 그런 거나 처먹는 개인 줄 아냐?"

"아닙니다, 선생님."

"너 지금 나한테 그렇게 말한 거 아니냐? 내가 네 눈엔 개로 보이나 보지? 이 멍청아."

"아닙니다. 전혀 그렇지 않습니다."

엔젤은 아버지를 슬쩍 올려다보았다. 아버지는 그와 눈을 지그시 마주쳤다. 제길. 저놈은 완전히 넋이 나갔군. 그는 아버지에게 간절한 눈빛으로 간청했다. 돈 안토니오는 킬킬 웃으며 내근 직원을 보았다. 그들은 둘 다 웃었다. 여자애는 큰오빠의 손을 잡고 있었다. 저 애는 오빠를 기꺼이 보호할 참이었다. 돈 안토니오는 그 점이 마음에 들었다.

책상에 앉아 있던 다른 경찰이 눈치를 챘다.

"당신 아들, 사랑에 빠졌군."

"너. 이름이 뭐냐?"

돈 안토니오는 여자애를 가리키며 말했다.

"페를라 카스트로 트라스비냐예요."

"넌 당장 교도소에 들어갈 수도 있어."

여자애는 두 손으로 얼굴을 가렸다. 다른 두 남매는 계속 바닥을 응시할 뿐이었다. 어떻게 하면 눈에 안 띌 수 있을지 애써 알아내려는 가족의 모습. 그런데 자기의 멍청한 아들은 이 후줄근한 가족에게 다가가 자기 팔을 저 여자애의 말라빠진 어깨에 얹는 게 아닌가. 쟤를 보호할 힘도 없으면서.

마침내 돈 안토니오가 말했다.

"페를라. 너희 가족은 뭘 하냐?"

"음식점을 해요, 선생님."

"가게 이름이 뭐야?"

"라 팔로마 델 수르요."

"우리가 거기 널 보러 가면, 맛있는 음식을 내놓아야 한다. 우리가 먹을 건 네가 요리하라고."

"네."

저 여자애, 지금 엔젤한테 기대고 있잖아! 아, 개새끼!

돈 안토니오는 뒷짐을 졌다.

"너 오늘 운이 좋은 줄 알아라. 네 오빠 데리고 병원에 가."

아이들은 눈을 휘둥그레 뜨고 그를 바라보았다. 다른 경찰들도 마찬가지였다.

"가. 어서 나가라고."

그들은 허둥지둥 일어섰다.

"나는 새우 타코 좋아한다!"

그는 문을 닫고 나가는 애들 뒤에다 대고 소리쳤다. 경찰들이 모두 웃었다.

돈 안토니오는 주머니에 손을 넣고서 잔돈과 열쇠를 짤랑거렸다.

"아들아, 내가 곧 법이다. 그 점을 잊지 마라."

"기억할게요."

빅 엔젤은 그렇게 약속했다.

* * *

빅 엔젤이 라파스에서 아버지를 마지막으로 봤던 건 자신의 작별 파티 때였다.

사람들은 엔젤 몰래 인연을 끊으려고 다들 모의 중이었다.

부모란 참 알 수 없는 존재다. 음모와 계획과 비밀로 가득 차 있는 존재. 부모님의 결혼 생활이라는 이상한 풍경 속에서 엔젤은 세사르와 마리아 루이자의 길잡이가 되기 위해 노력해왔다. 하지만 가끔은 그가 아무리 총명해도 이상한 부모를 당해낼 수가 없었다. 가족들이란 죄다 이상하다는 걸 엔젤은 이미 알고 있었다. 그는 다른 가족들을 방문하고 싶어 하지 않았다. 언제나 불편했기 때문이다. 예를 들자면, 골목 끝에 사는 바스케 가족은 음식에다 이상한 소스를 뿌렸다. 그들은 할렐루야를 외쳐대는 개신교로 개종을 했는데, '글로리아 아 디오스'와 '아멘'이라는 말을 항상 해댔다. 그리고 자꾸 그에게 성경을 주려고 했다. 그는 엘 푸마(특이하게 가꾼 콧수염 때문에 푸 만추*라는 별명이 붙어서 이름이 그렇게 되었다)와 어울려 다니기는 했지만 푸마의 가족은 피해

* 팔자수염.

다녔다. 그들은 식사 전에 기도를 했지만, 엔젤은 그게 무슨 말인지 몰랐다. 돈 안토니오는 식탁 상석에 자리 잡고 앉아서 마마 아메리카가 돌돌 만 옥수수 토르티야를 곁들여 만든 음식을 왼손에 들고 팔꿈치를 상에 올려놓기만 했다. 토르티야는 금방이라도 무너질 무기처럼 그의 얼굴 옆까지 쌓여갔다.

하지만 페를라와 해변에서 에로틱한 밤을 보낸 뒤, 엔젤은 그녀의 가족을 매일 보러 갔다. 돈 안토니오가 그를 강철봉으로 막아놓은 경찰서 유치장에 가둬두었더라도 굴을 파서 탈출했을 것이다. 그는 매일 고등학교 수업을 마치자마자 제일 먼저 학교를 빠져나가서 골목을 다섯 개 내달리고 거리를 네 개 지나고 자그마한 광장까지 거쳐 라 팔로마 델 수르의 문 앞에 왔다. 그런 다음에는 그냥 집에 가다가 우연히 들렀다는 듯 아주 태연하게 행동하는 것이다. 손을 주머니에 넣고서 거리를 훑어보는 시늉을 하다가, 돌아서서 가게 앞 유리창을 슬쩍 보는 모습은 마치 이 가게를 어쩌다 보게 되어서 깜짝 놀랐다는 식이었다. 그는 눈을 가늘게 뜨고 안을 들여다보았다. 겉모습과는 영 딴판으로 관심 없는 척하는 섬세한 연기였다. 그가 이런 꼴을 보이는 동안, 안에 있던 카스트로 가족들은 그를 지켜보면서 웃어댔다.

페를라는 학교에 다니지 않았다. 라 팔로마가 그녀의 학교였다. 아버지는 고깃배에서 사고로 익사했고, 오빠는 커다란 참치잡이 배를 타고 태평양으로 떠났다. 그래서 가족은 페를라, 그리고 자매인 루피타와 글로리오사뿐이었다. 그들은 무시무시한 어머니 첼라의 감시를 받으며 바쁘게 움직여야 했다. 어머니 첼라는 무자비하게 파리채를 휘둘러 도망치는 딸들의 다리를 어떻게든 한 짝은 때려댔다. 목소리는 개구리 같고, 쪼그려 앉으면 꼭 쥔 주먹같이 보이는 여인. 완전히 하얗게 세어버린 머리를 하고서 라파스를 통틀어 제일 맛좋은 프리홀레스*를 돼지기름에 튀기는 어머니.

빅 엔젤이 빨간 네온사인처럼 얼굴을 붉히며 가게 안으로 들어가면, 여자들은 남자를 주의 깊게 관찰하는 멕시코 여자답게 아주 정교한 방식으로 그를 무시했다. 물론 페를라는 예외였다. 그녀는 부산을 떨면서 빨개진 얼굴로 그의 앞에 펩시콜라와 라임을 가져다놓은 다음 토르티야 칩도 슬쩍 주곤 했다. 첼라는 딸애에게 이야기하고 또 이야기하고 거듭 이야기했다.

"남자들한테 돈을 받아. 널 보려고 여기 오는 거잖아. 그러니 보는 값을 내게 해야지. 저 호로새끼한테 뭐라도 공짜로 주면, 쟤는 너한테 온갖 애정 공세를 퍼붓겠지만 반지를 사줄 생각은 절대로 안 할 거다. 쟤를 봐라. 너를 보러 올 때마다 아주 이 방을 뚫을 듯이 거시기를 세우고 있잖냐."

"아우, 엄마!"

가게 뒤로는 자그마한 마당과 흔들거리는 철제 계단이 있었다. 계단은 멕시코 어디서나 볼 수 있는 콘크리트 가건물 아파트와 이어진 통로였다. 바깥 개수대에서는 녹슨 물이 나오고, 안으로 들어가면 방 두 개와 화장실이 있었다. 엔젤은 그 집에 올라

---

* 강낭콩 튀김.

가본 적이 한 번도 없었다. 만약 그랬다간 첼라가 다리를 부러뜨렸을 것이다.

하지만 첼라는 보자마자 하나는 확실하게 알았다. '재는 경찰관의 아들이군. 그래. 돈은 많겠어.' 그녀는 딸애를 밖으로 내돌려서 돈을 벌 수도 있었다. 딸 많은 집에는 어쩔 수 없이 따라오는 끔찍한 운명이지. 그녀는 목장에서 일하는 여자로 컸다. 그래서 가축을 매매하고 새끼 치는 암소들을 모든 사람에게 이득이 되도록 몰아댈 수 있었다. 그래서 바보같이 웃어대는 풋사랑을 허용했던 거다.

그래도 그녀는 발정 난 저놈에게 미소 지어줄 마음은 없었다.

* * *

엔젤을 둘러싼 세상이 변했을 때 페를라는 거기 있지도 않았다. 그녀를 다시 보게 되기까지는 몇 년을 더 기다려야 했다. 재회의 장소는 티후아나였다.

그의 이모 쿠카는 해적과 결혼했다. 뭐, 해적이라는 건 돈 안토니오가 한 말이다. 그는 반은 시날로아 사람으로, 그 유명한 마을인 차메틀라 출신이었다. 차메틀라라니! 거기서 코르테스가 한때 돌도 녹을 듯이 더운 날 바위에 앉았다가 볼기짝에 영원히 자국이 남게 되었다는 말이 있다. 다른 반쪽 핏줄은 채광을 하러 시날로아로 침입한 수많은 앵글로 셀틱 족속 중 하나였다. 비센테라고 하거나 '첸테'라고도 하는 이름. 첸테 벤트.

첸테 벤트! 무시무시한 고깃배 '엘 구아타밤포'의 선장! 그 배는 쾅 소리를 내며 라파스의 부두에 다다라 온갖 세상의 악취가 다 집결한 곳에다 방귀를 뀌어댔고, 깜짝 놀란 바닷새들은 첸테 벤트의 배에서 던져주는 생선 내장을 차지하려 공중전을 벌였다. 돈 안토니오는 첸테 벤트의 가족을 "돼지들"이라고 불렀고, 그 말을 들은 아이들은 깔깔댔지만 마마 아메리카는 눈살을 찌푸렸다. 첸테 벤트는 그녀의 여동생을 데려간 남자였는데, 지금 그럼 자기 동생이 더럽단 소리인가. 그녀는 지금 쿠카 벤트가 되었다. 이름 전체가 다들 그런 식이었다. 첸테 벤트는 자기 이야기를 할 때마다 이렇게 말했다. 자기 이름을 일종의 '브랜드'로 만들어서 한꺼번에 '첸테벤트'라고 말이다. 이걸 상표로 등록하고 코에 뿌리는 스프레이나 쉐보레 신차 이름으로 정해서 팔 수도 있었을 거다. 신제품 '첸테벤트'가 나왔습니다, 하고.

쿠카벤트는 이 해적의 유별난 관심 아래서 고통을 당해온 만큼, 돈 안토니오에게 더러운 소리가 아닌 존중을 받아 마땅했다. 그들의 딸 이름은 티키벤트였다. 그리고 독일 셰퍼드도 한 마리 키웠는데, 그 개 이름은 카피탄 벤트였다. 줄여서 카피벤트가 되었다.

벤트라는 성은 그저 이름이 아니라 선언이었다.

"거지 같은 벤트 놈들."

돈 안토니오는 이렇게 투덜댔다.

* * *

엘 구아타밤포 호는 코르테스 바다를 1년에 두 번 항해하면서 달콤한 라파스산 전복과 작은 대하를 잡았다. 그 배가 라파스 부두에 도착하는 건 정기적인 기념 행사였다. 첸테벤트는 도다리와 새우와 성게(엔젤은 성게의 주홍빛 살을 보면 토할 것만 같았다)와 문어와 기름진 청새치 살을 구이용으로 길게 떠서 가져왔다. 돈 안토니오는 사람을 시켜 염소를 총으로 잡은 다음 땅에다 석탄을 묻어 불을 피우곤 그 위에 염소를 구웠다. 그들은 며칠간 고기를 먹고 맥주를 마시고 트림을 해대면서 수다를 떨었다.

쿠카벤트 이모와 곱슬머리 사촌 티키벤트는 가끔 낡은 보트에 사람을 태웠다. 그들은 엔젤의 가족이 사는 자그마한 마당에 들어오며 썩은 생선과 향수의 냄새를 풍겼다. 엔젤은 그 냄새를 그다지 달가워하지 않았지만, 티키벤트는 마지막으로 이곳을 방문했을 때 이상스러울 정도로 그에게 관심을 보였다. 그리고 어른들이 보지 않을 때마다, 맥주를 몰래 가져다주며 몸을 치대왔다. 그 애의 눈은 검었다.

"아들, 네 사촌이 너한테 아주 푹 빠졌군."

돈 안토니오가 속삭였다.

"재는 첸테벤트 냄새가 나요."

그러자 돈 안토니오는 그를 옆으로 밀었다.

"아, 호로새끼가! 코에다 빅스 감기 크림을 발라."

그건 효과가 있었다.

그들은 춤을 추었다.

* * *

그날, 쿠카벤트와 티키벤트는 마마 아메리카와 함께 엔젤을 몰아붙였다. 여자들은 저항하는 수송아지를 몰아대듯 그를 부모님 침실로 끌고 갔다. 그는 여자들이 죄다 자기를 궁지에 몰아넣는 게 싫었다.

"너 눈썹 봐! 얼굴에 까마귀를 붙여놓은 것 같다고!"

티키벤트가 소리를 질렀다.

그리하여 고문이 시작되었다. 족집게를 무자비하게 휘두르는 여자들은 그의 눈썹을 뽑으면서 그가 꼼지락대거나 아프다고 소리 지를 때마다 꼬집거나 욕을 했다. 엔젤의 불쌍한 얼굴을 괴롭혀서 빚어낸 결과는 놀랍게도 리타 헤이워드*처럼 굉장한 곡선 눈썹이었다. 그 이후로 영원토록, 그는 이 비밀스러운 삶의 의식 한 부분을 페를라와 거행하게 될 것이었다. 그들 말고는 아무도 모르는 의식을.

* * *

스페인의 이단 심문 종교재판과도 같았던 눈썹 고문이 끝난

---

* Rita Hayworth(1918~1987), 미국의 여배우.

후, 돈 안토니오와 마마 아메리카는 그를 자리에 앉힌 다음 놀라운 사실을 알려주었다. 이제 그는 엘 구아타밤포 호를 타고 마사틀란으로 떠나야 한다는 것이었다. 그는 기쁨 어린 분노의 탄성을 질렀다. 페를라를 떠나고 싶지 않았다! 하지만 학교에 나가지 못하게 된 건 상관없었다. 게다가 오랜 기간 배를 타본 적도 없었다. 마사틀란이라는 먼 지역까지 가본 적도 없었다. 큰 도시에 가는 거야! 온갖 복잡한 삶이 펼쳐지는 곳에.

부모들이 간혹 자식을 두고 생각하듯, 그들은 엔젤이 멍청하다고 생각했다. 뭐, 자식들이 간혹 그렇듯이 엔젤은 멍청하긴 했다. 부모님의 결혼 생활을 편하게 끝내기 위해서 자기가 멀리 떠나가게 되었다는 걸 전혀 몰랐으니까.

돈 안토니오는 몇 년째 '경찰 업무'를 간다고 말하며 북부 국경을 방문하는 미심쩍은 일정을 보냈다. 마마 아메리카는 그가 사촌을 보러 간다고 알고 있었다. 티후아나에 있는 그의 '비밀' 연인을 보러 간다고 말이다. 하지만 정작 돈 안토니오는 다른 데 눈을 돌리고 있었다. 그 시절, 멕시코 남자들이 바라는 건 두 가지였다. 바로 미국 차와 미국 여자였다.

떠나기로 한 바로 그 주에야, 돈 안토니오는 아메리카에게 다른 여자가 생겼으니 이제 집을 나가겠다고 말했다. 하지만 그녀는 그 다른 여자는 모르는 사실을 이미 알고 있었다. 안토니오는 결국 그 여자도 떠나리라는 사실이었다.

그녀는 남편의 배신에 대해 아이들에게 단 한마디도 입 밖에 내지 않았다. 남편에게 제발 떠나지 말라고 간청할 마음도, 끔찍한 난투극을 벌일 마음도 없었다. 하지만 그녀는 일단 엔젤이 아버지의 배신을 알게 된다면 일으킬 감정적 폭풍을 막을 수가 없으리란 것도 알았다. 이 조그마한 녀석은 안 그래도 다루기가 힘들었으니까. 그녀와 돈 안토니오는 그들을 둘러싼 세상이 무너지기 전에 엔젤을 치워버려야 했다. 그리하여 아들을 첸테벤트와 함께 보내버리자는 결론이 난 것이다.

가끔 그녀는 돈 안토니오를 독살할까 상상해보았다. 커피에다 쥐약을 조금만 타면…….

엔젤을 바다로 내보내자마자 장거리 버스를 탄다는 게 돈 안토니오의 계획이었다. 아들이 알아낼 즈음에는 모든 난장판이 벌써 끝나고 시간이 흐른 뒤일 것이다. 편지는 천천히 간다. 돈 안토니오는 그의 아내와 처제에게 단 한 가지만을 요구했다. 그의 아들의 이름을 절대로 '엔젤벤트'로 바꾸지 말라는 것이었다.

마마 아메리카는 집 한구석에 놓여 있는 돈 안토니오의 낡은 회색 피아노를 생각했다. 그가 시내 외곽에 있는 허름한 술집에서 사 온 것으로, 그 술집의 사막 쥐들은 어둠 속에서 풀키*와 메스칼주**를 마시고 고꾸라졌다. 주인장은 돈 안토니오에게 미국 돈 백 달러를 받고 그걸 팔았다. 피아노에는 담뱃불 자국과 얼룩이 덕지덕지했다. 하지만 그는 피아노를 사랑했다. 매일 가족을 위해서 연주도 했다. 지금 파티 자리에서는 어거스틴 라라의 곡

---

* 용설란 술.
** 멕시코의 화주.

을 몇 개 연주했다. 아메리카는 다짐했다. 그가 떠나면, 피아노를 쪼개어 장작으로 쓰리라.

야자나무 아래 작은 테이블에 벤트 가족과 함께 둘러앉아 연기가 모락모락 나는 최후의 만찬을 하는 동안, 아메리카는 연신 입가에 희미한 미소를 띠고 있었다. 정원 뒷벽에 주차해놓은 할리 데이비슨 오토바이는 방수포 아래에서 악랄한 에너지를 발산했다. 그녀는 미소를 지었다. 남편이었던 개새끼가 버스 좌석에 앉자마자 저걸 바다에 빠뜨려버릴 계획이었으니까.

첸테벤트가 계속해서 끔찍한 우스갯소리를 해댔기 때문에 마마 아메리카는 어린 아이들을 잠자리로 보냈다. 엔젤은 그날 밤, 아버지가 술을 마시자 최면에 걸려버렸다. 첸테벤트는 수많은 특징이 있었는데 그중 하나가 술을 진탕 퍼마시기로 유명하다는 점이었다. 그에게 말려 돈 안토니오는 결국 테킬라를 마셨다. 정말 놀라운 일이었다. 게다가 술을 마신 돈 안토니오는 순식간에 굳건한 정의의 사도에서 벗어나 흐물흐물 춤을 추면서 여러 가지 목소리로 지껄이고 추악한 고함을 질러대는 존재로 변했다. 그 후로 평생, 엔젤은 집에 사람들이 가득 들어차면 지금 이 남자들이 하는 짓처럼 숨 막히고 고함을 질러대는 난장판으로 만들고 싶어 하게 되었다.

"아, 첸테!"

여자들은 소리쳤다.

"아, 토니오!"

왜 얼굴이 빨개졌을까. 웃어서였을까, 아니면 민망해서였을까. 엔젤은 알 수 없었다.

첸테벤트는 고함을 질렀다.

"그랬더니, 그 코끼리가 판초의 엉덩이에다가 땅콩을 처박았다니까!"

쿠카벤트는 포복절도하다가 의자에서 떨어졌고, 돈 안토니오는 벌떡 일어나더니 배를 잡고 숨도 못 쉴 정도로 웃으면서 마당을 뒤뚱대고 걸어 다녔다. 앵무새도 농담을 알아들었다는 듯, 새장 안에서 꽥꽥 소리쳤다.

"들어봐, 들어보라고!"

숨을 가까스로 고른 그의 아버지가 소리쳤다.

사람들의 웃음소리가 사그라졌다. 고기는 새빨간 불구덩이 속에서 탁탁 소리를 내며 익어갔다. 식탁 사방에 흩어진 새우 머리는 툭 튀어나온 까만 눈으로 그들을 응시했다. 그리고 티키벤트는 엔젤을 보며 반질반질 빛나는 젖은 입으로 음울하게 웃어댔다. 후에 엔젤은 그 입술에서 라임과 소금과 생선 기름 냄새가 풍긴다는 걸 알게 되었다. 맥주 캔과 테킬라 병들, 유리잔들이 식탁과 주변 바닥을 뒤덮었다. 마마 아메리카는 줄곧 날카로운 칼로 남자의 불알을 따버릴까 생각 중이었다.

"들어봐."

돈 안토니오는 비틀거리는 그림자 가운데 위태롭게 선 채 계속해서 말했다. 나무 아래에 걸린 등불이 만들어낸 그의 그림자는 바닥에 깔아놓은 돌 위로 이리저리 이지러졌다.

"내가 재미있는 이야기를 하나 해주지! 그래. 꼬마 페페가 정원에서 놀고 있었어."

그러자 첸테벤트가 물었다.

"페페가 누구야?"

"페페라고. 누구긴. 그냥 페페라고 알아둬!"

첸테벤트는 팔짱을 꼈다.

"네가 누구 이야기하는 건지 모르겠는데."

"페페 이야기라니까! 아우, 호로새끼야! 이거 재미있는 이야기라고! 페페란 놈은 없어!"

"페페라는 애가 없다면, 왜 페페 이야기를 하는 건데?"

"엿 먹어라, 머저리 같은 첸테 자식아!"

"너 지금 이야기 지어내는 거지?"

첸테벤트는 맥주를 비우고는 작게 트림을 했다. 새우를 한 1리터쯤 먹어야 나올 수 있는 꽤 고급스러운 트림이었다.

"그냥 들으라고, 이 개자식아!"

돈 안토니오가 소리를 질렀다.

바로 이 대화의 순간이야말로 그날 밤 가장 재미있던 부분으로 엔젤이 평생 간직할 것이었다. 이건 막상 그 우스갯소리보다도 더 재미있었다. 바로 지금 그는 자신이 부조리주의자라는 걸 깨달았다. 그건 그에게 선불교적 깨달음의 순간이었다. 그는 의자에 등을 대고 편히 앉았다. 그러나 티키벤트는 그 순간을 망치고 말았으니, 잠시 자기 다리를 확 벌려서 그에게 속바지를 완전히 드러내 보였던 것이다.

돈 안토니오는 이야기를 다시 시작했다.

“꼬마 페페가, 정원에서 놀고 있었어.”
“걔는 어디 사는데?”
“시끄러워, 멍청아. 그리고 걔 할아버지가 벤치에 앉아서 페페가 노는 걸 보고 있었어. 그러더니 페페를 불러서 이렇게 말했지. ‘땅에서 지렁이가 나왔구나. 방금 구멍에서 나왔어.’”
첸테벤트가 손가락을 들어 올리며 말했다.
“잠깐만, 그 할아버지 이름이 뭐야?”
“알게 뭐야! 이건 그냥 우스갯소리라고! 자꾸 말 막지 마!”
엔젤과 여자들은 숨죽여 웃었다.
마음 상한 표정으로 첸테벤트가 말했다.
“이 이야기에 나오는 사람들은 다 이름이 있어야 할 것 같아서 그랬어.”
그는 아랫입술과 한쪽 어깨를 으쓱거리는 것으로 허무함을 드러냈다.
돈 안토니오는 하늘에다 대고 우주에 맞서 반항하듯 소리를 지르더니 말했다.
“카를로스! 할아버지 이름은 카를로스야! 됐냐? 이제 다들 만족하냐?”
“저는 만족해요, 아버지.”
엔젤이 대답했다.
첸테벤트는 하품을 했다.
“카를로스 할아버지는 페페에게 땅 위에 나온 빌어먹을 지렁이를 보여줬어. 그놈은 구멍 옆에서 꿈틀대고 있었지. 그때 할아버지가 페페한테 이렇게 말했어. '페페야, 네가 저 지렁이를 다시 구멍에 넣을 수 있다면 내가 1페소 주마.'"

"노랭이 새끼."

첸테벤트는 멕시코 말로 "코도 두로"라고 한마디 했다. 극도로 화났을 때 쓰는 표현으로, '딱딱한 팔꿈치 같은 사람'이란 뜻이었다. 엔젤은 그 말을 잘 이해할 수가 없었다.

현명하게도, 돈 안토니오는 첸테벤트를 무시했고, 그래서 첸테벤트는 입을 다물었다.

"페페는 잠시 생각을 했어."

돈 안토니오는 계속 말을 이었다.

"그리고 안으로 달려가서는 어머니의 헤어스프레이를 가지고 나왔지. 그걸 지렁이한테 마구 뿌리자 벌레는 결국 딱딱해졌어. 그런 다음 페페는 그걸 구멍에 넣었지. 할아버지는 페페에게 1페소를 주고 급히 사라졌어. 다음 날에도 페페는 밖에서 놀고 있었어. 그런데 할아버지가 집에서 나와서는 그 애한테 1페소를 주는 거야. 그래서 페페가 말했어. '할배, 어제 저한테 돈 줬잖아요!' 그러자 카를로스 할아버지가 말했어. '아니다, 페페야. 이 돈은 네 할머니가 주는 거다!'"

돈 안토니오는 그 자리에 서서 팔을 들었다.

갑자기 여자들이 킥킥대며 웃었다. 마마 아메리카마저도 웃고 있었다.

"아이고, 토니오!"

쿠카벤트가 고함을 쳤다.

잠시 후, 첸테벤트가 말했다.

"네가 한 이야기 무슨 말인지 하나도 모르겠어."

그 순간 갑자기 대문으로 풍파가 몰아치고, 돈 안토니오는 엔젤에게 그가 미친놈이자 판초 비야*라는 걸 보여주었다. 그들이 모두 웃고 있는데, 대문이 확 열리더니 술에 취한 선원이 손에 커다란 칼을 쥐고서 마당으로 비틀거리며 들어왔다. 상어나 참치를 가를 때 쓸 만한 칼이었다.

"첸테벤트!"

그가 소리쳤다.

뒤가 구린 벤트 회사의 무수한 정적 중 하나가 찾아온 것이다.

"네놈을 망할 물고기처럼 썰어버리겠다, 호로새끼야!"

칼이 앞뒤로 붕붕 휘둘렸다. 그는 마치 검객처럼 검을 낮게 쥐었다.

"내 마누라랑 자다니!"

그러자 여자들이 소리를 질렀다.

티키벤트는 벌떡 일어나 엔젤의 뒤로 숨어 경찰 사이렌처럼 비명을 질렀다.

돈 안토니오는 여전히 팔을 벌리고 서 있었다. 그는 지금 경찰복 차림도 아니었고, 당연히 허리춤에 권총을 차고 있지도 않았다. 이 망할 녀석을 대문 밖으로 쫓아버리기 위해 총을 찾았지만 보이지 않아서, 그는 몹시 실망했다.

---

* Pancho Villa(1878~1923), 멕시코 혁명의 주역이었던 농민군 지도자.

첸테벤트는 무엇을 했는가 하면, 테킬라 잔을 내려놓고 그렁그렁하고 시뻘건 눈으로 쳐들어온 자를 보았다. 스스로를 방어할 생각은 없어 보였다. 그는 이 멍청이가 누군지 몰랐고, 수많은 여자들 중에서 누가 이놈 여자일지 상상할 수도 없었다.

"아무튼 그 여자 별로였는데."

그는 이렇게 말했다. 그리고 트림을 했다.

마마 아메리카는 얼른 달려와 자기 몸으로 엔젤을 감쌌다. 그리고 티키벤트는 옆으로 비켜서서 이 싸움을 구경하려 했다. 초록색 앵무새는 새장 안에서 날아다니려 애썼다. 어찌나 새장을 세게 흔들었던지 안에 담아두었던 씨앗이 그들에게 후두둑 떨어졌다.

돈 안토니오는 무시무시한 선원 쪽을 바라보더니 말했다.

"이 쌍놈아."

"뭐?"

"너 이 독사 같은 새끼. 돼지새끼야."

"말조심해."

"이 호로새끼야. 우리 집에 와서 내 손님을 위협해? 그 칼로 날 찌르려고 그러냐? 내가 네 식구들을 전부 죽여버릴 거야. 네 새끼들도 전부 죽이고, 손주 새끼까지 다 없애버릴 거라고. 네 조상 묘를 파헤쳐서 시체 아가리에 똥을 퍼부을 거다."

"이봐."

돈 안토니오는 셔츠 앞섶을 확 뜯었다.

"찔러봐, 씨발 놈아. 네가 날 죽일 수 있다고 생각한다면 지금 찌르라고. 여기 심장을 찔러. 하지만 확실하게 죽여야 할 거야. 난 지금 무시무시하게 화가 났으니까 널 가만 안 둘 거거든, 이 씨발, 개새끼야."

선원은 심하게 놀란 눈초리로 그의 얼굴을 응시했다. 그는 이 미친놈이 누군지 알 수 없었지만, 한 가지는 분명했다. 라파스에서 절대로 싸움을 걸지 말아야 하는 사람이 있다면 그건 바로 이 자였다. 선원은 잠시 숨을 가다듬으려 했지만 허세를 그러모을 수조차 없었다. 그저 곧바로 몸을 돌리고 거리로 달려 나가 최대한 빠른 속력으로 바다로 돌진했을 뿐이다. 그가 달려간 자리마다 쓰레기통이 뒤집어졌다.

그 후로 평생토록, 아버지에 대해서 어떤 생각이 들어도, 그 어떤 고난이나 슬픔이 닥쳐와도, 그 어떤 모멸감이나 공포가 몰려와도, 빅 엔젤은 자신이 목격한 그 순간을 유일하고 더없이 영웅적인 것으로 간직했다. 그는 죽었다 깨어나도 아버지 같은 남자가 될 수 없을 거라 생각했다.

심지어 첸테벤트조차 박수를 쳤다. 세게 치지는 않았지만.

* * *

다음 날 엔젤은 엘 구아타밤포 호에 올라 안개 낀 푸른 바다를 항해하게 되었다. 그의 페를라에게 작별 인사를 할 기회는 없었다. 그의 가족은 전화기 같은 첨단 과학의 산물은 갖고 있지 않았다. 이 땅을 떠나야 하는 게 몸이 찢어질 듯 고통스러웠고, 눈물에 목이 콱 멨다. 첸테벤트는 숙취가 심했는데도 끊임없이 증기선의 기적을 빽빽 울려댔다. 결국 인생은 고통이었다. 페를라를 떠나는 게 그에게는 최악의 상황이 될 거라는 확신이 들었다.

아버지가 마지막으로 한 말은 이거였다.

"우리가 알아야 할 게 있는데. 너 혹시 티키벤트랑 잤냐?"

"뭐라고요?"

"그 애랑 *잤냐고.*"

"아버지! 아니에요! 걔는 내 사촌이라고요!"

그러자 아버지는 대꾸했다.

"바보 녀석. 넌 걔랑 하고 싶은 대로 다 할 수 있었어!"

배가 떠나 시야에서 사라지자, 돈 안토니오와 그의 가족은 집으로 걸어왔다. 그는 가방 두 개를 챙기고 두 아이와 형식적인 포옹을 한 다음, 마마 아메리카와 악수를 했다. 다른 이들 보기에 이상한 행동이었다.

"당신이 아들을 더 많이 낳았더라면, 난 당신과 헤어질 수 없었을 거야."

그는 이렇게 말했다. 그녀는 어딜 봐도 차분한 얼굴이었지만 속으로 이렇게 생각했다. '이 독사 같은 새끼.'

"내가 사람을 보낼 때까지 내 오토바이 잘 간직하고 있어."

그게 그가 남긴 마지막 말이었다. 그리고 그는 시내 쪽으로 터벅터벅 걸어갔다. 휘파람을 불면서 말이다.

아메리카는 저 망할 오토바이를 끝장내버릴 계획이었지만, 그녀는 바보가 아니었다. 그래서 성큼성큼 그쪽으로 걸어간 다음 방수포를 확 찢었다.

"갖고 놀아."

그녀는 아이들에게 말했다. 그들의 세상이 방금 끝나버렸다는 걸 알 리 없는 그 애들에게. 그리고 그날 이후, 큰아들이 툭하면 코르테스 바다에 구토를 해대는 동안, 아메리카는 카보 산 루카스 출신의 의사에게 오토바이를 팔았다. 곧 집안을 먹여 살려야 한다는 걸 알고 있었으니까. 하지만 언젠가는 그 돈도 떨어질 것이다. 그러면 그녀와 어린 것 둘은 굶주리겠지. 그들은 베란다 우리에 있는 비둘기도 잡아먹어야 할 것이고, 저 앵무새를 차마 죽여 요리할 수 없는 그들의 처지를 한탄하게 되리라.

* * *

한편, 바다 저 건너편에 있는 엔젤은 매일 일하면서 멋모르고 들어와버린 이 지옥을 탈출할 그날을 위해 한 푼씩 저축하는 중이었다. 첸테벤트는 그에게 돈을 거의 주지 않았다. 쿠카벤트가 빨래와 요리를 해주었으므로 그 가족이 보기에는 하느님께 맹세코 이걸로도 대우는 충분했다. 엔젤은 벤트 가족이 자기 집에 들이닥쳤을 때 보았던 밤의 잔치와 소란스러움을 상상하고 이곳에 왔지만, 알고 보니 자신은 바깥 어둠 속에 던져져버렸다는 걸 깨달았다. 외롭고, 비참하고, 배고팠다. 그리고 옴짝달싹할 수가 없었다.

처음에 그는 첸테벤트 가족의 자그마한 텃밭 안에 있는 별채에서 잤다. 별채는 바나나와 망고나무 두 그루 사이에 끼어 있었다. 야자나무에는 이구아나들이 우글거렸다. 거대한 거미도 나와서 너무 무서웠다. 세탁실 겸 화장실에서 찬물로 샤워를 했다. 마사틀란은 찬물로 샤워를 해도 될 정도로 항상 따뜻한 곳이었기 때문에 찬물로 샤워하는 것보다는 배수관에서 튀어나오는 커다란 바퀴벌레들이 더 싫었다.

그가 맡은 일 중 하나는 그 막돼먹은 작은 화장실을 문질러 닦는 일이었다. 화장실 쓰레기통도 비워야 했다. 변기가 더러운 휴지로 막히면 안 되기 때문이었다. 엔젤은 그 일이 역겨웠다. 그는 숨을 참으며 일했다. 첸테벤트는 말도 안 될 정도로 화장지를 써대서 변기를 막히게 하면서도, 정작 빅 엔젤에게는 휴지를 하루에 다섯 장만 주었다.

"스펀지로 변기를 닦으라고!"

그의 이모부는 이렇게 말했다.

엔젤은 뭔가 이상하다는 걸 감지하기 시작했다. 이웃들이 벤트 가족을 좋아하지 않고 그들을 피한다는 걸 알 수 있었다. 선량한 마사틀란 사람들은 첸테벤트의 행동을 용납할 수 없었다. 거리를 지나는 사람들은 오전이든 오후든 '안녕하세요'라는 인사말조차 건네기를 꺼려했다. 시날로아에서 이런 일은 극히 드물었다. 무례한 행동은 그들이 보기에 진짜 죄악이었다. 엔젤은 사람을 때리는 일이 그리 나쁜 건 아니라고 혼잣말을 했다. 돈 안토니오는 벤트보다 더 심하게 그를 때렸으니까. 적어도 벤트는 매일 때리지는 않았다. 그리고 티키벤트가 자기보다 더 많이 얻어맞았다.

그는 매일 아침과 밤마다 화장실 청소를 했고, 텃밭을 매고, 집을 치우고, 바닥을 문지르고 페인트칠을 하고 걸레질을 하고 배의 그물을 끌어왔다. 그는 언제나 배고팠다. 밤마다 배가 꼬르륵거려서 잠들 수가 없었다. 쿠카벤트와 티키벤트는 자그마한 화장실 쓰레기통에 '비밀들'을 채웠다. 그가 보기에는 일급 기밀인 것들이었다. 이윽고 그는 티키벤트가 그에게 다른 일도 처리하게 남겨두었다는 걸 깨달았다. 바로 개수대 끝에 아무렇게나 널려 있는 그녀의 속옷이었다. 때로는 그녀가 샤워할 때 문이 반쯤 열려 있을 때도 있었다. 그는 어머니와 아버지가 보고 싶었다. 그리고 밤마다 페를라를 생각하며 울었다.

왜 이렇게 페를라에게 오랫동안 편지를 쓰지 못했을까. 모르겠다. 어쩌면 부끄러워서였을까. 아니면 수치스럽기 때문이었을까. 그녀에게 할 말을 찾을 수가 없었다. 그러다 여섯 달이 지난 어느 날, 그는 종이와 봉투를 쿠카벤트 이모에게 빌렸다. 그리고 원숭이가 경전을 필사하는 것처럼 쪼그리고 앉아서 매 줄마다 사과하며 편지 초안을 구겨댔고, 결국 종이가 다 떨어져서 마지막 종이에 쓴 편지를 부쳐야 했다.

"나의 달콤하고 귀여운 페를라."

그는 이렇게 쓴 다음 이 말 뒤에 새로운 첫 마디를 써넣었다.

참으로 귀중한 페를라

새장 속에 갇힌 새가 하늘을 그리워하듯, 나는 네가 그리워. 나는 지금 새장 속에 갇혀 있어. 하지만 자유로워질 거야. 그리고 널 찾아갈 거야. 내가 널 그리워하듯, 너도 날 그리워한다는 걸 알고 있으니까. 우리는 새로운 세상을 만들게 될 거야!

그는 이런 맥락으로 몇 줄 더 쓴 다음 눈물과 크나큰 입맞춤과 온갖 열정을 담아서 편지를 끝맺었다. 그리고 부들부들 떨면서 부두에 있는 우편함에 편지를 넣었다. 그 시절의 멕시코 우편 체계란 몽유병에 걸린 듯 느릿느릿했다. 10센타보짜리 편지가 라파스까지 도착하는 데만 무려 2주가 걸렸다. 그리고 편지를 쓰는 데도 시간이 한참은 걸릴 것이고, 그 뒤로 빙하 같은 배달 시간이 또 이어졌다. 그래서 한 달간 페를라의 소식을 듣지 못했다. 그 한 달은 초조한 기다림의 시간이었다. 그의 머릿속에서는 이 기다림이 전형적인 로맨스처럼 어쩐지 고귀하게 느껴졌다. 그는 매일 그녀를 기다리는 고통으로 한껏 고양되었다. 그것은 첸테벤트네 집에 얹혀사는 지저분한 날에서 오는 고통보다 훨씬 더 깊고 질 높은 고통이었다. 하지만 앞서간 수많은 연인들이 그랬듯이, 마음을 단단히 먹고 상상 속의 연서를 기다리고 있던 그는 결국 모든 몽상가가 가장 두려워하던 편지를 받게 되었다.

앙헬님 귀하

'안 돼, 절대 안 돼.' 그는 생각했다. 이미 알아버렸다. 더 이상 말할 필요가 없었다. 삶은 이 짧디짧은 두 마디 인사말로 이미 끝나버렸다. 차라리 이렇게 말하는 편이 쉬웠을 텐데.

"안녕, 패배자야."

그녀의 고백이 담긴 단 세 줄의 필체를 그는 빠르게 훑었다.

"너는 나에게 한 번도 편지를 쓰지 않았어. 그래서 난 다른 사람을 만나고 있어."

엔젤은 즉시 페를라의 편지를 불태웠다. 그리고 자신의 의지와는 반대로 티키에게 기어들어 가서는…… 죄를 지었다. 마치 자신의 자그마한 거시기가 세상에서 제일 강력한 자석처럼 몸을 질질 끌고 간 것만 같았다. 티키를 보기만 했는데도 몸이 확 튀어 올랐다. 밴드 지휘자의 지휘봉처럼, 몸이 부서진 심장의 고동을 세고 있는 것만 같았다. 그는 티키벤트가 자신의 튀어 오른 몸을 본다면 도망칠 거라고 생각했다. 그래서 셔츠 단을 빼내어 입었다. 그의 셔츠 단을 바라본 그녀는 엔젤이 자신의 의도를 알리기 위해서 전투의 깃발을 휘날리고 있다고 생각했다. 그녀는 튀어나온 그의 거시기를 손으로 잡은 다음 축 늘어질 때까지 졸라댔다.

그는 살아 있다는 게 민망했다. 손이 덜덜 떨렸다. 신께서 자신을 때려눕힐 거란 확신이 들었다. 그의 인생이 수치였다. 모든 것과 모든 이들에게 배신당하고 버림받은 존재.

하지만 하느님이 진노하시기도 전에, 첸테벤트가 먼저 들이닥쳤다.

그는 엔젤이 자는 오두막으로 기어들어 왔다. 썩은 새우와 럼의 냄새를 풍기면서, 엔젤의 위에 올라탔다. 그리고 엔젤의 얼굴에 악취를 뿜으며 계속 이렇게 말했다.

"너 섰냐? 너 섰냐니까? 그래서 했냐? 그랬냐?"

그는 엔젤의 앞섶을 마구 파헤쳤다.

"네 거시기 좀 보자. 내 딸한테 준 게 뭔지 보자고."

첸테벤트는 웃으면서 엔젤의 얼굴에 악취를 뿜어댔고, 엔젤은 아무리 발버둥 쳐봤자 그 퉁퉁하고 참담한 인간을 피할 수가 없었다.

엔젤은 계속 이렇게 생각했다. '좋은 사람인 줄 알았는데. 재미있는 사람이라고 생각했었다고.'

첸테벤트는 천둥같이 코를 골며 그의 위에 쓰러졌다.

* * *

그는 다음 날 그 해적에게 첫 번째 복수를 했다.

아무도 보지 않는 틈을 타서 쿠카벤트의 빨간 통에서 돼지기름을 크게 한 국자 떴다. 콩을 튀기려고 남겨둔 돼지기름이었다. 그리고 기름을 첸테벤트가 제일 좋아하는 캔버스 천으로 만든 바지 속에다 발랐다. 이윽고 분노에 찬 고함이 들려오면서 첸테벤트가 다리를 축 늘어뜨린 채로 어기적거리며 다가왔다. 한 걸음 한 걸음마다 꽥꽥대면서 얼굴이 시뻘게진 모습이었다. 엔젤은 똑바로 서서 주먹을 맞았고, 그 모습을 창문으로 지켜보다 머리를 쥐어뜯으며 웃는 티키벤트에게 미소를 지었다. 그날 엔젤은 이 하나를 잃었다.

첸테벤트는 그를 엘 부아타밤포 호로 거칠게 끌고 갔다. 굳은살이 박힌 남자의 커다란 손은 엔젤의 팔에 선명한 보라색 손자국을 남겼다. 마치 검은 백합을 문신으로 새긴 것 같았다.

"이 빌어먹을 식충이 놈아, 어디 마음대로 해봐라. 내가 한 수 가르쳐주지."

엔젤의 얼굴에서 피가 흘렀다. 입에서 흐른 피였다.

"아, 넌 본때를 보게 될 거다. 이 조그마한 자식아."

엔젤이 할 수 있는 건 기다리는 것뿐이었다. 그는 어떤 것이라도 버텨낼 수 있었다. 그는 첸테벤트의 구타를 버텼다. 밤마다 투덜대며 찾아오는 이모부를 버텨냈다.

엔젤은 혼자 있을 때만 울었다. 얼굴에 온통 콧물을 흘려대며 울었다. 그는 배의 쓰레기로 가득 찬 주방 개수대 아래에 틀어박혀 화물 놓는 판에다 낡은 담요를 깔고 잤다. 그리고 바닥을 닦고 페인트칠을 하고 내장을 파내고 고기를 잡고 게를 잡고 그물을 수리하고 밤새도록 불면증에 시달리는 개처럼 홀로 보초를 섰다. 그는 가끔 갈고리를 손에 쥐고서 부두를 따라 냄새 나는 배에 슬그머니 들어온 외국 배의 도둑들과 술 취한 선원들을 두들겨 패야 했다. 다른 배에서 들려오는 술 마시는 소리와 싸우는 소리를 들었다. 해변에서 들려오는 음악 소리와 창녀들과 연인들의 웃음과 개가 짖는 소리도 들었다. 교회의 종이 울리면, 그가 아는 세상이란 어디 다른 곳에 있는 것 같다고 느꼈다. 그곳은 너무 멀어 다시는 찾을 수 없는 곳이었다. 페를라에게 자신이 얼마나 큰 실수를 저질렀는지 보여주리라.

"나는 가치 있는 놈이야. 난 가치 있는 놈이야."

그는 기도문처럼 이 말을 되뇌었다.

깡마른 늙은 선원에게 가슴을 베이기도 했다. 그 선원은 갈고리를 얼굴에 대고서 기름이 미끈거리고 죽은 물고기들이 널린 배 밖으로 사라졌다. 엔젤은 피를 흘리며, 그 늙은 선원이 자기 몸을 애써 가누며 옆에 정박한 배로 사다리를 타고 올라가는 모습을 지켜보았다. 그러다 끈적끈적한 몸을 비틀거리더니 그만 어두운 밤으로 굴러 떨어지는 게 아닌가. 선원의 다리에서 진득한 핏방울이 떨어졌다. 엔젤은 한마디도 하지 않았지만, 그 순간을 기억했다. 그리고 마음속에 담았다.

엔젤은 가슴을 헝겊으로 감은 다음 그 위에 테이프를 붙였다. 열이 올라 몸 앞부분이 새빨개지고 사방에 눈이 내린 것처럼 몸이 으슬으슬 떨렸지만, 한마디도 하지 않았다. 다만 선실에서 럼주를 훔쳐 고름이 줄줄 흐르는 상처에 떨어뜨리고 타오르는 고통을 참아냈다. 그는 입술을 깨물고 소리를 지르며 발버둥 쳤다.

그는 며칠간 거기서 충격과 공포에 사로잡혀 하느님의 진노가 닥치거나 선원의 동료들이 쳐들어오기를 기다렸다. 하지만 그 어떤 일도 일어나지 않았다. 혹시 이 삶 전체가 하느님의 불쾌감이 전환된 것은 아닐까 하는 생각이 들었다. 그는 몇 푼 안 되는 급료를 커피 깡통에 넣고 배 안 주방 개수대 뒤에 숨겼고, 첸테벤트가 기름 묻은 페소를 넣어둔 나무 상자를 발견했다. 그들이 고기잡이 탐사를 나갈 때 항해 비용으로 쓰려던 돈이었는데, 조타실 캐비닛 안에 보관되어 있었다. 첸테벤트는 엔젤이 먹는 콩과 토르티야 값을 받기 시작했다.

그는 차라리 굶주리는 편을 택했다. 배에 있는 것들만 먹었다. 심지어 미끼로 쓰는 날 청어도 먹었다. 최대한 센타보 한 닢까지도 저축했다. 뭘 먹는 날 밤이면, 속이 뒤틀리고 꼬르륵거렸다. 페를라는 너무 멀리 있었고, 바다 건너에 있는 어머니와 남동생, 여동생이 굶주려 버려졌을지도 모른다는 생각이 제일 아득하고 무서웠다.

첸테벤트가 다시 찾아온 그날, 엔젤은 갈고리를 준비해놓았다. 그 해적은 배에 올라 벌써 더러운 무명천 바지를 풀어헤친 상태였다. 엔젤은 눈을 감은 채로 갈고리를 휘둘렀다. 앞이 보이지 않는 채로, 마구 사지를 휘둘러댔다. 하지만 첸테벤트의 옆머리와 갈고리가 닿아 있을 줄은 정말이지 꿈에도 몰랐다. 갈고리가 무시무시한 우두둑 소리를 내며 두개골을 내리쳤던 것이다. 커다란 남자를 후려치자 팔이 마비될 정도로 강한 고통이 몰려왔다. 그리고 철퍼덕 소리가 났다.

엔젤은 잠시 눈을 질끈 감고 있었다. 속으로는 방금 저지른 일이 실제로 일어난 게 아니기를 바랄 뿐이었다. 하지만 그가 다시 눈을 떴을 때 커다란 남자는 기름투성이 바다에 가라앉고 있었다. 미처 벗지 못한 바지를 무릎에 걸친 모습으로 말이다.

엔젤은 그가 다시 물 위로 떠오르기를 기다렸다. 하지만 그는 떠오르지 않았다.

* * *

이어진 밤은 그야말로 공포였다. 엔젤의 기억은 전혀 또렷해지지 않았다. 그는 아직도 어린 소년이었고, 자기가 저지른 짓이 정말로 끔찍하기는 했지만 더욱 무서운 건 앞으로 벌어질 상황이었다. 머릿속으로 수천 가지 거짓말들이 울려댔다. 마음 한 구석에서는 첸테벤트가 옆 계류장에서 사다리를 타고 바다에서 올라와 그에게 욕설을 퍼부을 것이라 믿고 있었다. 그는 여기저기 마구 뛰어다녔지만, 모든 게 아름다운 새롭고 산뜻한 세상으로 통하는 마법의 문은 엘 구아타밤포 호 위에 열리지 않았다.

커피 깡통 속에 모아둔 얼마간의 페소를 안장 주머니에 넣고, 무명천 작업복 바지 두 벌과 반바지, 양말, 셔츠 세 벌을 챙겼다. 선실에 가서 조업할 때 쓰려고 모아둔 돈 상자도 가져왔다. 배에 붙은 여분의 연료통을 들어 올리기는 힘들었지만, 공포에 사로잡히니 힘이 세졌다. 그는 경찰에게 조사를 받는 자신의 모습을 그려보았다. 어쩌면 아버지에게 받을지도 모르지. '아뇨, 아녜요! 그분은 취해 있었어요. 그래서 날 보트에서 던져버리고는 다시는 얼씬도 하지 말라고 했어요. 나는 퇴직금으로 버스표를 샀어요. 떠난 다음에는 무슨 일이 일어났는지 몰라요. 난 아무것도 못 봤어요. 난 아버지에게 가서 함께 살고 싶었어요.'

마마 아메리카는 간단한 편지를 써서 마침내 엔젤에게 털어놓았다. 그의 아버지는 북쪽으로 떠났노라고. 그리고 그녀와 동생들도 뒤따라가게 될 거라고. 만약 아버지가 마지막으로 한 짓이 그거였다면, 엔젤은 가족을 버린 아버지를 마주하게 될 것이었다.

그래서 북쪽으로 가는 버스를 탔다. 티후아나행 고속버스였다. 스물일곱 시간을 내내 앉아 가야 하는 그 차에서는 휘발유 냄새가 났다. 잠을 잘 수는 없었다. 그날 밤 떠나가는 버스의 차창 밖으로 주홍색 화염이 화르륵 타오르는 장면이 계속 떠올랐기 때문이다.

그게 1965년에 있었던 일이다. 엔젤은 그때 벌써 백 년은 산 것 같은 기분이었다.

그리고 수십 년 동안, 그는 어머니에게 자신은 그저 도망쳤노라고 말했다. 그래서 엘 구아타밤포 호에서 무슨 일이 있었는지, 첸테 이모부는 어떻게 되었는지 자신은 모른다고 말했다. 거짓말을 너무 많이 반복한 나머지 스스로 그 말을 믿을 지경이 되었다. 자신은 과도한 업무와 괴롭힘에 지친 나머지 모든 돈을 가지고 버스를 탔노라고. 자신이 도망친 걸 알아차린 첸테벤트가 술에 취해버렸고 그러다 아마 배에 불을 낸 것 같다고 했다.

이제 다 끝났다고 생각했었다. 하지만 죄책감과 거짓말은 평생 쉬지 않고 불타올랐다.

* * *

빅 엔젤은 거실 그림자 가운데 서 있었다. 과거의 이야기와 그가 기억하는 것들과 배웠던 것들이 그를 뒤흔들었다. 어쩌면 그가 꿈꿔왔던 것에 흔들리고 있는지도 모른다. 더 이상 그 차이를 알 수가 없었다. 이야기들은 열린 창문을 통해 바람처럼 들어와 그를 빙빙 감쌌다. 이야기들이 그의 다리를 끌어당기는 것만 같았다. 이야기들은 저마다 자유의지를 가지고 몇 년을 건너뛰고 수십 년을 무시한 채로 다가오는 듯했다. 빅 엔젤은 어느새 시간의 폭풍 속에 서 있었다. 그에게 과거란 마치 라스 풀가스 극장에서 본 영화 같았다.

* * *

리틀 엔젤은 1967년에 태어났다.

빅 엔젤은 티후아나의 콜로니아 오브레라에서 어머니와 동생들과 함께 살았다. 그러다 아버지가 그들의 집에 자주 방문하게 되자 아버지와 합류하기 위해 몰래 국경을 넘었다. 그에게는 쉬워 보이는 일이었다. 사람들은 해변 근처로 흐르는 티후아나 강의 얕은 갈색 물살을 몰래 건너거나 아니면 콜로니아 리베르타드를 벗어나 동쪽으로 달리는 군중 속에 합류했다. 당시에는 정규 통로인 회랑 지대가 있었고, 낮 동안 일하는 노동자들은 흙먼지 날리는 협곡을 따라 출퇴근을 했다. 빅 엔젤은 다른 여자를 만나길 거부했다. 그리고 페를라에게 계속 엽서를 보냈지만, 그녀는 한 번도 답장하지 않았다.

인디오는 1970년에 태어났다. 그때 빅 엔젤은 아버지의 집에서 얹혀살면서 밤에 도넛을 굽는 일을 했고, 버는 족족 돈을 철저히 은닉했다. '은닉'은 그가 처음으로 배운 미국 표현이었다. 그 말은 참 우아해 보였다.

브라울리오는 1971년에 태어났다. 빅 엔젤은 아이들의 존재를 몰랐다. 그는 페를라에게 매년 편지를 보내서 자기가 있는 북부로 오라고 간청했다. 그 편지는 훗날 잃어버렸지만, 두 사람 모두 이 구절을 기억했다.

"우리에게 아직 삶이 있고 우리가 위엄을 지닌 채로 투쟁할 수 있을 때 나한테 와줘."

그건 페를라가 이제껏 들었던 말 중 가장 고귀한 것이었다. 그래서 그녀는 모든 걸 던지고 그와 함께하기 위해 북부로 왔다.

브라울리오는 빠르게 자랐다. 그 애는 모두를 속였다. 미니는 그저 멍청한 아이였다. 오빠 셋을 모두 우러러보는 아이였으니까. 하지만 엘 인디오도, 랄로도 그 거래가 뭔지 알았다. 그리고 훗날 자라게 된 미니는, 자신은 그게 뭔지 모른다고 믿기로 했다. 마마 페를라. 그래, 브라울리오는 엄마의 천사였다. 아부지는 자신에게 표준적이고 고귀한 길을 택했다. 가끔 남자애들은 엔젤이 없을 때 그를 비웃었다. 아주 오만하게, 콧방귀를 뀌면서 말이다. 자기 딴에는 본인이 세상에서 제일 지혜로운 줄 알겠지만, 그 둘이 무슨 생각을 하는지는 전혀 모르는 남자. 싸가지 없는 브라울리오는 전부 말했어야 했다. 브라울리오의 별명은 '스니커즈(낄낄 웃음)'였다.

인디오는 빅 엔젤을 참을 수가 없었다. 그 애는 생부를 기억하고 있었다. 브라울리오는 너무 어려서 아버지에 대한 기억이 없었다. 그들의 아버지는 진주 채취 잠수부였다. 두툼하고 굽은 칼날로 굴을 따다가 라임과 새빨간 핫소스를 뿌려 후루룩 삼켰던 남자. 아버지는 크게 웃었고, 그때마다 금니가 반짝였다. 그러던 어느 날, 라파스의 동쪽 바다로 들어간 아버지는 다시는 올라오지 못했다. 인디오는 기억하고 있었다.

그런데 이 엔젤이란 남자가 처음부터 기다리고 있었던 것처럼 떡 나타난 게 아닌가. 어머니에게 뭔가 로맨틱한 비밀이 있었다는 걸 안 인디오는 큰 충격을 받았다. 과거란 참 더럽고 쩨쩨한 것이었다. 그는 분노에 몸부림쳤다. 얼마 동안은 어머니를 보면서 '창녀'라고 생각하기도 했다.

하지만 브라울리오는 아니었다. 그 애는 장난꾸러기였다. 그리고 글로리오사의 아들인 기예르모와 붙어 다니기 시작하자, 그 둘의 조합은 완벽했다. 그들은 동갑에 몸집도 비슷했다. 누가 보면 쌍둥이라 했을 것이다. 그리고 여자애들은 기예르모를 '조커'라고 불렀다. 그건 분명한 주제였다. 스니커즈와 조커, 영원한 친구가 될 수밖에 없지 않은가. 평생 친구 말이다. 불쌍한 랄로는 그들과 어울리긴 했지만, 결코 둘 사이를 비집고 들어갈 수는 없었다.

가족은 항상 중산층으로 살지는 않았다. 처음부터 로마스 도라다스의 다고 시내에 있는 행복한 스페인어 거주 구역에서 살 수 있었던 건 아니었으니까. 그런데 힘들게 살았던 시절 동안, 빅 엔젤은 아무도 정부의 지원을 받지 못하도록 막았다. 복지 수당이나 배급표를 모두 거부했다. 그래서 집에는 삶은 콩과 튀긴 콩,

콩 수프만 잔뜩 있었다. 브라울리오가 가장 좋아하던 아침 식사 메뉴는 차가운 튀긴 콩을 원더브레드 식빵에 발라 먹는 거였다. 그들이 처음으로 살았던 곳, 바로 산 이시드로의 차고 뒤에 있던 아파트의 좁고 슬픈 주방에 서서 그는 그 빵을 먹었다. 그곳은 국경 철조망 장벽에서 45미터도 떨어지지 않은 곳이었다. 거기서 살았던 건 무척 배짱 좋은 일이었다. 그땐 아직 엄마와 아부지가 불법체류자 신세였으니까.

밤이 되면 헬리콥터와 사이렌 소리, 누군가 뛰어다니고 불쑥 침입하는 소리가 들려왔다. 낮에는 양아치들과 이 나라에 숨어든 멕시코 좀도둑 떼들이 엔젤과 페를라 같은 이민자들의 물건을 뭐라도 훔치려 드는 걸 경계해야 했다. 그들은 사람을 때리고 손목시계를 훔친 다음 누가 보기도 전에 다시 티후아나로 사라져버렸다.

아이들은 모두 오스카 드라이브 인 레스토랑까지 걸어가서 다 같이 동전을 모아 초콜릿 밀크셰이크를 사서 나눠 마셨다. 브라울리오, 인디오, 랄로, 그리고 꼬마 미니였다. 미니는 웃겼다. 그땐 앞니가 없었던 때였다. 인디오는 이가 빠져 '마우스'라는 발음을 제대로 못 하는 미니를 두고 '마우슈'라고 놀려댔다. 미니는 잇몸으로 종이 빨대를 씹어 망가뜨렸고, 그러면 오빠들은 미니의 머리를 때렸다.

나중에 브라울리오는 미니를 아부지의 낡은 스테이션왜건에 태워 학교까지 데려다주었다. 브라울리오는 미니와 차를 타고 가는 게 좋았다. 미니에게 수작을 부리는 놈은 누구라도 칼로 찌를 거란 사실을 본인도 알고 있었다. 애들은 모두 브라울리오를 무서워했지만, 그의 가족들은 아니었다. 미니는 그게 기분이 좋았다. 학교에서는 어딜 가든 존중받았다. 혹시라도 저 귀여운 여자애한테 헛소리라도 지껄였다가는 브라울리오가 와서 자기들한테 불을 질러버릴 거라고 다들 생각했기 때문이었다.

모두들 브라울리오가 오타이메이사에서 어떤 멕시코 범죄자에게 정말 불을 질렀다고들 말했다. 미니는 그 이야기를 믿지 않았다. 처음에는 말이다.

* * *

그 시절, 빅 엔젤은 직업이 두 개였다. 가끔은 세 가지 일을 할 때도 있었다. 불쌍한 페를라는 어두운 아파트에서 고생을 했다. 그녀는 그저 멕시코로 돌아가고 싶었다. 엔젤이 왜 이토록 미국에 집착하는지 이해할 수가 없었다. 이건 더 나은 삶이 아니었다. 적어도 고향에서는 더불어 사는 이웃이 있었고, 웃음이 있었다. 심지어 희망도 있었다. 티후아나에서는 파티를 하고 싶으면, 길 한가운데에다 모닥불을 지필 수 있었단 말이다.

하지만 여기서는 멕시코보다 더한 외로움과 허기만이 있을 뿐이었다. 이곳은 더 나빴다. 그녀 주변의 모든 이들은 산더미 같은 음식과 옷과 술과 좋은 속옷과 담배와 돈과 초콜릿과 과일을 쌓아두고 그 안에서 뒹굴어댔다. 그런데 그녀는 얇은 닭고기를 저미고 한 줌 되는 쌀로 한창 자라나는 남자애 셋과 남편을 먹여 살릴 방법을 찾아야 했다. 미니는 어쩌냐고? 그 애는 페를라처럼 굶을 수 있었다. 뚱뚱한 멕시코 여자애는 아무짝에도 쓸모가 없으니까.

당시 페를라를 구해준 건 브라울리오와 기예르모였다. 그 애들은 거칠고 아주 재미있었다. 기예르모는 무척이나 적절하지 못한 때 그녀에게 치근덕거렸다. 바로 페를라가 스스로 뚱뚱하고 축 처지고 늙어버렸다고 생각했을 때. 그 애는 페를라의 뒤에서서 귓가에 대고 이렇게 속삭여댔다.

"이모 때문에 나 후끈 달아올랐어!"

그녀는 웃으면서 기예르모를 때렸지만, 그 애가 자기에게 기대 올 때 뜨거운 간지러움 역시 함께 느꼈다. 아, 안 돼. 나쁜 놈 같으니. 하지만 그녀도 한두 번 조카를 엉덩이로 민 적이 없지는 않았다.

남자애들은 그 공간이 무슨 궁전이라도 되는 것처럼 달려들어서 TV를 크게 틀어놓고 소파에 벌렁 누워 고래고래 소리를 지르며 칭찬을 해댔다. 그 애들은 언제나 페를라에게 줄 담배를 가져왔다. 그리고 초콜릿도. 그다음엔 돈도 가져왔고, 페를라는 엔젤 몰래 그걸 숨겼다. 브라울리오가 열여섯이 되어 마약을 팔고 돈을 챙겼을 때, 아들은 엄마를 끌고 나와 차에 태우고 드라이브를 했다. 그녀는 이 애들이 어디서 이토록 많은 담배를 가져오는 건지 알 수가 없었다.

* * *

인디오는 달랐다. 언제나 초연했다. 어린애들을 대할 때는 언제나 엄격하고 무정했다. 그리고 모종의 이유로 빅 엔젤에게 언제나 심하게 화를 냈다. 그는 양아버지가 자신에게는 너무 심하게 굴면서 어린 동생들은 왜 오냐오냐 키우는지 결코 이해하지 못했다. 빅 엔젤은 처음에 돈 안토니오가 되려 했다. 그 모습 말고 아는 게 또 뭐가 있겠는가? 그래서 그 역시 인디오의 등을 허리띠로 채찍질했다. 하지만 인디오는 벌써 빅 엔젤만큼이나 몸집이 컸다. 그래서 빅 엔젤이 두 번째로 채찍질을 해야겠다고 마음먹은 순간, 빅 엔젤의 얼굴에 주먹을 날렸다.

"나는 네 아버지야!"

엔젤이 소리쳤다.

"아저씨는 우리 엄마랑 자는 놈일 뿐이야. 난 아버지 없어."

엔젤이 팔을 잡자, 인디오는 그의 얼굴에 침을 뱉었다.

* * *

빅 엔젤이 로마스 도다라스에 집을 빌렸을 때, 페를라는 무척 놀랐다. 엔젤은 잠시 회사 사장에게 무언가를 받아와야 한다고 그녀에게 말했다. 그는 낮에는 비질을 하고, 밤에는 부동산 중개를 공부했다. 백만 가지나 되는 그의 직업 중 하나였다. 페를라는 집밖으로 나가는 걸 좋아하지 않았지만, 엔젤은 그녀를 살살 구슬려 결국 같이 차를 타고 나가게 되었다. 애들은 그 집 안에서 두 사람을 기다리고 있었다. 이게 무슨 일인지 드디어 알아차린 페를라는 그 자리에 주저앉았다. 아들들은 그녀를 의자로 끌어 당겨 앉혔다.

"아이고, 주님! 여보! 아이고, 주님!"

그리고 머지않아 인디오는 집을 나가 '친구들'과 더 많이 시간을 보내게 되었다.

이윽고 글로리오사와 기예르모가 이 집에 들어와 그들과 함께 살았다. 곧이어 랄로는 브라울리오와 기예르모가 아주 닮았다는 걸 알아차리기 시작했다. 우선 둘은 문신을 새겼다. 그리고 돈이 있었다. 다음으로 둘은 침실에 총을 숨겼다. 그들은 랄로를 잡아다가 싱크대 아래 찬장에 넣고 빗자루를 찬장 문에 꽂아 가둬두기를 좋아했다. 그들은 양말에 풀을 채운 다음 그 안에 수증기를 불어넣었다.

남자애들은 빼빼 말랐지만 인디오만은 예외였다. 그는 태생부터 남달랐다. 그는 근력을 키울 기회를 절대로 놓치지 않았다. 그의 팔을 보면 누구나 반해서 목숨을 바칠 정도였다. 그는 하루에 2백 개씩 윗몸일으키기를 했다. 주말마다 집에 와서는 미니를 등에다 앉혀놓고 팔굽혀펴기도 했다.

집은 점차 말도 안 되는 느낌이 들기 시작했다. 사람이 너무 많이 들어차서 숨 쉬기조차 어려웠다. 공기가 남아나지 않는 것만 같았다. 이 좁은 집이 어쩜 이렇게 항상 난리인지 알 수가 없었다. 빅 엔젤이 일을 마치고 집에 오면, 그는 푹 꺼진 소파에 랄로와 브라울리오와 함께 앉았다. 미니는 아버지의 맨발 사이 바닥에 앉아서 발가락 사이에 무좀 방지 파우더를 발랐다. 글로리오사는 낡은 안락의자에 앉았다. 이제 남은 장소라곤 구석뿐이었는데, 그 바닥에는 브라울리오가 철길에서 구해 온 개가 있었다. 인디오는 거기 앉아 멍하니 TV를 보았고, 빅 엔젤 쪽은 절대로 돌아보지 않았다. 기예르모는 주로 뒷방에 머무르며 만화책을 보았다. 페를라는 주방 싱크대에 등을 대고 섰다. 그리고 인스턴트 커피를 마셨다. 투덜대며 담배를 피우기도 했다. 미니를 뺀 모두 담배를 피웠다. 하지만 곧 미니도 흡연을 배우게 될 것이었다.

빅 엔젤은 초과 근무를 하면서 점점 어둡고 말수가 적어졌다. 그는 이제 내셔널 시티 위쪽에 있는 빵집에서 일했다. 그래서 집에 올 때 오래된 도넛을 가져올 수 있었다. 애들은 도넛을 먹게 되었으니 부자가 된 거라고 생각했다. 브라울리오와 기예르모는 그전까지는 한 번도 젤리 도넛을 먹어본 적이 없었으니까. 빅 엔젤은 빵집 근무복을 갈아입자마자 밖으로 나가서 샌디에이고 시내에 있는 회사 건물 청소를 했다. 그런 다음에는 컴퓨터 프로그래밍 야간 수업을 들었다. 그가 자정이 넘어서야 침대에 자러 들어가면, 아내와 딸이 코 고는 소리가 들렸다. 그리고 6시가 되기 전에 일어나 또 도넛을 만들러 나갔다.

그는 예전에 일했던 부동산 회사의 중개업자를 통해 그 집을 1만 8천 달러에 샀다.

그때쯤 리틀 엔젤의 어머니인 베티에게 쫓겨나 자기 집을 빼앗긴 안토니오 할아버지가 이사를 왔다. 빅 엔젤은 아버지와 결국 이렇게 화해하게 될 거라고는 상상도 하지 못했다. 더군다나 아버지에게 거처를 마련해주게 될 줄이야. 하지만 안토니오 할아버지가 그 집에 들어와 살게 되자, 인디오는 다시는 돌아오지 않았다. 페를라와 미니는 인디오를 만나고 싶을 때마다 팬케이크하우스에 가서 그를 만났다. 아니, 머리가 왜 저래! 게다가 귀걸이도 했네.

하루는 페를라가 탁자 맞은편에 앉은 아들의 손을 꼭 붙잡고 말했다.

"아들아, 너 혹시 퀴어니?"

그와 미니는 서로를 바라보다가 결국 웃음을 터뜨렸다.

* * *

엔젤과 돈 안토니오는 식탁에 앉아 우아하게 서로를 무시한 채 블랙커피를 마시면서 몇 시간이나 긴장된 시간을 보내곤 했다. 돈 안토니오가 보기에 커피에다 크림과 설탕을 넣는 것은 디저트지 남자들이 마실 만한 음료는 아니었다. 엔젤은 마침내 아버지보다 우월감을 느꼈다. 그는 아버지가 자기 부인의 침대에서 미국 여자들과 자다가 쫓겨났다는 걸 알고 있었다.

"나는 네 엄마를 사랑했다."

돈 안토니오는 이렇게 말했다. 하지만 그는 아메리카가 이 집에 오면 뒷방에 숨어버리는 처지였다.

"그럼 왜 우리를 두고 떠났어요?"

"난 모른다."

담배에 또 불이 붙었다. 페를라는 가까이 가지 않았다. 그녀는 이 노인이 무서웠다. 이 늙은이가 언젠가는 밤에 자기 방에 들어올 것 같았고, 시아버지와 싸워야 할 상황이 올까 봐 무서웠다. 남편에게 또 마음 아픈 일이 벌어지는 걸 원치 않았기 때문이다. 그래서 미니를 시켜서 할아버지를 감시하게 했다.

"아들아, 난 배우면 배울수록 더 모르겠구나."

"그래요?"

"나이가 들면 지혜로워질 거라고 생각했지. 하지만 내가 얼마나 멍청한지만 깨닫게 될 뿐이야. 내가 운전도 못 할 정도로 너무 멍청해지면, 그냥 무덤에 묻어버려라."

"아버지. 그 정도로 나쁘지는 않아요."

"글쎄다, 얘야. 나는 아직도 여자의 집 계단까지 올라갈 수는 있긴 하지. 하지만 내 거시기는 서지 않을 거다."

"그렇군요."

엔젤은 이렇게만 대답했다.

하지만 그는 죽을 병에 걸릴 때까지 그 말의 의미를 깨닫지는 못할 것이다. 그리고 침대에 누워 잠이 안 올 때면 이 대화를 계속 떠올렸다. *나는 내가 얼마나 멍청한지 배우고 있는 중이야.*

* * *

그는 다시 손쉽게 몸으로 돌아왔다.

페를라는 곁에서 코를 골았다. 어디 언덕길이라도 달려 내려가고 있는 것처럼 양팔과 양다리를 굽힌 채로 매트리스 위를 날고 있었다. 그는 아내의 엉덩이를 톡톡 두드렸다. 입술 위에 닿는 이불의 가장자리 느낌이 좋았다. 몸을 모두 다 덮은 느낌은 빡빡하니 안전하게 느껴졌다. 동이 트기 전의 새벽녘이 제일 좋았다. 그때는 죽어가고 있다는 게 생각나지 않으니까. 잠시 그는 자신에게 미래가 있다고 생각했다. 그리고 과거를 음미했다.

오늘, 그 과거의 맛은 스카치 캔디 맛이었다.

*

기념일

✴

파티 날 아침

• **오전 8:00**

준비할 시간이 되었다.

리틀 엔젤은 소파에 누워서 마리루의 거실 건너편 창문으로 아침이 꾸물꾸물 기어오는 광경을 바라보았다. 모든 것에서 달콤한 파우더 향수 냄새가 났다.

형제자매들은 모두 리틀 엔젤이 체제를 교란하고 있다고 생각했다. 문화의 도둑. 가짜 멕시코인. 무엇보다도 미국 놈 같았다. 그도 그 점을 알았다. 누나가 자신을 두고 '반쪽 미국 놈 멕시칸'이라고 부르는 것도 들은 적이 있었다. 마치 「그랜드 게임」*에서 '어떻게든 멕시코인 되기'를 경품으로 받은 것처럼. '어떻게

* 미국의 장수 TV 퀴즈쇼로, 문제를 맞히면 금액에 해당하는 식료품을 경품으로 받는다.

든 멕시코인 되기'라는 게 캘리포니아의 로즈 퍼레이드*에 등장한 탈것이라도 되는 것처럼. 하지만 그가 뭐라 하겠는가? 그들에게 자신은 언제나 '타코 장수'나 '웨트백'**이라는 소리를 듣는다고 말할까? '입에서 부리또 냄새나는 놈'이란 소리를 듣는다고 할까? 그런 말을 하면 분명 다들 비웃을 것이다. 어렸을 때 데이트했던 멕시코 여자애들 명단을 만들어야 할까? 그가 스페인어로 쓴 시를 보여주어야 하나?

스페인어! 그의 가족은 심지어 그에게 스페인어로 말을 걸지도 않았다. 그가 스페인어를 쓰려 해도, 그들은 고집스레 영어로 대답했다. 심지어 리틀 엔젤이 자기들만큼이나 스페인어를 완벽하게 구사한다는 걸 알면서도 그랬다. 그들의 자녀들보다도 잘한다는 사실을 안단 말이다. 양측 모두 증명해야 할 것이 있었는데, 양측 모두 그게 뭔지 몰랐다.

그들은 리틀 엔젤이 북부에 있는 창백한 개새끼들의 세상을 더 편하게 여긴다는 걸 못마땅하게 생각했다.

그들은 리틀 엔젤이 영어와 스페인어를 함께 쓰며 자라서 둘 다 잘하게 되었다고 여겼다. 게다가 리틀 엔젤의 영어와 스페인어에는 모두 어색한 억양도 없었다. 어휘도 풍부하게 구사할 게 분명했다. 그는 모든 걸 너무 쉽게 얻었다. 원하는 건 뭐든지 말이다. 심지어 그들의 아버지마저도 쉽게 얻었지.

---

* 매년 1월 1일 로스앤젤레스에서 열리는 퍼레이드로, 생화로 아름답게 장식된 꽃마차와 밴드가 행진한다.

** 밀입국 멕시코인을 낮잡아 이르는 말.

가족들은 크리스마스가 되면 리틀 엔젤이 화려한 장난감과 라디오와 자전거를 한 아름 받는 파티를 벌일 거라 상상했다.

유튜브에서 리틀 엔젤의 강의를 본 적도 있었다. 한 번도 들어 본 적 없는 멕시코계 미국인 작가들에 대한 수업이었다. 그들은 리틀 엔젤이 자신들의 억양을 흉내 내고 있다는 걸 알았다. 그리고 자신들의 아버지에 대해 존경심이 없다는 것도 알아냈다. 음, 어쩌면 라틴계 문학 수업 시간에 그의 아버지를 부성이라는 관점에서 '정자 기증자'라고 부른 건 경솔했을지도 모른다. 리틀 엔젤은 그 점을 인정했다.

가족의 약점에 대한 이야기를 들으면서, 리틀 엔젤은 자신이 가족들을 기념하고 있다고 믿었다. 그는 자신이 가족의 삶을 목격한 증인이 되는 데 부담을 느꼈다. 그들이 살아온 나날의 가장 시답지 않은 세세한 부분이야말로 그에게는 어쩐지 신성하게 여겨졌다. 자신은 미국 문화에 속한 사람이니, 멕시코 문화 속에서 살아가는 가족들의 자그마한 순간이 보이는 거라고 생각했다. 하지만 가족들은 자신이 보는 걸 보지 못하더라도, 서로를 바라보며 그 안에 비치는 저마다의 인간적인 모습을 발견할 거라고 믿었다.

리틀 엔젤은 전혀 모르고 있던 그 순간, 시내 저 건너편에서는 빅 엔젤이 다시 몸속으로 들어와 있었다. 그는 티후아나에 있는 아버지의 묘소를 방문한 다음 라파스에 있는 그들 가족의 집, 이제는 무너져서 회전초만 무성히 핀 그 옛날의 집까지 다녀온 참이었다. 그리고 물론 라 글로리오사의 침실에 들어가서 그녀의 꿈을 엿보는 관음증적인 순간도 있었다.

* * *

라 글로리오사는 일찍 일어났다. 왜 사람들이 그녀가 매번 늦는다고 생각하는지 알 수가 없었다. 호로새끼들. 그녀는 보통 다른 사람들보다 먼저 일어났다. 다만 이렇게 멀쩡해지는 데 시간이 걸릴 뿐이다. 일어나자마자 침대에서 벌떡 내려온 상태로 이 가족의 유명인이 납셨소, 하며 나타날 수는 없는 노릇 아닌가. 아, 절대로 그럴 수 없지. 그녀는 정해진 시간에 맞추어 도착하지는 못했을지 모르지만, 그래도 자신이 도착하는 그 순간을 다들 영원히 기억하게끔 만드는 걸 잊지 않았다.

그녀는 혼자 잘 때도 언제나 아름다운 것들을 걸치고 침대에 누웠다. 오늘 아침에는 검은 레이스가 달린 빨간 테디*를 입은 채로 일어났다. 백 퍼센트 실크 재질의 부드러운 속옷이었다. 테디는 아주 부드러워서, 그녀는 손으로 자기 갈비뼈를 덮은 그 천을 쓸어보는 걸 무척 좋아했다.

머리는 엉망이었지만, 엉망인 그대로가 좋았다. 어젯밤엔 가면을 벗어버렸다. 매일 밤 그렇듯이 말이다. 그녀는 화장기 없고 속눈썹도 떼어버린 얼굴을 보는 걸 좋아하지 않았다. 신경 쓰지 않은 얼굴은 부은 채로 보잘것없어 보였다. 그리고 입술은 매일

* 슈미즈와 팬티로 된 여성용 내의.

밤 사라졌다. 입술에 황홀한 마력을 주려면 립스틱을 두 단계로 칠해야 했다. 키스의 중심이 되는 가운데 입술은 탐스럽게, 그리고 무언가를 제안하는 듯한 입꼬리는 어둡게. 저 입속으로 쓰러지게 될 거라고 남자들이 느끼도록.

"리피스티키."

그녀는 화장이라는 인위적인 도움을 받기는 해도 그 때문에 자신의 아름다움이라는 가치가 손상되지는 않는다는 걸 알았다. 「모나리자」 역시 아름다운 액자에 담겨 있잖아, 아닌가? 그녀의 얼굴이 가진 진정한 특성을 인위적으로 좀 더 꾸미면 보는 사람의 이목을 끌 수 있는 것이다. 그랬을 때, 그녀의 아름다움은 숨어 있던 순금같이, 보는 이들에게 드러난다.

눈꺼풀을 구릿빛으로 살짝 바르고 정확하게 아이라이너를 그리면 눈매에 대단한 마법이 일어난다. 그 검은 선 위로 푸른 선도 보일 듯 말 듯 그렸다. 그리고 마스카라를 바른다. 이것이야말로 그녀의 비밀 무기였다. 물론 그녀가 품은 전반적인 놀라운 아름다움은 차치하고 말이다. 가끔은 눈화장을 시작하기가 어려울 때도 있었다. 그러면 머리에 스카프를 살짝 묶고 선글라스를 낀 다음 바닷가를 따라 자유롭게 다니는 것도 재미있었다.

"섹시한 애."

그녀는 스스로에게 말했다. 자기 모습이 아주 예쁘다는 걸 알았으니까. 그걸 스스로에게 알려주는 게 자신의 임무였다. 그녀는 몸을 쭉 폈다. 이두박근도 아름다웠다. 하지만 팔 뒤쪽 살이 축 늘어진 걸 보자 화가 났다.

"좋아All righty."

그녀는 영어로 말했다. 하지만 r 발음은 스페인어식으로 혀를 굴렸다. 'Rrrrighty'라고.

화장을 시작하기에 앞서 당연히 오랫동안 샤워를 했다. 요즘 물 부족이라는데 미안하군. 하지만 샤워는 뜨거운 물로 오랫동안 해야 하는 법이다. 다리를 제모하고, 프랑스제 샴푸로 머리를 감는다. 록시땅 컨디셔닝 크림을 바른 다음, 복숭아 아몬드 비누를 쓰고, 세안용 밀크 클렌징 한 병도 잊지 않는다. 얼굴에는 절대로 비누칠을 해선 안 돼! 각질과 보습 스크럽이 이어졌다. 그녀는 가족의 다른 여자들처럼 늙어 보일 생각이 없었다. 나이가 드는 것이야 어쩔 수 없겠지만, 자신은 모든 이들의 기억 속에 자매 중 가장 어린 여자로 남을 참이었다.

그녀가 어렸을 때, 사람들은 귀여운 여자애를 가리켜 '망고'라고 했다. 그녀는 아직도 과즙미가 넘쳤다. 혀에 착 감겨드는 신선한 망고 과육을 좋아하지 않는 사람이 어디 있겠어?

샤워를 끝낸 그녀는 몸에 오일을 바르기로 했다. 라 글로리오사는 화장 전 몸 구석구석 오일을 바르고 얼굴과 목에 부드러운 비법 물약을 두드려 바르지 않으면 절대로 외출하지 않았다. 비밀스러운 부분에는 가장 짙은 향수를 뿌렸다. 그녀가 미모를 유지하는 일급 비밀은 다음과 같았다. 잠자리에 들 때 턱과 눈 아래 페닐레프린*을 바르는 것이다. 완벽한 미모를 위해서는 무언

* 충혈 제거제, 동공 확대, 혈압 상승, 치질 완화에 사용되는 약물.

가를 희생해야 하는 법이니까.

젊은 여자애들은 왁싱을 하러 갈 거라고 글로리오사에게 말했다. 왁싱이라고? 미쳤구나. 라 미니는 출라 비스타에 있는 '프리티 키티 살롱'이라는 곳에 간단다. 프리티 키티라니! 생각한다는 게 겨우 그거야? 만사에는 한계라는 게 있는 법이다. 미니가 그녀에게 10달러 할인 쿠폰을 준다 해도, 필리핀 애들이 그녀의 '키티' 위에 왁스를 바르게 둘 생각은 전혀 없었다.

"제발 그러지 좀 마!"

그녀는 큰 소리로 외쳤다.

그녀는 뜨거운 물줄기를 등에 맞았다. 모든 게 아팠다. 나이 들면 생각지도 않은 곳이 녹이 슬고 쑤셔온다고 아무도 말해주지 않았다. 엉덩이도 아프고, 머리도 아팠다. 수증기 사이로 숨을 쉬었다. 두통 때문에 두려웠다. 왼쪽 가슴 아래도 아팠다. 갈비뼈 사이 말이다. 이 작은 아픔들이 너무 무서웠던 나머지, 그녀는 아무에게도 아프다는 말을 하지 않았고, 스스로도 고통을 좀처럼 인정하려 들지 않았다. 심지어 하느님께도 털어놓지 않았다.

그녀는 스치고 지나가는 리틀 엔젤에 대한 생각을 무시했다. 뒤에서 뻗어와 젖가슴을 들어 올리던 손길. 그녀의 갈비뼈에서 느껴지는 아픔을 줄여주었지. *안 돼.*

그녀는 아들이 태어났을 때 생긴 아랫배의 흉터를 쓸어보았다. 이 상처 때문에 누군가는 자신의 벌거벗은 모습을 보았다는 생각에 겸연쩍어졌다. 불쌍한 그녀의 아들. 하나밖에 없던 아들. 그녀는 뜨거운 물을 편안히 맞으며 울었다.

기예르모. 아, 귀여운 기예르미토. 낯선 이들이 그 애를 다섯 번이나 쏘았다. 왜? 10년 전의 일이었지만 매일 아침 그녀는 아들에게 속삭이며 아들을 위해 울었다. 아들이 몇 살이든 그녀에게는 언제나 귀여운 아기였는데. 그 애는 살아날 수도 있었을 것이다. 무척 튼튼한 아이였으니까. 살아날 수도 있었단 말이다. 하지만 총잡이들이 돌아와서는 아들의 아름다운 얼굴을 쏘았다. 왜, 대체 왜…….

그 애와 브라울리오는 어두운 가로등 불빛 아래 함께 피 웅덩이를 이루며 죽었다. 브라울리오는 거리를 노려보는 모습이었고, 기예르모는 눈, 아니, 얼굴이 없는 채로 쓰러졌다. 사람들은 핸드폰으로 사진과 동영상을 찍었다. 두 아이의 손가락은 닿을 듯 말 듯했다.

라 글로리오사는 손으로 얼굴을 가린 채 기도하듯 무릎을 꿇었다. 손가락 사이로 흐느낌이 새어나왔다.

* * *

• **오전 8:30**

샤워를 마치고 나온 리틀 엔젤은 깜짝 놀랐다. 마리루가 좋은 커피 두 잔과 스콘을 사왔기 때문이다. 그는 허리에 수건을 두른 채로 나와 누나를 안아주었다. 그녀는 기분 좋게 말했다.

"오오, 너 지금 누나를 유혹하는 거니. 나가 죽어버려."

그는 자리에 앉았다. 이건 그들 사이에서 아주 오래된 우스갯소리였다. 리틀 엔젤이 누나를 처음 만난 건 열 살 때였다. 티후아나 남쪽에 있는 해변에서 만났지. 돈 안토니오는 아들을 채비시켜 차에 태우고 샌디에이고에서 남쪽으로 차를 몰아 국경을 넘어 해변으로 내려갔다. 그는 이 해변을 사랑했다. 해변 이름은 메디오 카미노로, 티후아나와 엔세나다 사이로 고속도로를 타고 가다 보면 나왔다. 리틀 엔젤은 이 해변이 자기들 것이라고 오랫동안 믿었다. 돈 안토니오가 언제나 자신의 해변이라고 불렀기 때문이다. 고속도로를 따라 큰길달리기새들이 돌진해왔다. 그리고 음침하고 어두운 낯빛의 카우보이들이 해변을 따라 말을 타면서 10페소나 20페소를 받고 말을 태워주기도 했다.

하루는 빅 엔젤과 다른 형제자매들이 이모의 손을 잡고 그곳에 왔다. 거기에는 리틀 엔젤보다 나이가 많고 키도 큰 창백한 얼굴의 소녀도 있었다. 검은 원피스 수영복을 입은 소녀는 하얗고 긴 다리에 검은 머리를 늘어뜨린 채로 눈부시게 빛났다. 그리고 몸매도 좋았다. 열 살이었던 리틀 엔젤은 여자의 가슴에 아주 민감하게 반응하던 참이었다. 그래서 그만 사랑에 빠졌다가…… 이 유혹적인 요정이 자신의 누나라는 청천벽력 같은 소리를 듣게 되었다. 대체 누나는 어디에 있다 불쑥 나타난 건가? 이게 무슨 더러운 장난이란 말인가.

가족은 이 일을 두고 수십 년째 그를 비웃어댔다.

그녀는 돈 안토니오가 빅 엔젤과 함께 막냇동생을 파도로 끌고 가는 모습을 지켜보았다. 리틀 엔젤은 수영을 못했다. 그리고 파도를 무서워했다. 안토니오는 아들의 팔을 잡았다. 형은 다리를 잡았다. 그들은 아이를 휘휘 돌리다 파도에 던져버렸다. 꼬마는 울었다. 그러다 파도 위로 떠오르면 다시 잡아다가 또 물에 던져버리는 것이다. 몇 번이고, 계속해서 말이다.

"수영하는 법을 배워라. 그러면 안 던질 테니까."

아버지는 그렇게 말했다.

큰형은 내내 웃어댔다.

그래서 마리루도 웃었다. 처음에는 말이다. 하지만 결국에 가서는 손으로 입을 틀어막고야 말았다.

그가 물에서 가까스로 나와 도망치려 하자, 두 남자는 그를 붙잡아다 다시 물에 던졌다. 몇 번이고 계속해서.

리틀 엔젤은 그날의 기억을 떨쳐버리려고 고개를 저으며 미소를 지었다. 스콘을 먹고, 커피를 마셨다.

"이야. 이 커피 정말 좋은데."

"진짜 커피라서 그런가 봐."

그녀는 대답했다.

마리루는 히죽 웃었다. 온 가족은 안토니오와 아메리카의 이상한 신념을 그대로 물려받았다. 바로 인스턴트 커피는 기적과도 같다는 믿음 말이다. 그 세대 멕시코인들은 뜨거운 물에 커피 가루 한 숟갈을 넣고 저은 다음 스푼을 컵 주변에 부딪치며 딸랑딸랑 소리 내는 걸 좋아했다. 그러면 아주 섬세하고도 마법 같은 일이 벌어지기라도 하는 것처럼. 커피 브랜드는 네스카페와 카페 컴베이트였지. 그런 다음 카네이션표 무가당 연유를 붓는다.

그러면서 자신들이 무슨 제임스 본드 영화 속 주인공이라도 된 것처럼 생각하는 것이다. 문화의 격변기를 앞서 사는 사람들이라도 되었다는 듯이. 어쩌면 그냥 커피 주전자와 그라인더를 이용해서 커피를 만드는 게 너무 귀찮았을지도 모르고.

"난 형의 생일에 진짜 커피를 가져가야겠다고 생각해. 스타벅스에서 한 상자 사야겠어."

리틀 엔젤이 말했다.

마리루는 스콘을 두 개째 먹었다. 칼로리 따위는 개나 줘.

"너 옷 안 입을 거니?"

"어. 그냥 다 벗고 갈까 싶은데."

그녀는 자그마한 주방으로 가며 말했다.

"그럼 파스 눈에 띄지 마."

그는 누나의 아침 식사 조리대에 55도 각도로 기대어 서서 팔굽혀펴기를 몇 번 했다. 자신이 얼빠진 캘리포니아 사람 같단 생각이 들었다. 마리루는 계속 말했다.

"파스, 그 못생긴 년."

또 시작이군.

"우리는 서로 쳐다보지도 않아."

마리루가 말했다. 리틀 엔젤은 고개를 끄덕이며 조리대에서 몸을 떼고는 커피를 마셨다.

"나도 알아."

그는 토크쇼 패널이 낼 법한 동정심 가득한 목소리로 말했다.

"너 장례식장에서 봤니? 걔가 내 옆에 오려고 하지도 않는 거?"

"아니."

"너도 알잖아? 걔가 나를 얼마나 무시하는지?"

그들은 모두 파스를 멀리했다. 파스를 가리키는 암호명은 '파주주'였다. 「엑소시스트」에 나오는 악마 말이다. 그녀는 테킬라를 마시면 고개를 빙그르르 돌렸고, 그러면 누군가는 무참하게 공격당했다. 저러다 진짜 엑소시스트 악마처럼 사람에게 토사물을 쏘아대는 것도 가능할 것 같았다.

"게다가, 걔는 불쌍한 레오를 미워해."

마리루가 덧붙였다. 또 나왔군. 레오. 사자를 상징하는 남자. 그놈 말이군.

"그래?"

리틀 엔젤은 부드럽게 대꾸했다.

불쌍한 레오는 마리루의 전남편이었다. 가족들은 좋았던 시절의 향수 속에서 그를 추억하며 계속 자기들 무리에 끼워주고 있지만, 사실 그런 시절은 있지도 않았다. 어쩌면 그의 뒤에서 뒷담화로 난도질할 기회를 갖고 싶어 그러는지도 모른다. 두 가지 경우 모두 똑같이 만족스러운 답이었다.

그래서 둘이 이혼한 다음에도 레오는 마리루를 댄스 파트너로 데려갔다. 그리고 가족의 가장 악명 높은 신년 파티에서도 레오는 살아남았다. 그 파티는 술에 취한 파주주가 계속해서 그의 따귀를 때리고 비명을 지르는 것으로 끝이 나버렸다.

"이 개새끼야!"

그러자 마리루는 얼른 달려가 그를 구해주며 고함을 질렀다.

"이이는 어린애가 아니라고!"

"그 신년 파티 때는 왜 그렇게 개판이 되었던 거야?"

리틀 엔젤이 물었다.

"걔가 글쎄, 레오가 자기 거기를 보여줬다는 거야! 주방에서!"

"알았어. 물어본 내가 잘못했어."

"내가 말한 거기가 어딘지 넌 알겠지? 응?"

"그만해."

"거시기 말이야."

"그래. 췌장이 아니란 건 알겠어."

"엔젤. 나 장난하는 거 아니야. 레오는 고추가 정말로 작아."

"대체 뭔 소리야!"

그녀는 엄지와 검지로 3센티미터 정도 길이를 만들었다.

"이만하다고."

"그만하라고."

"도토리 크기야."

"그만!"

"그래서 나한테 보여주는 것도 좋아하지 않는단 말이야. 그런데 그 여자한테 보여줄 리가 없잖아."

리틀 엔젤은 의자에 등을 대고 앉아서 더없이 절망적인 신음을 내뱉었다.

* * *

• **오전 7:00**

미네르바 에스메랄다 라 미니 마우스 데 라 크루스 카스트로는 침대에 누운 채로 다가오는 아침을 두려워하는 중이었다. 이제 모든 게 자신에게 닥쳐오겠지. 모든 게 완벽하기를 바랐다. 아버지의 마지막 생일이니까.

엘 티그레는 홀딱 벗은 채로 그녀 옆에 대자로 누웠다. 베개로 얼굴 윗부분을 가린 채였다. 오른쪽 어깨에 보이는 줄무늬 문신은 가슴과 젖꼭지 주변까지 뻗어 나갔다. 미니는 시트를 들어 올리고서 그의 슬프고도 작은 거시기를 빤히 바라보았다. 거시기는 술에 취한 것처럼 축 처져 있었다.

"어이, 대물 아저씨. 일어났어?"

미니는 그곳을 보랏빛 손톱으로 쿡쿡 찔렀다. 그러자 거시기가 움직였다. 음, 대물은 아직 죽지 않았군.

"타이거."

그는 코를 훌쩍였다.

그녀는 팔꿈치로 몸을 받치고서 그의 젖꼭지가 발딱 일어설 때까지 손톱으로 만지작거렸다.

"이봐. 또 달아오르게 하네. 조심성 없이."

그녀는 젖꼭지 쪽으로 고개를 숙이고서 혀를 내밀어 유두를 뜨겁게 핥았다.

"이야, 이 아가씨 보게."

이번에 미니는 그곳을 깨물었다.

"야!"

"왜? 나 귀 안 먹었어."

미니는 그의 유두를 빨았다.

"젓꼭지 맛이 좋네요, 대물 아저씨."

"말이 씨가 되는 수가 있어."

"나 참, 계속 말만 할 거야? 아님 할 거야?"

"아가씨, 아주 좋은데."

"알면서."

"그럼 각오해. 간다."

그는 미니에게 올라탔다.

일을 치르고 난 뒤, 그녀는 커피를 끓였다. 그런 다음 그가 샤워하는 동안 몰래 빠져나갔다.

* * *

미니는 빅 엔젤과 페를라의 집에서 약 8킬로미터 떨어진 곳에 살았고, 응급 상황이 닥칠 때마다 부모님 전화를 받고 달려오는 딸이었다. 밤새도록 응급실과 대기실에 앉아 있던 적이 얼마나 많았는지 모른다. 현관 옆에는 언제든 밤을 샐 수 있도록 싸놓은 가방이 항상 놓여 있었다. 그녀는 운전하며 라디오에서 흘러나오는 케이티 페리의 노래를 있는 힘껏 따라 불렀다. 자신은 강해져야 했다. 하지만 신께서 자신이 얼마나 강하기를 바라시는지 대체 어떻게 알겠는가? 앞을 내다볼 수 있다면, 그것부터 확인했을 것이다. 그리고 지금 그녀는 신의 뜻을 알 것 같다가도 알 수가 없었다.

그녀의 내면은 아직도 열네 살에 집에서 가출했던 소녀에 불과했다. '내가 지금 무슨 생각인 거지? 이제 와서 따져보면 미친 짓이었지만, 그때는 다들 좋은 생각인 것 같다고 했어. 하지만 그렇다고 변명할 수는 없지. 난 이제 손주도 본 몸이야.'

어쩌다 일이 그리됐을까?

* * *

• **오전** 7:50

훌리오 세사르 엘 파토 데 라 크루스는 아들을 데리고 가려고 전처의 아파트에 왔다. 세사르는 별명이 도널드 덕이긴 해도, 만화 캐릭터와는 전혀 다르게 키가 컸다. 슬픈 기색의 검은 눈동자 아래로 다크서클을 달고 다니는 키 190센티미터의 거위 같다고나 할까. 목소리가 이런 걸 어쩌란 말인가. 게다가 다른 사람들보다 더 커 보이고 싶지 않은 마음에 항상 자세는 구부정했다.

그의 아들 이름은 마르코 안토니오였다. 돈 안토니오는 로마 황제의 이름을 따서 아들의 이름을 세사르로 지었고, 그 생각이 손자의 이름까지 이어졌다. 마르코 역시 세사르처럼 키가 컸다. 세사르의 전처이자 마르코의 어머니 이름은 베로였다. 그리고 세사르는 어쩌다가 자신이 파스와 바람을 피워 베로를 배신하고

제 인생을 망쳐버린 것인지 아직도 이해가 가지 않았다. 그는 베로와 재결합하고 싶었지만, 그녀는 면전에다 대고 비웃었다. 그는 마닐라에 있는 외로운 필리핀 여자에게 문자를 보냈던 적도 있었다. 가슴 사진을 보내달라는 그의 빗발친 요청에도, 그 여자는 계속 거절했다.

그는 베로와 바람을 피워서 배신했던 첫 번째 부인 생각은 하지 않았다. 더 이상 또 아내를 맞을 일은 없기를 바랐다. 아내를 네 명이나 두는 건 너무 많잖아. 어쩌면 티후아나식으로 멋지게 이혼한 다음 여자친구로 모두와 사이좋게 지내는 건 어떨까. 그는 자신이 아직도 서른일곱 살 정도로 보일 수 있다고 생각했다. 물론 눈썹을 염색하는 건 도움이 안 되었다.

"안녕, 아빠."

아들이 인사했다. 세사르 엘 파토는 아들을 노려보았다. 착한 멕시코 아이는 어디 가고 이런 외계 생명체가 나타났단 말인가.

그의 아들은 가수였다. 아니, 말하자면 자칭 가수지. 세사르는 아들이 연주하는 '음악'이란 걸 한 번도 들어본 적이 없었다. 아들은 '사탄의 히스패닉'이라는 이름의 가짜 노르웨이 블랙 메탈 밴드에 속해 있었다. 그들에게는 집에서 녹음한 CD가 있었는데, 제목은 「인간 타코—고기 맛을 봐라!」였다. 그리고 '킬링 조크'* 라고 쓴 티셔츠를 입고 다녔다. 마르코가 노래를 부를 때면 악마 바알세붑에게 홀린 쿠키 몬스터처럼 소리를 질러댔는데, 믿을

* 영국의 록 밴드 이름.

수 없을 정도로 어마어마하게 큰 목소리였다. 너무 시끄러워서 아버지는 아들이 피를 토할 거라 예상할 정도였다. 저것은 세사르 엘 파토라는 존재의 최고 단계 진화형이다, 그렇게 생각하기로 했다.

아들은 끔찍한 소리치고는 괜찮은 목소리로 "익스트림!"이라고 고함쳤다.

아들의 머리카락은 두피 위에서 삐죽 솟은 형태로, 웨인 스태틱* 스타일이었다. 그는 그 가수가 죽은 줄도 몰랐다. 팔과 목에는 사인펜으로 타투 그림을 그려놓았다. 그 애는 좀 심하게 행복했다.

세사르는 부드럽게 말했다.

"얘야, 파티 갈 준비는 했니?"

"팬케이크 하우스에서 파티를! **으아아아아치임식스아아아, 쌍년들!"**

"그래, 얘야. 맞아."

"나는 신을 증오해!"

"그래, 얘야."

"나는 죽음이다! 너의 마지막 숨결을 앗아가리라! 이런 씨바-"

"그래, 가서 판케키스 먹자고."

그들은 현대 차 안에 올라탔다.

"너는 스페인어로 노래하기도 하니?"

---

* Wayne Static(1965~2014), 미국의 밴드 Static-X의 뮤지션으로, 빗자루처럼 솟은 헤어스타일로 유명했다.

세사르가 조심스럽게 차를 빼서 자신이 항상 유지하는 시속 65킬로미터로 운전하며 물었다.

"스페인어는 **게!집!년!**들이나 쓰는 말이야!"

세사르는 억지로 미소를 지었다. 그는 아들에게 자신이 얼마나 관대한지 보여주려고 아버지답게 낮은 소리로 껄껄 웃었다. 고지식한 늙은이가 되는 건 무척 두려웠다. 리틀 엔젤이 아이였을 때 세사르는 주말에 동생을 방문하곤 했는데, 그때도 비틀스 부츠를 신고서 그 애한테「헬프!」부르는 법을 가르쳤다.

세사르는 속으로 다른 생각을 했다. 여자, 바로 그게 지금 머릿속에 있던 것이다. 언제나 여자 생각을 했다. 파스랑 결혼을 해버린 상황이니, 여자 생각이 어떻게 안 날 수가 있단 말인가? 그는 이 생각을 너무 많이 한 나머지 종종 고속도로에서 진입로를 놓쳐 한참을 가다가 방금 무아지경에서 깨어난 것처럼 낯선 마을로 가버리곤 했다. 여자들이 자기 속옷을 벗어주는 남자들은 대체 어떻게 그런 걸 다 받는 걸까 알고 싶었다. 톰 존스가 그런 남자였지. 그는 앉은 자리에서 불편하게 자세를 바꾸었다. 그리고 사탄의 히스패닉 아들은 항상 속옷을 받을 거라고 철석같이 믿었다.

그는 마르코 안토니오를 슬쩍 바라보았다. 그러다 아들이 코에 고리를 끼었다는 걸 이제야 알아보았다. 비중격에 달린 고리라니. 마치 황소 같군.

"너 그거 항상 달고 다녔니?"

"뭐?"

"코에 그거."

그러자 사탄의 히스패닉 아들은 손으로 악마의 뿔 모양을 만들어 높이 쳐들었다.

"난 태어날 때부터 이랬어, 아빠."

"그래, 알겠다."

그는 대답했다.

"번개를 타라!"

그들은 팬케이크 하우스 레스토랑 주차장에 차를 세웠다.

"소리 지르면 안 돼, 알았지?"

"알았어, 아빠."

세사르는 그 옛날 미션 베이에서 열린 리틀 엔젤의 생일 파티에 참석한 적이 있었다. 리틀 엔젤은 케이크와 맥주를 준비하고 모닥불을 피웠다. 그 파티에 온 수많은 미국 여자애들은 동생에게 줄 케이크를 만들어 왔었다. 얘는 어떻게 이런 걸 다 가져오게 한 거지? 세사르는 리틀 엔젤이 걔들 팬티도 다 모을 거라고 확실히 믿었다. 세사르는 살면서 이토록 많은 미국 여자애들을 본 적이 없었다. 리틀 엔젤은 그날 밤 세사르가 그의 여자친구에게 산책하자고 유혹한 다음 놀이터 미끄럼틀 뒤에서 그 애한테 오럴섹스를 받았다는 걸 전혀 몰랐다. 그 여자애가 자신을 무너뜨리면서 "냠냠"이라고 말하자, 큰 충격을 받았다. 그리고 남동생이 너무 불쌍해서 슬펐다. 세사르는 그 후로 최선을 다해 리틀 엔젤이 그녀와 결혼하는 걸 막았다. 그건 사랑하는 형으로서 당연히 해야 할 의무였다.

"아, 마르코. 인생이란 참 이상하지."

그가 한숨을 쉬었다.

"아빠. 아빠는 너무 걱정이 많아."

"그래?"

"인간의 갈비랑 와플!"

세사르는 차에서 내려서 잘못된 방향으로 걸어갔다. 그러자 쿠키 몬스터 같은 아들이 그를 데리고 안으로 들어갔다.

* * *

• **오전** 8:45

리틀 엔젤은 바리스타에게 받은 마분지 재질의 커피 가방을 들고 거리를 올라갔다. 질 좋은 콜롬비아 커피 1.8리터였다. 상자에는 하얀색 플라스틱 주둥이가 달렸고, 마개를 비틀어 여는 구조였다. 파티에 가져가려고 감미료 스무 봉지도 슬쩍했다.

미니는 진입로에 있는 정원용 의자에 앉아 있었다. 동트는 태양에 몸 위로 그림자가 졌다. 스키니 진 아래로 빨간 샌들을 신었고, 쇄골이 드러나 보이는 페전트블라우스 차림이었다. 배가 참 따뜻해 보였다. 미니는 씩 웃으며 말보로 담배 연기를 후 뿜었다.

리틀 엔젤은 그녀의 발가락이 죄다 다른 색이라는 걸 알아보았다. 손톱은 보라색 그러데이션이라는 것도.

"삼촌, 안녕."

"발 예쁘네."

"이야, 나 주목받는 느낌 진짜 좋아하는데! 알아봐줘서 고마워."

미니는 삼촌에게 손을 내밀어 언제나처럼 키스를 받았다. 그리고 담배를 쥔 손을 옆으로 뻗어서 리틀 엔젤이 허리를 굽히고 자신을 껴안게 해주었다. 그는 커피 가방을 뒤로 돌려 잡았다.

"삼촌, 사랑해."

"나도 사랑한다, 조카야."

"많이, 많이."

"그래, 그래, 많이!"

차고 안 은신처에 있던 랄로는 차고 문이 열린 틈 사이로 입술을 대고는 말했다.

"어이, 삼촌. 그 폐인을 조심해."

"뭐라고?"

하지만 랄로는 이미 사라지고 없었다. 미니가 말했다.

"그냥 내버려둬."

"그렇군. 아주 우리 가족다워."

"잘 알고 있네."

백마흔아홉 명의 아이들과 개들이 그들 사이를 달려서 마당으로 사라졌다.

"아직도 인디오 오빠가 왔으면 좋겠다는 생각이 들어."

미니는 담뱃재를 털면서 거리를 내려다보았다. 마치 오빠가 당장이라도 나타날 것처럼 말이다.

"종종 생각하는구나. 그러니까, 내 말 맞지? 그거? 그래."

미니는 담배를 한 모금 빨고 리틀 엔젤을 피해 연기를 내뿜고서 말했다.

"우리에겐 정말 안 좋은 일이 있었어, 삼촌."

"무슨 일이 있었던 거야? 아니, 그건 그렇고…… 오늘 안 좋은 일이 딱 하나만 일어난다면 오히려 그게 기적이겠지."

"그치그렇지."

미니는 이렇게 대답했다. 두 단어를 합쳐서 한 단어처럼 말이다. 리틀 엔젤은 교수답게 생각했다. '저걸 합성어라고 봐야 하나.'

"우리 생일 케이크 사는 걸 잊었잖아."

그러다 불현듯 궁금해졌다. *'합성어'라는 말 자체도 합성어인 거지?*

굴속 같은 차고 안에서 랄로의 목소리가 힘차게 울려 퍼졌다.

"뭐 저런 폐인이 다 있나!"

"어?"

리틀 엔젤이 말했다.

"내가 진짜 폐인으로 확 만들어버릴까 보다, 이 멍청아!"

미니는 뒤로 홱 돌아서며 날카롭게 대꾸했다.

리틀 엔젤은 뒷주머니를 톡톡 쳤다.

"지갑에 신용 카드 있다. 내가 가서 사 올게."

"정말?"

"그래, 우리 아가. 내가 알아서 할게. 그러고 싶어."

"고속도로 건너편에 타깃 마트가 있어. 돈 많은 중산층들이 다니는 커다란 타깃 같은 곳이지. 이 길로 한 3킬로미터쯤 가서 다리를 건너면 돼. 마트에 빵집 있거든. 가서 케이크 위에다 멋진 말 좀 써달라고 해."

리틀 엔젤은 이두박근에 불쑥 힘을 주었다.

"그래. 절대로 걱정하지 마. 삼촌이 있잖아."

"삼촌 참 귀엽네."

미니가 말했다.

"아, 뭐야."

"나 사실은 돈 없어. 그러니 삼촌이 도와줘야 한다고."

미니는 씩 웃었다.

"거기 초밥도 팔아."

그녀는 미소를 지으며 리틀 엔젤을 바라보았다. 그는 조카딸을 오랫동안 봐왔지만, 지금 모습은 딱 열 살짜리였다.

"초밥 먹고 싶구나?"

"아이, 삼촌. 그렇게 말하면 내가 이기적인 것 같잖아."

"그래도 먹고 싶잖아."

미니는 고개를 끄덕이면서 자신의 그림자 너머로 미소를 지어 보였다.

"미니, 오늘 할 일 많잖아? 이거 다 네가 진행하지? 그러니 좀 이기적으로 굴어도 돼."

"나는 언제나 삼촌이 참 좋았어."

"네가 제일 좋아하는 게 나잖아."
"그리고 삼촌이 제일 잘생겼어."
그러자 랄로가 새된 소리를 질렀다.
"저 꺽두각시한테만 초밥을 사주다니!"
리틀 엔젤이 말했다.
"랄로, 타깃에서 뭐 사다줄까?"
"캡틴 모건 럼주! 진짜배기로!"
"그래그래."
미니는 고개를 저으며 입 모양으로 말했다. '사주지 마.'
"그리고 매운맛 타키*도."
"알았어."
"아이스크림도."
그러자 미니가 말했다.
"닥쳐 좀. 오빠는 지금도 너무 살쪘어."
"사돈 남 말 하네. 고질라 엉덩이 주제에."
"입조심해. 나 지금 일어나서 곧바로 오빠 궁둥이에다 박아버릴 테니까."
미니가 소리치자 랄로가 대꾸했다.
"너 무거워서 일어나는 데 한 시간 걸리잖아. 하나도 안 무섭네."
리틀 엔젤은 커피를 가지러 안으로 들어갔다.

---

* 치토스와 비슷한 스낵.

***

판 둘세를 곁들인 모닝커피
내 주위를 둘러싼 모든 여인
좋은 직업
칠리와 토마토가 가득 자란 정원

리틀 엔젤은 형을 다시 보러 갔다. 그 방에는 형이 아직도 잠옷 바지를 입고서 참으로 놀라울 정도로, 사납게 말짱한 정신으로 깨어 있었다. 빅 엔젤은 한마디도 하지 않은 채, 자그마한 등대처럼 환하게 웃기만 했다. 그는 어제처럼 자기가 앉은 침대 옆자리를 톡톡 두드렸다. 리틀 엔젤이 올라앉았다.

침대는 둘이 탄 자그마한 뗏목이 되어 커다란 강을 내려가고 있었다.

빅 엔젤이 물었다.

"암의 냄새를 맡을 수 있겠니?"

"난. 아니야. 사실은 못 맡겠어. 형."

"난 내 뼈에서 풍기는 냄새를 맡을 수 있지."

"제길."

"그 냄새 싫다."

"그래. 아니, 내 말은 말이야, 어떻게 싫지 않을 수가 있겠어."

빅 엔젤은 자세를 고쳐 앉고는 베개에 몸을 대며 얼굴을 찡그렸다.

"아프군."
"많이 아파?"
그는 동생을 바라보았다.
"어떨 것 같으냐?"
"내가 바보 같은 질문을 했네."
"이만큼 아프면 이젠 때가 된 것 같다."
왜 그런지 몰라도, 형제는 서로를 보며 씩 웃었다.
빅 엔젤은 구겨지고 형체가 일그러진 공책들을 꺼냈다.
"이건 내가 죽거든 미니와 랄로에게 전해줘라. 알았지?"
리틀 엔젤은 고개를 끄덕였다.
"알았어?"
"알았어."
"까먹지 말고."
"안 까먹어."
"내가 죽으면, 여기 들어와서 수첩을 챙겨 가. 다른 사람은 건드리지 못하게 해."
"어휴, 엔젤 형."
"그리고 애들한테도 곧바로 주지는 마. 시간이 좀 지난 다음에 줘. 까먹지 말고."
"안 까먹는다고." *정신 나간 노인네 같으니라고.* "그런데 그게 뭐야?"
빅 엔젤은 수첩들을 다시 숨기며 말했다.
"이것들은 나야."

그들은 집과 마당에서 아스라이 들려오는 소리를 들었다. 저 뒤에 있는 방에서는 불을 다 꺼놓고 떼를 지어 비디오 게임을 하는 아이들 소리가 들려왔다. 자그마한 개들이 짖어댔다. 그 소리는 가끔 지저귀는 새소리처럼 들리기도 했다. 페를라는 랄로에게 명령을 내리고 있었다.

빅 엔젤이 말했다.

"그런데 우리는 왜 키스한 적이 없지?"

"키스라고?"

"가족끼리는 서로 키스하고 그러잖아?"

"그러니까, *형제끼리 말이야?* 키스를 한다고?"

"왜 안 돼?"

그들은 이 무시무시하고도 새로운 가능성을 곰곰이 생각해보았다.

"그럼 형, 키스하고 싶어?"

리틀 엔젤의 말에 빅 엔젤은 어깨를 으쓱이며 말했다.

"별로 그러고 싶지는 않아. 너도 그럴 테니."

"아니, 그렇다면 해야지!"

리틀 엔젤은 의기양양하게 소리쳤다. 아주 마음에 들고 재치 있는 말을 듣고 모든 관객이 포복절도라도 했다는 듯 말이다.

"형이 방금 그렇게 말했잖아!"

"그래. 이럴 수가."

그들은 나란히 앉아서 팔짱을 끼고서 가족들이 여기저기 소란을 피우며 지껄이는 시답지 않은 소리를 들었다. 랄로는 누군가에게 "폐인!"이라고 외쳤다.

빅 엔젤이 물었다.

"방금 그건 누구냐, 아우야?"

"랄로."

둘 중 하나, 아니 둘 다 중얼거렸다. 그건 뭐든지 다 설명할 수 있는 우주급으로 보편적인 대답이었다.

미니가 소리쳤다.

"꽃밭에서 나가! 엄마! 저 개들이 꽃에다 똥을 싸고 있어!"

형제는 현명한 모습으로 고개를 끄덕였다. 그들은 전화선 위에 앉은 한 쌍의 까치처럼 아침이 그들의 몸을 데우게 두었다.

"미국 놈들은 키스를 하지?"

빅 엔젤이 물었다. 리틀 엔젤은 대답했다.

"하는 사람들이 있지. 그런 사람들 알아. 자기 아버지에게 키스하더라고."

"다들 엄마한테는 하잖아."

"엄마한테 하는 키스는 치지 말아야지. 그건 꼭 해야 하는 거니까."

"맞아, 맞아. 그런데 엄마에게 키스하지 않는 사람은 모를 수도 있으니까"

"그래? 엄마한테 키스하지 않으면 천국에 못 가는 거 아닌가."

잠시 후 리틀 엔젤은 큰형이 자기를 빤히 쳐다보고 있다는 걸 느꼈다. 그는 고개를 돌렸다. 빅 엔젤이 미소를 짓고 있었다.

"사실, 맞아."

"뭐가."

빅 엔젤은 고개를 끄덕였다.

"맞아. 난 해보고 싶어."

리틀 엔젤은 한쪽 팔꿈치를 대고 몸을 일으켜 큰형의 뜨거운 이마에 키스해주었다.

"그렇게 나쁜 기분은 아니네."

빅 엔젤이 말했다.

"그래. 괜찮다니까."

그들은 대화 주제를 바꿔야 했다. 리틀 엔젤이 말했다.

"오늘은 시끌벅적한 날이 되겠군."

"나의 마지막 날이야."

"아, 진짜 왜 이래."

빅 엔젤은 동생의 팔을 잡으며 말했다.

"엔젤, 오늘 밤 떠날 때는 나한테 작별 인사 하지 마."

"안 할게."

"절대로 나한테 작별 인사 하지 말라고."

"안 한다고."

리틀 엔젤은 고개를 돌려버리고 덧붙였다.

"애들이 형 생일 케이크 안 샀대."

빅 엔젤은 크게 웃었다.

"그래서 지금 내가 사러 가야 해."

빅 엔젤이 말했다.

"아우야. 케이크 두 개 사 와라."

"그래. 어떤 걸로?"

"하나는 하얀 크림 케이크. 또 하나는 초콜릿 케이크로. 둘 다 위에 내 이름을 써서. 하지만 안 꺼지는 촛불은 사지 마. 끈 줄 알았는데 안 꺼지면 계속 불 수가 없으니까."

"이제 몸무게는 신경 안 써도 되나 봐?"

리틀 엔젤이 말했다.

잠시 침묵이 흘렀다가, 빅 엔젤이 대답했다.

"이 개새끼가!"

동생이 해준 키스

* * *

세사르 엘 파토와 사탄의 히스패닉 마르코가 진입로로 들어오고 있을 때, 리틀 엔젤은 렌터카를 타고 타깃으로 가려던 참이었다. 세사르는 타고 온 자그마한 빨간 차에서 뛰어내려 리틀 엔젤에게 손짓한 다음 그 차에 올라탔다.

"이야, 차 한번 크네."

하지만 이 말은 스페인어로 했다. *구아우, 케 카로테*Guau. Qué carrote.

데스메탈에 빠진 그의 아들은 정원 의자를 끌어다가 진입로에 있던 미니 옆에 앉은 다음 바로 담배 한 대를 얻어냈다.

"나는 우리 가족이 좋아."

미니의 말에 마르코가 대답했다.

"그러든지."

리틀 엔젤은 커다란 디트로이트 엔진 자동차의 시동을 걸었다. 구아우, 하는 감탄사가 나올 만했다. 이건 자그마한 4기통 일본 차와는 달랐다. 이게 바로 엔진이지.

"우리 어디 가?"

세사르가 물었다.

"생일 케이크 사러."

"아, 그거 좋지! 케이크라!"

그들은 키득키득 웃었다. 둘 다 스팽글리시를 쓰는 걸 좋아했다. 얼마나 재미있는가. 바이크는 바이카라고, 와이프는 와이파라고 하지. 트럭은 트로카, 픽업은 피카라고 한다.

와플은 물론 두 음절 단어다. 리틀 엔젤은 이중모음을 좋아했기 때문에, 와플-레스라고 했다.

돈 안토니오는 스팽글리시를 아주 싫어했다. 아들들은 심지어 어른이 되어서도 돼먹지 못한 국경 지대에서나 쓰는 사투리를 쓰면 아버지에게 혼나곤 했다. 그들은 아버지가 죽은 다음에서야 그가 '트로카'라는 단어를 싫어했다는 게 알고 보면 우습다는 사실을 깨달았다. 돈 안토니오는 트로카의 맞는 말이 '우나 트록'이라고 믿었기 때문이다. 그걸 스페인어라고 생각하다니, 오, 아버지도 딱하셔라.

"기분이 어때, 형?"

리틀 엔젤이 물었다.

"슬퍼."

"나도."

"마음에 안 들어."

"나도 그래."

세사르는 길고 낮은 슬픈 울음소리를 뱉어냈다. 모든 비극이 한꺼번에 닥쳐와 정신이 탈탈 털린 거나 다름없었다. 엄마는 아프기 전까지도 그의 셔츠를 다려주었는데. 이 세상이 온통 슬픔으로 가득 차버렸다. 아스팔트 틈새 사이로 노란 잡초가 조그맣게 피어난 걸 보자 울고 싶어졌다. 아침 하늘에 뜬 달은 창백한 종잇조각 같아서 마음이 울컥해졌다.

그들은 메마른 금속성 빛을 뚫고서 함께 타깃 마트로 향했다. 어제 내린 비의 자취는 벌써 날아가버리고 없었다. 로우라이더 오토바이와 스케이트보드를 탄 시답지 않은 치카노 조무래기들이 맥도날드 옆 먼지 날리는 농구 코트에 모여 섰다. 805번 국도 위에 있는 다리는 좀비 영화에나 나올 것처럼 황량했지만, 그 아래 도로는 꽉 막혔다. 일하러 가는 저 불쌍한 멍청이들과 성당을 빼먹고 스케이트나 타는 젊은 애들 말고는 차를 타고 바깥에 나오기에는 너무 이른 시간이었다.

"이러니까 우리 아버지 돌아가셨을 때가 자꾸 생각나."

세사르는 이렇게 말하며 얼굴을 찌푸렸다.

리틀 엔젤은 그 표정이 참 좋았다. 물론 혐오감과 불쾌감을 담은 표정이었지만, 이거야말로 가족의 위대한 얼굴이었기 때문이다. 쪼글쪼글한 작은 원숭이의 표정이랄까. 바로 마마 아메리카의 모습이 나타난 흔적이다. 그 나이 드신 가모장께서는 자녀들의 얼굴에 본인을 새겨놓았다. 모든 남자는 그 안에 여자 같은 모습이 있다. 다만 그걸 인정할 수 없을 뿐이다.

"그땐 안 좋았지."

리틀 엔젤이 말했다.

"그래."

"하지만 우리는 그렇게 될 줄 알았잖아."

"맞아."

"아버지는 스스로를 모질게 대했어."

"칫. 아버지는 모두에게 다 모질었어, 아우야."

세사르는 한쪽 어깨를 으쓱였다. 손을 위로 들어 올리며 두 번 홱홱 돌리는 손짓이 의미하는 것은 영원, 저 먼 곳, 그리고 다음과 같은 말이다. *어쨌든, 할 수 있는 건 아무것도 없어.*

"아버지는 할머니의 개를 계단 아래로 걷어찼지."

"왜?"

"그냥."

그들은 1.6킬로미터를 더 달려 805번 국도 위 다리를 건넜다. 꽉 막힌 교통체증 지역 위를 지나가자, 다리에 앉아 있던 비둘기들이 날아올라 아래 있는 차들의 지붕으로 흩어져 앉았다. 창백한 절벽에서 다이빙하는 것처럼 보였다. 미국인들이 탄 차로 가득 찬 미시시피강 같은 빛나는 도로를 보라. 보이지 않는 장벽을 지나쳐, 그곳 뒤에서 살고 있는 이곳 사람들과 작은 집들, 알려지지 않은 이야기를 그들은 하나도 모른다.

하지만 리틀 엔젤은 다시 정신을 가다듬고 형과의 대화에 집중했다.

"아버지는 자신을 돌보지 않았어."

"뭘 돌본다는 건 아버지와 맞지 않는 거야, 아우야."

세사르는 손을 뻗어 동생의 무릎을 꾹 쥐었다. 그건 이제껏 본 손짓 중 가장 아름다운 것도 같았다.

"너도 슬펐니, 꼬마 앙헬?"

그가 물었다.

"당연하지. 우리 아빠였잖아."

"나는 그때 어떤 기분이었는지 모르겠어. 무척 슬펐지. 하지만 좀…… 기분이 좋았다고도 할까? 내가 나쁜 거냐?"

"아니."

"그러니까, 우리 엄마가 불쌍해서."

"나도 이해해."

"너희 엄마도 불쌍하고."

"고마워."

"아버지는 다른 집 아버지 같지 않았어. 멕시코 아버지들이 어떤지 알잖아. 좋은 아버지가 되고 싶어 하지. 대단한 아버지가 되고 싶어 하고."

세사르는 고개를 앞뒤로 흔들었다.

"물론 다 그런 건 아니지만."

"형은 좋은 아버지 같아."

세사르는 기쁜 듯 소리를 꽥 질렀다.

"고맙다, 아우야."

그들은 미소를 지었다. 그러나 그 미소는 애매하기만 했다.

"모질었지. 모질었고말고."

세사르는 손가락으로 턱을 쓸어내리며 짧은 수염을 비벼 사포질하는 소리를 냈다.

"모진 분이었어."

타깃 마트까지 거리는 5킬로미터밖에 되지 않았지만, 체감하기로는 16킬로미터는 되는 것 같았다.

리틀 엔젤이 말했다.

"그러다가 다정해지기도 했어. 순식간에 사람이 변했지. 집에 오면 저녁 식사를 한 상 가득 차려놓기도 했다고."

세사르는 입을 꾹 다물었다.

"저녁 식사라. 정말이야? 아버지는 어떤 요리를 했는데?"

"완숙으로 삶은 달걀을 넣은 스파게티."

그들은 웃었다.

"스파게티에 미트볼 대신 삶은 달걀을 넣으셨지."

그들은 주차장에서 멈추었지만, 세사르는 차에서 내리려 하지 않았다.

"넌 아빠랑 가깝게 지냈어?"

그는 스페인어로 리틀 엔젤에게 물었다.

"그러니까 내 말은, 너와 아버지가 가까이 지냈다는 거 알아. 맞지? 너랑 살았으니까."

"가깝게 지냈냐고?"

리틀 엔젤은 뭐라 말해야 할지 알 수 없었다. 그래. 아니. 너무 가까웠지. 하지만 버려졌어. 뭐야 이게.

리틀 엔젤은 결국 이렇게 대답했다.

"그야 그렇지."

"너도 알지, 아우야? 아버지가 우리를 떠난 다음에 티후아나에 갔다는 거. 우리는 아버지를 따라갔어. 엔젤 형이 우리를 나중에 찾아냈지. 믿을 수 있니? 형은 버스를 타고 그 먼 길을 와서 우리를 찾아냈어. 우리는 언덕에 살고 있었어. 콜로니아 오브레라였지. 참 힘들었어. 거기 사는 애들은 나를 때리곤 했어. 엔젤 형은 파이프로 그 애들을 때렸고."

리틀 엔젤은 이런 이야기를 몰랐다.

"형이랑 나는 집에서 나와 티후아나를 돌아다니면서 먹을 것을 구했어. 엄마는 우리를 먹여 살릴 수 없었거든. 거기가 얼마나 더웠는 줄 알아? 마리루는 하루 종일 울었지."

리틀 엔젤은 갑자기 그 옛날 먹었던 스파게티 때문에 미안해졌다.

세사르는 말했다.

"우린 도둑질은 하지 않았어. 도둑질은 엄마가 절대로 용서하지 않을 테니까. 대신 민들레를 따러 다녔지. 너 민들레 먹어본 적 있냐?"

리틀 엔젤은 고개를 저었다.

"우리는 주머니와 셔츠에 민들레를 담아 왔어. 꽃씨는 먹을 수 없어. 하지만 줄기와 꽃은 삶아 먹으면 되지. 아니면 튀기거나.

돼지기름이 있다면 말이야. 가끔 엄마가 그걸 튀겨줬거든."

리틀 엔젤은 고개를 돌려 형을 빤히 바라보았다.

"내가 어릴 때 엔젤 형이 티후아나에 왔어. 한 열두 살 때쯤이던가? 그때 형은 이미 페를라와 결혼할 계획이었지. 형은 내 아버지가…… 아, 미안. 그러니까 우리 아버지가 어디 있는지 알았어. 우리 할머니 집에 있더라고. 거기에 매주 갔다고."

"알아."

"할머니가 가장 먼저 티후아나에 왔었지."

"그래."

"할머니는 「페리 코모 쇼」를 좋아하셨어."

그들은 키득키득 웃었다.

"그래서 국경 지대에 사셔야 했던 거야. 그걸 봐야 하니까."

"그거랑 「로렌스 웰크」도."

리틀 엔젤이 덧붙였다.

"음, 엔젤 형이 말해줬지. 아빠가 할머니 집에 있다고. 그래서 난 달려갔어. 시내를 가로질러서 말이야."

세사르는 슬픈 미소를 짓고서 앞 유리창을 멍하니 바라보며 고개를 저었다. 마치 저 멀리 보이는 자동차 전용 극장의 스크린에서 감동적인 영화라도 상영하고 있다는 듯이.

"나는 할머니 집까지 한참을 달려갔어. 힘들었지. 집은 언덕 위에 있었거든."

"나도 *알아*."

"난 딱딱한 신발을 신고 있었어. 발에 물집이 잡혔지만 그래도 달려갔지. 드디어 도착해서 들어갔을 때는 노크도 하지 않았어. 그냥 안으로 걸어 들어갔더니, 거기 아버지가 있더라고. 거실에 있는 커다란 의자에 앉아서 텔레비전을 보고 있었어. 담배를 피우면서."

"팰맬 담배였지."

"아버지는 머리 주변에 연기 구름을 두른 거인 같아 보였어. 나를 쳐다보지도 않았지. 나는 앉아서 아버지를 빤히 바라봤어. 이제 무슨 일이 일어날 거라고 생각했을까. 지금은 기억도 나지 않아. 하지만 아무 일도 일어나지 않았지. 아버지는 머리가 셌더라고. 백 살은 되어 보였어. 게임 쇼를 보고 있었고. 그러더니 마침내 고개를 돌려서 날 보더라고."

"아버지가 뭐라고 했어?"

세사르는 작게 코웃음을 쳤다.

"이렇게 말하더라. '넌 그 애들 중 누구냐?'라고. 딱 이 말이었어. '넌 그 애들 중 누구냐니까?' 그래서 난 대답을 했지. 그랬더니 아버지가 하는 말이, '이것보다는 더 클 줄 알았는데'라고 하더라. 그리고 방을 나가셨지."

세사르는 문을 열고 한 발을 차에서 내딛다가 도로 앉더니 물었다.

"아빠는 왜 그 모양이었을까?"

"모르겠어."

세사르는 고개를 저었다.

"마음에 들지 않아."

이 말을 끝으로 차에서 내린 그는 문을 쾅 닫았다.

* * *

• 오전 9:45

집으로 돌아오는 차 안에는 침묵이 흘렀다. 케이크는 냉장고에 보관해놨다가 11시쯤 꺼내 글자를 쓸 예정이었다. 세사르는 자기가 돈을 내겠다고 우겼다.

젊은 애들과 늙은이들은 한데 모여 뒷마당을 꾸몄다. 노인들 수가 아직 더 많았는데, 멕시코 노인들은 해가 뜨기 전에 일어나기 때문이다. 그래서 게임을 하고 넷플릭스 보는 애들이 눈을 뜰 때쯤이면 벌써 일이 진행된 지 반나절이나 지난 것이다. 타코 가게들의 간판을 보면 멕시코인들은 죄다 선인장에 기대어 자는 그림밖에 없지만, 리틀 엔젤은 이제껏 그런 멕시코인을 본 적이 한 번도 없었다.

라 글로리오사와 루피타는 페를라의 수하인 것처럼 행동하며 머리를 조아리고 테이블을 옮겼다. 엉클 짐보는 제라늄 꽃 옆에 앉아서 시가를 피웠다. 그는 짚으로 만든 포크파이 페도라를 썼고, 반바지 아래로 거대하고 붉은 다리를 쭉 뻗고 있었다. 짐보가 고개를 끄덕이자 그들도 고개를 끄덕였다. 짐보는 담배연기를 훅 뿜은 다음 얼음이 가득 든 다이어트 콜라 잔을 흔들었다.

"여기에 럼이 있어야 해!"

그는 한마디를 덧붙였다.

"그리고 체리도 한 무더기 있어야 하고."

그는 구아야베라 셔츠에다가 남부군 깃발 모양 배지를 달아서 오늘만큼은 멕시코계 미국인이니 어쩌니 하는 헛소리를 들어줄 기분이 아니라는 걸 모두에게 알렸다.

라 글로리오사는 완벽한 아침의 힘을 과시하며 모습을 드러냈다. 머리카락이 은색으로 반짝반짝 빛나는 게 후광을 두른 듯했다. 세사르는 그녀를 보자 얼굴을 붉혔다. 리틀 엔젤도 마찬가지였다. 두 남자가 간식을 간절히 원하는 슬픈 개처럼 멍청하게 서 있는 꼴을 본 그녀는 짜증이 났다. 그래서 그들에게서 획 돌아서서 단호한 손짓으로 비닐 식탁보를 탁탁 풀어헤쳤다. 그녀의 팔 근육은 움직임마다 남자들의 연약한 내면을 비난해댔다. 그녀는 생각했다. '헬스클럽에 가서 운동이나 하라고, 호로새끼들. 축 늘어져서 조그마한 주제에.' 리틀 엔젤은 서둘러 커피 박스를 들고서 직접 콜롬비아 원두커피 1인분을 가져왔다. 세사르는 화장실로 숨어들었고, 문을 잠그는 소리가 들렸다.

리틀 엔젤은 그녀 뒤에서 어슬렁거리며 주변 공기를 킁킁 맡았다.

"바보짓 하지 마."

라 글로리오사는 이렇게 말했지만 리틀 엔젤은 그게 자기에게 한 말인지 아니면 마리오 카트를 한 판 하러 뒷방으로 가면서 주변을 거닐던 지저분한 아이에게 한 말인지 알 수가 없었다.

빅 엔젤이 덜그덕 쾅쾅 소리를 내면서 복도에 휠체어를 타고 나타났다. 그는 달아놓은 자전거 경적을 울리더니 말했다.
"난 밖에 나가고 싶다."
일동은 기립하여 집합했다. 그들은 휠체어를 붙들고 미닫이문을 밀어젖혀 베란다로 나가느라 낑낑댔다.
"커피 향이 나는데."
빅 엔젤이 말했다.
리틀 엔젤은 자기 컵을 내밀었다.
"인스턴트야?"
"아니. 아주 좋은 커피지."
빅 엔젤은 컵을 다시 돌려주었다.
"쳇, 난 인스턴트 커피 줘. 연유도 넣고."
빅 엔젤을 본 치워니 강아지들이 휠체어로 몰려와 꼬리를 흔들며 빙글빙글 춤을 추었다.
그는 자랑스레 선언했다.
"내 개들에게 난 전설적인 인물이라고."

* * *

• **오전** 10:15

쿠키 몬스터 마르코가 리틀 엔젤에게 쭈뼛쭈뼛 다가왔다.
"삼촌은 진짜 음악을 아는 멋진 사람인가."
"고맙구나."

"아니, 내가 물어보는 거야. 진짜 록이 뭔지 아는 사람이냐고. 록 좋아하냐고."

"아! 그럼. 물론이지."

"하드록? 아니면 계집애들 록?"

"계집애들 록이라니?"

"징그럽게 머리 짧게 하고 나오는 놈들이 부르는 거. 케케묵은 록. 돈에 영혼을 판 놈들."

'고놈 참 마음에 드는군'이라고 리틀 엔젤은 생각했다.

"아, 알겠어. 난 하드록이 좋아. 모터헤드도 좋아하지."

그러자 젊은 아이는 점잔을 빼며 근엄하게 고개를 끄덕였다.

더없이 찬란한 대화였다. 리틀 엔젤은 행복했다. 헤비메탈을 듣는 삼촌이 이 호르몬이 질풍노도로 분비되는 놈을 진지하게 받아주고 있군. 삼촌은 이러라고 있는 거지.

그는 조카의 내면에 있는 헤비메탈 파일에 접근하며 말했다.

"뭐, 신은 우리 모두를 미워하니까."

그는 이 나이대 애들에게 미끼를 던지는 법을 알고 있었다.

"그렇지, 삼촌?"

"피로 다스리는 분이지."

"삼촌! 신은 개자식이야! **살인마야!**"

몬스터 같은 조카가 울부짖었다.

그들은 태양을 향해 악마의 뿔 모양을 손으로 만들어 보였다.

* * *

• 오전 10:30 하루 중 가장 끔찍한 시각

파티 시간이 다 되었다. 다시 침실로 돌아간 페를라와 라 미니는 빅 엔젤과 씨름 중이었다. 그들은 빅 엔젤의 의사를 무시하고 뒤쪽으로 끌고 갔다. 3센티미터씩 움직일 때마다 빅 엔젤은 계속해서 히스테리를 일으켰다. 리놀륨 바닥에 발을 질질 끌어서 슬리퍼가 벗겨지고 급기야는 양말도 벗겨졌다.

빅 엔젤이 언제 무슨 약을 먹어야 하는지는 아무도 기억하지 못했다. 그들은 빅 엔젤의 컴퓨터 같은 뇌가 어마어마한 양의 알약을 무슨 주기로 먹어야 하는지 알고 있다고 믿어야 했다. 그리고 그가 제일 좋아하지 않는 약이 있었으니, 바로 녹여 먹는 화학 치료 알약이었다. 미니는 아버지가 그 약을 침대 아래 숨겨놨다고 확신했지만, 정확히 어디에 두었는지는 찾을 수가 없었다.

그들은 안간힘을 써서 빅 엔젤을 화장실로 끌고 간 다음 옷을 벗겼다.

"아."

그가 말했다. 그는 여인들의 손아귀에 잡혀 힘을 빼고 축 늘어진 채로 투덜댔다.

"싫다고."

그들은 기저귀를 떼어냈다.

"아니, 하지 말라고!"

빅 엔젤이 말했다. 미니는 조심스럽게 기저귀를 벗겨서 둥글게 뭉치고는 쓰레기통에 버렸다.

"내가 싫다고 했다!"

빅 엔젤은 바닥에 앉으려 하며 소리쳤다.

"날 내버려둬!"

매일이 지랄 맞은 날이었고, 똑같은 일이 벌어졌다. 미니가 설득했다.

"왜 이래요, 아빠. 아기같이 구는 거 그만두세요."

페를라는 물을 틀었다. 그녀의 행동은 조심스러웠다. 흘러나오는 물에 손을 대 온도가 딱 맞을 때까지 기다렸으니까. 물이 너무 차가우면 그는 욕을 했고, 너무 뜨거우면 그는 울었다.

"오늘은 목욕 안 해!"

그가 말했다. 하지만 둘은 그를 들어 올려 물속에 넣었다. 그는 힘없이 발길질했다.

"여보! 오늘만큼은 꼭 목욕을 해야 해. 당신의 파티 날이잖아!"

"나 파티 하기 싫어."

"착하게 굴어야지, 여보."

"너무 뜨거워! 아! 너무 뜨겁다고!"

"아빠!"

"살려줘!"

그는 급기야 소리쳤다.

"앙헬! 앙헬! 이리 와!"

이제는 온몸을 버둥댔다.

"아우야! 날 살려다오!"

"여보, 그만해."

리틀 엔젤은 방으로 달려와 그들 뒤에 섰다.

"앙헬 형? 괜찮아?"

"들어오지 마, 삼촌."

미니는 욕실 문을 발로 차 닫았다.

빅 엔젤은 물속에 앉아서 손으로 얼굴을 가렸다. 그의 등은 마치 회색 뼈를 그려넣은 할로윈 복장같이 보였다. 그는 따뜻한 물속에서 부들부들 떨었다.

미니가 말했다.

"아빠, 파티 하고 싶어 했잖아요. 멋지게 보이고 싶어요? 아니면 안 멋지게 보이고 싶어요?"

"멋지게."

그는 조그맣게 말했다.

페를라는 비누로 거품을 낸 커다랗고 부드러운 스펀지를 들고 몸을 숙여 그의 다리 사이에 댔다.

"좀 낫지, 여보? 그렇지? 좋아, 안 좋아?"

"보지 마라."

그는 딸에게 말했다.

"안 봐요. 난 아빠 겨드랑이 닦느라 정신없어."

그는 물속에 등을 대고 누워 눈을 꾹 감았다.

"멋지고 깨끗하게. 멋진 남자처럼."

빅 엔젤은 축 처진 자기의 가슴을 거뭇거뭇한 손으로 가렸다.

"얘야."

"아빠, 왜요?"

"날 용서해주겠니?"

"뭘요?"

그는 허공에 손을 저었다.

"미안하다."

"그러니까 뭐가요, 아빠?"

"다 미안해."

그는 눈을 뜨고 딸을 지그시 바라보았다.

"네가 아기였을 적에, 내가 널 씻겨주었는데."

미니는 눈이 따갑지 않은 베이비 샴푸를 짜느라 정신이 없었다.

"나는 네 아버지였어. 그런데 지금은 네 아기가 되었구나."

빅 엔젤은 훌쩍였다. 물론 딱 한 번뿐이었다.

그녀는 눈을 빠르게 깜박이고는 손바닥에 샴푸를 짰다.

"괜찮아요. 모두 다 괜찮다고요."

그는 눈을 감고 딸의 손에 머리카락을 맡겼다.

✴

가족 파티

페를라에게 편지를 보내서 나에게 오라고 했어
아들이 둘 딸려도 괜찮다고 했어
나의 페를라에게 편지를 보냈어
동생 둘을 기르고 있어도 괜찮다고 했어
그래서 페를라가 내게 왔어
마침내

• 오전 11:00

리틀 엔젤은 손목시계를 확인했다. 가게에 가서 케이크를 가져올 시간이었다. 그는 라 글로리오사가 행주를 내팽개치고 자신에게 다가와 팔짱을 끼자 그만 당황하고 말았다.

그는 다만 이렇게 작은 소리를 냈을 뿐이다.

"응?"

라 글로리오사의 근육이 느껴졌다. 팔에 힘을 꽉 주어 그녀도 자신의 근육을 느끼게 하고 싶었다. 그녀의 머리카락 향기를 맡았다. 그녀의 온기가 느껴졌다. 다시 고등학생이 된 느낌이었다.

"와, 차 좋네!"

그녀는 거대한 포드 승용차를 보자 열광했다. 그리고 손을 들어 차체 옆쪽을 쓸었다. 크라운 빅토리아는 확실히 대박을 쳤군. 그는 글로리오사에게 조수석을 열어주었다.

"그리고 신사분이 운전하고 말이지."

그녀가 말했다.

"신사는 아니지만, 꼭 되고 싶긴 해요."

그는 어설프게 대답했다. 조수석에 몸을 숙여 앉는 그녀의 블라우스를 바라보지 않으려고 애썼다. 하지만 그녀는 리틀 엔젤의 시선을 알아차렸다. 그는 자신이 그녀의 가슴골이 아니라 그 너머에 있는 라디오를 응시하는 것이라고 믿기로 했다. 마치 최근에 있었던 뭔가 재미있는 일이 기억났다는 듯이 말이다.

"너 이 차 산 거니?"

그녀가 물었다. 보아하니, 멕시코인들은 연비가 형편없는 커다란 자동차를 참 높이 평가하는 것 같았다.

"그냥 렌트한 거죠."

그는 조수석 문을 닫고 성큼성큼 차를 돌아 운전석으로 왔다.

리틀 엔젤이 자리에 앉자 그녀가 말했다.

"그럼 한 대 사. 나 사줘."

"갖고 싶다면 뭐든지 사줄게요."

"너 부자잖아, 안 그래?"

"그런가요?"

"아라써. 자기야Okeh, bebeh. 그럼 두 대 사."

그는 큰 소리로 가짜 웃음을 지었다. 그것도 너무 크게 웃었다. 그녀가 보고 있다고 생각하니, 자신의 모든 행동이 참 고통스럽게 의식되었다. *자동차 키 떨어뜨리지 마. 시동이 안 걸릴 정도로 기름을 가득 채우지 마. 아무것도 들이받지 마. 브레이크 콱 밟지 마. 방귀 뀌지 마.*

그는 갑자기 키득댔다.

"있죠. 난 부자가 아니라고요. 그래서 차 한 대를 아무렇지 않게 살 수는 없네요!"

그러고는 속으로 생각했다. 멍청아, 닥쳐. *머저리 같으니.*

그녀가 대답했다.

"그럼 한 대만 필요해. 이거."

"호케이Hokay."

그는 간신히 차에 시동을 걸고 기어를 D로 놓은 다음, 크루즈가 항구를 떠나듯 느릿느릿 차를 뺐다. 자그마한 동네를 벗어나 우회전을 하면 큰길이 나올 것이다. 그는 정지 신호를 보고 완전히 멈춰 선 다음 잔디깎이 장비를 가득 실은 쉐보레 '피카' 트럭 한 대가 지나가기를 참을성 있게 기다렸다. 크라운 빅토리아가 모퉁이를 구름처럼 부드럽게 돌자 그의 마음도 아득해졌다.

"혹시 나 때문에 불안한 거니, 가브리엘?"

그녀가 물었다.

"아뇨!"

"그런데 운전을 왜 이렇게 천천히 해?"

"솔직히 말하면, 맞아요."

"왜 불안해?"

"당신이 글로리오사니까."

그녀는 입으로 푸, 하고 바람 소리를 내었다. 리틀 엔젤이 말했다.

"당신 옆에 있으면 모두가 불안해해요."

"아냐. 그렇게 생각하지 마."

하지만 로맨스의 제왕인 리틀 엔젤은 선언했다.

"불안해하지 않는 사람이 있다면, 이미 죽은 사람이겠죠."

"앙헬 가브리엘. 난 네 어머니뻘이야."

"왜 이래요. 나랑 열한 살 차이밖에 안 나면서."

"이 가족 몰라? 충분히 네 엄마가 될 나이야."

"난 엄마 이야기 같은 거 하고 싶지 않은데요. 알면서."

그는 갑자기 폭죽이 터지듯 용기가 더욱 솟아났다.

"나한텐 당신이 문제예요."

이렇게 말하니 뭔가 짜릿하다고, 그는 깊은 만족감을 느끼며 생각했다.

그녀는 앉은 자리에서 살짝 몸을 돌려 가죽 시트 위로 무릎을 올리며 말했다.

"그게 뭔데? 무슨 뜻이야?"

좋은 질문이었다. 과연 무슨 뜻으로 한 말이었을까? 그조차 알 수 없었다. 마치 그녀가 아무 말도 하지 않았다는 듯, 리틀 엔젤은 눈을 내리깔고 번화가를 바라보았다.

그는 가까스로 오른편에 있는 타깃 마트 분기점을 지나 그 너머에 있는 마른 언덕으로 올라갔다. 회전초와 철쭉으로 뒤덮인 곳으로, 메마른 모습을 보니 담뱃불 하나라도 던졌다간 화르륵 불타오를 게 뻔했다. 아무리 봐도 여기가 타깃 마트 근처는 아니라는 걸 깨달았을 즈음에는, 이미 아무렇게나 형성된 주택가 한가운데에서 길을 잃은 후였다. 손에는 땀이 차기 시작했다.

"좋은데."

글로리오사는 기둥과 차양이 설치된 남부 대농장 스타일의 다양한 저택들을 가리키며 말했다. 그녀는 리틀 엔젤이 자신에게 기분 전환 겸 관광 드라이브를 시켜주려는 것이라 생각하고 있는 듯했다. 미국의 가장 아름다운 도시의 부동산이라도 하나 살까 싶은 드라이브 말이다.

"봐! 저거 좋다!"

리틀 엔젤은 여기서 어떻게 나갈 수 있을지 양옆을 살펴보느라 목을 쭉 뺐다.

"난 좋아. 오오!"

그녀는 이렇게 말하며 어딘가를 가리켰다.

"우리 커다란 차가 이 도로에 있는 거야. 그렇지?"

"그래요."

그는 정신이 딴 데 팔려 있었다. 지금 빅 엔젤을 생각하고 있었다. 그의 주머니에 있던 자그마한 수첩. 그것은 빅 엔젤의 우주를 상징했다. 이름을 잇는 선들, 그 선들은 너무 복잡해서 알아볼 수가 없었다. 자신 옆에 있는 이 여자. 페를라. 미니. 랄로. 사탄의 히스패닉. 파주주. 하지만 주로 그의 큰형을 생각했다. 형을 떠나보낼 때가 다 되어서야 불현듯 드는 깨달음은 자신이 빅 엔젤의 참모습을 전혀 모른다는 것이었다.

하지만 글로리오사의 향기가 차 안에 가득했다. 그 향기가 마치 자신을 매만지는 것만 같았다. 그는 길 잃은 달처럼 몸을 홱 돌렸다.

"저기로 가."

그녀가 가리켰다. 햇빛에 비친 긴 손톱이 꼭 딱딱한 사탕 같아 보였다. 그는 그 방향을 따라 모퉁이를 돌았다.

이 동네에는 집마다 명패가 붙었다. 이름들을 새긴 명패는 이 교도들의 부적을 흉내 낸 디자인이었다. 어떤 명패는 시대에 전혀 걸맞지 않게 고대 영어 글씨체로 새겨놓았다. 이곳 사람들은 아무리 생각해도 이해가 되지 않았다.

마리나 해변, 말리부 항, 퍼시픽 랜딩이라니. 바다를 보려면 여기서 반대 방향으로 못해도 32킬로미터는 가야 하는데 말이다. 맥도날드 햄버거같이 찍어낸 이 맨션들에서는 기껏해야 바위투성이의 협곡과 황량한 갈색 언덕만 보일 뿐인데. 그곳은 방울뱀과 푸들을 잡아먹는 코요테들이 살 뿐인데. 갈색의 들판이 열기에 하얗게 타오르는 지평선으로 변할 뿐인데.

어떤 집은 물기 하나 없는 콘크리트 수영장을 바닥만 파랗게 칠하고 겉치레로 자그마한 부두를 만들어놓고 플라스틱 갈매기 모형을 세워놓았다. 이것이야말로 리틀 엔젤이 절대로 참고 보지 못할 꼴이 아닌가.

"*대체* 여기가 어디죠?"

그가 묻자, 글로리오사가 대답했다.

"해변이지."

그가 코웃음을 치자, 그녀가 대꾸했다.

"아름다운데."

"긍정적인 마음가짐이네요."

"이기적인 사람만이 부정적일 뿐이니까, 앙헬."

머리가 지끈지끈 울려왔다. 갑자기 뇌종양에 걸렸다는 생각이 강하게 들었다. 다행히도, 지나치게 감상적이 되어가는 이 드라이브 길의 모든 울퉁불퉁한 지면을 크라운 빅토리아가 부드럽게 지나가주었기 때문에 둘은 아늑한 요람에 있는 듯 이동할 수 있었다. 배트카만큼이나 지능이 높아 보이는 이 차는 어찌어찌 다시 큰길을 찾아내었다. 리틀 엔젤은 말 그대로 바퀴에 얹어진 채, 부디 이 차가 자기를 질질 끌고 안전한 곳으로 데려가주기를 바랐다.

그녀가 말했다.

"난 장례식은 생각하기 싫어."

"나도 싫어요."

라 글로리오사는 그의 팔에 손을 얹었다. 손바닥이 뜨거웠다. 그는 민망한 마음에 온몸이 축축해졌다.

"참 상냥하구나. 고마워, 가브리엘. 드라이브 좋았어."

"내가 오히려 좋았죠."

그는 이렇게 말하며 그녀를 슬쩍 바라보았다.

그녀는 미소를 지었다.

그는 그녀의 손을 잡고서 누군가의 할아버지라도 된 듯 길을 따라 내려갔다.

* * *

글로리오사는 타깃 마트에 들어서자 10대 소녀가 되었다. 둘은 마치 춤추듯 걸었고, 뭘 보든 웃어댔다. 스판 바지를 입은 거대한 마네킹 엉덩이를 보고 즐거워했다. 그 옛날 멕시코 카우보이가 멜빵바지에 밀짚모자를 쓴 모습에도 웃었다. 그녀는 반짝거리는 재질의 얇은 천으로 만든 시스루 브래지어를 보겠다고 고집을 부렸고, 리틀 엔젤이 괴로워하자 아주 좋아했다.

"이거 다 비쳐."

그녀의 말에 그는 한숨을 쉬었다.

"아이고, 하느님."

그들은 주문해둔 케이크를 찾아왔다. 하얀 케이크에 보라색과 푸른색 아이싱으로 꽃이 그려져 있었다.

"이게 무슨 악몽 같은 일이니."

라 글로리오사가 한마디 했다. 그 위로 '해피 버스 데이 빅 엔젤'이란 문구가 보였다. 초콜릿 케이크는 노란색 꽃무늬와 함께 '형아carnal'라는 글자로 장식되어 있었다.

"초를 사야지."

라 글로리오사가 말하자, 그가 대답했다.

"그리고 선물도."

그들은 느릿느릿 장난감 코너로 이동했다. 리틀 엔젤은 빅 엔젤의 선물로 커다란 그루트 액션 피규어를 샀다. 「가디언스 오브 갤럭시」의 캐릭터였다.

"아임 그루트."

"나는 그루트다."

그녀도 대답했다. 그리고 '더 후'* 그림 티셔츠를 골랐다.

"이거 재미있겠다. 빅 엔젤은 로칸롤을 싫어하니까."

"누구?"

리틀 엔젤의 말장난은 점수를 땄다.

그들은 랄로가 먹을 과자와 술을 산 다음 냉장고 앞에 서서 미니가 부탁한 초밥을 골랐다. 리틀 엔젤은 매장 내에 있던 스타벅스를 훑어보고는 종이로 된 여행가방 모양의 통을 하나 더 샀다. 혹시 모르는 일이니까. 라 글로리오사는 그란데 사이즈의 무설탕 아이스 모카 라떼를 주문했다. 휘핑 크림은 올리지 않았다. 그

* The Who, 1964년 결성된 영국의 록 밴드로, 1960~1970년대에 전 세계에서 큰 인기가 있었다. 지금도 가장 위대한 록 밴드로 꼽힌다.

는 생각했다. '뭔 놈의 커피가 5달러나 하냐!'

"내 평생 당신과 쇼핑을 하러 올 거라고는 예상하지 못했는데."

"그래서 행복하니?"

"네."

"좋구나."

그녀는 선반에서 커다란 선글라스를 하나 집어 들고는 말했다.

"이거 사도 돼?"

"얼마든지요."

"그래. 이거랑 포드도 사자. 깔끔하게."

그 순간 백인 여자가 그들에게 다가오더니 다정하게 말했다.

"너희들은 이 나라를 당장 떠나야 할 거야."

그러더니 개 사료 코너로 허둥지둥 떠났다.

* * *

돌아오는 길에 리틀 엔젤은 농구 코트 근처에 차를 세웠다. 우키가 코트 한가운데 서서 공을 튕기고 있었다. 아무도 그를 괴롭히지 않는 듯했다. 한 무리의 아이들이 빙 둘러서 있거나 자전거에 기대어 몸을 앞뒤로 움직였다. 누군가 대형 휴대용 카세트 라디오를 갖고 있었다. 이 꼬맹이들은 지금이 아직도 1980년대라고 생각하는 모양이었다.

리틀 엔젤은 조그마한 아이들에게 손짓했다.

"우키는 잘 있구나."

아이들 둘이 턱을 치켜들었다. 하나는 손을 흔들어 답했다. 우키는 자유투 구역에 서서 계속 공을 골대에 던졌다. 슛은 백발백중이었다. 아이들은 근처에 모여 서서 그 애를 바라보았다. 우키는 공을 세 번 탕, 탕, 탕 튕긴 다음 높게 포물선을 그리며 슛을 쐈고, 공은 골대를 뒤흔들며 그물망을 출렁였다. 한 아이가 공을 잡아다가 다시 던져주면, 우키는 또 공을 튕겼다.

"재가 저런 걸 할 수 있는지 알았어요?"

리틀 엔젤이 묻자, 라 글로리오사는 몰랐다고 대답했다.

"잠시만."

그는 이렇게 말하고 차에서 내려 농구 코트로 다가갔다.

"잘 있었어?"

그는 아이들 두어 명과 주먹을 부딪치며 인사를 했다. 다른 두어 명과는 민족 특유의 미끄럼 악수를 나눴다. 그는 그중 한 아이에게 물었다.

"엄마는 잘 지내시니?"

"잘 지내요."

"넌 지금 고등학생이지?"

"아, 제발요. 저 지금 사우스웨스턴대학교 다녀요."

"말도 안 돼!"

"시애틀은 어때요, 교수님?"

"좋지."

"거기 커피 좋죠?"

"그렇지."

"'펄 잼*'도 알아요?"

"아직 만나보진 못했어."

리틀 엔젤은 입술 위로 콧물을 흘리며 우는 우키를 바라보고 있었다.

그 애는 다시 슛을 던졌고, 공은 골대로 들어갔다. 탕, 탕, 탕.

"퍼플 헤이즈."

이렇게 말한 우키는 다시 공을 튕긴 후 또 슛을 쏘았다.

"올 얼롱 더 왓치타워."**

"우키한테 무슨 일 있었어?"

리틀 엔젤이 묻자, 어떤 아이가 대답했다.

"에디 피게로아가 자기 집에 들어온 우키를 잡았어요."

다른 아이들은 모두 어깨를 으쓱였다.

"걔 또 레고를 훔치고 있더라고요."

그들은 고개를 저으며 침을 뱉었다.

"그래서 흠씬 두들겨 팼죠."

"우키, 너 괜찮니?"

리틀 엔젤이 소리 높여 불렀다.

"리틀 윙."***

우키는 이렇게만 대답했다. 탕, 탕, 탕. 다시 슛.

---

* Pearl Jam, 시애틀에서 결성된 미국의 록 밴드.

** All Along the Watchtower, 미국의 싱어송라이터 밥 딜런이 작곡한 곡으로, 후에 지미 헨드릭스가 앨범에 수록한 버전이 아주 유명하다.

*** Little Wing, 지미 헨드릭스가 1967년에 발표한 곡으로, 후에 다양한 후배 음악가들이 리메이크했다.

"우키!"

라 글로리오사가 리틀 엔젤 옆으로 다가왔다.

"우키, 파티가 있어."

"파티?"

우키는 이렇게 말하며 슛 쏘기를 멈췄다.

"빅 엔젤의 생일이야. 쿠키가 많이 있어."

"알았어."

우키는 한 번 더 슛을 쏘고 공을 탕 튕기고는 그대로 두었다.

"부두 차일드!"*

그 애는 이렇게 말하며 차로 걸어가서 뒷좌석에 탔다.

라 글로리오사는 새로 산 싸구려 선글라스를 끼고서 리틀 엔젤에게 눈썹을 들어 보였다.

"어떻게 한 거예요?"

"난 여자니까. 우리 여자들은 아주 강력한 힘이 있어."

리틀 엔젤은 그녀가 걷는 모습을 바라보았다.

* * *

• 정오

랄로가 소리쳤다.

---

* Voodoo child, 지미 헨드릭스의 앨범 「Hendrix in the West」의 수록곡.

"미니가 고양이 밥을 먹고 있어!"

미니는 손가락으로 캘리포니아 롤을 집어 들어 간장에 찍으며 그에게 알려주었다.

"이걸 초밥이라고 하는 거야. 오빤 정말 무식하구나."

"가슴에서 꼬랑내 난다. 이 꼭두각시야."

사방에 음식이 등장하기 시작했다. 사람들은 먹거리를 알루미늄 통에 담아 들고 왔다. 라 글로리오사와 루피타와 미니와 페를라는 동네 사는 아낙네와 남편들이 들고 온 파티 음식을 정리했다. 리틀 엔젤은 그중 집에서 만든 멕시코 음식은 없나 애타게 찾아보았지만 헛된 노력이었다. 그의 머릿속에서 치킨 몰레와 지글지글 끓는 프리홀 단지와 칠레스 레예노스가 포르노 영상이 밀려오듯 떠올랐다. 하지만 오늘의 현실이란 접이식 테이블이 휘청거릴 정도로 쌓인 피자와 중국 음식, 핫도그, 감자 샐러드와 거대 기업에서 파티용으로 생산한 큼직한 스파게티였다. 누군가 KFC에서 치킨 백 조각을 사 온다는 말이 들렸다. 그는 엉클 짐보가 서 있는 테이블에 놓인 종이 접시 위로 수북이 쌓인 국수와 버팔로 윙을 보았다. 어찌 된 일인지 엉클 짐보는 손에 벌꿀주 한 병을 들고 있었다.

짐보는 리틀 엔젤에게 술병을 들어 보이며 소리쳤다.

"건배!"

리틀 엔젤은 페를라가 앉은 자리로 다가갔다.

그녀는 사람들이 오고 가는 모습을 전부 지켜보고 있었다. 브라울리오 생각에 울적한 기분이었다. 하지만 주로 그녀의 커다란 전사이자 아들인 인디오 생각에 짜증이 났다. 시간이 거의 다 됐다. 그녀는 수십 년간 인디오를 만나러 나가곤 했는데, 빅 엔젤이 그 사실을 알고는 있는지 어떤지 감이 잡히지 않았다. 빅 엔젤을 속이지는 않으리라. 그녀의 남편은 모든 걸 아는 인간이었다. 하지만 단 한마디도 하지 않았다. 그래서 속이 터졌다. 이 자부심 강한 호로새끼들은 하나같이 자기들이 화난 일에 대해서는 사과하려 들지 않았다. 죄다 어떤 신호가 오기만을 기다렸다. 그리고 그 가운데에서 엄마는 미쳐갔다. 그녀가 원하는 것은 그저 남은 가족들이 다 같이 모이는 것뿐인데…… 그 전에…… 그래. 그 전에.

"페를라."

리틀 엔젤의 말에 그녀가 대답했다.

"내 아가."

"몸은 괜찮아요?"

"나 괜차나[I okeh]."

페를라는 눈을 가늘게 뜨고서 그를 바라보며 스페인어로 말했다.

"넌 참 네 아버지를 많이 닮았구나. 그분은 정말 우아하셨지. 언제나 내게 꽃을 사다 주셨어. 라 글로리오사에게도."

"꽃을 줬다고요?"

"그래[pos]. 슈어[sure]."

물론 그녀는 '슈어'라는 영단어를 '츄어르'라고 발음하긴 했다.

"모두가 그녀를 사랑하죠."

"내 아가. 넌 걔랑 결혼해야 해."

리틀 엔젤은 당황해서 기침을 했다.

"페를라!"

긴급 상황. 대화 주제를 변경하시오.

"그런데 멕시코 음식은 왜 없어요?"

"멕시코 음식이라니?"

"말 그대로예요. 나는 형수가 뭔가 특별한 잔치 음식을 만들 거라 기대했어요. 세상에서 제일가는 요리를 만들잖아요."

그는 최대한 멋지게 싱긋 웃어 보였다. 하지만 페를라는 그를 대뜸 노려보더니 고개를 저으며 말했다.

"오, 싫어. 난 더는 음식 안 해!"

그녀는 손사래를 쳤다. 그리고 스페인어로 이렇게 말했다.

"난 50년이나 모두를 먹일 요리를 했어. 어쩔 수 없었지. 하지만 이제 다시는 아무에게도 요리해줄 필요가 없어. 아, 싫어. 가브리엘. 난 이제 앞치마를 매는 생활에서 벗어났어."

하지만 리틀 엔젤은 세상에서 제일가는 요리를 만드는 게 단순한 집안일이라는 생각을 해본 적이 없었다.

그녀가 말했다.

"나 커피 좀. 응?"

그는 당장에 자리를 떴다. 페를라가 다시 소리쳤다.

"나 요새는 햄버거 먹는다! 서브웨이! 치리오스!"

리틀 엔젤은 어깨 너머로 손을 저었다.

짐보는 벌꿀주를 쓰다듬으며 소리쳤다.

"「해머 오브 더 갓」*이다."

리틀 엔젤이 보기에는 이 모든 게 자신이 연구하는 다문화학 과정의 학기말 프로젝트가 되어가는 것 같았다.

* * *

• **오후** 12:30

마당은 사람을 덤프트럭으로 몇 톤이나 쏟아부은 것 같았다. 테라스에 꽉꽉 들어찬 사람 몸뚱이들은 부드럽게 서로를 팔꿈치로 밀면서 마카로니 샐러드를 퍼 갔고 옆에 있던 겨자 코울슬로에는 눈길도 주지 않았다.

리틀 엔젤은 겨우 군중 속에서 빠져나왔지만 기껏 나온 곳에 또 사람들이 몰려들었다.

빅 엔젤은 그늘에서 꾸벅꾸벅 졸고 있었다. 볼록 나온 자그마한 배 위에 손을 포개고, 고개를 살짝 까딱이면서 말이다. 미니는 아버지 옆에 앉아서 마분지 조각으로 부채질을 해주었다. 그녀는 무척 슬퍼 보였다.

DJ가 뒷마당에 장비를 설치해놓고 P.O.D.**의 음악을 틀었다.

빅 엔젤은 잠에서 깨어나 눈을 부릅떴다. 그는 집안 특유의 원

---

* Hammer of the gods, 바이킹족의 왕위 계승을 그린 영화로, 왕좌에 오르기 위해 형제들을 처단하고 능력을 갖추는 이야기다.

** Payable on Death, 샌디에이고에서 결성된 미국의 기독교 누메탈 밴드.

숭이 표정으로 못마땅한 기색을 드러내며 랄로가 팔걸이에 달아 준 '빼애애액' 소리가 나는 경적을 잡고서 그 끝에 달린 동그란 고무를 꽉 쥐어짰다. 그리고 다시 잠이 들었다.

마리루는 전남편인 레오의 팔을 잡고 거닐었다. 깜짝 놀란 기색이 물결처럼 군중 사이로 펴져갔다. 그녀는 말했다.

"우리가 미모사 꽃을 좀 가져왔어!"

둘의 옷차림은 아주 끝내줬다. 마리루는 하얀색 물방울무늬가 있는 군청색 드레스에 진주 목걸이를 했다. 레오는 연노랑 줄무늬가 들어간 갈색 티후아나식 정장에 크림색 셔츠와 노란색 넥타이를 매고 거기다 달러 무늬 넥타이핀을 꽂았다. 머리에는 갈색 페도라를 쓰고 갈색과 크림색으로 디자인한 투박한 단화까지 갖춰 신었다. 턱수염도 말끔하게 깎았는데, 윗입술에 살짝 난 상처는 낮잠을 자는 가느다란 벌레처럼 보였다.

"젊은이."

그가 리틀 엔젤과 나눈 악수는 힘없이 죽어가는 물고기 같은 느낌이었다. 하지만 그가 미소를 짓자 윗입술 위에 자리 잡은 벌레가 꿈틀대며 살아난 것 같았다.

리틀 엔젤은 어쩔 수 없이 1센티미터 길이의 도토리를 떠올려 버렸다. 그는 신난 듯 소리를 높였다.

"레오 엘 레오! 우람한 떡갈나무 같은 남자!"

마리루는 그에게 눈빛으로 경고했다. 레오는 음료수를 가지러 주방으로 갔다.

빅 엔젤이 말했다.

"안으로 들여보내 줘라, 얘야. 들어가야겠다. 지금."

"알겠어요, 아빠."

"내가 데려갈게."

리틀 엔젤이 말하자 빅 엔젤은 손을 들었다.

"아우야. 오줌 눌 시간이라서. 너 내 오줌이 보고 싶냐?"

"안 보고 싶어."

미니가 말했다.

"나도 안 보고 싶어요."

"그게 네 일이다, 얘야."

미니는 팔에 힘을 주어 휠체어를 돌리며 말했다.

"내가 뭐 하러 이걸 하지?"

빅 엔젤은 살짝 미소를 지었지만 눈을 뜨지는 않고, 이렇게 말했다.

"그 돈 다 네가 받아라."

"오오, 많아요?"

"많지, 얘야. 50인가 60달러다."

리틀 엔젤과 페를라는 안으로 들어가는 부녀를 바라보았다.

"아이고, 멋지신 주님."

페를라가 말했다.

* * *

리틀 엔젤은 카키색 면바지에다 빳빳한 청남방 셔츠를 입은 말쑥한 백인을 발견했다. 그는 콜럼비안 블론드 로스트 커피가 담긴 상자에서 커피를 한 컵 따르고 있었다. '저거 내가 사온 커피야'라고 리틀 엔젤은 생각했다. 하지만 곰곰이 생각에 잠길 겨를이 없었다. 한 무리의 멕시코인들이 주방으로 몰려와서 주방에 있는 걸 싹 챙겨서 바깥으로 가져갔기 때문이다. 바깥은 이제 부슬비가 내리는 가운데 DJ가 멕시코 프로젝트 그룹이 만든 티후아나풍 마리아치 테크노를 틀기 시작했다. "티후아나에 있어서 행복해"라는 가사가 계속 반복되었다. 아이들과 마리루는 장례식 때 쓰고 남은 우산과 신문지로 머리를 가리면서 축축한 풀밭 위에서 춤을 추었다.

파스는 스파게티와 KFC 치킨 무더기를 다시없을 경멸의 표정으로 바라보며 섰다. 그녀는 오드리 헵번 스타일의 백금발 가발을 착용했다. 그리고 눈살을 찌푸리며 리틀 엔젤에게 말했다.

"세상에 맙소사. 이건 하층민들 먹으라고 내놓은 음식들이야. 짐보나 먹을 법하지. 멕시코시티 음식은 이보다 나아."

그녀는 리틀 엔젤을 위아래로 훑으며 말을 이었다.

"뚱땡이들이나 먹는 음식이라고."

'뚱땡이들gordos'이라는 단어의 r을 발음할 때 *Gor-r-r-r-r-dos!*라며 있는 대로 혐오감을 퍼붓는 걸로 보아 뚱뚱한 사람을 매우 싫어하는 모양이었다. 그녀는 저 멀리 있던 페를라를 바라보았다.

"저기, 있잖아, 콜리플라워는 없어요?"

그녀는 스페인어로 요구했다. 콜리플라워를 '콜리플로르'라고 발음하며.

"당근은? 샐러리도 없어요?"

그녀는 짜증을 내며 발끝으로 땅을 툭툭 쳤다.

DJ는 갑자기 「부티리셔스Bootylicious」와 「스멜스 라이크 틴 스피릿Smells Like Teen Spirit」을 섞어 들려주기 시작했다. 그는 마이크에 대고 이렇게 말했다.

"스멜스 라이크 틴 부티!"

"저게 뭐야?"

그녀는 이렇게 말하면서 음식이 놓인 테이블에서 아예 멀어졌다.

"안 좋아. 전부. 내가 보기엔 그래요."

파스는 리틀 엔젤에게 말했다.

리틀 엔젤은 짐보 삼촌이 주둔한 근처에 파스와 함께 앉았다. 짐보와 그들 사이는 위험하다 싶을 정도로 가까웠다.

"더러운 늙은이."

그녀는 투덜댔다. 짐보는 대학에 다니는 아프리카계 흑인 미국인 사촌 로드니에게 어깨동무를 했다.

"흑인 애한테 로드니란 이름이 웬 말이야? 혹시 로드니 킹 이름을 따왔어?"

짐보가 물었다. 로드니는 리틀 엔젤에게 눈짓을 하고는 백인이 퍼붓는 질문 세례를 견뎠다. 리틀 엔젤은 왜 그가 가족 모임에 오지 않았는지 기억해냈다.

파스가 오늘 걸친 금과 보석 장신구는 평소와는 달리 3, 4킬로그램 정도밖에 되지 않았다. 그녀는 리틀 엔젤이 자신의 테니스 팔찌를 보는 시선을 알아채고 그의 얼굴 앞에 손목을 흔들었다.

"이거 마음에 들어?"

이미 먹을 것을 거절한 다음이라, 그녀는 설탕을 넣지 않은 아이스티를 홀짝였다.

리틀 엔젤은 짐보 삼촌 너머로 불쑥 나타난 청남방 커피 도둑을 관찰하면서 말했다.

"당신 무슨 파시스트라도 되나요?"

그리고 춤추는 가족들을 바라보며 여기 오지 말걸 그랬다고 생각했다.

* * *

가족들과 다 같이 둘러앉은 마리루는 거칠게 숨을 몰아쉬었다. 그녀는 파주주와 최대한 멀리 떨어져 리틀 엔젤 맞은편에 앉았다. 얼굴은 땀으로 번뜩였다.

"같이 앉아 있었던 거야?"

그녀는 숨을 헐떡이면서 물었다. 파스를 조심스럽게 무시하면서. 그러자 파스가 거들먹거리며 말했다.

"얼마나 좋아. 운동도 다 하고."

"나도 그쪽처럼 지방 흡입을 할걸 그랬지. 보톡스 효과는 어때?"

"축 처진 얼굴보다야 훨씬 낫지. 멍청한 계집애."

그들은 춤추는 사람들을 바라보았다. 그 광경이 너무나 볼만한 것처럼 말이다.

"보톡스 맞았어요?"

리틀 엔젤이 물었다.

"짜증나게 굴지 마."

"티후아나에서는 한 번에 50달러지."

마리루가 그에게 말했다. 그러자 파스가 쏘아붙였다.

"그러니까 그쪽도 꼭 해보라고. 돈이 아깝지 않을 테니. 어쩌면 레오가 돈을 좀 줄지도 모르잖아? 아직도 주고 있지? 안 그래?"

그들은 무거운 숨을 내뱉었다. 리틀 엔젤은 가축우리 안에 갇힌 거세당한 수소처럼 어색하게 앉아서 이 이글거리는 분위기가 어서 끝나기만을 기다렸다.

마침내 파스가 말했다.

"국경에 사는 너희 가난뱅이 농군들은 부끄러운 줄 알아야 해."

"우린 잘 지내고 있어. 고맙네."

마리루가 말했다.

"나라에서 주는 구호식품으로 연명하는 주제에."

리틀 엔젤은 누가 좀 도와주길 바라는 마음에 급기야는 짐보 삼촌 쪽을 바라보았지만, 짐보는 백인 제국주의자의 커피를 보고 가운뎃손가락을 들어 올려 욕하느라 정신이 없었다.

파스는 아이스티를 한 모금 마시고서 말했다.

"정말 창피하네."

결국 리틀 엔젤은 입을 열고야 말았다.

"이러지 말아요. 분위기 바꾸자고요."

파스는 그를 노려보며 말했다.

"진심인가요?"

파스가 아직 엑소시스트 악마처럼 머리를 빙글빙글 돌려대지는 않았기에 리틀 엔젤은 잠시나마 본인 의견을 말할 수 있을 거라 생각했다.

"당신 어디 살죠? 알래스카던가?"

"시애틀요."

"이야이야이야! 당신이야말로 진짜 백인이로군요. 바라던 걸 다 가진 인간."

그녀는 영어로 말했지만, '바라던 걸'이라는 말은 발음이 새서 '바래든 걸'로 들렸다.

"그럼 티후아나에는 얼마 만에 오는 건가요?"

리틀 엔젤이 말이 없자, 그녀는 덧붙여 말했다.

"그럴 거라 생각했어요."

파스는 아이스티를 다 마시고서 대꾸했다.

"당신이 멕시코시티에 가봤으리라 생각하는 건 말도 안 되는 거겠죠?"

그러자 마리루가 말했다.

"맙소사! 또 빌어먹을 멕시코시티 이야기로군."

"당신이랑 당신 엄마 말이에요. 미국 놈들."

그 말은 '뚱땡이들'이라는 말만큼이나 나빴다.

리틀 엔젤은 형이 다시 밖으로 나온 걸 보고서는 소심하게 그 자리에서 도망쳤다. 그리고 서둘러 빅 엔젤에게 다가가서는 형의 어깨에 손을 얹고 물었다.

"형, 짐보 삼촌과 싸우는 저 남자는 누구야?"

빅 엔젤은 대답했다.

"데이브야. 재는 언제나 짐보랑 싸우지. 가족의 전통 같은 거야. 둘은 은근히 즐기고 있어."

"아."

리틀 엔젤은 그저 이렇게 대답했다.

***

사탄의 히스패닉 마르코는 페를라의 화장실에서 헤어스프레이를 훔쳐다 하늘을 마음껏 찌를 높이까지 머리카락을 다시 올렸다. 그는 파티 음식을 네 접시째 먹고 있는 세사르 옆에 앉았다. 세사르는 얼굴이 자줏빛이 되고, 볼은 한껏 늘어난 채였는데도 버터 바른 식빵을 입속에 더 욱여넣었다.

"움익 어 아여와(음식 더 가져와)."

세사르는 게걸스럽게 음식을 씹으며 말했다.

"알았어, 아빠."

마르코는 이렇게 대답하고서 모인 사람들을 훑어보다 누군가를 자세히 바라보았다. 저건 누구지? 그는 몸을 돌려서 그녀를 바라보았다. 제기랄.

"저 여자애 좀 봐."

아들이 말했다. 세사르는 언제나 두 가지를 동시에 할 자세가 되어 있었다. 첫째, 먹기. 둘째, 여자애 보기. 그는 목을 길게 빼고 두리번댔다.

"나우 봐써(나도 봤어)."

그는 음식을 우물거리며 꽥꽥댔다.

"봤지?"

마르코는 벌떡 일어나 랄로에게 손짓했다.

"네 머리 꼴 좀 봐, 줏대 없는 녀석아!"

랄로가 말했지만 마르코는 아랑곳하지 않고 물었다.

"저 여자애 누구야?"

"어떤 여자애? 여기에 여자애가 백만 명이나 있다고, 멍청아."

마르코는 턱짓과 입꼬리로 어딘가를 가리켰다.

랄로는 여자애를 훑어보았다. 그녀는 창백하고 호리호리했으며 목이 길었다. 아주 까만 선글라스를 꼈고, 거꾸로 쓴 검은 캉골 모자가 베레모처럼 보였다. 그녀는 전자 담배를 피웠다. 랄로가 말했다.

"저 여자 무슨 프랑스인 같은데."

"어떻게 알아?"

"베레모 보면 알지, 이놈아."

"어후, 나 사랑에 빠졌어. 저 여자 혹시 내 친척인가?"

랄로는 어깨를 으쓱였다.

"여기 있는 사람은 따지고 보면 다 친척 아니야? 하지만 나는 재가 누군지 모르겠는데. 그러니까 아주 가까운 사촌은 아니라는 거지. 어쩌면 만나서 반갑게 인사하는 사촌 정도? 아니면 사촌의 사촌일지도. 결혼할 수 있을 거야. 가서 꼬셔봐. 네가 안 하면 내가 할게."

마르코는 내면에 존재하는 쿠키 몬스터의 기운을 확 드러내었다.

"저 여자 내 거거든."

"꼰대 같은 소리 하네."

랄로는 이렇게 말하고 사라졌다.

랄로는 정원을 가로질러 리틀 엔젤에게 다가가 한 팔을 그의 어깨에 얹고 말했다.

"여어, 삼촌. 내가 누구 소개 좀 시켜줄게."

그는 팔을 뻗더니 근처에 모인 아이들과 함께 서 있던 자그마한 젊은 여자를 잡았다. 등 뒤로 뻗은 머리카락은 보라색이었다.

"삼촌, 얘가 내 딸이야."

"네 뭐라고?"

"딸이라고. 어휴."

"오!"

리틀 엔젤은 손을 내밀며 말했다.

"처음 만나는구나."

"안녕하세요. 저는 마이라라고 해요."

그녀는 악수를 했다.

"네 작은할아버지, 리틀 엔젤이야."

"알아요."

랄로는 옆에서 으스댔다.

"마이라는 이제 다 컸지. 얘는 아주 유명한 작가가 될 거야."

"두고 봐야지!"

"얘는 크게 될 거야, 삼촌. 나를 하나도 안 닮았거든."

그녀는 휠체어에 앉은 빅 엔젤에게 다가가서 그를 안아주었다. 랄로는 소리쳤다.

"야, 너! 10대에 벌써 애 배면 안 된다!"

하지만 그녀도 맞받아쳤다.

"이제 스무 살 다 되었는데 뭘."

랄로는 손으로 눈을 가렸다.

"내가 한 짓 중에 유일하게 잘한 게 걜 낳은 거야. 적어도 올바른 일은 하나 했지."

리틀 엔젤은 고개를 돌리고 랄로가 아빠로서 뿌듯함을 느끼게 해주었다. 그는 조카를 한 팔로 안아주었다.

* * *

새 차—한 번도 가져본 적 없으니까

좋은 음악—반드시 로큰롤 아닌 걸로

스페인어!—어떻게 잊을 수 있을까

바나나를 얹은 피에도 수프(라임 주스 많이 넣어서)

라 미니!!!

나의 가족

* * *

안개는 증발해 사라졌지만, 구름은 아직도 불길하게 잔뜩 끼었다. 빅 엔젤은 그늘에 앉아 선물과 축복과 포옹과 손등에 입맞춤을 받고 있었다. 등 뒤에서 악마가 포효하는 소리가 들려 뒤를 돌아보았지만, 보이는 것이라고는 조카인 마르코뿐이었다. 두 사람은 서로 손을 흔들었다.

리틀 엔젤은 형 옆에 와서 앉았다. 그는 사람들이 빅 엔젤의 휠체어 앞에 무릎을 꿇고 감사의 말을 중얼대는 모습을 바라보았다. 형 덕분에 일자리를 구한 남자들은 고마워했다. 여자들은 고졸 학력 인증서를 따게 되었다며 고마워했다. 젊은 부부들도 보였다.

희끗희끗한 머리의 전직 조폭이 앞으로 와서 포크파이 모자를 벗었다.

"제가 폴섬 교도소에서 나왔을 때, 집에 들여서 밥을 먹여주셨지요. 당신 말고는 아무도 내 얼굴을 보려고도 하지 않았어요. 이제 전 잘 지냅니다. 감사합니다."

"그렇고말고."

빅 엔젤은 리틀 엔젤을 돌아보며 말했다.

"아우야. 바위는 산의 일부였을 적을 기억하는 법이야."

그들은 정원에 있는 바위를 응시했다.

"그럼 산은 뭘 기억하지?"

"저 바다 밑바닥이었던 시절을 기억하지."

빅 엔젤은 선불교 대승 같았다.

어떤 여자가 빅 엔젤의 휠체어 앞에 다가와 서서 그의 손을 마주 잡고 옛일을 말해주었다. 빅 엔젤이 1년 동안 아들의 보석금을 내주어서 지금 그 아들은 레드 로브스터 레스토랑의 지배인이 되었다 했다.

"형, 이거 꼭 「대부」 같잖아."

리틀 엔젤의 말에 빅 엔젤은 미소를 짓고 동생의 무릎에 손을 얹었다.

"형은 돈 코를레오네 같아."

리틀 엔젤이 말했다.

"나는 돈 코를레오네야."

빅 엔젤은 손을 뻗어 낯선 이들로부터 사랑과 키스를 받았다.

다음으로는 짐보가 다가왔다. 마치 질책하려고 온 듯한 모습이었다. 그는 빅 엔젤에게 30센티미터짜리 기다란 시가를 내밀었다.

"피워봐."

그러자 페를라가 소리쳤다.

"안 돼! 돌팔이 같은 짓 하지 마! 암 환자라고!"

"왜 안 돼?"

짐보 삼촌은 이렇게 말했다. 벌꿀주를 마신 나머지 신들의 영역에 도달한 모양이었다.

"이것 좀 마신다고 뭐가 나빠지겠어? 미친놈들의 게이 결혼을 축하하는 의미에서 한잔해. 다들 민주당원 아니었어? 어쨌든 죽을 텐데 뭐. 그냥 오늘 하루를 즐기며 살아."

빅 엔젤은 천박하게 구는 걸 싫어했다.

"바이 골리!(저런!)"

그는 이렇게 말하고 얼굴을 돌려버렸다.

그 순간, 커피 도둑 데이브가 대뜸 나타나서는 빅 엔젤의 휠체어를 짐보 곁에서 끌어내면서 말했다.

"친구여, 자네 참 무례하군. 자네의 라티노 가족들에게서 사교적 예의를 하나도 배우지 않았군 그래."

그는 빅 엔젤을 밀고 피자 상자 쪽으로 갔다. 하지만 피자는 하나도 남아 있지 않았다.

"내가 뭘 배웠는지 그쪽은 모르겠지. 하나도 몰라."

짐보는 이렇게 말하며 리틀 엔젤에게 시가를 내밀었다.

"피울 건가?"

리틀 엔젤은 말없이 그걸 바라보았다.

* * *

주방에 들어갔던 파주주가 다시 정원으로 돌아오자 사람들은 뿔뿔이 흩어졌다. 그녀가 테킬라를 마시면 파멸의 전기 후광을 두른 듯 변한다는 걸 다들 똑똑히 볼 수 있었으니까.

"내 앞길 막지 말고 꺼져."

그녀의 말에 사람들은 순순히 따랐다.

파스는 이제 파티 복장으로 갈아입었다. 지금 입은 옷은 몸에 딱 달라붙는 오렌지색 원피스로, 티셔츠 재질로 만든 것 같았다. 거기다가 무릎까지 올라오는 부츠를 신었다. 그리고 걸을 때마다 룸바 댄스를 추는 것처럼 엉덩이를 실룩였다.

"양말에 감자 두 알을 쑤셔 넣어놓은 것 같군."

마리루가 말했다.

파스는 현관 앞 콘크리트 발판에 멈춰 서서 사람들을 쏘아보았다. 그 눈에는 핏발이 서 있었다. 하지만 리틀 엔젤은 자신이 그녀의 존재에 뭔가 신비한 공포를 덧대고 있다는 사실을 기꺼이 인정하고 싶었다. 그녀는 눈길을 돌려 리틀 엔젤을 응시하면서 혐오스럽다는 듯 입꼬리를 치켜올렸다. 레오가 마당에 있던 헛간 뒤로 도망치는 모습이 보였다. *겁쟁이.*

"당신은 어떻게 생각하죠?"

그녀는 입 모양으로 리틀 엔젤에게 물었다.

"아무 생각 없는데요."

이렇게 대꾸하면 그녀가 자신의 발목을 걷어차지 않을지도 모르지.

파스는 불쌍한 세사르의 테이블로 성큼성큼 다가가서 그의 옆에 앉았다. 리틀 엔젤은 둘째 형이 입 모양으로 '내 사랑'이라 말하는 광경을 지켜보았다. 파스는 손톱을 그의 왼쪽 허벅지에 밀어 넣었다. 그들은 혀를 나누어 키스했다.

"으웩."

마리루가 한마디 했다.

리틀 엔젤이 빅 엔젤은 잘 있나 다시 보러 오자, 랄로가 자기 아빠 옆에 앉아 있었다.

“아부지.”

뒤에서 누군가가 말했다.

“응?”

빅 엔젤이 대답했다.

“왜?”

랄로도 대답했다.

그들은 모두 뒤를 돌아보았다.

거기 있는 사람은 랄로의 아들 히오바니였다. 리틀 엔젤은 믿을 수가 없었다. 마지막으로 봤을 때 저 아이는 그저 꼬맹이였는데. 지금 뭐라고 했나? 스물세 살이라고? 히오바니는 체구가 작고 피부가 어두웠으며 성미가 거칠었다. 팔과 목에는 문신을 새겼고, 머리에는 스냅백을 비스듬히 썼다. 다저스 모자군. 스페인어로 하면 ‘로스 도예르스Los Doyyers’라고 해야 하나. 목에는 금목걸이에다 귀에는 금 피어싱을 하고, 앞니에는 ‘해변playa’이라고 새긴 금니를 끼었다.

히오바니, 줄여서 히오라고도 하는 그 애는 지푸라기색 금발의 백인 여자애 둘과 나란히 서 있었다. 여자애들은 똑같이 생겼고, 굳이 차이를 따지자면 한쪽이 좀 더 밥을 잘 먹고 다닌 것 같았다. 옷도 상상을 초월하게 짧은 반바지를 똑같이 입었다. 반바지는 흰색 아니면 아주 하얗게 물을 뺀 데님 재질에 무척 얇았다. 엉덩이 살이 톡 튀어나온 아래로 덥수룩한 섬유들이 삐죽 나오고 바지 뒷주머니가 있어야 할 자리에는 주머니 무늬만이 남아 있었다. 그 애들은 벌써 음악에 맞추어 깡충깡충 뛰며 디스코를 췄다. 모두 손을 들어 올리며 입으로는 슈프림스 것 같은 노래의 가사를 따라 불렀다.

히오는 랄로와 하이파이브를 했다.

"나 그 일 저지른 놈 봤어."

아들의 말에 랄로가 대답했다.

"그런데 그게 다였지?"

"쉽지 않더라. 그래."

"난 필요 없어, 아들아. 그리고 넌 네 삼촌을 잘 알지도 못하잖아."

"무슨 말인지는 알겠어. 하지만 아부지, 나는 아주 오랫동안 이 지랄 맞은 일에 엮여왔어. 그냥 내버려둘 수가 없단 말이야. 이제는 결판을 내야 해."

히오는 옆구리를 툭툭 쳤다. 그는 셔츠를 들어 올리고는 허리띠에 삐죽 나와 있는 랄로의 은색 22구경 권총 손잡이를 슬쩍 보여주었다. 랄로가 말했다.

"너 내 거 가져갔냐?"

"의무를 다해야지, 아빠."

리틀 엔젤은 대화 내용을 알아들을 수 없었지만 알아서 좋을 게 하나도 없다는 건 알았다. 무슨 마술처럼 권총이 드러나자, 등골이 오싹해졌으니까. 너무나 순식간에 벌어진 일이라 지금 뭘 봤다고 확실하게 말할 수가 없었다.

갑자기 둘은 수상쩍고 은밀한 분위기를 온통 풍겨댔다. 고개를 푹 숙이고 어두운 눈빛을 숨기면서.

"괜찮아?"

히오가 말하자 랄로는 고개를 저었다.

"할 일은 해야지, 아부지."

그들은 일급 기밀 대화를 나누기 위해 사라졌다.

리틀 엔젤은 그들을 바라보았다. '다시는 이런 일 없기를' 하고 그는 조용히 기도했다.

미니가 그의 옆으로 다가왔다.

"가족들이 미쳤지, 안 그래, 삼촌?"

"익숙하지는 않네."

이렇게 대답한 리틀 엔젤은 방금 본 건 말하지 않기로 마음먹었다.

이윽고 히오가 돌아와서 빅 엔젤 쪽으로 몸을 숙인 다음 어깨를 조심스럽게 안았다.

"멋있게 차려놨네요, 할아버지."

"고맙다, 얘야."

히오는 빅 엔젤 옆에 쌓아놓은 포장 선물 더미에 자신도 자그마한 선물을 올려놓았다.

"머 좀 가져왔어요Brought you sompin. 생일 추카해요Happy birfday."

그 뒤에서 랄로는 발볼로 땅을 쳐대고 있었다.

"뭘 봐, 마우스?"

"오빠 약 했어?"
"그딴 거 안 해. 너나 잘해, 꺽두각시야."
"약쟁이 주제에."
그녀가 으르렁댔다.
"뭣도 모르는 게. 난 아무 문제 없거든. 내가 얼마나 말해야 알아듣겠어?"
그러다 그는 갑자기 땀을 삘삘 흘렸다.
"네가 이 다리로 한번 살아봐. 좋은가."
그러자 미니는 입을 다물었다.
"히오! 가자. 창녀들은 놔둬."
그는 백인 여자애들 쪽으로 무시하듯 머릿짓을 했다.
미니는 냅킨을 둥글게 뭉쳐서 랄로의 머리에 던졌다.
"예의 좀 갖춰!"
그녀는 돌아서서 나가는 랄로의 등에다 대고 소리쳤다. 그런 다음 고개를 돌려 리틀 엔젤을 보았다.
"여기 있는 트레일러 파크* 여자애들에게 인사해."
여자애들은 멍하니 즐거운 표정을 지었다.
"예의 좀 갖추라면서."
리틀 엔젤이 말하자, 미니가 대답했다.
"응? 내가 무례했어? 얘들아, 너희 어디 사니?"
그러자 그중 통통한 여자애가 말했다.

---

* 이동주택 주차장. 이곳에서 사는 여자들은 성매매를 하는 경우가 많다고 알려져 있다.

"우리는 트윈 오크스 트레일러 파크에 살아요. 임페리얼 비치 가는 길에요. 멕시코인들이랑 같이 살죠."

"나 무례한 거 아니라니까."

미니는 이렇게 말하며 사라졌다.

* * *

그가 미니에게 무어라 사과하기도 전에, 통통한 백인 여자애가 말했다.

"제 이름은 벨베트고요? 코베트랑 라임을 이루는 이름이죠? 제 동생 이름은 닐라거든요? 하지만 라임 맞는 이름은 없더라고요?"

그녀는 모든 말을 의문문처럼 끝을 올렸다. 마치 시인들이 시인의 목소리를 낼 때처럼 말이다.

"다들 절 키체인이라고 불러요."

닐라의 말에 리틀 엔젤이 대답했다.

"그거 흥미롭네요."

"내 앞니가 구부러져 있어서 입으로 맥주병을 딸 수 있거든요. 병따개처럼요."

리틀 엔젤은 잠시 거기 서 있었다. 이 부랑자 소녀들이 이상하게도 참 사랑스러웠기 때문이다.

* * *

리틀 엔젤은 수첩을 점점 채워갔다. 그는 랄로의 페이지를 그리고 있었다. 슬프고 축 늘어진 꽃 같은 페이지였다. 한쪽에는 소용돌이치는 검은 박쥐 떼를 그렸다. 히오. 다른 쪽인 앞쪽에는 자그마한 벌새를 그렸다. 마이라. 문득 슬픔이 벅차올랐다. 그의 부드러움이 선과 낙서로 가득 찬 수많은 페이지들을 감쌌다.

* * *

• **오후** 2:00

오후가 되자 태양이 구름을 뚫고 눈부신 빛을 산사태처럼 뿜어댔다.

사탄의 히스패닉 마르코는 프랑스 여자를 지켜보며 초조해하고 있었다. 그는 다가가서 건넬 말을 마땅히 찾지 못했다. 뭔가 분위기를 잡을 만한 말, 그녀에게 강렬한 인상을 선사할 만큼 현혹적이고 죽여주는 말이 없을까. 제길. 그는 두어 번 그쪽으로 발을 뗐지만 결국 허둥대며 세사르와 파주주 쪽으로 터덜터덜 돌아오고 말았다. 그녀 역시 자신을 바라보고 있노라고 철석같이 믿었다. 물론 그녀의 검은 선글라스가 이쪽을 돌아보진 않았지만 말이다. 하지만 눈빛은 날 보고 있었어. 그는 여자가 한번은 살짝 미소를 지었다고도 생각했다.

세사르는 핸드폰으로 마닐라에 메시지를 보냈다. '혹시 다리 사진은 없어?'

마르코는 아빠 옆에 앉아서 손바닥으로 머리를 쳤다. 패배자 같으니라고. 왜 항상 이런 식이지?

DJ가 돌아왔다. 그는 지금 「찰리와 초콜릿 공장」에 나오는 엉터리 난쟁이들이나 부를 법한 튜바 시날로아 나르코코리도*를 틀어댔다. 사람들은 달리는 말처럼 보이는 멕시코식 춤을 추고 있었다. 마르코는 이 난쟁이들 짓거리가 싫었다. 그리고 이 춤도 싫었다. 그는 한 번도 무도회에 가본 적이 없었다. 제길. 그는 사탄의 히스패닉 형상을 갖추고 있으니 여자애들이 말을 걸 법도 하건만, 다가오는 건 죄다 남자들뿐이었다. 검은색 부적응자 티셔츠를 입은 남자애들이 사탄의 뿔 손 모양을 만들어 보이면서 머리를 붕붕 흔들고 격렬하게 춤을 추었다. 코피가 났지만 탐스러운 여인들은 없었다. 그런데 이것 보게. 저기에 세상에서 제일 섹시한 여우 같은 여자가 따분하다는 표정으로 앉아 있잖아. 날 관찰하면서 말이야. 그는 블랙 진에 손을 문질렀다. 손바닥에 땀이 찼다. 좋았어.

그는 일어나서 앞길을 가로막는 수십 명의 사촌들을 이리저리 피해가며 그녀 앞에 서서 씩 웃었다.

그녀는 앞을 똑바로 쳐다보면서 전자담배의 열기를 훅 내뿜었다. 이쪽으로 연기가 퍼졌다.

---

* 거물 마약상들을 칭송하는 노래로 구성된 음악 장르.

"안녕!"

그의 말에 그녀는 행동을 멈추었다. 그리고 어렴풋한 미소를 지었다.

"안녕?"

"나는 마르코야!"

그는 소리치며 손을 내밀었지만 그녀는 보지 않았다.

"안녕. 카를로."

"마르코라고."

"그래."

그녀는 전혀 불안한 기색이 없었다. 그는 불쑥 말했다.

"너 프랑스인이야?"

"왜? 내가 프랑스인처럼 보여?"

그는 침을 튀기며 살짝 모터보트 같은 소리를 냈다.

"그래. 아니. 어쩌면 그럴지도. 나도 몰라."

"그럼 카를로 너는? 넌 프랑스인이야?"

"마르코라니까. 그럼 넌 내가 프랑스인처럼 보여?"

그는 여기서 점수를 따기로 결심했다.

"모르겠어."

"모른다고?"

"그래. 난 네가 프랑스인처럼 보이는지 어떤지 몰라."

"뭐야, 너 프랑스인 본 적 없어?"

"없어, 카를로. 한 번도. 난 앞이 안 보이거든."

마르코는 급히 자리를 떴다.

* * *

• **오후** 2:01

리틀 엔젤은 집 안으로 들어가 형이 어떤지 확인하려 했지만, 페를라가 그를 막았다.

"쉬잇, 지금 자고 있어."

그는 다시 밖으로 나왔다. 빅 엔젤의 존재가 없는데도 파티는 믿을 수 없을 정도로 알아서 잘 돌아가고 있었다.

리틀 엔젤은 엉클 짐보가 앉은 탁자 옆에 멈춰서 짐보가 억지로 그에게 건넨 시가를 돌려주려 했다. 하지만 그럴 짬이 많지가 않았다. 파스가 뒤에서 나타나 셔츠 뒷덜미를 당기는 바람에 그는 그만 휘청하고 말았다.

"레오는 어디 있어? 나 레오 찾는 중이야."

리틀 엔젤은 그녀의 손아귀에서 빠져나와서는 급히 도망쳤다.

루피타는 주방에서 사랑하는 짐보의 모습을 지켜보았다. 엘 티오 짐보El tío Yeembo라고도 하지. 모두가 그를 사랑했어! 매우 인기가 많다고. 거대한 버팔로처럼 남자다운 이. 그는 그녀를 티후아나에서 구해주었다. 물론 티후아나에서 누굴 구해줄 필요는 없지만 말이다! 티후아나 만세! 그녀는 티후아나를 사랑했다. 그래서 미국 여자처럼 생각해서는 안 된다고 스스로에게 말했다. 그는 그녀를 가난에서 구해준 것이니까.

티후아나에서 가난하게 살기는 했지만, 뭐, 그건 티후아나 탓이 아니었다.

그녀는 수세미로 닦은 커피 잔들을 높이 쌓았다. 그래. 미워해야 하는 건 가난이지. 그걸 미워해야지. 그녀는 페를라의 자그마한 식당에서 일했던 때를 기억했다. 빅 엔젤, 그 천사 같은 남자가 대출을 받게 보증을 서줘서 식당을 열 수 있었다. 자매들은 온갖 음식을 만들고 설거지를 했다. 라 글로리오사는 무척 섹시했기 때문에 테이블 서빙을 맡았다. 괜찮은 음식을 먹으러 오는 남자들은 괜찮은 여자에게 껄떡대려는 목적도 있는 법이니까. 그들은 큰 액수의 팁을 남겼고, 자매들은 그걸 나눠 가졌다. 그걸 식당이라고 부를 수 있나? 아니, 좁아터진 단칸방이라 해야 맞지! 루피타는 김이 모락모락 나는 비눗물에 담근 컵을 쾅쾅 두드리며 힘차게 설거지했다. 그래, 그 식당은 너무 작아서 테이블을 딱 네 개 두었지. 요리를 하는 조리대를 하나 설치해두면 남는 자리가 없었다. 누가 톱이랑 못 몇 개로 만들어놓은 지저분한 나무 계단을 올라가면 방이 하나 나왔다. '그게 집이었지.' 루피타는 생각했다. 마분지 상자에 옷을 보관하고, 바닥에는 매트리스 두 개를 깔았다. 그들은 건너편에 사는 성매매 여성들과 더러운 화장실 겸 샤워실을 같이 썼다. 샤워기가 변기 위에 있었기 때문에 샤워할 때는 화장지를 밖에다 내놓아야 했다. 물줄기가 온통 변기 위로 쏟아졌으니까. 그래도 매춘하는 애들은 재밌는 애들이었고, 그들은 화장품과 헤어롤을 나누어 썼다. 자매들이 번 돈은 대부분 식당에 들어갔다. 이름은 '라 플로르 데 우루아판La Flor de Uruapan'이었지. '리피스티키'라고 부르던 립스틱이나 고급 머리

끈이나 좋은 옷을 살 돈은 없었다. 뭔가 좋은 걸 사야 한다면, 그들은 당연히 라 글로리오사를 위한 물건을 샀다. 미래에 대한 투자라고 다들 생각했다. 그녀는 최고의 상품이었다. 그래서 남은 음식은 자기들만 먹고 그녀에겐 주지 않는 일이 쉬웠다. 글로리오사는 날씬한 몸매를 유지해야 하니까. 그게 가족의 생존 전략이라고, 그들은 글로리오사에게 말했다. 그러니 날씬해지라고.

그녀는 이제껏 내내 짐보에게 많은 것을 고마워했다. 그는 브라울리오와 기예르모가 총에 맞았을 때 그 자리에 있었다. 그리고 장례식 내내 쇠기둥처럼 우뚝 서서 자리를 지켰다. 불쌍한 글로리오사. 모두 그녀가 죽을 거라 생각했다. 페를라. 페를라는 완전히 무너졌다. 루피타는 매일 페를라의 집에 가서 빅 엔젤이 아내를 지키도록 도와주었다. 어쩌면 그때 그녀는 일을 그르쳤던 건지도 모른다. 왜냐하면 그녀의 짐보가 실은 압박을 견디다 못해 금이 간 상태였기 때문이고, 그녀가 알아차렸을 때는 이미 너무 늦었기 때문이다. 이 모든 일이 짐보를 얼마나 힘들게 했는지 아무도 몰랐다.

루피타는 짐보가 머리를 축 늘어뜨리다가 다시 고개를 홱 쳐들고, 그러다 또 꾸벅꾸벅 졸다가 천천히 일어나 모두를 바라보며 미소 짓는 광경을 지켜보았다. 술꾼. 하지만 괜차나Is okeh. 내 사랑. 당신은 술꾼이 될 자격을 얻었으니까.

그녀는 옆구리와 배를 손으로 쓸어보았다. 짐보와 루피타가 연애할 때, 짐보는 이런 말을 했었다.

“멕시코 여자들은 확실히 먹는 걸 참 좋아하지. 나이 든 멕시코 숙녀분이 마른 거 본 적 있어? 너희 여자들은 모두 멋있는 뚱땡이가 되잖아."

그래서 루피타는 라 글로리오사에게 조언을 들으러 갔다. 다시 한번 동생이 그녀를 구해주었다. 라 글로리오사는 다이어트와 남자를 꼬이는 환상을 유지하는 데는 전문가였다. 그 환상에 낚인 남자들은 미끼를 문 메기처럼 끌려 올라와 바로 프라이팬으로 직행하는 신세가 되었지.

루피타는 평생 고군분투하며 살았다. 참 슬프게도, 그녀의 몸은 둥근 엉덩이와 기분 좋게 빵빵한 배가 있어야 좋은 거라 여겼다. 그래서 그녀는 매일 자신의 본능과 싸웠다. 짐보? 글쎄, 그는 멋진 선원 몸매 따위는 애초에 갖다버린 지 오래였다. 솔직히 그편이 루피타에겐 편했다. 그가 뚱뚱해질수록 자신은 마른 것처럼 느껴졌으니. 그가 점점 뚱뚱한 술꾼이 되어갈수록, 잠들게 하기도 더 쉬웠다. 그녀는 짐보가 코를 골며 잠이 들면 몰래 침대에서 빠져나와 페를라의 집에 가서 설거지를 도와주었다. 하지만 그 집에 간 진짜 이유는 빅 엔젤과 늦은 저녁 시간 커피를 함께 마시기 위해서였다. 아, 이 남자란 참!

모두가 빅 엔젤을 사랑했다. 그는 과묵하고 어두웠고, 조그맣게 슬쩍 웃을 줄 알았는데 그 미소가 여자들 보기에는 참 의미심장했다. 페를라는 어떤 비밀을 알고 있을까? 빅 엔젤이 여자 마음을 얼마나 뜨겁게 달구는지 언니는 하나도 모르는 걸까. 언니를 무시하는 건 아니지만, 자기 남편이 어떤 남자인지 하나도 모르고 한 침대를 쓰고 있을지도. 하지만 그녀의 '짐보'가 어떤 남자인지는 다들 정확히 알고 있었다. 사람들은 짐보가 잘 때 수면 무호흡 환자 마스크를 쓸지도 모른다고 상상하니까.

하지만 불쌍한 페를라. 그래, 사람들은 모두 저마다 십자가를 지고 가야 하는 법이다. 루피타는 글로리오사만큼 매력적이지 않을지 몰라도, 엄연한 여자였다. 페를라는 아무것도 아닌 일에 너무 초조하게 굴었다. 쓸데없는 걱정과 의심과 의혹과 질투심이 가득했지. 언니는 분명히 알고 있었을 것이다. 빅 엔젤에게 너무 가까이 접근하는 여자들이 보일 때마다 죽여버리고 싶다는 듯이 바라보았으니까.

그러나 빅 엔젤의 그 미소! 아, 페를라는 항상 남편이 재미있는 사람이라고 생각했고, 다른 여자들도 모두 그의 눈빛을 보면 직감적으로 그가 흥분한 걸 알아차릴 거라 생각했다. 마치 여자가 누구든 그 모습만 봐도 무척 기쁜 것처럼, 그것도 성적으로 달아올랐다는 것을. 게다가 빅 엔젤은 어떻게든 페를라가 그 사실을 비밀스레 알아차리도록 만들었다. 물론 후회도 있었다. 그는 자기 여자를 배신하고 싶지 않았으니까. 하지만 인생이 다 그런 것 아니겠나. 탁자 아래로 숨겨둔 거시기가 이리저리 움직이는 걸 제어할 수 있는 놈이 누구겠나. 아, 이런, 우리 형제들은 결국 다 똑같았어.

빅 엔젤은 그의 열정을 페를라의 온몸에 쏟아부었다. 그건 참 보기 좋았다. 정말이다. 기쁘고, 사랑이 넘치는 광경이었다. 컵이 요란하게 부딪쳤다. 사랑이—정말—넘쳤다고. 솔직히 말해서, 루피타와 라 글로리오사는 자그마한 페를라가 뭐 그리 특별한 건지 전혀 이해할 수 없었다. 왜 언니였어? 당시 페를라는 벌써 나이 들고 지쳐 있었다. 그들의 리더이자 현장감독이었던 언니. 빅 엔젤은 자매들에게 신이 내린 시험과도 같았다. 좀처럼 이해할 수 없는 미스터리였다. 영적인 난제랄까. 이 말은 루피타가 「제퍼디 쇼!」를 보며 배운 것이다. 그녀는 교육을 받을 기회가 없었지만, 빅 엔젤은 매일 TV를 보며 그녀에게 새로운 영단어나 신개념을 알려주었다.

페를라가 주방으로 들어와 말했다.

"짐보가 술에 취했어."

"알았어."

"불쌍해."

"가엾은 짐보."

페를라는 다시 밖으로 나갔다.

뭐야? 짐보가 취했다는 걸 나한테 알려줄 필요가 뭐가 있어? 마치 루피타는 짐보가 취했다는 걸 모른다는 말투였다. 짐보는 언제나 취해 있는걸. 그들이 처음 만났을 때부터 취해 있었다. 티후아나에 있던 자매의 레스토랑 현관 계단 앞에 쓰러져 자던 젊은 선원. 물론 술에 취한 미국 선원을 본 게 처음은 아니었다. 하지만 식당에 다시 그들을 보러 온 건 그가 처음이었다.

그날 밤 그들은 짐보를 안으로 밀어 넣고 메누도*를 퍼 먹였다. 그건 일종의 거래였다. 짐보는 취해 있었다. 하지만 그는 페

* 고기와 감자를 넣고 끓인 토마토 스튜.

클라를 보고도 아무렇지 않았고, 더 놀랍게도 라 글로리오사에게도 관심이 없었다. 그는 처음부터 루피타를 따라다녔다. 그가 두 번째 찾아왔을 때는 꽃을 사 왔다. 그리고 점점 사적이고 친밀감을 드러내는 자그마한 선물을 사다 바쳤고, 결국 둘은 침대에 눕는 사이가 되었다. 향수, 롬포페,* 립스틱, 실크 스타킹 등등. 그 실크 스타킹은 머지않아 콜로니아 카초 근처에 있는 모텔 바닥에 한 무더기로 떨어졌다. 루피타는 웃었다. 아, 짐보! 물론 그녀는 그와 결혼할 것이었다. 이런 식으로 쉽게 미국인이 된다고? 미 해군의 월급을 받아서 미국 남편과 온갖 패물을 걸치고 산다고? 욕조가 딸린 아파트? 새 냉장고와 컬러 TV와 차를 갖추고? 그들은 그 옛날 비스타 크루저 스테이션왜건도 갖고 있었다. 그리고 그녀의 아들 타토와 파블로는 부부의 바텐더와 종업원 노릇을 하면서 얼음 통에서 차가운 멕시코 펩시와 햄 샌드위치를 꺼내다 바쳤다. 얼음 통은 루피타가 일했던 식당만큼이나 컸다. 짐보는 페드코 주차장에서 루피타에게 운전을 가르쳤고, 그다음에는 차를 끌고 사막으로 나가서 솔턴 호수를 한 바퀴 돌게 해주었다.

짐보가 오기 전에는 너무나 가난하게 살았다. 루피타는 레스토랑에서 매달 냅킨을 훔쳐다가 접어서 자기와 자매들이 쓸 생리대를 만들어야 했다. 아, 그래. 짐보는 그녀의 구세주였다. 그가 루피타 위에 올라탈 때마다, 사실은 그녀가 가끔 빅 엔젤을

* 증류주, 우유, 달걀, 설탕 및 계피로 제조한 음료수.

상상하곤 한다는 걸 굳이 알 필요는 없는 것이다.

하지만 그날, 짐보는 보았다. 그의 조카들이 자신의 가게 앞 보도 위에서 피 흘리며 무기력하게 죽어가는 모습을. 그리고 그는 그날부터 술에 취하는 법을 배웠다.

* * *

• **오후 3:14**

마르코는 네히* 두 잔을 들고 앞이 안 보이는 여자애 쪽으로 살금살금 다가갔다. 하나는 포도 맛, 또 하나는 오렌지 맛이었다. 둘 중에 고르라고 하면 되겠지? 좋았어. 사탄의 히스패닉 나가신다. 패닉은 패닉이지. 나 지금 완전 패닉이라고.

"내가 음료수 가져왔어."

그가 말했다.

"고마워."

그녀는 손을 내밀어 플라스틱 컵을 찾아 쥐었다.

"포도 맛 괜찮아?"

"으음, 포도라."

조용한 비웃음이 흘렀다.

마르코는 그만 다시 도망칠 뻔했다. 그녀가 물었다.

---

* 미국의 과일 맛 청량음료.

"너 수줍음이 많구나, 그렇지?"

"뭐? 아니, 무슨 말이야. 나는 메탈 밴드 멤버라고!"

그는 '익스트림'하게 비명을 지르고픈 충동을 애써 삼켰다.

"근데 사실은 수줍음이 좀 있긴 한 것 같아."

그는 자기 몫의 네히를 꿀꺽꿀꺽 마셨다.

"근데 어떻게 알았어?"

그녀는 입술을 슬쩍 비틀더니 마지못해 미소 지었다. 사람을 고문하는 아주 대단한 수법을 배웠군. 아무 말 하지 마라. 그러면 상대방은 그 어색한 침묵을 견디다 못해 무엇이든 다 실토할 테니까.

"앞을 못 보는 사람들은 신비한 능력이 있어. '장애'를 상쇄하기 위한 영적인 재능을 갖고 있는 거지. 너 그거 몰랐어?"

"헛소리 아니었어?"

"바보 같은 소리 하지 마."

"알겠어. 너 지금 나 놀리는 거네."

"너 얼굴 빨개진 냄새 난다."

그녀가 속삭였다. 마르코는 멀뚱히 선 채로 일그러진 미소를 지었다. 지금 웃는 것처럼 보였으면 좋겠는데. 하지만 생각해보니 상관없었다. 그런데 이를 닦았던가? 망망대해처럼 어쩔 줄 모르겠는 마음 위에 대화를 이을 만한 주제가 갑자기 구명 튜브처럼 나타났다. 마르코는 그걸 덥석 잡았다.

"스페인어 하니?"

"아, 아니. 너는 해?"

"스페인어 따위는 계집……."

그는 헛기침을 하고 말을 고쳤다.

"개잡놈이나 쓰는 말이야. 그러니까 다른 사람들 말이야. 난 안 써. 많이는."

그녀는 손으로 입을 가리고 다시 미소 지었다. 결국 마르코는 솔직하게 말했다.

"나 지금 헛소리했어."

"헛소리를 뭐 지금만 한 것도 아니잖아?"

마르코는 그녀의 존재 앞에서 안절부절못했다. 마치 그녀가 그의 발에다 45구경 권총을 쏘아대고 있다는 듯이.

"그래, 알았어. 네 말이 맞아. 나는 수줍음이 많아!"

"내가 어떻게 알았게? 솔직하게 말해줄까? 네가 나한테 인사하고 나서 곧바로 도망쳤잖아. 내가 무서워서."

마르코는 결국 인정했다.

"그랬던 것 같아."

"눈이 먼 사람을 안 좋아하니?"

"뭐라고! 아니야! 그러니까, 말도 안 되는 소리라고. 나는 장님을 만나본 적도 없어."

"네가 정치적으로 올바른 용어를 쓴다면, 나 같은 사람을 가리켜 '시각장애인'이라고 해야 하는 거야."

마르코는 뒤를 슬쩍 돌아보았다. 아빠가 자신을 보고 있었다. 그래서 아빠에게 엄지를 치켜올려 보였다. 그러자 세사르는 주먹을 쥐고 앞으로 팔을 들어서 피스톤처럼 앞뒤로 움직여댔다.

파스는 그를 무시하고 잔을 비웠다.

"야, 너 지금 나 엿 먹이는 거지."

그러자 그녀는 무시무시하게 조롱 어리고도 진지한 기색을 내보이며, 몸을 앞으로 숙이고 말했다.

"난 그저 네가 참 대단한 통찰력을 가졌구나 싶어서 감탄하는 거야. 그리고 말도 참 예쁘게 해서 맘에 들고. 하루 종일 누가 나한테 그런 말 안 해주나 찾아 헤매고 있었어."

"그 새끼 폐인이야."

지나가던 랄로가 한마디 했다.

그녀는 랄로를 본 것처럼 고개를 돌렸다. 마르코가 말했다.

"나 앉아도 될까?"

"왜 앉는 거야, 카를로?"

"마르코라니까. 너에 대한 노래를 하나 만들고 싶은 마음이 들어서. 그래서 너랑 이야기를 좀 해야겠어. 네가 재수는 없지만."

"하. 하. 하."

그녀는 무미건조하고 힘없이 중얼대더니, 마르코 쪽으로 고개를 돌렸다. 입술을 벌린 채였다. 얼굴도 살짝 빨개졌다. 손으로는 오른쪽 뺨을 쓸었다.

"정말? 노래를 만든다고?"

그는 고개를 끄덕였다. 헐. *얘는 앞이 안 보이잖아, 이 멍청아.* 하지만 그는 아무 말도 할 수 없었다.

"그럼 앉아."

그녀가 말했다.

* * *

• 오후 3:30

리틀 엔젤이 정신을 차려보니, 미니가 트레일러 파크에 산다는 여자애들과 함께 둥글게 원을 이루어 춤을 추고 있었다. 미니는 스티비 닉스처럼 몽환적으로 몸을 흔들어댔다. 닐라는 다양하게 얼빠진 남자들을 향해 엽총을 발사하듯 엉덩이를 실룩이며 트월킹 댄스를 추었다. 벨베트가 주로 추는 동작은 달리는 사람을 슬로 모션으로 보여주는 것 같은 걷기 댄스였는데 이렇다 할 형태는 전혀 없는 춤이었다. 하지만 리틀 엔젤이 추는 '춤이라는 것'보다는 낫긴 했다. 그의 춤은 백인 소년이 '피시' 콘서트에 가서 아무렇게나 몸을 흔들어대는 것 같았으니까. 우키는 하늘을 향해 웃으면서 자기 갈비뼈를 껴안고 혼자 춤을 추었다.

리틀 엔젤이 외쳤다.

"우키야, 너 아주 록 스타 같구나!"

이 말을 들은 우키는 웃었다. 리틀 엔젤은 우키가 웃는 모습을 처음 보았다.

벨베트는 리틀 엔젤을 홱 돌려세운 다음 손가락을 눈에다 대고 이상한 가면을 쓴 것 같은 포즈를 지었다. 그리고 자기 자리로 돌아가면서 그를 보고 괜찮다는 듯 고개를 끄덕이며 자기 입술을 혀로 핥았다.

* * *

라 글로리오사는 춤추는 리틀 엔젤을 지켜보았다. 신경 쓰고 싶지 않았다. 바보 같아. 하지만 쟤는 왜 저 여자애들이랑 춤추고 있지? 자기에게는 춤추자 하지도 않았으면서. 그녀는 아무도 없는 거실로 들어가 홀로 앉은 다음, 우스운 꼴이 되지 말자고 혼잣말을 했다. 그는 정말로 춤을 못 추었다.

* * *

• **오후** 3:45

이곳 베란다에 있는 사람들은 모두 행복했다. 그리고 그는 그들 앞에서 죽어가고 있었다. 그게 사실이지, 라고 빅 엔젤은 속으로 생각했다. 하지만 본인이 원했던 게 바로 이것 아니던가. 뭐, 그가 원한다면 이건 나의 파티야, 하고 소리 지를 수 있으니까. 하. 하.

"가끔 난 죽지는 않을 것 같단 느낌이 들어."

빅 엔젤의 말에 누군가 대답했다.

"안 죽을 거야."

커피를 훔쳐 마시던 데이브였다. 그는 리틀 엔젤이 사온 콜롬비아 커피를 또 한 컵 들고 있었다.

"하지만 가끔은 죽을 거란 예감도 들어."

"죽음은 환상이야."

"나한테는 실감이 난다고, 데이브."

"징징대지 마."

빅 엔젤은 소리쳤다.

"제길! 사람 말 좀 들어! 가끔은, 당장 죽을 것 같단 기분이 든다고. 오늘이 그래. 나는 오늘 죽어가고 있다는 걸 느낀다고. 난 서서히 미끄러지고 있어. 이제 몇 시간 있으면 죽는 거라고. 그게 하느님 엿 먹이고 싶을 정도로 실감 난단 말이야. 죄송합니다, 하느님."

데이브는 정원 의자를 앞으로 당겨 앉고서 무릎에 손깍지를 꼈다.

"하느님도 자네가 화난 거 이해하셔."

빅 엔젤은 발걸이를 덜컹댔다.

데이브는 이 분노 폭발을 알아채지 못한 채로 말했다.

"우리가 알아야 할 건 말이야, 죽음이 끝이 아니라는 거야. 뭐, 이건 끝나는 것이지만."

그는 많은 사람들이 태양 아래에 모여 놀고 있는 '그레이트 피에스타' 축제 사진 쪽을 가리키며 말했다.

"하지만 자네에게 참말을 하자면, 죽음은 과도기에 불과해. 그냥 다른 세계로 가는 통로인 거야. 믿든 안 믿든 상관없지만, 저 세상에 가면 1초가 천 년 같고 천 년이 1초 같은 거지. 그리고 어딜 봐도 이보다 더 좋은 축제 천지일 거야."

"헛소리 마, 데이브."

"헛소리일 수도 있지만, 아닐 수도 있지. 그건 가봐야 아는 거야."

믿음직한 늙은이 데이브는 행복한 모습으로 청록색 스타벅스 커피를 한 모금 마셨다.

빅 엔젤은 한숨을 쉬었다. 그리고 얼굴을 문질렀다. 얼굴 문지르는 이 동작도 얼마나 그리워하게 될까. 갑자기 모든 게 다 소중해졌다. 한숨도 그렇다. 한숨 쉰다는 건 얼마나 멋진 일인가. 제라늄이 보인다. 왜 제라늄을 안 보고 놔두었지?

데이브는 그를 보며 환하게 웃었다. 재 이가 저렇게 하얬나? 빅 엔젤은 본인 이도 하얗게 만들고 싶었다. 파티를 끝내자마자 죽지 않는다면 말이다.

"나와 아내는 네 아이를 두었어."

"그래."

"하나는 죽었어. 다른 하나는 죽은 거나 마찬가지고. 엘 인디오 말이야. 무슨 이름이 그렇지? 그 애들은 내 자식이 아니지만, 내 자식이야. 그리고 미니와 랄로는 여기 있지. 걔네들은 내 자식이야."

"그래."

"그 애들은 모두 자녀가 있어. 엘 인디오 빼고."

"맞아."

"그 자녀들도 또 애를 낳고 있지."

"그러게."

"내가 왜 걔들을 두고 가야 해?"

"믿으라고."

데이브가 말했다.

이 거지 같은 데이브 놈은 망설여본 적이 없나? 빅 엔젤은 속마음을 말하기로 맘먹었다.

"거지 같은 데이브 놈아. 넌 망설여본 적도 없어?"

"왜 없겠어. 당연히 있지. 심지어 이그나티우스 로욜라*도 망설인 적이 있다고. 그게 바로 영혼의 어두운 밤이라는 거야, 친구. 아무도 피해갈 수 없지. 자네가 의문을 품고 의심하지 않는다면 하나도 의미 없겠지만. 그게 바로 만사를 현실적으로 만드는 거지. 그게 우리를 사람답게 만드는 거라고. 하느님은 천사를 보내서 요정처럼 날갯짓을 하게 시킬 수도 있었고, 우주 유람선에다 럼 펀치와 만나를 실어 보내실 수도 있었어. 하지만 그랬다면 우리에게 무슨 소용이 있었겠어?"

빅 엔젤은 예의 원숭이 표정을 지으면서 고개를 저었다.

"불공평해."

"자네 너무 극적으로 구는군."

데이브는 빅 엔젤 쪽으로 몸을 숙이더니 그에게만 들리도록 속삭였다.

"개애자식."

빅 엔젤은 쿨럭이며 짧은 웃음을 토해냈다.

"네놈 자식이 너무 싫어."

---

* Ignatius Loyola(1491~1556), 스페인의 천주교 성직자로 예수회를 창립했다.

데이브는 팔짱을 끼더니 말했다.

"미겔 엔젤. 죽는 건 어렵지 않아. 다들 죽는다고. 심지어 파리도 죽지. 여기 있는 모든 사람이 다 죽어가고 있어. 아무도 죽음을 피할 수가 없다고."

그는 눈물을 글썽였다. 빅 엔젤은 그렁그렁해지는 데이브의 눈망울을 보았다.

"자네의 인생 여정이 나와는 조금 다른 것뿐이야. 죽음이란 시카고행 열차를 잡아타는 것과 같아. 노선은 백만 개나 되고, 기차는 모두 밤에 운행하지. 어떤 기차는 완행이고, 어떤 건 급행이야. 하지만 모두 낡고 커다란 기차 보관소에 있어. 간단해. 잘 죽는다는 건 불알 두 쪽으로 배짱을 부려야 하는 일이야. 불알 두 쪽을 걸고 깡으로 믿는 거라고."

"내 불알이야말로 강철 같지."

빅 엔젤이 말했다.

"크고 짱짱 울리는 불알이라고."

"제일가는 불알!"

빅 엔젤이 소리치자 데이브가 끄덕였다.

"아주 크지!"

그때 페를라가 나타났다. 그녀는 남편 옆에 앉아 손가락으로 탁자를 두드리더니, 스페인어로 말했다.

"불알이라고? 아주 크다고? 아니, 자기야. 미안, 데이브. 큰 불알에는 큰 난소가 있어야 하는 법이야."

그녀는 둘에게 고개를 끄덕이며 손가락을 저었다.

"이 삶에서? 이 죽음에서? 크고 쩡쩡 울리는 강철 난소라고 해야지, 호로새끼들."

그녀는 배를 꽉 쥐고는 튀어나온 살집을 흔들었다.

"황금 난소라고!"

빅 엔젤은 데이브에게 눈썹을 치켜올려 보였다.

"아멘."

데이브가 말했다.

블레이드 러너
시간을 좀 더
시간을 좀 더
좀 더

* * *

만약 파파 안토니오와 마마 아메리카의 영혼이 지금 이 근방을 날아다니며 둘의 자녀들과 그 자녀의 자녀들을 내려다보았다면, 이런 광경을 보았을 것이다.

랄로와 히오바니는 골목길에서 떨어진 다른 집의 더러운 차고 안에 널브러져 있었다. 둘의 코앞에는 자그마한 종이 봉지가 지저분한 카펫에 아무렇게나 펼쳐져 있었다. 히오는 등 뒤로 손을 뻗어 벨트에서 작은 권총을 뽑아 아버지에게 건네주었다. 랄로는 계속해서 봉투를 코에다 대며 온몸을 떨고 머리를 흔들어댔다. 이윽고 촐로* 하나가 방으로 들어왔다. 양쪽 뺨에 눈물점 문신이 보였다. 얼굴에는 숫자 '13' 문신도 있었다. 그는 40도짜리 보드카 두 병을 가지고 왔다.

빅 엔젤은 안에 들어가 쉬고 싶었다. 하지만 미니는 그를 말리며 아버지의 마음과는 다르게 잔디밭 쪽으로 휠체어를 밀었다. 춤꾼들이 테이블로 가면서 "잠깐만 기다리세요"라고 말했다.

짐보 삼촌은 테이블에 반쯤 누워 잠들었고, 루피타는 그의 머리를 쓰다듬었다.

페를라는 한쪽 구석에 앉아 무릎 위에 치위니 개 두 마리를 얹어놓고 조용히 울고 있었다.

진입로에는 한 무리의 젊은이들과 늙은이들이 얽혀서 담배를 서로 주고받으며 헛소리를 하고 있었다.

세사르는 라 글로리오사가 어디 있나 목을 빼고 찾았다.

라 글로리오사는 다시 생기를 되찾고 화장을 고친 얼굴이었다. 그리고 미니를 놀라게 해주려고 랄로의 차고 문을 여는 임무를 맡았다. 그녀는 웃으며 남자들과 수작을 부리고 치마를 휙휙 나부끼며 빛나는 머리카락을 흔들어댔다. 마치 그녀의 마음이 전혀 타들어가지 않은 것처럼.

파주주는 레오를 잡으려고 혈안이 되어 있었다.

마리루는 뻣뻣하게 앉아서 파스를 지켜보며 어서 떠나버리기를 빌고 있었다.

---

* 스페인과 라틴 아메리카 원주민의 혼혈.

리틀 엔젤은 우키와 앉았다. 우키는 '태양에서 온 세 번째 돌'*이라고 중얼댔다.

비싼 등록금을 내는 사립대 학생들은 떠났다.

아프리카계 흑인 조카는 깔깔대는 아가씨 일곱 명에게 둘러싸여 스페인어를 배우는 중이었다.

쿠키 몬스터 마르코는 신비한 팔촌 여자애와 진지한 대화를 나누고 있었다.

어디서 왔는지 모를 닭 한 마리가 의자 사이를 오가며 감자칩과 핫도그빵 조각을 쪼아 먹었다.

이웃 사람들은 울타리 너머로 안을 훔쳐보았다.

하얀색 아우디가 거리를 천천히 주행하고 있었다. 그리고, 노란색 스쿨버스가 집 앞 정류장으로 다가왔다. 문이 열리고, 젊은이들과 늙은이들이 소리 지르며 휘파람을 불기 시작했다.

* * *

• 오후 3:56

하루 중에는 아주 특별한 1분이 있다. 사람들 대부분은 정신이 딴 데 팔려서 그때가 언제인지 모르지만, 모든 사람에게는 그 특별한 1분이 있다. 마치 생일 선물처럼 이 세상에 오는 1분이다.

---

* Third stone from the sun, 지미 헨드릭스의 곡.

매일 오는 그 1분은 모든 이들이 사용할 수 있는 황금 거품을 창조하는 것과 같다. 하지만 빅 엔젤은 지금 자러 갈 수 없어서 속상하고 화났기 때문에 하마터면 그 1분을 놓칠 뻔했다. 짐보는 그 1분을 놓쳤다. 기절해 있었으니까. 파티가 열리는 집까지 7킬로미터를 남겨두고 아직 고속도로에 있는 사람들도 그 1분을 놓쳤다. 교통체증과 싸워가며 멕시코인들을 미워하느라 바빴으니까. 라디오에서는 IS와 국경 장벽과, 샌디에이고의 기대를 저버린 차저스 팀과, 새로운 법이 이 땅을 소돔으로 만들어버릴 거라며 울부짖는 복음주의자들과, 제일 좋아하는 토크쇼 사회자들이 더 이상 어떤 이야기도 진행할 수가 없다는 이야기와, 가뭄이 캘리포니아 전역을 싹 태우고 먼지로 사라지게 만들 때까지 계속될 거라는 이야기와, 서부의 강들이 누렇게 변하거나 엄청난 홍수가 나고 있는데 앞으로 어떻게 될지는 아무도 모른다는 이야기가 흘러나왔기 때문이다.

하지만 미니는 그 1분을 아주 잘 알고 있었다. 비록 누구에게도 설명할 수는 없었지만. 그 순간은 길고 외로운 밤중에 문득 찾아왔다. 쉽사리 잠들지 못하고 마음은 불편한 데다 음악 스트리밍 사이트에는 슬프게도 접속이 안 되는 상황이 실은 선물 같은 순간일 줄 누가 알았겠는가? 그런데 그게 선물이더라. 그녀는 불행 가운데에서 황금빛 거품을 찾아냈다.

"기다려요, 아빠."

그녀는 휠체어에 몸을 기댔다. 이러면 아부지가 투덜대는 기관차처럼 마구 김을 뿜어내지 않을 터였다.

"미니! 난 피곤해!"

"알아요. 참으세요."

그러자 빅 엔젤이 쏘아붙였다.

"네가 뭘 아냐? 아무도 내 기분을 몰라!"

"알아요, 아빠."

페를라는 초조해하며 말했다.

"얘, 그냥 아버지 들어가시게 해. 응?"

"엄마! 안 돼. 그냥 기다려봐요!"

미니가 말했다. 이걸 준비하느라 저금해둔 돈을 아주 많이 썼다. 그녀는 집 앞에서 들려오는 소란스러운 소리에 조금씩 웃기 시작했다.

"들어보라고."

뭔가 엄청나게 울리는 소리가 들렸다. 그건 팡파르였다.

"저게 뭐냐?"

빅 엔젤이 말했다.

리틀 엔젤은 일어서서 눈 위에 손 그늘을 만들었다.

"생일 축하해요, 아빠."

미니는 완벽한 타이밍에 말했다. 그녀는 지금 힘이 넘치는 상태였다. 그녀가 만지는 모든 것은 완벽하게 축복받으리라. 저절로 알 수 있었다. 미니가 말하는 동안 트럼펫이 울려댔다.

"뭐야?"

빅 엔젤이 소리쳤다.

마리아치들은 차고를 통해 행진하여 일렬로 불쑥 들어왔다.

무시무시하게 큰 소리로 신나는 음악을 연주하면서 말이다. 모든 단원은 검은색과 은색으로 웅장하게 차려입고, 진홍색 허리띠와 커다란 솜브레로 모자도 갖춰 썼다. 프릴 달린 하얀 셔츠 위로 빨간 넥타이가 우아하게 펄럭였다. 트럼펫과 바이올린, 기타론guitarrón, 기타까지. 그들은 빅 엔젤과 페를라 앞에서 반원형의 대열을 이루고 우주를 뒤흔들듯 연주했다.

빅 엔젤은 웃으며 손뼉을 치고, 또 웃으며 발을 구르고 소리쳤다. 그는 노래하고, 노래하고, 또 노래했다.

연주를 끝낸 마리아치 악단은 사람들이 바치는 경배가 별이라도 되는 듯 커다란 모자를 살짝 기울여 빅 엔젤에게 인사한 다음 열을 지어 버스에 올라타서 오후의 풍경 속으로 재빨리 사라졌다.

빅 엔젤은 미니에게 다섯 번 입을 맞추면서 계속 눈물을 훔쳤다. 그날의 마지막에, 그가 진심으로 알 수 있었던 것은 다만 자신이 멕시코 아버지라는 사실뿐이었다. 그리고 멕시코 아버지들은 자고로 연설을 하게 마련이다. 그는 딸에게 축복을 남기고 싶었다. 아름다운 말들을 모아 생명력을 불어넣고 싶었다. 하지만 그날을 충분히 표현할 말은 없었다. 그래도 열심히 노력했다.

"우리가 하는 건 말이다, 얘야. 바로 사랑이란다. 사랑이 답이야. 아무것도 사랑을 막을 수가 없어. 사랑에는 경계도 없고 죽음도 없지."

그는 뜨겁게 타오르는 손가락으로 딸애의 손을 잡았다. 복받쳐버린 페를라가 그의 휠체어를 밀고 침실로 들어갈 때까지 그 손을 놓지 않았다.

* * *

• **오후** 4:30

미니는 고개를 돌려 자신의 일족을 바라보았다. 계속 지켜보고 있자니 모두의 행동이 점점 느릿느릿해지는 것 같았다. 마리루 고모. 고모의 아이들은 모두 깨끗하고 똑똑하고 교육을 잘 받았다. 세사르. 삼촌의 아들들은 다들 다정하다. 메탈에 미쳐 있는 괴물 같은 마르코도 다정하긴 마찬가지였다. 글로리오사 이모. 저분은 엄마를 빼면 이제껏 본 여인 중 가장 강한 분이다. 자그마한 꼬마들은 엄청나게 빨리 컸고, 나이 든 신사들과 숙녀들은 갈색 정장을 입었다. 아, 하느님. 저들은 아름다웠다.

갑자기 이상한 침묵이 파티 분위기에 내려앉았다. 사람들은 조용히 앉아서 서로 이야기하거나 생각에 잠겼다. 웃고 떠드는 분위기가 음악 소리에 흡수되어 사그라져버린 듯하달까. 그날의 밀도가 모두에게 생생하게 느껴졌다. 탁자에 모여 앉은 사람들은 저마다 개인적인 감상을 중얼댔다. 갑자기 이 남자, 빅 엔젤과 있었던 과거의 일들을 떠올리며, 언제가 되었든 앞으로 분명히 닥치게 될 그 순간을 애도하면서. 모두는 보았다. 모두는 알고 있었다.

미니는 이제 나가떨어졌다. 그녀는 집 안으로 달려가 손님용

방을 걸어 잠그고 흐느꼈다.

루피타와 라 글로리오사는 식탁을 살피면서 조심조심 움직였다. 이웃에 사는 여인들은 주방에서 소란을 피워대며 빈 접시와 쟁반을 계속 날랐다. 사람들은 마당 울타리 어딘가에 나 있는 개구멍을 통해 몰래 들어와서는, 이러면 안 보일 거라는 듯 살금살금 걸어 다녔다. 립과 바비큐 치킨이 분명히 있었던 것 같은데 아무도 먹었다는 사람이 없이 사라졌다. 그래도 세사르는 그걸 어떻게든 한번 먹어보려고 했다.

우키는 모두와 멀찍이 떨어져 앉았다. 그 애는 무릎에 도미니크 닭을 안고서 마치 강아지를 대하듯 쓰다듬었다. 닭은 목을 확 빼고 사람들을 쳐다보다가, 자그맣게 꾸르륵대며 신음을 흘리고는 다시 우키의 어깨에 머리를 기댔다. 리틀 엔젤이 다가가도 닭은 난리를 치지 않았다.

"안녕, 우키."

"안녕."

"잘 있었니?"

"우키는 괜찮아."

"음악 좋아하지 않아?"

"어떤 남자가 우키를 때렸어."

"알아. 나도 속상했어."

"우키가 레고를 훔쳤어."

"왜 레고를 훔쳤어, 우키?"

우키는 닭을 쓰다듬었다. 그리고 슬그머니 웃더니 리틀 엔젤을 올려다보았다.

"그건 비밀이야."

리틀 엔젤은 손가락을 내밀어 닭의 목을 긁어주었다.

"우키랑 빅 엔젤은 비밀이 있어."

"그래?"

"아저씨는 리틀 엔젤이지."

"맞아."

"그럼 빅 엔젤이 죽으면 아저씨가 빅 엔젤이 되는 거야?"

리틀 엔젤은 멍하니 눈을 깜빡였다.

"내 생각에는 말이야, 그냥 하나밖에 없는 엔젤이 되는 거 아닐까."

우키는 닭을 내려놓았다. 그리고 일어나서 리틀 엔젤의 손을 잡았다. 이 자그마한 남자애의 손은 메마르고 나무처럼 단단했다. 그 애는 리틀 엔젤을 집 뒤의 헛간으로 데려갔다. 그리고 목깃을 더듬대어 긴 끈에 달려 있던 열쇠를 꺼내서 문 걸쇠 위 자물쇠를 열었다.

"이건 비밀이야."

우키는 다시 말하며 입술 위에 손가락을 대고서는 문을 당겨 열었다.

그리고 안으로 들어가 체인을 휙 잡아당기자, 전구 하나가 달칵 켜졌다. 전구는 전선에 매달려 빙글빙글 돌았고, 그 아래로 그림자가 이리저리 움직였다. 리틀 엔젤은 안에 무엇이 있는지 볼 수 있었다.

"우키가 만들었어."
"이게 뭐야?"
"봐."
"네가 이걸 만들었다니, 말도 안 돼."
리틀 엔젤이 말했다.

* * *

동네 저편에서는 랄로와 히오가 공포에 휩싸여 있었다. 사탕색깔의 쉐보레 임팔라가 아스팔트를 확 달구더니 다른 골목으로 미끄러져 들어갔다. 이 골목은 진창이었다. 엔진 소리는 마치 고양이 쉰 마리가 모여서 성질을 내는 것 같았다. 차가 지나간 곳으로 샛노란 먼지가 소용돌이쳤다.

"안 돼! 안 돼! 안 된다고! 너무 나쁘다, 너무 나빠. 너무 나쁘다고."

랄로가 소리쳤다. 그는 울고 있었다.

"이제 우리 어쩌냐?"

그는 신음을 흘렸다.

까마귀들이 말벌 떼처럼 그들을 덮쳤다.

"아부지, 우린 아무 짓도 안 했어."

히오가 말했다. 랄로는 조수석 창문에 딱 붙은 채로, 격렬한 흥분 상태에 밑도 끝도 없이 빠져들었다. 테킬라 한 컵과 함께 마셨던 알약과 이상한 가루의 효과가 나타난 거다. 그것도 아주

심하게. 형형색색의 빛깔이 그의 팔을 타고 내려왔고, 바지에서 솟아올랐다. 1분 전에 창문을 내리고 토했던 것 같은데. 하지만 지금 창문은 닫혀 있었다.

랄로가 기억하는 게 또 있었다. 그들은 골목으로 들어왔을 때 분명히 말했지. "그놈들은 어디에 있어?" 그러자 히오가 말했다. "그 멍청한 러플스와 친구들 말이구나. 걔들한테 15달러 주고 지하철로 가라고 했어." 랄로는 죄책감을 느꼈다. 내 아들이 이젠 다 커서 분노를 불태우며 사악한 복수를 꾸밀 정도가 되었구나. 랄로는 계속해서 잊으려고만 하는 일인데.

이제 그는 자신의 손을 보았다. 손이 빨갛나? 이거 피인가? 그의 손에 얼룩진 이 붉은색. 이건 이라크에서 묻은 진흙인가? 썩은 살 냄새가 나는가? 그의 다리에 새긴 용이 고통으로 꿈틀댔다. 그는 공포에 휩싸인 채로 용이 반바지 안으로 올라와서 꼬리를 바깥으로 삐죽 내민 꼴을 보았다. 거기서 피가 뚝뚝 떨어졌다. 오, 하느님 맙소사.

"사방에 피가 튀었어."

랄로가 말했다.

"아니야, 아부지. 진정해."

"내가 그놈 귀싸대기를 날렸다고!"

"진정하라고, 이런 제길."

그의 아들이 저쪽에 서 있던 젊은 애에게 "안녕"이라고 말한 것 같았다. 그 깡패 놈은 차고 안에 있던 자신의 구세군 소파에서 의기양양한 표정을 지었지. 머리에 쓴 멍청한 야구 모자를 한

쪽으로 기울이고 말이야. 검은 독거미를 목에 문신으로 새긴 놈이었다. 양턱에 보이는 숫자 13과 왼쪽 눈가에 새긴 두 방울의 푸른 눈물 문신. 랄로는 그 눈물방울을 노려보다가, 그게 바로 브라울리오와 기예르모를 의미한다는 걸 깨달았다. 머릿속이 네온사인처럼 깜빡였다. *이씨발새끼야개새끼야.* 깡패는 배송용 목재상자로 만든 커피 테이블 위에 마약을 놓았다. "너희들이 사러 온 게 이거야. 돈은 준비되었겠지." 그리고 피가 호선을 긋더니 벽에 부딪히고, 이내 신비하게 빛나는 조약돌처럼 녹아내렸다. 바닥은 온통 피로 질척하고 미끄러웠다.

"사방이 다 피바다야. 히오! 무선은 모두 불통이야. 우리를 구하러 오지 않을 거야."

"전쟁이 그랬지, 아부지. 그렇지?"

"하지만 그놈은, 방금이었잖아."

"아니야, 아부지."

히오는 모퉁이를 홱 돌았다. 경찰은 근처 어디에나 있을 수 있으니까.

"너. 내. 형을. 죽였지. 내가 그놈 면상에 대고 이렇게 말했어, 맞지?"

랄로가 말했다.

탕. 탕.

"네가. 네가. 네가."

그는 깡패 놈의 폐부에서 갈비뼈 사이를 스치던 바람 소리를 기억했다. 아니, 아니야. 그건 고메즈 일병이었다. LA 동부에서 온 애. 그들은 고메즈의 가슴에 벌어진 상처를 비닐 한 장으로 막고서 그의 갈비뼈가 부러질 때까지 눌러댔다. 그 골목길에 헬리콥터가 들어올 리가 없었다. 개새끼들. 여자들이 비명을 질렀다. 옥상에 널린 게 이슬람 놈들이었다.

랄로는 울부짖었다.

"히오, 히오, 우리가 뭘 한 거야?"

"아부지, 집어치워."

히오는 운전대를 잡고 씨름하면서 혹시라도 그 멍청한 새끼와 그놈 친구들이 쫓아오지는 않는지 백미러를 확인했다.

"히오!"

랄로는 히오의 눈을 지그시 들여다보았다. 눈이 튀어나오고 있잖아! 눈이 머리에서 빠져나와서, 기다란 분홍색 줄기처럼, 마치 바닷가재처럼 마구 움직이고 있잖아.

그는 깡패의 눈을 기억해냈다. 눈꺼풀에 문신을 새겼지. 눈을 깜빡여도 계속해서 이쪽을 보고 있는 것처럼. 랄로는 그가 무엇을 보았는지 몰랐다. 그 눈에 최면이 걸려버렸다. 그 눈이었다. 그 눈 때문에 지금 환각에 빠진 거다.

얼굴에 닿은 차 유리창이 부드럽고 물렁물렁했다. 뭐, 그렇게 나쁘지 않구나. 그는 신음했다.

"오, 맙소사. 우리가 그놈을 죽였어."

"헛소리 마. 숨 막혀."

차가 미끄러졌다.

"얘야?"

"난 아부지가 나쁜 놈인 줄 알았어."

히오가 말했다.

하느님 맙소사. 이놈은 너무 냉정하구나.

개다! 그들은 개를 치었다! 아니, 치지 않았다. 랄로는 개가 빠져나가는 모습을 보았다. 개를 죽이다니, 그럼 모두 다 끝이었을 거다. 더는 견딜 수 없어서 와장창 무너졌을 거라고.

"복수. 아부지가 해야 하는 건 그것뿐이야."

히오가 말했다. 그 목소리는 갑자기 녹아내려 뚝뚝 떨어졌다.

그 방 전체가 녹아내려 뚝뚝 떨어졌다. 그는 깡패의 두개골이 마치 늪 표면에서 솟구치는 그 무엇처럼 살 사이로 솟아오르는 모습을 지켜보았다. 그놈은 그대로 서 있었다. 그놈 머리만 계속 솟아오르고 또 올라서 지붕을 뚫고 나가 하늘로 솟구쳐 올랐다. 그리고 랄로는 지금 차에 앉아서 자기 손가락을 바라보다가 그 손가락이 얼마나 긴지 알아챘다. 너무 구불구불하구나. 그는 얼굴 앞에서 손을 잡았다. 그건 오징어였다.

"내 총 어디 있지?"

그는 히오에게 물었다. 그의 긴 손가락이 발목에 찬 텅 빈 권총집을 움켜잡았다.

"아부지가 던졌잖아."

랄로의 눈앞에 다시 어떤 장면이 스쳐갔다. 그들은 그 살인자를 밟고 섰다. 펜들턴 재킷 안에 있던 또 다른 만화 캐릭터로군. 나쁜 놈들 중에서도 제일 나빠 보이는 어린 남자애들에게 독을 파는 거로군. 히오는 랄로의 손에 늘씬한 권총을 슬며시 쥐여주고는 어깨로 슬쩍 밀었다. 그리고 그 남자, 총을 보지 않아도 자신의 때가 오리라는 걸 알았던 남자는 탁자 위에 마약과 알약 봉지를 떨어뜨리면서도 분명히 의아한 표정이었다. 왜 그는 자기 총을 가지고 오지 않았을까. 랄로가 마셨던 이상한 아마존의 독이 든 컵은 이제 테이블 위에서 마약 사이를 기어 다니기 시작했다. 남자의 죽어버린 눈은 잠시 공포로 아득해졌다가 다시 단단하게 돌아왔다.

"그래? 이거란 말이지, 응?"

이렇게 말했지. 턱을 높이 쳐들고.

"넌 내 형을 죽였어."

그래. 랄로는 기억해냈다.

"히오, 나는 총을 던지지 않았어."

"우리가 거기에서 나오기 전에 아부지가 그 망할 총을 던졌다고."

"제발."

랄로는 온 우주의 힘으로 애원했다.

"되먹지 못한 연설을 늘어놓고서 도망쳤잖아. 아부지."

"아니야."

"맞아, 그랬다니까."

그 말은 고무 밴드처럼 쭉 늘어나 랄로의 얼굴을 철썩 때렸다.

제발, 제발요, 하느님. 나를 불쌍히 여겨주세요, 깨어나게 해주세요.

"아빠가 그런 헛소리를 지껄일 줄은 꿈에도 몰랐어."

히오는 조롱조로 웃었다. 랄로는 소리쳤다.

"하느님 맙소사! 넌 내 아들이 되어서 그런 말을 하냐!"

랄로는 지금 자신이 맛이 가서 모든 소리가 늘어지게 들리는 것인지 알 수가 없었다. 지금은 자동차도 길게 늘어나고 있었다. 차가 갑자기 고무가 된 것 같았다. 차체는 모퉁이에서 휘어지고 늘어나서 바닷가재 같은 얼굴을 한 아들이 저 멀리 갔다가 다시 제자리로 휙 돌아왔다.

랄로가 말했다.

"넌 사람을 죽인 적이 없잖아. 넌 그저 장난이나 칠 뿐이라고, 꼬마야. 난 진짜로 사람을 죽였어. 그게 내 일이었으니까. 온몸에 피를 뒤집어썼지. 영원히. 날 살려줘!"

"그놈 은신처를 찾아냈잖아. 우리가 그랬지? 최소한 삼촌을 그렇게 죽인 놈에게 본때를 보여주었잖아. 이젠 뭐가 걱정이야?"

랄로는 발에 걸린 안장 덮개를 걷어찼다. 그 안은 대마초와 필로폰과 현금과 사슬로 가득했다.

"도와줘!"

그는 다시 말했다.

히오바니는 그를 보더니 아주 조용하게 말했다. 랄로는 이해할 수도 없고 앞으로도 이해하지 못할 그런 말이었다. 그런데도 랄로는 대답하려 했다. 하지만 말이 앞뒤가 맞지 않았고, 입에서는 계속 침만 튀어나왔다.

"우리는 잘한 거야, 아부지. 모두 사랑하지. 어쨌든 아부지가 자랑스러워."

랄로는 녹아버린 머리를 쭉 빼고 창밖을 응시했다.

"나빠. 너무 나쁘다, 아들아."

그는 말했다. 어쩌면 이 말을 어떻게든 하고 싶었던 것일지도.

"용서할게, 아부지. 아부지는 그렇게 강하지는 않으니까."

메아리. 이상한 새의 소리. 타이어가 터지고 고기에서 피가 튀는 소리. 그들이 희생자의 고깃덩이를 태우면서 차로 밟고 지나갈 때마다 들려오던 꽥꽥대는 소리. 하지만 그건 이라크였지, 캘리포니아가 아니었다. 확인해. 계속 가. 그러다 랄로는 검고 하얀 무언가를 보았다.

"돼지들!"

그는 쇳소리로 비명을 질렀다.

"침착하게 있어."

히오가 말했다.

경찰차는 한 달 렌트비 169달러 정도의 흔한 저가형 차로 바뀌었다. 랄로는 눈을 감았다. 그리고 다시 눈을 뜨자, 그건 경찰차처럼 도색한 폭스바겐 자동차였다. 긱 스쿼드* 광고를 붙였군. 그 정도는 알아볼 수 있었다.

그는 다시 울기 시작했다.

"난 무서워."

히오는 손을 뻗어 랄로의 무릎을 꽉 잡았다.

"아부지, 아부지! 잘 들어, 내 말 들려?"

---

* 미국의 가전제품 회사.

그는 기어를 저속으로 바꾸었다.

랄로는 아들을 노려보았다.

"정신 차려."

순간 랄로는 기억해냈다. 손에 든 차가운 권총은 장난감처럼 우스꽝스러워 보이는 동시에 종말이 다가온 듯 보였다. 마약은 검고 가느다란 독사처럼 혈관을 괴롭게 쥐어짰다. 무표정하게 그를 응시하는 남자는 양손을 흔들어댔다. 아들이 말했다. "어서 해. 그 새끼를 쏴버리라고."

그러자 권총이 허공에 떠오르더니, 마치 공중에서 태어난 이상한 열대어처럼 그를 바라보았다. 그리고 그 문신. 아, 하느님. 그건 바로 자신의 팔에 있는 문신이었다. 그는 그걸 긁어대고 있었다. 빅 엔젤. 바보 같은 미소. 그 머리카락. *아부지여 영원하라.*

"우리 형이 너한테 무슨 짓을 했어?"

"아무 짓도 안 했어. 죽이라는 명령을 받았어. 그래서 난 들은 대로 한 것뿐이야. 할 일을 한 거라고."

모든 시간이 랄로를 위해 멈추었다.

아부지여 영원하라

랄로는 평생 인질이었다. 브라울리오처럼 되려고 얼마나 노력했던가. 아부지처럼 되려고 얼마나 노력했던가. 하지만 아무도 될 수가 없었다. 아버지를 부끄럽게 했지. 바보 같은 노인네 아닌가. 형을 두려워했지. 아무리 해도 형만큼 마초적인 남자가 될 수 없었다. 그리고 이제껏 사람들을 설득하려고 애썼다. 나란 놈은 지금 내 앞에 앉아 있는 당신 같은 똥 덩어리랑 다를 게 없다고.

랄로는 다시 권총을 빼 들었다. 남자는 뒤로 넘어져 눈을 감았다. 이제 그가 느끼는 건 그저 슬픔뿐이었다.

랄로는 무척 안타까웠다. 세상과, 그 안에 있는 모든 것들, 죽어가서 결국 먼지로 변해버릴 모든 것들이 딱했다. 마약의 강렬한 약효가 느껴졌다. 바람을 느끼자 기억나는 것이 있었다. 야구를 할 때 흩날리던 머리카락, 태양빛의 느낌, 보기만 해도 민망한 폴리에스터 나팔바지를 입고 바보 같은 콧수염에 온통 머스터드 소스를 묻혀가며 그를 응원하던 아부지.

이제 랄로는 자신의 목소리를 다시 들었다. 마치 아버지의 목소리인 것처럼 낯설었다.

"우린 여기서 끝내야 해. 지금은 다람쥐 쳇바퀴 도는 거나 다름없어. 복수는 복수를 낳고 또 복수가 이어질 뿐이야. 넌 아무것도 갚지 않아도 돼."

권총이 옆으로 떨어졌다. 소파에 있던 남자는 눈을 뜨고 권총이 자기 얼굴에서 비켜나간 걸 보다가 갑자기 믿을 수 없다는 듯 몸을 움츠렸다. 남자의 실상이 드러났다. 그놈은 본인 얼굴을 망가뜨리고 이 세상 누구에게도 위협이 되지 못하는 나이 든 패배자였다. 총을 쏠 가치도 없었다.

랄로가 말했다.

"우리는 이러면 안 돼, 친구야. 이건 우리가 아니야. 사람들은 우리가 이 정도밖에 안 된다고 말해도, 그건 진실이 아니라고."

그는 권총을 획 당겨 장전했다. 남자는 움찔했다. 무서워서 움찔하다니. 그에게는 최악의 순간이었다.

"이게 우리야."

남자의 머리 위를 겨냥한 랄로는 방아쇠를 당겨서, 총알 한 세트를 모두 벽에 쏘았다. 남자는 뒤로 넘어가며 가슴을 부여잡고 허공에 발길질을 하며 공포에 질려 소리쳤다. 총소리가 단조롭고 딱딱하게 들렸다. 숨 막힐 듯한 연기는 푸르렀다. 권총이 달칵거리며 탄약을 쏘아댈 때마다 벽의 회반죽이 우수수 떨어져 내렸다. 남자가 고개를 푹 수그리고 우는 동안 랄로는 권총을 방 안에 휙 던졌다.

그러자 히오가 그를 잡았고, 그들은 도망쳤다.

"이런 제기랄, 아부지! 방금 뭘 한—"

랄로는 자신의 주변 세상이 불타는 느낌이었다. 그 순간 그는 현실로 돌아왔고, 정신을 차려보니 운전대를 잡은 히오의 손을 응시하는 중이었다. 운전대는 부드럽고 까만 젤리로 만든 것처럼 보였다.

"나는 지옥에 갈 거야, 히오. 주소도 적었고, 봉인도 했어. 지옥으로 배달될 거야. 나 농담하는 거 아니야."

랄로는 할아버지의 유령이 차 앞 유리창으로 기어 올라오는 모습을 보고서 기절했다.

✳

우키의 서프라이즈

이들이 리틀 엔젤의 집이 어땠는지 무슨 수로 알았지?

그는 문 안에 서서 사람들을 바라보았다. 점점 커지는 음악 소리가 귓가를 울려대서 우키가 뭐라고 중얼대는지 하마터면 못 들을 뻔했다.

크리스마스. 그래. 그들은 크리스마스를 무척 질투했다. 그리고 리틀 엔젤에게 부모님이 둘 다 있다는 것 때문에 다들 마음에 상처를 입었다. 그는 인정해야만 했다. 리틀 엔젤은 제임스 본드 슈퍼 권총과 「맨 프롬 U.N.C.L.E.」에 나오는 스파이 서류 가방, 슬롯카 레이싱 트랙, 어린이용 3D 프린터, 그리고 전기 기차를 가지고 있었지만 그들은 아무것도 없이 자랐다. 물론 제일 좋은 건, 반짝이는 푸른색 광택의 슈윈 스팅레이 자전거였다. 남자아이 선물로는 최악이라 할 수 있었지. 그들은 모두 그 자전거를

보고 생각했다. '아빠는 우리를 굶어 죽게 버려놓고서 이 부자 미국 놈은 애지중지하네.'

하지만 그들은 돈 안토니오가 이 연약하고 작은 백인 남자애를 다루는 교육법을 보지 못했다. 리틀 엔젤이 자전거 타는 법 배우기라는 예술을 어떻게 배웠던가. 남자답게! 리틀 엔젤은 할리 오토바이를 한 번도 본 적이 없었다. 그는 아버지가 그런 걸 타고 다녔다는 걸 전혀 몰랐다. 그들이 '투-부 드라이브 인' 자동차극장에 가서 애덤 로크의 바이커 무비를 보았을 때조차도 아버지는 오토바이 이야기를 한 적이 없었다. 돈 안토니오는 자전거가 이 애를 강하게 키울 수 있는 도구라고 여겼다. 모든 것은 그 애를 남자로 키우는 도구였다. 돈 안토니오는 다른 아들도 허리띠를 휘둘러 가르쳤고, 그건 리틀 엔젤에게도 효과가 있었다.

백인 남자아이가 느꼈던 자전거의 공포, 아니 넘어지는 공포, 아플 거라는 공포를 보며 돈 안토니오는 치욕을 느꼈다. 아플 거라고 무서워하다니, 그게 대체 무슨 소리인가. 자전거에 보조 바퀴를 달 거라니, 말도 안 된다. 그는 리틀 엔젤을 자전거에 앉혀 균형을 잡아놓고 대로로 밀었다. 일단 자전거 속도가 빨라질 때까지 잡아준 다음, 손을 놓고서 겁먹은 아이가 이리저리 흔들리다 결국 어딘가 부딪혀 보도블록 위로 쓰러져 우는 모습을 지켜보았다. 돈 안토니오는 아이에게 걸어가 손을 내밀었다. 해변에서 수영을 배웠을 때와 똑같았다. 리틀 엔젤은 아버지가 자기를 구해줄 거라고 생각했다. 하지만 돈 안토니오는 아이를 잡아 일으켜 다시 억지로 자전거에 태웠다. 울고 빌어도 소용없었다. 그리고 또 달린 다음 넘어졌다. 그 상황이 반복되었다. 바지의 무릎 부분이 찢어졌다. 왼쪽 무릎과 코에서 피가 났다. 하지만 자전거를 잘 탈 수 있게 될 때까지 계속 넘어져야 했다.

거기엔 선택지가 없었다. 그러니 문제도 없었다.

리틀 엔젤의 어머니가 아버지를 내쫓자, 돈 안토니오는 빅 엔젤에게 가서 같이 살았다. 리틀 엔젤은 그때 이미 다른 지역에서 대학에 다니는 중이었다. 그 후 어머니가 자다가 예기치 못하게 돌아가셨다. 그녀는 리틀 엔젤의 사진을 침대 맡에 두고 살았다. 머리맡에는 『주니어 리그 쿡북』*도 있었다.

어머니의 분골을 대양에 뿌리는 일은 참 간단했다. 그 자리에는 리틀 엔젤과 어머니의 직장인 본스 슈퍼마켓의 식료품 코너에서 같이 일하던 친구들 몇 명이 전부였다. 결국 친척들은 오지 않았다. 물론 언제나처럼 의리가 있는 세사르가 선착장에 나타나 우울한 모습으로 배에 오르긴 했다.

리틀 엔젤은 셔츠에 자신의 이름표를 꽂았다. 그들을 바다로 태우고 나간 선박 회사는 사람들에게 장미꽃과 샴페인 한 잔을 제공했다. 멀리서 본 샌디에이고는 그가 보기에 바싹 말라비틀어진 모습이었다. 돌고래들이 배 주변에 나타난 걸 보고, 식료품 코너 아주머니들은 길조라고 해석했다. 어머니의 잔해가 물 아래로 퍼져가자, 그 위로 햇빛이 한 줄기 반짝였고 아주 잠시 동안 그녀는 찬란하게 빛났다.

---

* Junior League cookbook, 1950년대부터 발행되어 온 미국의 유명 요리책.

* * *

• **오후 5:00**

"네가 인사하러 오기 전까지는 너무 지루했어. 우리 가족들은 다른 사람을 무서워하거든."

그녀가 말했다.

쿠키 몬스터 마르코의 머리는 이미 처졌다. 그는 탁자에 올려 둔 주먹으로 턱을 괴고서 그녀의 창백한 얼굴을 바라보았다. 여자의 이름은 릴리아나였다.

"나도 다른 사람인데."

그의 말에 릴리아나는 착한 강아지를 쓰다듬듯 마르코를 쓰다듬었다.

"물론 넌 다르지."

"이런."

"나를 릴리라고 불러도 돼."

"그러지 뭐."

릴리. 어쩜 이토록 죽여주게 대단한 이름이 다 있나?

그녀는 아버지 쪽의 팔촌으로, 마사틀란에 사는 치과 의사의 딸이었다. 랄로가 말한 것처럼 키스해도 별 탈 없는 먼 친척이었다. 샌디에이고 대학교에 다니고, 태어날 때부터 앞이 보이지 않았다고 했다. 그리고 마르코와 동갑이었다. 파리에 가본 적이 있다고 했고, 파리가 아름다운 곳이라 해서 마르코를 어리둥절하게 만들었다. 아름다운지 어떻게 아는데? 냄새가 아름답나? 그건 분명 아닐 텐데. 파리에 갔다 온 아버지 말에 따르면 거기서 오줌 냄새가 난다던데.

"네 밴드 이야기가 너무 듣고 싶어."

그녀의 말에 그는 자랑을 했다.

"음, 우리 음악은 아주 다크하지."

"나 다크한 음악 좋아! 너에게 새로운 예명을 지어줄게. 멋지고 다크한 걸로."

그렇지 않아도 예명을 만들까 생각한 적이 있는데. 그녀는 매 순간마다 완벽하게 다가오고 있다.

"말해봐."

"니힐 융."

"네일 영?"

"아니야, 바보야! 니힐이라고. 알겠어? 융 몰라? 칼 융 있잖아? 아, 아니다. 이건 대학생들끼리 통하는 유머라서."

윽.

"너 뚱뚱하니?"

그녀의 물음에 마르코는 대답했다.

"응. 완전 뚱뚱해."

릴리는 웃었다.

"네 악마 같은 목소리로 소리쳐봐."

"윽, 뭐야."

"날 위해서 해봐, 카를로. 질러보라고. 뚱뚱하다고 아주 목이 찢어져라 외쳐봐."

"나 마르코라니까. 그리고 사람들이 듣고 있어."

"그러니까 해보라고. 그게 요점 아니야?"

그녀는 손바닥으로 탁자를 쳤다.

"날 위해서 너를 희생해봐."

"나는 뚱뚱하다!!!"

극악한 악마의 목소리가 쩌렁쩌렁 울렸다.

그리고 둘은 탁자 위로 엎어졌다. 같이 거품 목욕을 하는 네 살배기 쌍둥이처럼 낄낄대면서. 몇몇 사람들이 목을 빼고 그들을 바라보았다. 마르코는 손을 흔들었다. 그는 매우 행복했다.

"사람들이 보고 있어?"

"죄다 보고 있지."

"빨리 나한테 키스해."

그녀는 탁자 위를 손가락으로 마구 더듬으며 그의 손이 어디 있는지 찾았다.

"사람들이 보고 있을 때 하라고."

그는 릴리에게 가벼운 키스를 했다.

"격렬하게 퍼부어봐."

그녀는 이렇게 말하며 그의 손가락을 꽉 쥐었다.

"어젯밤에 이런 꿈을 꾸었거든. 들어봐, 들어보라고. 미친 거 같긴 하지만. 난 사람들이 꿈 이야기 하는 거 원래 싫어해. 하지만 이건 진짜 이상한 꿈이었어. 내가 어떤 들판에 있었어. 여름날이었고, 알겠어? 그러니까, 완전 화창한 날이었어. 새들이 지저귀는, 한마디로 완벽한 날이었지. 들판은 온통 황금빛이었고, 하늘은 새파랬어. 그런데 거기에 커다란 초록색 나무들이 있었어. 아주 보송보송한 하얀 구름들도 작게 떴고.

네가 무슨 생각하는지 알겠어. 그러니까, 내가 어떻게 볼 수 있었냐는 거지? 그건 나도 몰라. 하지만 그냥 꿈에서 봤어! 어쨌든, 그래서 이런 일이 일어난 거야. 하늘에 사람들이 있었어. 들판 위로 펼쳐진 케이블에 매달려 있었어. 마치 장식물처럼. 초현실적이지."

"휴거 말인가."

마르코는 이렇게 말해보았지만 그녀는 대뜸 대꾸했다.

"아니거든, 이 멍청아."

"재수 없어."

"네가 더 재수 없어."

그는 릴리의 얼굴을 노려보았다. 그 얼굴은 기쁨 가득한 모습으로 생생하게 움직였다. 마르코는 알았다. 그래, 이 애는 어디 딴 세상에 살고 있는 듯한 표정을 짓고 있지만, 실은 다른 사람의 얼굴을 본 적이 없기 때문에 '보통 표정'이라는 게 뭔지 모른다. 그녀의 입술은 분홍빛으로 빛났고, 비록 자신을 볼 수 없다 하더라도 그녀의 눈을 보고 싶은 마음이 너무 간절해졌다.

"내가 이걸 어떻게 봤던 걸까, 카를로?"

그녀가 물었다.

"마르코라니까. 그리고 나도 모르겠어."

그는 허리를 굽히고 그녀의 손 향기를 맡았다.

"나한테 대고 킁킁대지 마, 변태야!"

그녀는 이렇게 말했지만 손을 빼지는 않았다.

그는 그 손마디에 키스했다.

"어우, 세상에."

"난 모르겠어. 설명해봐."

"나도 몰라. 하지만 잠시라도 네 머릿속에 들어갈 수 있다면 뭐든지 할 거야. 내가 본 게 진짜인지 아닌지 보고 싶어. 무슨 수를 써서라도."

"네가 생각하기에 파란색이었던 게 알고 보면 빨간색일 수도 있으니까."

"아니면 한 번도 보지 못한 색일 수도 있고."

"아니면 색이 없을 수도 있고."

"파란색이라고! 파랗다는 건 꽃 사이로 부는 바람의 색이야. 그렇지?"

그는 그녀의 손에 다시 키스했다.

"바로 그거야."

"너 내가 좋아서 미치겠지, 그렇지?"

"진짜 그래."

그는 일어섰다. 둘은 손을 잡고 파티장을 빠져 나가며 계속 웃었다.

그들은 세사르의 차를 훔쳐 타고서는 돌아오지 않았다.

* * *

처음에 리틀 엔젤은 자기가 지금 무엇을 보고 있는지 확실하게 단언할 수 없었다. 하지만 서서히 그 웅장함이 실감나기 시작했다. 어쩌면 색깔 때문에 더욱 놀라 그런지도 모른다. 우키는 색의 조화를 전혀 고려하지 않고 만들었다. 그래서 시야가 온통 알록달록했다.

"우키가 만들었어."

우키가 말했다.

리틀 엔젤은 그 자리에 서서 손을 맞잡고 숨을 내쉬었다.

"이거 만드는 데 얼마나 걸렸니, 우키?"

"둘 년. 응. 둘 걸렸어."

알록달록 플라스틱으로 만든 형체들.

헛간에는 작업대가 있었다. 그 너머 빈 공간은 원래라면 갈퀴나 손수레, 자동차도 넣어놓을 큰 공간이었겠지만, 빅 엔젤이 아직 걸을 수 있었을 때 우키와 함께 그곳을 모두 치웠다. 빅 엔젤은 신문과 잡지에서 사진을 오려다가 한쪽 벽에 거리의 지도를 만들어두었다.

"해본 적 있어?"*

우키가 물었다.

탁자 위에는 메모와 그림들이 더미로 쌓여 있었다. 흩어진 종

---

* Are You Experienced. 지미 헨드릭스의 데뷔 음반 제목. 마약을 해본 경험이 있느냐는 의미라고 알려져 있다.

이들에는 모두 연필로 선을 그려놓고 크레파스로 칠해놓았다.

"우키의 청사진이야."

우키가 말했다.

그건 무척 거대했다. 광대한 코로나도 다리의 모습이 오른편으로 굽이굽이 이어졌다. 우키는 그 근처 바닥 부분에 꼼꼼하게 샌디에이고의 모형을 지어놓았다. 레고로 만든 고층 빌딩과 호텔, 심지어 스타 오브 인디아호가 정박해 있는 부두까지 보였다. 자그마한 거리들도 있었다. 어떤 거리는 아직 다 만들지 않아 블록 몇 개만 놓였지만, 어떤 거리는 미치도록 꼼꼼하게 만들어졌다. 브로드웨이가 눈앞에 생생히 펼쳐졌다. 낡은 울워스 빌딩은 리틀 엔젤이 기억하는 그대로였다. 그리고 I-5 고속도로가 있던 텅 빈 강바닥 아래에는 철사로 만든 에펠탑 모형이 보였다. 리틀 엔젤은 잠시 얼떨떨해졌다가 이내 우키가 거기에 붙인 종이를 알아보고 그제야 웃었다. 'KSON'이군. 그래. 이건 컨트리 음악 방송국 안테나 타워였다. 다리의 남쪽에 있지. 그러자 옛 추억이 한꺼번에 밀려들었다. 어렸을 때 자기도 그걸 보며 에펠탑이라고 생각했지.

"우키!"

"응."

우키는 웃으면서 손뼉을 쳤다.

"우키!"

"퍼플 헤이즈!"

왼쪽 벽면으로 이 동네의 미니어처가 보였다. 로마스 도라다스였다. 우키는 그쪽으로 허둥지둥 가더니 어딘가를 가리켰다.

"빅 엔젤 집."

리틀 엔젤은 고개를 끄덕였다.

"우키 집."

그 애는 다음 블록을 가리키며 말했다.

둘은 바닥에 앉아서 플라스틱 도시 모형을 바라보았다. 우키는 제일 잘 만든 탑들을 가리켰다.

"저거 엘 코르테스 호텔. 저건 가스램프 쿼터. 우키가 제일 좋아해."

새로 생긴 호튼 플라자 쇼핑몰은 우키가 만든 도시에 들어 있지 않았다. 그 안에 있는 건 옛 호튼 플라자였다. 분수대와 자그마한 벤치와 플라스틱 야자나무들이 보였다. 그곳은 이미 수십 년 전에 사라져버렸는데. 하지만 리틀 엔젤은 지금 새로 들어선 화려한 가게들보다 그편이 더 낫다는 걸 알아보았다. 다 허물어져가는 영화관들이 늘어선 아래로 선원들과 부랑자들이 어슬렁거리고 있었다. 버스들이 옆으로 섰고, 자그마한 차들이 브로드웨이로 줄지었다.

"우키가 핫 휠* 훔쳤어."

우키가 고백했다.

그들은 웃었다.

"우키는 버스가 필요해."

* 미국의 장난감 회사인 마텔에서 생산하는 장난감 자동차 브랜드.

"매치박스*에서 나와."

"버스가 있어?"

"그럴 거야. 트럭이랑 택시도 다 있지. 내가 찾아볼게."

리틀 엔젤은 아이폰으로 우키와 함께 몇 분 동안 매치박스 자동차를 샀다.

"봐, 우키! 배달 트럭도 있어. 소방차도 있고. 우편배달차도 있네."

"사."

"이야, 폭스바겐 캠핑카도 있어."

"우키 사줘."

두 사람은 모형 기차 세트 크기에 맞게 제작된 자그마한 비둘기 떼 모형을 찾고서 하이파이브를 했다. 경찰도 있었다. 1950년대 모자를 쓴 사업가들도 있었다. 리틀 엔젤은 주문하고 또 주문한 것들에 빅 엔젤의 주소를 썼다. 우키랑 그 방에 얼마나 오랫동안 앉아 있었는지 가늠이 되지 않았다. 하지만 오늘은 인생 최고의 날이라 할 만했다. 그는 우키를 껴안았지만, 우키는 그를 밀어냈다.

"비행기다!"

그는 자그마한 금속 747 비행기 모형을 들고서 소리쳤다.

둘은 그걸 철사에 묶은 다음 대들보에 매달아서 비행기가 착륙을 준비하는 것처럼 보이도록 했다.

* 장난감 자동차 브랜드 이름.

"이거 봐."

우키는 자그마한 닷지 차저*를 들었다.

"찻길로 다니는 거야."

그 애는 미니카를 리틀 엔젤에게 건네주더니 도시 모형으로 고갯짓을 했다.

"해봐."

"정말?"

"응, 응. 놔."

엔젤은 무릎을 일으킨 다음 7번가에 차를 놓았다. 우키는 눈을 가늘게 뜨더니 고개를 저었다. 엔젤은 브로드웨이로 차를 움직였다. 그곳은 바다 근처였고, 유니온 스테이션에 맞닿은 곳이었다. 우키는 고개를 끄덕였다.

"우리 형이 이거 만드는 걸 도와줬구나."

"빅 엔젤. 응. 나한테 비밀을 말해줬어."

"무슨 비밀?"

"비밀이야."

"무슨 비밀인데, 우키?"

우키는 자기 머리를 톡톡 쳤다.

"우키는 천재야."

"너는 언제나 빅 엔젤 말을 들어야 해. 빅 엔젤 말은 항상 맞으니까."

---

* 미국의 스포츠 세단 브랜드.

"잠깐만, 나 하늘에 키스 좀 할게!"*

그들은 손을 잡고 경건하게 침묵하며 낙원을 곰곰이 살펴보았다.

***

오늘

* scuse me while I kiss the sky! 지미 헨드릭스의 노래 「Purple haze」의 가사. 'kiss the sky'는 'kiss this guy'를 의도적으로 변형한 것이라는 해석이 있다.

✳

고백

우키는 자물쇠를 잠그지 않고 두었다. 리틀 엔젤이 나중에 다시 안으로 들어가 볼 수 있게 해준 것이다. 리틀 엔젤은 서둘러 큰형에게 가서 비밀의 도시를 보았다고 말하려 했다. 그가 본 것은 그보다 훨씬 더 놀라웠다. 그는 처음으로 형의 본모습을 보았다. 그의 형, 자신의 생명이 다해가고 있다는 걸 안 형은 미친 아이와 차고 속에 틀어박혀서는, 아무도 보지 못할 꿈을 현실로 만들었다. 이제껏 조금 의심한 적이 있긴 하지만, 이제 리틀 엔젤은 빅 엔젤을 믿고 떠받드는 열렬한 신도의 대열에 흔들림 없이 합류했다. 완전히 빠져들었다고나 할까. 빅 엔젤이야말로 보살님이다.

밖은 어두웠다.

리틀 엔젤은 누나가 앉은 탁자 앞에서 걸음을 멈추었다. 마리루는 슬픈 모습으로 레드 와인 한 잔을 마시고 있었다. 활활 타오르는 모기퇴치용 횃불이 어쩐지 로맨틱한 분위기로 빛나는 것도 같았다. 그녀는 한숨을 쉬었다. 왜 이 파티에 참석한 사람들은 잠시라도 멈추어 서서 생각이란 걸 하지 못하는지 이해가 안 됐다. 왜 이 사람들이 모두 그녀의 어머니를 잊어버렸는지, 왜 여기 온 이유를 잊어버렸는지 이해가 안 되었다. 모두 죽어가고 있는데, 아무도 신경 쓰지 않다니.

"우리 가장께서는 어디 계시지?"

리틀 엔젤이 물었다.

그녀는 두 손을 모아 뺨에 댔다. 그리고 눈을 감고서 가족 특유의 원숭이 표정을 지었다. 이건 분명히 낮잠을 잔다는 표현도 되겠지.

"달리 어딜 갔겠어? 우리 불쌍한 오빠."

그녀가 말했다.

리틀 엔젤은 계속 움직였다. 빅 엔젤이 일어날 때까지 그 방에 앉아 있어야겠군. 이제 잘 자라고 말할 시간이 다가온다. 아늑하고 조용한 호텔 방이 상상되었다. 자신이 나약한 놈으로 느껴졌지만, 이만하면 된 거지. 그는 자신의 가족이 이 모든 활동을 어떻게 끌고 왔는지 상상이 가질 않았다. 모두들 그를 기진맥진하게 만들었다.

잠시 동안 그는 라 글로리오사가 자신의 곁에서 잠든 모습을 상상했다. 이 가슴에 그녀의 머리를 얹고서, 머리카락을 이 얼굴에 흩날리면서.

서커스 같은 이 짓이 날마다 계속되어왔다는 생각에 갑자기 정신이 번쩍 들었다. 그가 아직 어렸을 적에, 아빠와 엄마와 셋이서만 살았을 적에, 그는 이런 식으로 떠들썩한 가족의 분위기가 자신의 집에도 있으면 좋겠다고 바라기도 했다. 하지만, 지금은 절대 싫다. 시애틀에 있는 그의 집은 배션 섬이 마주 보이는 조용한 풍경의 하얗고 파란 아파트였다. 그는 베인브릿지 여객선이 퓨젓사운드만을 가로지르는 모습을 바라보곤 했다. 갈매기와 까마귀 먹이로 빵을 베란다 난간에 놓아두는 삶. 한번은 아파트 단지 옆에 있는 숲에서 나온 여우가 해변을 종종걸음으로 지나는 모습을 본 적도 있었다. 시호크스 미식축구 경기가 열릴 때를 제외하면, 그의 삶은 조용했다. 심지어 여자친구가 자고 가는 것도 별로 좋아하지 않을 정도였으니.

그는 파스가 파티 참석자들을 노려보고 있다는 걸 알아차렸다.

페를라는 살짝 침울해져 있었다. 견딜 수 없는 슬픔이 그녀를 짓눌렀다. 그녀는 남편이 죽으면 따라 죽을 거라고 굳게 마음먹었다. 하지만 어쩔 수 없이 외로운 나날을 보내며 가족들을 돌보다 죽게 되겠지. 그래도 요리는 될 수 있으면 안 할 거다. 샴페인 한 잔이 그녀의 손에서 기울어졌다. 옆에는 나이 든 아주머니 둘이 카드게임을 하고 있었다. 리틀 엔젤은 그녀를 안고서 정수리에 키스해주었다.

라 미니는 팔짱을 낀 채로 서서 아무 데도 보고 있지 않았다. 리틀 엔젤은 그녀에게 가서 팔을 둘렀다.

"넌 잘했어."

"삼촌은 그렇게 생각해?"

불쌍한 엘 티그레는 일을 하러 나가야 했다. 그녀는 남자친구도 없었다. 그래서 혼자 놀고 있었다.

"마리아치 괜찮았어?"

"천재적인 생각이었어."

그녀는 눈을 내리깔며 미소를 지었다.

"랄로는 어디에 있어?"

"아들이랑 어딜 가던데. 어떤 놈한테 볼일이 있다면서."

"좋은 일은 아니겠구나."

그들은 파주주가 마리루의 얼굴에다 손가락질을 하며 훈계하는 광경을 지켜보았다.

"가봐야겠어."

가족의 보안관인 미니는 이렇게 말하며 서둘러 그들 쪽으로 달려갔다.

리틀 엔젤은 세사르는 어디 있나 의아했지만, 이윽고 거실 소파에서 잠들어 있는 둘째 형을 발견했다.

그는 복도를 지나 빅 엔젤의 방으로 들어갔다.

* * *

멕시코 보살님은 방 안에 계셨다. 파란색 잠옷 바지에 스포츠 양말을 신고 있었다. 위에는 흰색 속옷을 입었다. 결국 자는 건 아니었군. 커피 도둑 미국인 데이브는 침대 발치에 앉아 있었다.

데이브가 일어섰다.

"가브리엘. 안녕하신가."

그는 손을 내밀었다.

"데이브, 맞죠?"

그들은 악수를 했다.

"리틀 엔젤이라고 불러주세요."

"들었소. 방금 그쪽 이야기를 들었던 참이었지."

그들은 원망스러운 눈초리로 빅 엔젤을 바라보았다.

"난 이 집안의 일급 비밀이죠, 데이브."

그러자 빅 엔젤이 말했다.

"너무하네. 우리는 우리 나름의 삶이 있었다고. 알잖아."

"나도 그래."

리틀 엔젤이 말했다. 이 순간이 벌써 조금 떨떠름해져버렸다는 사실에 살짝 놀라웠다.

데이브는 형제들을 지켜보더니 말했다.

"어쩌면 당신은 이들의 귀한 보석일지도 모르겠소."

빅 엔젤의 목소리가 갈라져 나왔다.

"아주 좋아, 데이브."

그는 거기 서서 둘을 빤히 바라보았다. 그의 눈빛은 집중력이 무척 강해서 매 순간의 생기를 허공에서 마구 빨아들였다.

"봐, 데이브는 내가 이걸 읽을 수 있을 거라 생각해."

빅 엔젤이 말했다. 발치에 책 더미가 있었다.

데이브는 그 말을 무시했다.

"우리는 여기서 고백을 듣고 있었지."

데이브가 리틀 엔젤에게 말했다.

"고백이라고요?"

리틀 엔젤의 물음에 빅 엔젤이 대답했다.

"빨리 읽어야겠어."

리틀 엔젤은 책을 집어 들었다. 토머스 머튼의 『칠층산』. 브래넌 매닝의 『하나님의 은혜』와 『신뢰』. 프레드릭 비크너의 『하나님을 향한 여정』.

"가볍게 읽을 것들이라."

그가 말했다. 데이브는 빅 엔젤 쪽으로 고갯짓을 했다.

"시간이 좀 더 있었더라면, 불교 경전도 몇 권 가져왔을 거야."

"데이브는 내가 믿음을 가지길 바라고 있어."

빅 엔젤이 말하자, 데이브가 대답했다.

"솔직히 말해서 지금은 늦었어. 하지만 해볼 만은 하지. 마지막 순간까지라도."

"무슨 믿음요?"

리틀 엔젤이 묻자, 데이브는 뒤로 턱 기대앉으며 빅 엔젤에게 미소를 지었다.

"하나님을 믿으래."

빅 엔젤의 말에 데이브가 덧붙였다.

"부분적으로."

"암에 걸려서?"

리틀 엔젤은 약간 날카롭게 대꾸했다.

데이브가 말했다.

"넌 네 막냇동생에게 이 책들을 물려줘야겠다."

시곗바늘이 재깍거렸다.

"알겠냐?"

빅 엔젤이 말했다. 그는 이제 리틀 엔젤을 바라보았다.

"내가 이 개새끼에게 말했어. 난 이런 거 읽을 시간이 없다고. 내 모든 삶이란 건 이제껏 딱 세 마디를 계속 반복하는 삶이라고. '오늘 난 죽는다.'"

"지금 형 소름 끼치게 구는 거 알지."

"나도 계속 그 말을 하고 있었네."

데이브가 말했다.

빅 엔젤은 왼손을 떨기 시작했다. 그는 손을 엉덩이 밑으로 감추었다.

라 글로리오사가 탁한 오렌지와 갈색 액체가 담긴 잔을 들고 방 안으로 들어왔다.

"아구아 데 타마린도*를 가져왔어요."

그는 빅 엔젤의 침대 옆 탁자에 잔을 내려놓으며 말했다.

"내가 제일 좋아하는 거야."

그녀는 빅 엔젤의 머리를 쓰다듬어주었다.

"차갑지는 않지?"

"안 차가워요."

* 중남미 전역에서 마시는 음료로, 콩과 식물인 타마린드 열매를 삶아 설탕을 탄 음료다.

"차가우면 마실 때 칼을 삼키는 것 같아서."

"알아요."

"화학요법 치료를 하고 나서부터 그래."

"맞아요. 이제 약 드세요."

"이가 아파. 다 아파."

"그래요, 귀여운 분."

그녀는 이렇게 말하고는 나가면서 데이브를 보고 인사했다.

"안녕하세요, 신부님."

데이브는 손을 들어 그녀 뒤로 축복을 내렸다.

"신부님이라고요?"

리틀 엔젤이 묻자 빅 엔젤이 설명했다.

"얘는 내 신부님이야."

데이브도 말했다.

"정말이오. 예수회 소속 데이비드 마틴 신부요."

"예수회라고. 내 장례식을 봐줄 거야."

"아, 집어치워!"

리틀 엔젤이 말하다가 사과했다.

"죄송합니다, 신부님."

"걱정 말게. 예수회 신부들도 그런 말 하니까. 프란치스코가 교황이 되었을 때 이 세상에 있는 예수회 신부들이 죄다 '아, 집어치워'라고 말했지."

그는 엎드려 있는 이 집 가장에게 고개를 끄덕였다.

"우리는 마지막 의식을 언제 할지 논의 중이었소."

"오늘 밤에 죽을 거야?"

리틀 엔젤의 물음에 그의 형은 대답했다.

"응. 오늘."

데이브는 고개를 저었다.

"내 보기엔 아직 시간이 더 있는데."

"형은 아주 아픕니다."

"나 아직 여기 있다, 멍청이들아. 내가 여기 없는 것처럼 말하지 말라고."

리틀 엔젤은 책을 내려놓고 침대 발치에 같이 앉았다.

"아, 이런. 이거 다 나한테는 너무 벅차."

"아우야. 먼저 난 케이크를 먹을 거다. 걱정 마. 우린 시간이 있어."

"닥쳐."

"춤도 출 수 있을 거야."

"재미없어."

"재미있는 게 뭔지는 내가 결정해."

"형제님들, 할 일이 좀 있네."

데이브가 말했다. 그는 두 사람에게로 손을 들어 공중에 성호를 긋고 대꾸했다.

"난 이걸 많이 하지."

"그게 효과가 있어요?"

리틀 엔젤이 물었다.

"이러니까 자네가 여기 온 거지."

"아이고. 한 방 먹었군."

"그런 말은 랄로한테 배운 거야?"

"나는 전설이야."

빅 엔젤은 으스대며 말했다.

데이브는 손뼉을 한 번 치고서 말했다.

"좋아! 나한테 전화하게, 미겔. 아니면 페를라한테 시키든가. 알잖나. 그러면 내가 자네에게 전화하지, 가브리엘. 자네 형이 나한테 자네 전화번호를 주었네. 그러니 장례식에서 날 도와주라고."

"잠깐만요."

리틀 엔젤이 말했다. 그는 '난 떠나는데요'라고 말하려다 말을 멈추었다.

"고맙네, 여러분."

데이브가 말했다. 그는 둘에게 손을 흔들더니 방에서 성큼성큼 나갔다. 그리고 당찬 걸음걸이로 집 안을 가로질러 앞마당으로 나가서 거리 저편에 주차해놓은 그의 SUV 차량에 휘파람을 불며 올라탔다.

* * *

아무렇게나 생각나는 주제를 하나 고른 빅 엔젤이 선언하듯 말했다.

"나는 약을 한 적이 한 번도 없어."

"그래? 나도 없어."
리틀 엔젤이 대답했다.
"대마초도 해본 적 없어."
"나도야."
그러자 빅 엔젤이 말했다.
"난 네가 히피인 줄 알았는데. 사실 난 대마초를 시작할까 해. 대마초 쿠키를 먹는 거지. 넌 어떻게 생각하냐?"
"못 할 게 뭐야? 먹으면 통증에 도움이 된다던데."
"그걸 먹으면 웃음이 난다더라. 난 웃고 싶어."
"환각 버섯을 먹으면 아주 기분이 좋아진다고 들었어."
그러다 리틀 엔젤이 말했다.
"나 형이 한 거 봤어."
고해성사를 한 뒤 너무 빨리 닥쳐온 일에 빅 엔젤은 등줄기에 오싹한 공포감이 스쳤다. 그래서 불쑥 말했다.
"내가 뭘 했는데?"
"헛간 말이야."
"뭐?"
"우키랑."
그제야 빅 엔젤은 뒤로 벌렁 누웠다.
"아! 난 많은 걸 했지."
그는 이렇게 고백한 다음 안도의 한숨을 느릿느릿 내뱉었다.
"그래. 우키의 도시야. 좋았지."
리틀 엔젤은 일어나서 형 옆에 앉았다. 둘은 함께 천장을 응시했다.

"형이 그걸 만들었다니 믿기지 않네."

"나의 자그마한 비밀이지."

"사람들이 알아낼 텐데."

"알아. 내가 죽은 다음이겠지. 그건 좋은 일이야. 아부지가 뭘 했는지 보게 될 테니까."

이제 그의 오른손이 떨리고 있었다. 그래서 그는 오른손도 아래에 집어넣었다. '어머니, 어쩌면 나는 결국 피곤해졌나 봐요'라고 생각하면서.

빅 엔젤은 죽음이라는 무도의 슬픈 스텝을 인식하고 있었다. 이제 말을 하는 것도 상당한 노력이 들었다. 죽는다는 건 조금씩 이루어지는 것이다. 말하는 게 힘들어진다. 누가 옆에 있는지 잊게 된다. 갑자기 분노가 차오르고 화가 치밀어 올라 어쩔 줄 모르게 된다. 성스럽게 살 수 있었다면 얼마나 좋았을까 하는 생각이 든다. 이토록 약하지 않으면 좋겠다는 생각도. 그러다 갑자기 기분이 좀 좋아지면서 어리석게도 곧 기적이 일어나서 나을 거라고 믿게 되기도 한다. 뭐, 누군가를 몰아붙이는 게 따지고 보면 그리 더럽고 썩어빠진 짓은 아니군.

빅 엔젤은 스마트폰을 꺼내어 자판을 치느라 안간힘을 썼다.

"뭐 하는 거야?"

리틀 엔젤이 물었다. 핸드폰이 울렸다.

"미니에게 문자 보냈어. 오고 있어."

1분 뒤에 미니가 급히 방으로 들어왔다.

"문자 보냈어요?"

"옷장에."

빅 엔젤이 대답했다. 미니는 침대로 비집고 들어와 말했다.

"폐인이 돌아왔어. 밖에 있어. 완전 맛이 갔어. 너무 짜증나."

"뭐라고?"

빅 엔젤이 물었다.

"아무것도 아니에요, 아빠. 삼촌한테 말한 거예요."

미니는 리틀 엔젤 쪽으로 몸을 돌렸다.

"랄로 말이야. 오빠더러 가만히 있으라고 했거든. 근데 말을 안 들어."

"랄로? 걔가 또 그걸 썼어?"

빅 엔젤의 물음에 미니가 대답했다.

"괜찮아요. 제가 처리했어요."

빅 엔젤은 발을 굴렀다.

"진짜예요, 아빠. 랄로는 오늘 하루가 좀 힘들었어요. 다들 그래요."

"미안하구나."

"아니에요! 아니, 아니라고요."

"다 내 잘못이야."

"그만해요, 아빠. 그런 게 아니에요."

"형."

리틀 엔젤이 말했다. 하지만 뭐라 할 말이 없어서, 그냥 부르고만 말았다.

미니는 옷장 안을 달그락대며 뒤지더니 뚜껑을 여닫을 수 있는 작고 납작한 플라스틱 보관 용기를 꺼내어 가져왔다. 그리고 그걸 빅 엔젤의 발 옆에 놓았다. 어둑한 곳으로 다시 들어간 미니는 두툼한 갈색 울 오버코트도 가져왔다. 놋쇠 단추가 달리고 바닥까지 끌리는 코트였다. 그녀는 빅 엔젤에게 고개를 끄덕이고 미소를 지은 다음, 리틀 엔젤 곁을 슬쩍 빠져나오며 어깨를 꽉 잡았다.

"두 분, 재미있게 보내요."

미니는 이렇게 말하고서 다시 파티 자리를 관리하러 나갔다.

빅 엔젤이 말했다.

"이건 우리 아버지의 경찰용 오버코트야. 너에게 주겠다."

리틀 엔젤은 그 옷을 그저 응시할 뿐이었다.

"만져봐."

빅 엔젤이 말했다.

리틀 엔젤은 다가가 코트를 받아들었다. 옷은 무거웠다. 살짝 좀약 냄새도 났다. 자세히 살펴본 단추는 빛이 바랬지만, 선인장 위에서 뱀과 싸우는 독수리의 형상은 똑똑히 보였다. 그는 일어서서 코트를 가슴께에 댄 다음 자신의 모습을 내려다보았다. 그의 어깨는 아버지의 어깨보다 넓었다. 그리고 긴 코트는 막상 무릎 위 5센티미터까지밖에 내려오지 않았다.

"아버지는 몸집이 거대한 줄 알았는데."

그러자 빅 엔젤은 살짝 색색대는 소리로 말했다.

"나도 그 생각이었지."

"사실은 진짜 작았구나!"

리틀 엔젤의 말에 빅 엔젤이 대답했다.

"아버지는 나랑 몸집이 같아."

"미안해."

"난 예전에 내가 아주 크다고 생각했어. 몸집이 큰 남자라고 말이야."

"나도 그렇게 생각했어."

그 말은 단조롭고 딱딱한 목소리로 나와버렸다.

"그게 무슨 뜻이야?"

빅 엔젤의 말에 리틀 엔젤은 고개를 저었다.

"아무것도 아냐."

이런 말을 하려던 건 아니었다.

가족이랍시고 여겨온 그들의 삶 전체가 실은 이런 식의 연극으로 이루어졌구나. 리틀 엔젤은 순간 깨달았다. 그는 코트를 다시 침대 위에 털썩 내려놓았다.

"내가 말하려던 의도보다 좀 심하게 들리긴 했네. 상처받은 거 아니지? 기분 상한 거 아니지?"

"너한테 실망했다."

리틀 엔젤은 돌아섰다.

"왜 이래. 이러지 마."

"나 때문에 너도 분명히 실망했을 거야. 그렇지?"

"제길, 왜 그래."

"지금 다 말해봐."

"관둬."

"말하라니까! 불만이 있어? 지금이 마지막 기회야, 가브리엘, 이 머저리 새끼야."

"이런 씨발. 모두의 앞에서 대놓고 죽는다고 떠벌리는 것 좀 그만해."

빅 엔젤은 생각했다. *정말이야? 정말? 네가 죽음에 대해 뭘 알아?*

"좋아."

"이것 봐—"

"나한테 '*이것 봐*'라고 말하지 마시죠, 선생님!"

리틀 엔젤은 그 방에서 나왔다. '어머니, 어머니는 자신이 누구라고 생각해요?' 그는 주방으로 가서 라 글로리오사를 껴안았다. 그녀는 깜짝 놀랐다.

* * *

리틀 엔젤은 다시 방으로 돌아가서 침대 발치에 앉았다.

"이것 봐—"

하지만 빅 엔젤은 손을 들어 제지했다.

"나도 알아. 나는 너한테 완벽한 형은 못 되었어."

그는 다른 손도 마저 들었다.

"말하지 마. 듣고 싶지 않아. '형은 최선을 다했어' 같은 소리는 패배자들한테나 하는 말이야."

"아, 이젠 지난 일이야. 그러니 마음의 화를 좀 가라앉혀봐, 엔젤."

그들은 서로를 쳐다보지 않았다.

"어쩌면 나도 형한테 완벽한 동생이 아니었을 거야."

리틀 엔젤은 씩씩하게 선언했다. 그러자 빅 엔젤이 웃었다.

"어쩌면이라고?"

"닥쳐."

리틀 엔젤은 분노했다. 왜인지는 알 수 없었다.

빅 엔젤은 또 웃었다. 잔인하네, 하고 리틀 엔젤은 생각했다.

"알 게 뭐야, 안 그래?"

동생은 말했다. 자신의 목소리가 무슨 시트콤에 나오는 10대의 투정 같다는 생각이 들어서 너무 싫었다. 형이 자신을 진지하게 받아들이길 바랐다.

"이 케케묵은 가족의 개소리들을 누가 전부 신경이나 쓰겠냐고. 그냥 오늘을 마음껏 살아!"

그는 침대에서 벌떡 일어나서 형을 굽어보았다. 그리고 코트를 움켜잡았다. 옷은 깜짝 놀랄 정도로 무거웠다.

"드라마틱한 이놈의 이벤트를 원한 건 형이었잖아. 그러니 나가서 활기차게 살아보라고."

"그 말 진짜냐really, 막내야?"

형의 말투가 제대로 된 발음이 아니라 '진자rilly'처럼 들린다고, 리틀 엔젤은 심술궂은 마음으로 생각했다.

"형은 아주 재미있게 이 시간을 보내고 있잖아. 솔직해져보라고. 그냥 즐겨. 이거 다 본인을 위해서 준비한 거잖아, 아니야? 내가 뭐라 느끼든 신경 쓰는 사람이 누가 있다고?"

리틀 엔젤은 그 코트를 끌어안고 싶으면서도 동시에 바닥에 내팽개치고 싶었다. 그래서 옷을 다시 형의 발치에 놓았다.

빅 엔젤은 너무 분노한 나머지 몸이 싹 나은 기분이었다.

"너 내 파티가 맘에 안 드냐?"

"왜 안 들겠어? 아주 *멋지셔*."

"얼간이 같은 게."

"반사."

"넌 언제나 울보였어."

빅 엔젤이 쏘아붙였다.

"알아. 해변에서 형이 나한테 수영하는 법을 가르쳐주었을 때처럼."

빅 엔젤의 얼굴이 새빨개졌다.

"넌 다 가졌잖아."

"우리 진짜 이런 말까지 해야 하는 거였어?"

이제는 리틀 엔젤이 옷을 차려였다.

"다 가졌다라. 내가 살던 곳에서는 모든 게 다 행복했다고 생각하는 모양인데."

빅 엔젤이 말했다.

"이제 한번 다 말해보자! 네가 감히!"

그는 막냇동생에게 손가락질을 했다.

"난 먹을 것도 없었어, 이 개새끼야!"

그때 미니가 급히 안으로 들어왔다.

"마리루 고모한테 큰일 났어요!"

"뭔데."

두 형제는 똑같이 말했다. 미니는 울부짖었다.

"밖에 난리가 났어요."

"왜?"

빅 엔젤이 물었다.

"파스 숙모가 고모 가발을 벗겨버렸어요! 파티가 전부 개판이 되었다고요!"

"마리루 누나가 가발을 썼어?"

리틀 엔젤이 말했다.

상황이 이런데도, 두 형제는 웃어버렸다.

"뭐가 웃겨요! 내가 그 두 분을 떼어놓아야 했다고요! 파스 숙모가 탁자를 뒤엎었어요. 마리루 고모는 머리에 냅킨을 쓰고 도망쳤다고요."

미니는 서둘러 밖으로 나갔다.

형제들은 웃다 흘린 눈물을 훔쳤다.

빅 엔젤이 말했다.

"네가 여기 없었기 때문에 행복했다는 건 알아. 너는 우리가 한 온갖 고생을 할 필요가 없었으니까. 이 모든 흥겨움이라니, 끝이 없구나."

"형은 내 편 들어주지 않잖아."

"난 너희 모두의 편을 들어. 나는 가장이니까."

이 말은 생각했던 것만큼 재미는 없었다.

리틀 엔젤은 목을 가다듬고 시선을 돌렸다. 빅 엔젤은 물고 늘어졌다.

"난 항상 너한테 궁금한 게 하나 있었어, 아우야. 넌 울어야 했던 적이 있었니?"

"음, 미겔 형. 아버지는 우리도 버렸어."

빅 엔젤은 라 글로리오사가 가져온 타마린드 음료를 꿀꺽 마셨다.

"아버지는 우리를 먼저 버렸어. 널 위해서지."

"날 위해서라고? 무슨 소리야. 난 그때 아직 태어나지도 않았어. 형이 컴퓨터급으로 계산을 잘한다고 생각했는데. 시기를 따져보라고."

"아버지는 너희 어머니가 알코올중독이라고 했어. 그래서 머리의 이를 잡아 손톱으로 눌러 죽인다고 했지."

리틀 엔젤은 껄껄대며 웃었다.

"아버지는 우리한테 형네 엄마가 그렇다고 말했는데."

빅 엔젤은 이제 부들부들 떨었다.

"그 말 취소해."

"내가 시작한 거 아니거든."

이제 그는 쏘아붙였다.

"아버지는 너희 어머니랑 어쩔 수 없이 결혼해야 했어. 그분은 신사였으니까. 네 어머니가 아이를 뱄거든."

충격적인 침묵이 흘렀다. 그들의 귀에는 파티의 소음조차 들리지 않았다. 옆방에서 비디오 게임을 하는 아이들의 소리도 들리지 않았다.

"나의…… 뭐?"

리틀 엔젤이 말했다.

빅 엔젤은 눈을 피했다.

"내가 이런 말까지 해야 하겠냐."

"방금 뭐라고 했어?"

"그냥 잊어버려."

리틀 엔젤은 일어서더니 빅 엔젤 곁에 가까이 다가앉았다.

"맙소사."

"네 어머니는 널 임신했어. 그래서 두 분이 결혼한 거라고."

"거짓말."

"아, 그게 진실이야. 나더러 또 거짓말한다고 그러면, 난 일어설 거다."

"일어서서 어쩌려고?"

"너랑 아직 싸울 수 있거든."

"이야, 그거 무서워서 벌벌 떨겠는데."

빅 엔젤은 몸을 앞으로 왈칵 숙여 리틀 엔젤의 멱살을 잡았다.

"야!"

빅 엔젤은 이를 악물고 말했다.

"아직 너한테 본때를 보여줄 수 있어!"

"나는 형 몸에 손대고 싶지 않아."

리틀 엔젤은 손바닥으로 앙상한 닭 뼈 같은 형의 가슴을 밀어냈다.

"진정해. 어서."

"버르장머리를 고쳐줄 거야!"

"다치게. 하고. 싶지. 않다고."

그들은 침대에서 몸싸움을 했다. 빅 엔젤은 막냇동생의 얼굴에 몇 차례 큰 소리가 나도록 주먹을 날렸다.

"그만해, 이 바보야!"

리틀 엔젤이 말했다.

페를라가 급히 안으로 들어와 슬리퍼로 리틀 엔젤을 때리며 소리쳤다.

"미쳤어?"

"여보."

빅 엔젤은 리틀 엔젤의 셔츠 앞주머니를 정신없이 뜯어내며 말했다.

"지금은 우리를 그냥 놔둬."

"당신들 두 사람 아주 지긋지긋해!"

페를라는 이렇게 말하고는 쿵쿵대며 밖으로 나갔다.

둘은 숨을 몰아쉬며 침대로 쓰러졌다.

"내가 널 혼냈어."

빅 엔젤이 말했다. 그는 똑바로 앉아서 주스를 꿀꺽꿀꺽 마시고는 침대 반대편에 있던 동생에게 건네주었다.

리틀 엔젤은 빅 엔젤이 마셨던 미지근한 타마린드 주스를 마시고 싶지 않았다. 하지만 그 행동이 화해의 제스처라는 걸 알아챘다. 그래서 잔을 받아 조금 마셨다.

"나는 떠났어. 나 자신을 뭔가 대단한 존재로 만들고 싶어서. 내가 세상을 바꿀 거라 생각했지."

"그래서 어떻게 됐냐, 아우야?"

"아무것도 안 바뀌었어."

"아, 왜 이래."

리틀 엔젤은 숨을 깊이 들이쉬었다.

"내가 떠나서 미웠겠지. 알아. 내가 형을 비롯해서 모두를 깔보고 있다고 생각했다는 것도 알아. 뭐, 어쩌면 그랬을지도. 난 평생 살아남기 위해서 탈출해야 한다고 생각했어. 어쩌면 형에게서조차 탈출해야 한다고 생각했을지도 몰라. 그런데 이제 형이 날 떠나려 하고, 나는 형 없는 세상은 상상도 할 수가 없어. 난 언제나 생각했어. 내가 원했던 아버지를 가졌던 적이 한 번도 없었다고. 그리고 이제껏 내가 원했던 아버지는 사실 형이었어."

"지금 여기서, 네가 이룬 것들을 보니까 내가 참 초라해지는구나. 좋은 면도 있고 나쁜 면도 있지. 상관없어. 난 내가 세상을 구할 거라 생각했고, 여기 있는 너는 이제껏 매일, 매 분마다 세상을 바꿔왔어."

빅 엔젤은 뭔가 더 말하려다가 그만두었다.

세상을 바꾸는 것

조금씩

좀 더 좋게

지금, 여기서

* * *

• 오후 7:30

사탄의 히스패닉 마르코는 헝클어진 침대에 누워 있었다. 마음속으로는 엄마가 집에 오지 않기를 빌었다. 릴리는 그의 가슴에 머리를 대고 누웠다. 둘은 알몸이었다. 그녀는 코까지 골았다. 그는 릴리의 맨등을 손으로 쓸어보았다. 엉덩이가 마치 두 개의 부드러운 과일 같았다. 그러니까, 손에 가득 잡히는 과일 말이다. 쓰고 있던 선글라스는 탁자 위 마르코의 「데드풀」 액션 피규어 옆에 놓아두었다.

마르코의 손에서 그녀의 향기가 났다. 이런 향기를 맡아본 적은 한 번도 없었다. 그는 손을 자신의 얼굴 앞에 대보았다. 가족에게는 누구에게도 이런 말을 할 수 없었다. 정말 좋은 향기였다. 이제 다시는 손을 씻지 말아야지. 나중에도 그녀의 향기를 맡을 수 있게. 그러면 다시 지금 이 순간이 생각나겠지.

"아."

그는 말했다. 나중에 리틀 엔젤에게 말해주면 어떨까. 리틀 엔젤은 자신이 변태라고 생각하지 않을 거다. 아마도 이런 내용의 시를 알고 있을 거야. 하지만 세사르는 어떨까? 바로 그의 아버지 말이다. 아니. 아부지는 아마 자기 손가락 냄새를 맡아보려고 할 테지.

둘은 사랑을 나누었다. 릴리는 믿을 수 없게도 그의 위에 올라타서 움직였고, 그녀의 늘씬한 몸을 볼 수 있게 해주었다. 그 후로 릴리는 그의 가슴에 안락하게 자리 잡고 체모를 긁어대며 말했다.

"네가 왁싱 하지 않아서 좋아."

그는 코웃음을 쳤지만 그게 너무 세련되지 못했단 느낌이 들었다.

"난 드리머dreamer(몽상가)야."

그녀의 말에 마르코는 피식 웃었다.

"그래, 그런 것 같다. 천상에 사는 사람들같이."

"아니, 그런 게 아니라. 드리머라고. 그러니까, 드림 액트*에 해당한다고."

"그게 뭐야?"

"DACA** 몰라? 들어본 적 없어? 불법 체류자 대학생 제도 말이야."

그는 팔꿈치로 몸을 일으켰다.

"아니, 그럼 너 불법 체류자야?"

그녀는 눈을 감고 있었다.

"마르코."

* 미국 이민 개혁 법안의 일환으로 청소년 불법 체류자를 구제하는 입법.
** Deferred Action for Childhood Arrivals, 불법 체류 청년 추방 유예 제도.

이제야 이름을 제대로 불러주었다.

"넌 정말 한 순간도 머저리가 아닐 때가 없구나."

그녀는 마르코의 턱을 잡고 키스한 다음 다시 몸을 돌려 잠을 청했다.

* * *

루피타는 낑낑대며 짐보를 소파에 앉히고 멋진 담요를 둘러주었다. 그리고 화장실에서 화장을 고친 다음 입을 헹구고 짐보가 숨겨둔 담뱃갑을 하나 슬쩍했다. 그녀는 남편을 내려다보았다. 평화로워 보이는 것도 같은 얼굴이네. 그녀는 서둘러 차로 향했다. 생일 파티 케이크를 놓칠 수는 없으니까.

* * *

우키는 지금 기분이 좋았다. 그는 거리를 어슬렁거렸다. 엄마를 못 본 지도 이틀이나 되었다. 하지만 주머니에는 쿠키가 가득했다. 이제 TV에서 귀신 이야기 프로그램이 나올 시간이다. 고스트 브라더스가 무시무시한 장소에 살금살금 다가가서 "너였어?"라고 말하는 프로그램이다.

하지만 피곤하기도 했다. 이제 가서 냉장고에 있는 건 무엇이든 먹어야지. 그런 다음에도 잠이 안 오면, 미르나 부스타만테의 뒷마당에 가서 모래사장에 있는 레고를 훔칠 계획이었다. 하지만 장난감 자동차가 언제 오는지도 지켜봐야 했다. 곧 배달될 테니까. 리틀 엔젤은 좋은 아저씨다. 좋아, 좋은 사람이야. 자동차랑 버스랑 비둘기가 있어.

"사나운 것들, 그대는 내 가슴이 노래하게 해."*

우키는 말했다.

* * *

히오바니는 그놈이 마약을 판 돈을 모두 주머니에 욱여넣었다. 그리고 랄로와 주먹을 가볍게 맞대려 했지만, 아버지는 정원 의자에 축 늘어진 채 멋대로 뻗은 발을 노려보기만 했다.

"아부지, 나중에 잠깐 이 동네를 떠나 있어야 할지도 몰라."

랄로는 손가락 하나를 들어보였다.

"아무튼 그렇다고."

히오가 말했다.

* * *

미니와 라 글로리오사는 테이블을 정리했다. 이토록 많은 종이 접시는 본 적이 없었다. 이게 다 어디서 난 거야? 빨간 플라스틱 컵들은 어떻고.

* Wild thing, you make my heart sing. 지미 헨드릭스의 「Wild thing」 가사.

라 글로리오사가 말했다.

"계속 일해. 네 어머니가 뭘 하게 두지 마."

페를라는 카드 게임에 끼어든 참이었다.

"아빠랑 삼촌이 싸우고 있어."

미니가 말했다.

"남자는 멍청한 것들이야."

여자들은 아무도 그녀 말에 토를 달지 않았다.

* * *

다시 침실.

"난 할 말 다 했어."

리틀 엔젤은 이렇게 말하고서 나가려고 일어섰다.

"앉아."

"싫어."

"아우야! 잠깐만 앉아봐. 부탁이야."

분노와 슬픔, 분노와 슬픔.

이 집에서 나가자. 이 지역에서 떠나자. 이 가족을 벗어나자. 이번엔 진짜로 다시는 돌아오지 말자. 큰형도 없고, 아름다운 조카도 없고, 친척도 없고, 글로리오사도 없고, 빌어먹을 아버지도 없는 거다. 역사도 없다. 그저 바깥에 무식하게 커다란 경찰차급 차만 있는 거다. 그뿐이다. 그냥 운전해서 떠나자. 그는 시애틀까지 운전하리라. 북쪽으로 계속 가다가 오른쪽으로 돌아 미국 서부 산맥 속으로 사라지자. 거기서 이 몸을 눈 속에 묻어버리자. 계속 북쪽으로 가자. 고속도로의 끝까지 달려서, 알래스카의 호머에 정착하는 거다. 거기서 독수리가 해안을 날아다니는 모습을 지켜보자. 시를 쓰자. 어쩌면 거기서 시인을 만날 수도 있으리라. 머릿결이 아름답고 좋은 커피를 마시는 여자 시인을. 아주 아주 멀리 들어가자. 엽서 한 장 사러 나오려면 일주일이 걸리는 곳으로. 하지만 지금 그는 빅 엔젤의 침대에서 한 발짝도 뗄 수가 없었다.

리틀 엔젤은 마침내 말했다.

"지금 가면 다시는 돌아오지 않을 거야."

"앉아. 앉으라고. 아우야."

빅 엔젤이 말했다.

그는 천천히 앉았다. 형이 말했다.

"너는 이미 영영 우리를 떠났어. 널 집에 데려올 방법은 내가 죽는 것뿐이었지."

빅 엔젤은 약을 먹기 시작했다. 타마린드 주스와 함께 약을 삼키는 소리가 꿀꺽꿀꺽 났다.

"나는 내 가족을 망쳤어."

가족의 수장이 한 말이었다.

리틀 엔젤은 그 목소리를 멈추려고 했다. 듣고 싶지 않았다. 하지만 듣고 말았다. 앞으로 또 무슨 이야기가 나올까? 오늘이 다 끝나갈 때쯤에는 대체 누가 어떤 이야기를 또 끄집어낼까?

빅 엔젤은 이제 모든 이야기를 털어놓기 시작했다. 브라울리오 이야기. 첸테벤트 이야기. 물론 그 부분의 서사는 조심스럽게 수정되어 나왔다. 어머니와 싸웠던 이야기. 마침내 알려지지 않은 이야기까지 나왔다. 드디어 엘 인디오가 가족의 범위 안에 들어왔다.

"나는 인디오를 전혀 이해하지 못했어, 아우야. 나는…… 걔한테 못되게 굴었다. 처음으로 아버지가 되려 했었지만, 내가 누굴 본받아 아버지가 되었겠어? 본받는다는 게 우리 아버지였지. 그분처럼 되려 했었어. 그런데 하느님 제기랄. 나는 그분이 아니었던 거야. 죄송합니다, 하느님.

우리 사이에는 온갖 문제가 일어났어. 난 왜 미안하다는 말을 하는 법을 몰랐을까? 대체 나는 어디가 잘못된 거지?

하지만 대답하지 마라, 개새끼야.

우리는, 인디오와 나는 둘 다 강한 남자였다. 페를라의 사랑을 두고 서로 싸워댔어. 난 그걸 알아. 인디오는 내가 침입자라고 생각했던 거야. 자신의 완벽한 세계를 빼앗아갔다고 생각한 거지. 그런데 난 걔를 철없는 잡놈이라고 생각했어.

마마보이라고. 너도 알겠지만, 걔는 이상했어.

네가 걔한테 음반을 준 거 알아. 그 정신 나간 음악들 말이야. 너, 이 호로새끼야. 네가 그랬다고! 아니, 이젠 괜찮다, 아우야. 난 모든 걸 이해해. 인디오는 유명해지고 싶었던 거야. 스타가 되고 싶어 했지. 나는 걔한테 미쳤다고 했다. 연기? 노래? 뭐? 머리를 길러? 어느 남자가 그런 짓을 한단 말이냐? 남자들은 돈을 벌고 좋은 여자를 만나서 가정을 꾸리고 애를 낳았다. 남자는 진지한 존재란 말이야. 난 그렇게 생각했어. 그래서 걔한테 회계사가 되라고 했다. 웃지 마. 회계사 아니면 세븐일레븐 점주가 될 수도 있잖냐.

그 애가 그러더라. '할아버지는요? 밤새 피아노를 쳤다면서요!' 난 그랬지. '그래. 하지만 그건 취미 같은 거였어. 본업을 마친 다음에 했다고.' 그랬더니 인디오는 심하게 화를 냈지. '내 인생은 취미가 아니라고요!' 이렇게 말하고서 의자를 뒤엎고 방을 나갔다. 아주 극적이었지.

그러고서 아예 집을 나가더라. 나는 걔가 어디 사는지도 몰랐어. 그 애는 문신을 하고 위아래로 하얀 옷을 빼입고 다녔지. 그 머리 꼬락서니라니. 아버지는 좋아하지 않으셨다. 우리 아버지 말이야. 둘은 서로 잘 지내질 못했어.

뭐, 그러다 1년 뒤에 인디오가 취직을 했어. 나이트클럽 가수로! 힐크레스트에서! 아버지가 일했던 곳, 그러니까 피아노를 쳤던 립 룸에서 멀지 않은 곳이었어. 립스라고 하던 곳 있잖냐.

그 앤 우리를 초대했다. 우리가 뭘 알았겠어? 나는 페를라더러 가자고 했어. 페를라와 아버지와 나, 이렇게. 우리는 모두 제대로 차려입고 갔지. 우리 애가 하는 대단한 첫 공연 아니냐. 아니, 들어봐! 그래, 물론 거기에는 이상한 사람들이 있었다. 하지만 난 생각했어. 그러니까, 그 사람들은 너 같다고. 히피 미친놈들이었다고. 양키 놈들. 남자 놈들이 립스틱을 바르다니. 모르겠지만, 옷은 가죽이던가. 그만 웃어라. 우리는 술을 마셨어. 페를라는 그 미친놈들을 무서워했다. 그 공연 때문에 우리 아버지한테 뇌졸중이 일어난 건 아니었을까 생각이 든다. 이게 뭐가 재미있냐.

그래. 인디오가 무대에 나오더라. 그 애의 새로운 이름은 블래키 엔젤이었어. 병신 같은 엔젤이 또 하나 등장했군! 그 애는 은막 뒤에서 나왔지. 셰어* 분장을 하고 말이야. 아랫도리에 비키니를 입고, 가슴을 달고 나왔다고! 재미있는 이야기가 아니라니까. 화장을 하고 머리에 깃털을 꽂았더라. 그리고 셰어 노래를 불렀어! 우리 아버지한테 가서 몸을 비벼댔다고! 하하하! 아, 호로새끼! 아빠는 그대로 앉아서 술을 홀짝였다. 아무 일도 없다는 것처럼 말이야. 인디오는 아버지의 어깨에다 가랑이를 문질러댔어. 그러더니 돌아서서 우리에게 엉덩이를 흔들어 보였다. 그건 마마가 앵무새를 갖고 한 짓보다 더 심했어! 그다음에는 자기 찌찌를 잡더라. 난 걔가 뭘 하는 건지 알아챘어. 걔는 가슴을 꽉 쥐더니 그 끝을 우리에게 겨누었지. 머릿속으로는 우리에게 젖을 쏘아대고 있었던 거야. 아우야! 그러더니 우리를 문 쪽으로 몰아냈어.

불쌍한 페를라는 그 애의 팬티를 계속 노려보았지. 그리고 가슴을 부여잡고 소리쳤어. '재 고추가 어디 간 거야! 재 고추가 없어졌어!' 그러자 인디오는 몸을 숙이더니 제 엄마의 귀에 대고 속삭였어. '엄마, 그거 사이에 끼워놨어.'

그만 웃어! 너 때문에 나까지 웃게 되잖냐."

---

* Cher(1946~). 미국의 여가수.

* * *

다음 날, 빅 엔젤은 화장실 바닥에 쓰러져 죽은 아버지를 발견했다.

"심장마비였어. 너도 그건 알지. 하지만 이제 그 이유가 밝혀진 거야."

빅 엔젤은 무척 침울했지만, 리틀 엔젤은 이렇게 물어볼 수밖에 없었다.

"아빠는 셰어를 별로 안 좋아했나 봐?"

둘은 배를 잡고 웃다가 빅 엔젤이 그에게 욕하며 말했다.

"이게 재미있냐!"

"좀 재미있는데."

빅 엔젤은 베개로 그를 때렸다. 숨이 턱 막혀서 타마린드 주스를 한 모금 더 마신 다음 잔을 내려놓았다. 그는 정신 나간 사람처럼 미소 지으며 기분 나쁜 웃음을 내보였다. 열에 들뜬 눈은 마치 다트 과녁판 같았다. 분노에 가득 찬 눈매였다.

리틀 엔젤은 눈물을 닦으며 말했다.

"형, 이제껏 들은 이야기 중 최고였어."

"난 언제나 내 아들에게 잘해주려고 했다."

리틀 엔젤은 그저 고개를 끄덕일 수밖에 없었다. 다시 웃음을 터뜨리고 싶지는 않았다.

빅 엔젤이 말했다.

"말해봐. 내가 너한테 이제껏 좋은 일을 한 게 있었나?"

"나한테 책을 줬잖아."

이건 즉석에서 나온 말이었다.

"그래. 그 책들. 아주 좋았지. 내가 너한테 좋은 책을 줬지."

"나쁜 책도 줬어."

"맞아. 하지만 책들은 다 좋은 거였다고, 인마. 그 책이라도 없었다고 생각해봐."

"나 아직도 갖고 있어."

"아. 좋아. 하지만 내가 한 것 중 제일 잘한 게 뭐였어? 책 준 거 말고?"

리틀 엔젤은 손바닥으로 눈을 문지르고서 두 손으로 이마 위를 쓸어 올려 머리를 넘겼다.

"글쎄. 하루는 아침에 나한테 전화를 해서, 지금 갈 테니까 나갈 준비를 하고 있으라고 했지. 그리고 우리 엄마한테 날 데리고 종일 나갔다 올 거라고 말했어. 무슨 일인지 알 수 없었지. 평소에 날 데리러 온 것도 아니었으니까. 왜 나가는지 말은 해주지 않으면서 코트는 챙겨 입으라고 했지. 그러더니 조금 있다가 형이 왔어. 라 미니도 같이 데리고. 미니는 그때 어린 애였지. 우리는 차를 몰고 나갔어. 형은 햄치즈 샌드위치를 가져왔고."

"볼리요스 빵으로 만든 거였지!"

빅 엔젤이 말했다.

"맞아. 볼리요스 빵에다 햄이랑 치즈를 넣고 칠리와 마요네즈를 뿌린 샌드위치였어. 그리고 멕시코 펩시도."

"멕시코 펩시가 더 맛있어."

"우리는 동쪽으로 차를 몰았어. 산맥 쪽으로. 눈이 쌓여 있었지. 샌디에이고에 살면 눈을 보지 못하잖아. 그리고 형이 말했어. '우리는 눈 뭉치를 만들 거다.'"

"그래서 만들었지!"

"맞아. 우리는 눈을 뭉쳤지. 눈이 3센티미터쯤 쌓여 있었어. 우리는 차에서 내려서 눈을 모아다가 미니에게 던졌어. 미니는 울기 시작했지. 그런 다음 다시 차를 타고 집으로 왔어."

그들은 좀 더 웃었다.

빅 엔젤이 말했다.

"그래. 좋아. 그럼 이제 내가 했던 짓 중 제일 나쁜 걸 말해봐."

"왜 이래."

"말해봐, 형제여. 해변에서 수영했던 일이었니?"

"아냐."

"아니라고?"

"아버지가 죽은 해였어. 우린 아무것도 없었지. 알아, 안다고. 형네 가족들이 겪은 고통에 비하면 아무것도 아니라는 거. 어쩌고저쩌고 말할 필요 없어. 어쨌든 우리는 아무것도 없었어. 차도 없고, 돈도 없었지. 먹을 것도 없고. 뭔지 알잖아, 그렇지? 게다가 그때는 크리스마스였어. 그런데 엄마는 선물을 살 돈도 없고 크리스마스 정찬을 차릴 수도 없었어. 그런데 형이 전화했던 거야. 그게 형의 특기였다고 생각해. 불쑥 전화하는 거."

빅 엔젤은 한숨을 쉬었다.

"나도 알아."

"형이 그러더라. '아무것도 걱정하지 마. 큰형인 내가 있잖아.'"

"맞아, 그랬지."

"'내가 가장이야'라고도 말했어."

"그래."

"이 말도 했어. '우리가 크리스마스 아침에 너희 집에 갈게.' 씨발, 그렇게 말했잖아. 우리한테 으리으리한 멕시코 크리스마스 파티 음식을 대접하겠다고. 가족이니까."

"맞아."

"형이 그랬어. '햄 같은 것도 사지 마. 걱정하지 마. 페를라가 이제껏 먹어본 적 없는 최고의 파티 음식을 만들고 있으니까.' 그 말을 들은 엄마는 울었어. 아주 안심하셨지."

"미안하다."

"아냐, 아직 말 안 끝났어. 형이 듣고 싶다며, 그러니 끝까지 들으라고. 형은 그때 결국 나타나지 않았어. 엄마랑 나는 일어나서 아침 내내 크리스마스 음악을 틀어놓고 커피를 마시면서 서로에게 약속했어. 내년에는 꼭 선물을 주고받자고. 그랬거든? 근데 형은 안 왔어."

"정말 미안하다."

"집에는 빵이 좀 있었어. 그래서 토스트를 해 먹었지. 마멀레이드를 발라서. 엄마는 항상 마멀레이드를 쟁여두었지. 자기가 프랑스인이라고 생각했거든. 난 마멀레이드가 싫었어. 그 빵으로는 충분하지 않았지만, 그래도 이따 맛있는 걸 먹을 테니 괜찮을 거라고 우리는 서로에게 말했지. 페를라가 만든 음식은 굉장

할 거라고. 그러다 오후 5시쯤 되었을 때, 난 결국 형한테 전화를 했어. 그때 뭐라고 했더라. '형 언제 와?' 같은 말이었나. 형이 뭐라고 그랬는지 기억나?"

"그래. 난 너무 바빠서 너희 집에 갈 수 없다고 했지."

"정확히는 이렇게 말했어. 너희 집에 가는 게 *너무 번거로운* 일이라고."

빅 엔젤은 앉은 채로 벽을 노려보았다.

"그래서 너희는 어떻게 했니?"

"난 소파 안을 뒤졌어. 그리고 내 저금통을 털었지. 엄마의 지갑도 뒤졌어. 그런 다음 1.6킬로미터를 걸어가서 세븐일레븐에서 작은 햄이랑 옥수수 캔을 샀지. 제길! 이거 꼭 찰스 디킨스 소설에 나오는 궁상맞은 집 이야기 같네."

빅 엔젤이 말했다.

"고맙다. 말해줘서."

"이것도 다 지난 일이야."

"난 그렇게 생각 안 해."

"이젠 괜찮아. 형은 좋은 사람이야."

"난 나쁜 놈이야."

리틀 엔젤은 고개를 돌려 그를 바라보았다.

"용서할게."

빅 엔젤은 한 번 훌쩍였다.

"어이! 얼마나 많은 사람들이 형을 사랑하는지 보라고. 형이 도와준 사람들을 전부 보란 말이야."

“사람이 선행을 하는 이유는 자신의 죄를 속죄하고 싶어서일 뿐이야.”

그때 미니가 안으로 들어왔다. 페를라도 뒤따랐다.

“왜 울고 있어요, 아빠?”

그는 이불을 들어 눈을 닦았다.

페를라가 말했다.

“내 사랑. 이제 싸움은 다 끝났어?”

“누가 이겼어요?”

미니가 묻자 두 남자는 다 손을 들었다. 페를라가 말했다.

“시간이 됐어! 가서 케이크를 먹자고.”

“케이크 자르러 가야죠, 아빠.”

그는 떨리는 손을 들어올렸다.

“1분만 기다려라.”

져스트.*

“여보.”

페를라가 재촉했다.

“여보. 1분만, 응?”

여인들은 내키지 않는 모습으로 방에서 나갔다.

빅 엔젤은 베개에서 애써 몸을 일으켰다.

“나는 사실은 더 심한 짓을 했다. 과거에 참 더러운 짓을 많이 했어.”

---

* Yust. 스팽글리시로, just를 가리킨다.

"그만해."

"난 마리루랑 너희 집에 몰래 들어간 적이 있었어. 넌 그때 유치원에 다녔지. 파파와 너희 어머니는 일하는 중이었어. 우리는 네 어머니의 장신구를 망치로 모두 부숴버렸어."

"뭐?"

"그런 다음 네 어머니의 좋은 옷들을 가위로 잘랐지."

리틀 엔젤은 입을 딱 벌렸다.

"그리고 보란 듯이 그걸 두고 집을 나왔어."

"아니, 이게—"

"그래. 그리고 아버지가 담배통에 10센트와 25센트를 모아둔 것도 찾았어. 난 그걸 갖고 나왔어."

"난—"

"이래도 내가 좋은 인간인지 말해봐라."

✳

앵무새

형제는 나란히 누운 채로 참 많은 기억 사이를 이리저리 걸었다. 불완전한 장면들이 많았다. 마치 둘이서 옛 사진이 담긴 상자를 열었는데, 사진마다 죄다 찢어지고 너덜너덜해진 상황이랄까. 하지만 둘의 삶을 통틀어 단 하나 완벽하게 간직하고 있는 기억이 있었다. 참 즐겁고도 부적절했던 그 순간의 기억을 둘은 마치 성물처럼 그들만의 비밀로 간직했다. 그 순간이야말로 지금 그 둘에게 가장 필요했다.

"앵무새 기억나?"

그건 수십 년도 더 된 이야기였다. 그때 빅 엔젤은 영주권을 딴 지 겨우 6개월밖에 되지 않았었다. 그런데 벌써 완전히 지쳐버렸다. 미국인이 된다는 건 셸락 코팅제를 잘 바르는 것과 흡사했다. 셸락이 무슨 의미인지는 알 바 아니었다. 어디선가 셸락이라는 말을 들었고, 그 어감이 지금 그의 기분과 딱 맞았기 때문이다. 이 사람들은 하루 종일 일을 했다. 미친 것 같았다. 차 안에서 점심을 먹고 낮잠은 절대 자지 않는 사람들. 심지어 교회를 가도 차 안에서 예배를 보았다. 아니면 TV를 켜놓고 보든지. 게다가 그들 때문에 빅 엔젤은 본인이 멕시코인이라는 사실이 부끄러워졌다. 그 생각이 머릿속에 스르륵 파고들었다. 그래서 모든 것에 예민하게 반응했다. 자신의 바지는 유행 지난 싸구려였다. 자신의 자세는 성큼성큼 걸어 다니는 미국 놈의 미친 자세와는 달리 어딘가 모르게 구부정하고 늠름하지 못했다. 고개를 너무 많이 숙였다. 하얀 양말을 신었다.

그는 속부터 회색으로 변해갔다. 마치 삶은 고기처럼. 속에서 아무런 힘도 나지 않아서 온종일 블랙커피를 마셨다. 걸으면 위장이 쓰라리고 배 속이 메스꺼워질 때까지 말이다. 하지만 그는 절대로 걷지 않았다. 그는 끝없는 리본처럼 이어진 캘리포니아 고속도로의 차들 사이를 질주하며 욕설을 퍼붓고 줄담배를 피웠다. 그의 또 다른 악덕이 하나 있다면 그건 바로 팰맬 담배였다. 아버지처럼 말이다. 하지만 아버지와는 달리 산업화된 속도에 맞추어 피웠다. 빨리 연기를 뿜은 다음, 피우고 있던 담배의 끝에서 체리빛으로 타오르는 불씨를 다음 담배에 이어 붙였다. 그는 미국인들이 하듯이 담배를 쥐려고도 해보았다. 엄지와 중지로 담배를 잡는 것이다. 영화에서 이스팁 매퀸이 그렇게 하는 걸 본 적이 있었다. 그리고 욕설을 하듯 중지로 다 피운 꽁초를 휙 튕겨서 로켓처럼 발사했다.

그는 아버지가 부끄러웠다. 멕시코 거지 놈이 따로 없지. 「에드 설리번 쇼」에 나올 만한 피아노의 거장인 것처럼 남들을 속이다니. 국경 북쪽에 있는 백인 주택가로 이사 갔던 인간. 월리, 랄프, 지니, 플로이드 같은 이름의 이웃들과 함께 사는 아버지. 그가 운전해서 그곳에 갈 때마다 백인들의 얼굴이 빨갛게 변했다. 그는 그걸 분명히 느꼈다. 그의 아버지는 인디애나주 출신의 베티라는 여자와 결혼까지 했다. 하느님 맙소사. 그리고 태어난 막냇동생이라니. 스팅레이 자전거를 타고 진창을 돌아다니다 무슨 땅딸막한 모험가라도 되는 것처럼 마분지 경사로에서 펄쩍 점프를 하던 아이. 자신의 이름을 훔쳐간 애.

그리하여 이런 섬뜩한 상황에 이르게 된 것이다. 한 달에 한 번씩 어머니는 자식들의 삶을 정기 점검하기 위해 못마땅한 마음을 누르고 국경을 건너왔다. 엔젤은 램블러*를 타고 거기 내려가서 어머니를 모셔 와야 했다. 장남의 의무였다. 하지만 그와 어머니는…… 복잡한 사이였다. 그는 이렇게 멕시코를 방문하는 게 싫었다. 티후아나에 대한 좋은 기억도 완전히 사라졌다. 온통 민망한 곳일 뿐이었다. 마마 아메리카라니. 멕시코인 말고서야 누가 애 이름을 아메리카라고 붙인단 말인가?

그리고 망할 놈의 아버지는 '리틀' 엔젤이 너무 미국인스러워졌다는 생각에 단단히 빠져 있었다. 걔가 너무 미국 놈처럼 변해버렸기 때문에 그 영혼을 구제하기 위해서는 정기적으로 멕시코

---

* 미국의 자동차 브랜드.

인다운 삶을 살아주어야 한다고 생각했다. 그래서 빅 엔젤은 어찌된 일인지 북쪽 저 멀리 클레어몬트까지 가서 그 애를 먼저 데려와야 했다. 그러니 짜증이 두 배가 되었다. 5번 고속도로에서 하릴없이 한 시간을 흘려보내야 했으니까. 그 애는 왜 그런지 몰라도 큰형이 윈첼 도넛 가게에 매번 들러서 자기에게 초콜릿 도넛을 사주는 걸 좋아할 거라고 생각했다. '아니거든'이라고 말하고 싶었다. 하지만 그는 수많은 토요일마다 그 애가 되먹지 못한 TV 쇼와 만화책을 보면서 외로운 환상의 삶을 보내는 모습을 지켜봤던 걸 기억했다.

아버지는 하루나 이틀 뒤 차를 몰고 리틀 엔젤을 데리러 내려왔다. 그분은 빅 엔젤을 조금도 속일 수가 없었다. 빅 엔젤은 아버지를 너무나 잘 알고 있었으니까. 매달 내려올 때마다 아버지는 어머니가 어디 있는지 낌새를 살폈다. 그녀가 자신을 거부한다는 사실을 믿을 수가 없었다. 다시는 그녀의 바지 속으로 마음껏 기어들어가 예전처럼 원할 때마다 즐길 수가 없다니, 도저히 참을 수가 없었다. 하지만 참으로 훌륭하게도 어머니는 전남편과 실랑이를 벌이지 않았다. 뒷방에 머물거나 세사르네 집으로 가버렸다.

빅 엔젤은 새로 꺼낸 담배에 피우던 담배꽁초 끝으로 불을 붙이고 나서, 다 피운 담배를 허공으로 휙 날렸다. 마치 길가를 따라 난 관목에 불이라도 내려는 것처럼 말이다. 그는 이 복잡한 절차를 시작하면서 무릎으로 핸들을 움직였다.

* * *

당시 티후아나는 지금처럼 현대 기술의 메카가 전혀 아니었다. 화려한 디스코텍이나 아이맥스 영화관 따위는 없었다. 강에는 수로가 없었고 예술적인 풍경이나 소규모 양조장이나 프렌치 로스팅 커피를 내오는 카페도 없었다. 길거리에는 얼룩말 무늬를 스프레이로 그린 당나귀들이 지나다녔고 그걸 본 리틀 엔젤은 우스울 정도로 좋아했다. 그런 당나귀들은 아직도 여느 모퉁이에 잠복해 있다. 머리에 솜브레로를 쓴 웃긴 당나귀들과 셀카를 찍으려는 관광객을 참을성 있게 기다리는 것이다. 하지만 몇 년이 흐르자 티후아나는 국경 순찰대와 작은 당나귀만 상주하는 듯한 곳이 되었다.

그들은 국경을 통과하고서 곧바로 티후아나 강의 탁한 악취가 풍겨대는 길로 들어섰다. 강은 덜컹거리는 나무 다리 아래로 거대한 진흙탕의 흐름을 만들었다. 길 양편으로는 카르톨란디아라는 이름의 악명 높은 슬럼가가 있었다. 현재는 사라졌다. 그곳을 지나면 고철과 방수포와 상자들로 이루어진 커다란 가축우리 같은 곳이 나왔다.

빅 엔젤은 거기에 전혀 관심을 두지 않았다. 그는 공격 계획을 세우려고 애쓰고 있었다. 어떻게 미국에서 책임감 있게 살 수 있을 것인가? 그는 부양해야 할 가족이 있었다.

그들은 먼지투성이 공원이 내려다보이는 언덕 가장자리에 자리 잡은 어머니의 노란 집 앞에다 차를 세웠다. 저 멀리로 시네

레포르마 영화관도 보였다. 리틀 엔젤은 가끔 형을 감언이설로 꾀어내 그 극장에서 영화를 보았는데, 멕시코 뱀파이어와 밀 마스카라스가 다양한 괴물들과 맞서는 영화를 볼 때마다 빅 엔젤은 괴로웠다. 어머니 집의 담장 위에는 산산조각 난 펩시콜라 병 조각을 꽂아주었다. 혹시라도 깡패 놈들이 집 안에 슬그머니 들어와 어머니의 속옷을 훔치지 못하도록 방지하는 용도였다.

그녀는 방에서 하룻밤 잘 짐 가방을 챙기고 다시 풀었다가 또 챙겨댔다. 빅스 감기연고는 그녀가 국경을 넘나들며 밀수하는 주요 품목이었다. 그리고 거실에는 초록색 앵무새 한 마리가 돔 모양 새장 안에서 정신 나간 듯이 시끄럽게 울어댔다. 라파스 주민이라면 누구나 초록색 앵무새를 키웠다. 새들은 다 이름이 있었다. 사람들은 이 새한테 자기네 성을 붙여 이름을 지었다. 그래서 이 새의 이름은 페리키토 데 라 크루스였다. 빅 엔젤은 생각했다. '이게 어딜 봐서 자그마한 앵무새(페리키토periquito)라는 거야?' 저 새는 뒤룩뒤룩 살쪘는데. 새는 하루 종일 억제가 안 되는 자아의 편집증을 발휘하여 자신의 존재를 소리쳐댔다.

"페리키토, 페리키토, 페리키토 크루스!"

마지막 이름의 울림은 빅 엔젤의 귓가를 날카롭게 긁어댔다.

"닥쳐."

빅 엔젤은 이렇게 말했다. 평소 같았다면 담뱃불을 또 붙였겠지만, 어머니는 집 안에서 담배를 못 피우게 했다. 그리고 리틀 엔젤도 있었다. 지금 5학년이 된 아이의 지능은 앵무새 정도였다. 그 애는 앵무새를 바라보며 같이 소리 질렀다.

"크루스!"

"크루스!"

"크루스!"

"크루스!"

다행히도 마마 아메리카가 나오더니 그 모습을 지켜보다가 입을 열었다.

"아, 저 새가 또."

"어머니. 이제 가요."

빅 엔젤이 말했다. 저 멍청한 새와 동생이 쌍으로 또 소리치기 전에 이곳에서 나가고 싶은 마음이 굴뚝같았다.

"아들아, 너 국경 저편에는 앵무새가 하나도 없다는 거 알고 있니?"

엘 오트로 라도—다른 편.

그는 몰랐다고 대답했다.

"멕시코인들이 저렇게 많은데, 초록색 앵무새는 하나도 없다니까."

"미국 놈들은 카나리아를 좋아하니까요."

"나는 작은 잉꼬가 있어요. 걔 이름은 페피예요."

리틀 엔젤은 뭔가 도움되는 말을 하려는 마음에서 말했다.

"내가 생각해봤는데, 사업을 하나 할까 해."

아, 안 돼. 빅 엔젤은 생각했다. 이 나이대 아줌마들은 저마다 사업을 하곤 했다. 이 아줌마들은 팔 것을 찾거나, 바느질을 하거나, 타말레를 요리했다. 빅 엔젤이 생각하기에 멕시코인을 나타내는 말 중 가장 마음에 드는 건 '뭐가 하나도 없는데 어떻게든 음식을 만드는 인간들'이었다.

"앵무새를 수출해서 고향을 떠난 멕시코인들에게 팔까 싶다. 여기서는 몇 페소 안 하지만, 저쪽에 가서는 산 값의 백 배로 높여서 파는 거야."

빅 엔젤은 어머니의 가방을 잡았다.

"미안해요, 어머니. 하지만 안 돼요. 그건 불법이에요. 미국으로 앵무새를 가져가면 안 된다고요."

두 형제는 이런 일이 생기리라는 걸 눈치챘어야 했다.

"안 되는지는 두고 봐야 알지."

그녀는 이렇게 말할 뿐이었다.

* * *

국경을 통과하기 한참 전에, 어머니는 다시 말했다.

"과일 시장에 데려다다오."

"과일도 반입하면 안 돼요, 어머니."

"누가 과일을 갖고 간댔니?"

빅 엔젤은 초조한 눈빛으로 리틀 엔젤을 슬쩍 바라보고는 동쪽으로 우회했다.

과일 시장은 주차장으로 둘러싸인 오래된 건물 밀집 지역에 있었다. 이 시장 건물들의 1층에는 수프 가게와 토르티야 가게, 사탕 가게와 타코 노점상들이 들어섰다. 물론 과일도 있고. 거기엔 온갖 종류의 과일이 다 있었다. 수박과 레몬, 파파야와 망고, 바나나와 사탕수수 줄기까지. 채소도 보였다. 공룡 알만 한 가지와 히카마, 칠리 등이었다. 주차장 구역은 언제나 트럭으로 막혀 있었고 머리를 헝겊으로 동여맨 남자들이 물품을 나르며 서로를 떠밀어댔다. 아스팔트 바닥은 몇 년 동안 으깨진 과일들이 햇빛에 말라붙은 위로 또 과일이 으깨져서, 끈적끈적한 막이 족히 1센티미터는 넘게 덮여 있었다. 그리고 저 구석에 있는 새 장수를 보자 빅 엔젤은 그만 가슴이 철렁해졌다.

"어머니, 안 돼요."

어머니는 그의 말에도 아랑곳하지 않고 성큼성큼 걸어갔다.

"우리 이제 큰일 난 거야, 엔젤?"

아이가 물었다.

"그런 것 같다."

빅 엔젤은 영어로 대답했다.

"초록색 앵무새 한 마리 줘요, 젊은 양반."

그녀는 주머니에서 화려한 페소 동전들을 꺼내며 새 장수에게 말했다.

"괜찮다면 말이지, 얌전한 꼬마 앵무새로 한 마리 줘요."

"지금 뭐라고 한 거야?"

리틀 엔젤이 형에게 물었다.

"얌전한 애로. 어머니는 얌전한 앵무새를 사고 싶대."

그는 팰맬 담배에 불을 붙이고는 태양빛에 몸이 녹아내리는 것처럼 몸을 숙였다.

그 젊은이는 어머니의 뜻대로 눈을 깜빡이는 자그마한 초록 앵무새를 가지고 왔다. 새는 그의 손가락 위에 다리를 쩍 벌리고 얌전하게 앉은 채 머리를 사방으로 휙휙 돌려대며 주변에서 벌어지는 움직임들을 관찰했다. 그러더니 아메리카가 펼친 손가락으로 옮겨 앉아 깃털을 퍼드덕거렸다. 빅 엔젤은 담배를 빨며 그 모습을 유심히 보았다. 어머니는 젊은이에게 돈을 주고서 새를 칭찬하기 시작했다. 멕시코 여자들이 아기나 강아지를 달랠 때 쓰는 다정한 말이었다.

"아유, 참 잘생긴 앵무새로구나! 아유, 보니까 아주 예쁘네!"

작은 새는 자랑스러운 몸짓으로 가슴을 쭉 펴고 하릴없이 몸치장을 했다.

어머니는 새를 어르면서 핸드백에 손을 넣어 자그마한 안약병을 하나 꺼냈다.

형제는 서로를 쿡쿡 찔렀다.

그녀는 한 손으로 병뚜껑을 열었다. 손가락이 마치 거미처럼 움직였다. 그리고 안약 병 주둥이 위에 있는 동그란 마개를 뽑았다. 병 안에는 투명한 액체가 가득 차 있었다.

그녀는 앵무새의 주둥이를 두드렸다.

"어서, 꼬마야, 주둥이를 열어라, 우리 임금님."

자그마한 새가 부리를 벌리자, 그녀는 액체 네 방울을 흘려 넣었다.

"테킬라야."

그녀는 이렇게 말하며 병뚜껑을 다시 닫았다.

모여 선 세 명의 남자들은 마치 최면에 걸린 듯 그 모습을 지켜보았다.

이윽고 새가 비틀거리더니, 고개를 저어댔다. 그리고 머리를 축 늘어뜨렸다. 새는 완전히 맛이 갔다.

그녀는 빈손에 새를 얹었다. 새는 이제 등을 대고 누워 코를 골 것만 같았다. 그녀는 꼴 보기도 싫은 핸드백에 다시 손을 뻗어 이제는 신문지 한 장을 꺼냈다. 리틀 엔젤은 왜 그런지 몰라도 그 신문지에 하이알라이* 득점표가 실려 있던 걸 기억했다. 이윽고 그녀는 새 장수의 벤치에 신문지를 놓고서 술 취한 앵무새를 얹었다. 그리고 두 손으로 새를 꼼꼼하게 돌돌 말아 종이 원뿔을 만들었다. 꼬리가 뾰족한 끝으로 가도록 하고, 초록색 머리가 넓은 원뿔 주둥이 쪽으로 튀어나오게 만든 모습은 꼭 앵무새 아이스크림 콘 같았다.

어머니 아메리카는 그 원뿔을 보란 듯이 만족스러운 손길로 어딘가에 집어넣었다. 모여 선 남자들은 그만 놀라고야 말았다. 그녀가 파란 드레스의 목 부분을 잡아당겼던 것이다. 그리고 인사불성이 된 새를 가슴골에 끼웠다. 빅 엔젤은 어머니의 타고난 몸매가 어떤지 생각해본 적이 전혀 없었다. 그런데 갑자기 어머니는 아주 풍만한 가슴을 가진 복스러운 존재처럼 보였다. 이제 그녀는 앵무새를 가슴골에 끼워 넣은 다음 종이가 보이지 않도록 매무새를 정리하고서, 엄지손가락으로 새의 머리를 눌러 어

* 스쿼시와 비슷한 스페인·중남미의 실내 스포츠.

두운 가슴골 사이에 제대로 자리를 잡게 만드는 것으로 작업을 끝냈다.

그녀는 이제 가슴을 매만지고서 말했다.

"샌디에이고로 가자, 얘들아!"

* * *

당시의 국경은 지금과는 딴판이었다. 거대한 장벽도, 드론도, 적외선 탐지기가 설치된 감시탑도 없었다. 데 라 크루스 가족을 기다리고 있는 건 비뚤배뚤 늘어진 나무 부스였다. 그 안에는 무더위 속에서 등받이 없는 의자에 앉아 있는 이민 세관 요원들이 있었다. 다들 자동차가 구름처럼 뿜어대는 배기가스를 들이마시면서 죽도록 지겨운 표정을 짓고 있었다. 그들은 "아뇨, 제 트렁크에는 술 같은 건 없어요!"라는 말을 들을 때마다 매일 더 냉소적인 얼굴로 변해갔다.

빅 엔젤은 램블러를 세웠다.

"침착하게 있어."

그가 말했다. 옆에 앉은 어머니는 무릎에 핸드백을 올려놓았다. 뒷좌석에 앉은 리틀 엔젤은 베이비 바비 성냥갑을 가지고 놀면서 자칫하면 다들 평생 교도소에 갇힐지도 모른다는 공포를 어떻게든 떨쳐내려 했다. 깡패 같은 할머니는 티벳 승려처럼 더없이 평온한 표정이었다.

빅 엔젤의 눈에는 직원의 뱃살밖에 들어오지 않았다. 정말 푸

짐한 뱃살이었다. 뱃살이 빅 엔젤의 자동차 창문 밖을 둥둥 떠다니는 것처럼 보였다. 직원이 뒤에서 다가오는 자동차를 바라봤을 때 한 번 휙 움직이기는 했다. 하지만 뱃살은 이내 제자리로 돌아왔다.

"서류 있습니까, 친구분?"

"네, 있습니다. 그린 카드입니다."

빅 엔젤은 이렇게 대답하며 미국으로 가는 마법의 티켓을 내밀었다.

직원이 허리를 굽히자 붉은 얼굴이 나타났다. 그는 아메리카를 쏘아보았다.

"서류요?"

그녀는 여권을 들어 보였다.

"파사포르테(여권)."

붉은 얼굴의 직원은 리틀 엔젤 쪽으로 고개를 확 돌렸다.

"넌 서류가 뭐니, 친구야?"

"미국 시민이에요."

그 애는 외쳤다.

직원은 차 지붕을 톡톡 두드리고서 일어섰다. 창문 밖으로 다시 그의 배가 보였다. 리틀 엔젤은 저 커다란 남자가 권총을 확 빼들고 모두를 쏠까 봐 무서웠다.

"좋아요."

배가 말했다. 이제 그 배는 돌아서려 했다.

"즐거운 하루 보내세요."

그런데 그때 앵무새가 깨어났다. 직원의 배가 4분의 3까지 돌아갔던 순간, 앵무새는 기분이 나쁘다는 걸 확실하게 드러냈다. 이렇게 비명을 질렀으니까.

"꾸웩!"

거대한 배가 움찔했다.

"꾸이-욕!"

그 배가 다시 돌아서서 멈추었다. 빅 엔젤은 그저 앞만 똑바로 바라보았다. 턱 근육이 격렬하게 떨려서 뺨이 후들거렸다.

"으웨에엑!"

직원의 커다랗고 붉은 얼굴이 스윽 내려와 창문 밖에 보였다. 얼빠진 얼굴이었다.

어머니 아메리카는 세상없이 무표정한 얼굴로 직원을 바라보았다.

"좀 이상하죠? 이게 뭘 것 같으세요?"

그 순간 그녀의 가슴선이 움직이기 시작했다. 직원의 눈이 휘둥그레졌다. 곧이어 투덜거리는 소리와 꽥꽥대는 소리가 이어지더니, 앵무새가 가슴골에서 꿈틀대며 튀어나와 머리를 빙글빙글 돌려댔다.

"참 재미있네요."

어머니 아메리카가 말했다.

화가 난 데다 술이 덜 깬 앵무새는 펄쩍 솟아올라 사람들에게 욕설을 퍼붓고는 열린 창문 사이로 탈출해서 날아가버렸다. 거기 있던 모든 사람이, 그러니까 공무원들과 멕시코인들과 뒷좌석에 있던 미국 시민들 모두가 국경 너머 북쪽으로 날아가는 새를 그저 바라보았다.

라스 마냐니타스Las Mañanitas*

여자들이 다시 방으로 들어와서 빅 엔젤을 휠체어에 앉히려고 안간힘을 쓰기 시작했다.

"날 용서해라."

휠체어에 탄 채로 끌려가며 빅 엔젤이 말했다.

리틀 엔젤은 그를 따라갔다.

"이젠 상관없어, 형."

"상관이 있어."

미니는 빅 엔젤의 휠체어를 주방에 세워놓았다. 그리고 파티 참석자들을 모으러 급히 마당으로 달려갔다.

---

* 멕시코를 비롯한 라틴아메리카 국가의 생일 파티 노래로, 생일날 아침과 생일 케이크를 먹기 전에 불러준다. 멕시코에서는 남녀노소 모두에게 불러줄 수 있는 노래다.

빅 엔젤은 뒤통수에서부터 팔을 타고 내려가는 고통을 느끼며 씩 웃었다. 아직은 태연한 자세를 유지할 수 있었다.

"재미있구나, 아우야. 나는 예전에 죽을 정도로 배고팠다고. 알지? 언제나 뭔가를 먹고 싶었어. 그런데 우리가 여기 이 나라에 오니까, 먹게 되더라. 항상 말이야. 나는 살이 쪘어! 그래서 페를라가 나더러 여보flaco*라고 부르기 시작한 거야. 재미있지."

리틀 엔젤은 테라스에 드리워진 미니의 그림자를 보았다.

"근데 그거 알아? 지금 나는 또 배가 고파 죽겠어. 난 먹는 게 싫어. 먹어봤자 암이나 키울 뿐이야. 이 약들을 먹으면 아파. 위장이 항상 쓰려. 하지만 음식 꿈을 꿔. 다시 열 살이 된 것처럼. 정말이야. 난 사랑을 나누는 꿈 같은 것도 꿔본 적이 없는데, 지금은 카르니타**랑 토르티야 꿈을 꾼다고."

미니의 그림자가 멀어져갔다.

빅 엔젤은 솔직하게 말했다.

"음…… 그래. 섹스 꿈도 항상 꾸지. 미겔 엔젤의 위대한 생각이라고. 돼지고기를 넣은 토르티야. 그리고 엉덩이. 네가 내 이야기로 책을 쓴다면 알아둬라."

"그래야겠다."

"그래야지. 맞아."

"머저리 같은 엔젤."

---

* 스페인어로 'flaco'는 '빼빼 마른'이란 뜻이다. 그러나 라틴아메리카 일부 지역에서는 flaco가 남편이나 남자친구를 부르는 말로 쓰인다.

** 타코에 넣어 먹는 튀긴 고기.

리틀 엔젤이 말했다. 빅 엔젤은 대답했다.

"날 밖으로 데려다줘. 여기에 있고 싶지 않아."

리틀 엔젤은 휠체어를 조심스레 움직여서 빅 엔젤을 큰 문으로 데려갔다.

"난 언제나 대단했어."

빅 엔젤이 선언했다.

"가자고."

하지만 빅 엔젤은 동생의 말을 무시하며 말을 이었다.

"말해봐라, 세사르가 그러던데. 내 아버지가 너한테 요리를 해주었다면서. 그랬어? 아버지가 제일 잘하는 음식이 뭐였지?"

"칠리였어."

"칠리? 미국 놈 칠리 같은 거?"

빅 엔젤은 소름이 끼쳤다.

"난 거기다 심장마비 칠리라는 이름을 붙였지."

"더 자세하게 말해봐, 부탁이야."

그는 자세한 이야기를 듣고 싶었다. 리틀 엔젤이 말했다.

"아버지는 프라이팬에 기름을 잔뜩 붓고 시작했어. 거기다 빨간 양파를 잘게 썰어 넣고 볶았지. 양파가 투명해질 때까지 볶았어. 그런 다음 쌀을 한 봉지 부었어."

"쌀이라고!"

"쌀을 볶은 다음에는 토마토랑 마늘을 넣었어. 그것도 투명해질 때까지 볶았지. 다음에는 그걸 물이랑 토마토 소스에 부었어."

"스페인식 쌀 요리."

"맞아. 그게 부글부글 끓으면 아버지는 프라이팬을 또 꺼냈어."

"아."

빅 엔젤은 얼굴이 빨개졌다. 이건 마치 허풍이 가미된 야한 이야기를 듣는 것 같았다.

"아버지는 양파를 더 썰고, 돼지갈비도 다섯 대 썰어서 볶았어."

미니가 안으로 들어왔다.

"아빠!"

빅 엔젤은 손가락을 들었다. 그리고 의자를 가리켰다. 미니는 한숨을 쉬면서 앉았다. 그는 동생에게 고개를 끄덕여 이야기를 계속하라 시켰다.

"돼지갈비가 다 익을 때쯤이면 스페인 쌀도 다 익었지. 거기다 물을 몇 번이고 넣은 다음에 졸여야 해. 아버지는 콩과 온갖 재료를 냄비 안에 넣었어. 그리고 콩을 다시 볶았지. 하지만 기다려. 이게 끝이 아니었으니까. 그다음에는 몬터레이 잭 치즈 1파운드를 잘게 썰었어."

엔젤이 경악했다.

"안 돼."

미니도 경악했다.

"안 돼."

"아니, 그랬다니까. 그리고 고추를 넣었지. 그런 다음 한 시간 동안 냄비째 휘젓는 거야. 치즈가 시멘트처럼 녹아버릴 때까지. 솔직히 말해서 그거 두 입 먹으면 못 먹어. 하지만 아버지는 먹었어. 그걸 커다란 접시에 담아서 다 먹을 수 있었다고. 그리고 다음 날에는 식은 걸 먹었어. 그걸 토스트에 올려서 먹고, 토르티야에 넣어서 먹고, 아니면 냄비째로 퍼먹기도 했어."

빅 엔젤은 손뼉을 쳐서 미니를 불렀다.

"얘야. 네 할아버지가 그랬단다. 대단한 남자야!"

형제들은 아버지를 향한 사랑을 듬뿍 만끽했다.

"이제 쉬는 시간은 끝났어요, 여러분."

미니는 이렇게 말하며 손짓했다. 그들은 휠체어를 굴렸다.

"날 용서해라."

빅 엔젤이 말했다.

"형도 날 용서해."

리틀 엔젤이 대답했다.

이제 마당으로 들어왔다.

"그런데 말이야, 나한테 준 상자 안에는 뭐가 들었어?"

리틀 엔젤이 물었다. 손으로 침실 쪽을 가리키고 있었다.

"그날 너한테 주려고 했던 거다. 그 크리스마스 날에."

빅 엔젤이 대답했다. 미니는 그의 휠체어를 굴려 멀어져갔다.

"가서 봐."

리틀 엔젤은 그 상자를 뜯지 않을 참이었다. 죽든지 말든지, 미겔 엔젤 따위. 죄다 될 대로 되라지. 하지만 그는 상자를 열었다. 그 안에는 레이먼드 챈들러의 『빅 슬립』* 초판 사인본이 들어 있었다.

---

* The Big Sleep, 1939년에 발행된 미국의 범죄소설.

뒷마당에 있는 사람들이 환호하기 시작했다.

* * *

• **오후** 8:30

리틀 엔젤은 주방 문 그림자에 바짝 달라붙은 채로 모여든 사람의 뒤편에 섰다. 와글대는 사람들의 수는 아까보다 줄어들었다. 세사르는 집 안 소파에서 코를 골고 있었다. 숙녀들 중 몇 명이 그의 몸 위에 자신들의 외투를 올려놓았다. 세사르의 핸드폰에서는 마닐라에서 오는 문자 수신음이 계속 울려댔다.

구름은 얇은 막이 되어 달을 스치듯 지나갔다. 개들이 짖는 소리가 골짜기에 메아리쳤다. 리틀 엔젤은 귀뚜라미 우는 소리가 마치 하이쿠인 듯 귀 기울였다. 그 소리는 희망을 속삭이는 연인들의 목소리처럼 들려왔다.

빅 엔젤은 부쩍 작아진 몸집으로 휠체어에 앉아 오가는 사람들을 모두 바라보았다. 랄로는 그의 아부지 옆에 놓인 잔디 의자에 널브러져 있었다. 고개를 주춤주춤 가눈 그는 몇 번 턱을 쳐들고 실없는 웃음을 날리다가 다시 고개를 떨구었다. 빅 엔젤은 알 수 없는 웃음을 한껏 띤 채로 아들을 노려보았다.

랄로는 눈을 뜨고 아버지를 노려보았다. 그리고 외마디 소리를 질렀다.

"아빠!"

그는 울기 시작했다.

"왜 그러냐, 얘야?"

"아빠, 내가 못 할 짓을 했어요. 정말 미안해."

빅 엔젤은 최대한 손을 뻗었다.

"그게 뭣이 중하냐, 얘야? 이리 와라."

랄로는 몸을 숙이고는 아버지의 새가슴에 얼굴을 댔다.

"정말 미안해요."

"괜찮다, 괜찮아."

빅 엔젤이 중얼거렸다.

"난 정말 나빴어."

"넌 좋은 애다, 랄로. 넌 좋은 아들이야."

빅 엔젤은 아들의 정수리에 입을 맞추었다. 랄로는 삐걱대는 알루미늄 잔디 의자 위에 털썩 앉았다. 빅 엔젤이 다시 말했다.

"야, 네 문신 마음에 든다."

정말? 이게 끝이야? 이뿐이라고? 모든 게 이런 식으로 끝난다고? 리틀 엔젤은 이렇게 끝내고 싶지 않았다. 이렇게는 안 된다. 뭐라도 클라이맥스가 있어야 하는 거 아니었어? 소설이나 오페라를 보면 생일 파티에서 초 끄고 그냥 일찍 자버리는 경우는 없잖아? 파티가 끝나면 형이 떠나버릴 거란 사실을 알았다. 그는 벽에 기대어 팔짱을 꼈다. 눈이 시큰해졌다.

주방에서 여자들이 케이크를 들고 나왔다. 미니, 페를라, 글로리오사, 루피타였다. 네 개의 초가 타올랐다. 7과 0 모양의 숫자 초 네 개였다. 어마어마한 함성과 박수가 터졌다. 케이크가 다가

오자 아이들과 강아지들은 빅 엔젤의 휠체어 주위를 뛰어다녔다. 빅 엔젤이 배 위로 손을 모았다. 지금 머리를 까닥거리고 있는 건가?

여자들은 커다란 케이크들을 접이식 탁자 위에 놓았고, 미니는 아버지의 휠체어를 테이블로 밀고 갔다. 그는 짜증과 즐거움이 뒤섞인 표정으로 파티 참석자들을 둘러보며 자그마한 눈썹을 치켜올려 보이고는, 휠체어에 앉은 채로 몸을 앞으로 숙이고서 엄청나게 덜덜 떨리는 숨을 한 번 후 불어서 초 하나를 껐다. 초를 모두 끄기까지 숨을 네 번 불어야 했다. 이윽고 빅 엔젤이 숨가쁜 표정으로 의자에 털썩 눕자 사람들은 박수를 쳤다. 페를라는 남편이 5킬로미터 달리기 경주에서 우승이라도 한 양 야단을 떨었다.

열기는 고조되었다. 당연한 것 아니겠는가. 생일 파티라면 으레 '생일 축하합니다' 노래를 불러야 하는 법. 멕시코 생일파티에는 멕시코식 생일 노래가 있다. 바로 '라스 마냐니타스Las Mañanitas' 이다. 누가 먼저 신호를 준 것도 아닌데 모여든 사람들은 한목소리로 노래를 시작했다.

> 이건 '라스 마냐니타스'예요
> 다윗 왕이 부르셨던 노래지요
> 예쁜 소녀들에게 말이에요
> 이제 우리는 그 노래를 당신에게 부릅니다

사람들은 빅 엔젤에게 파도처럼 다가갔다. 마치 달이 끌어당기는 것처럼. 점점 더 가까이, 점점 더 빽빽하게. 그것은 소용돌이이자 몸으로 만든 보호막이었다. 빅 엔젤은 사람들의 홍수 가운데 휘말려 모습이 사라져버렸다.

그들은 머리를 높이 들고 노래를 불렀다.

일어나요, 엔젤, 일어나요
무엇이 떴는지 봐요
벌써 작은 새들이 노래하고 있어요
달은 이미 저물었답니다

하지만 본인들이 듣기에 노랫소리가 별로 크지 않았나 보다. 사람들은 다시 노래를 시작했다. 이번에는 리틀 엔젤이 한 번도 들어보지 못했던 목소리가 확 터져 나왔다. 사람들은 함성을 지르며 소리치고, 오페라를 부르는 것처럼, 마리아치 악단의 연주처럼 음을 높였다. 그러다 노래 중간쯤에는 흐느끼는 바람에 음을 놓쳐버렸다.

리틀 엔젤은 고개를 뒤로 젖히고 음악이 들려오는 가운데 서서 형을 바라보았다. 그는 이 노래를 끝까지 들어본 적이 한 번도 없지만, 거기 있는 사람들은 모두 이 노래를 아는 것 같았다.

아침은 얼마나 아름다운가요
내가 당신에게 인사하러 온 아침이죠

우리 모두 기뻐하며 왔답니다
즐겁게 당신을 축하하러요

그들은 계속해서 노래를 불렀다. 마침내 노래가 끝나자, 모두는 큰 소리로 오랫동안 박수 쳤고, 자리를 뜰 때까지 박수 소리는 끊이지 않았다. 이윽고 리틀 엔젤은 형의 모습을 다시 보았다. 사람들이 박수 치고 휘파람을 부는 가운데, 빅 엔젤은 기진맥진한 권투 선수처럼 두 손을 들고 머리 위에서 손을 맞잡아 흔들면서 입 모양으로 '그라시아스'라고 말했다. 그의 눈에 눈물이 고였다. 반짝이는 눈물이 모든 이들을 바늘처럼 찔러댔다.

리틀 엔젤은 눈 위에 손을 얹었다.

* * *

빅 엔젤은 동생을 지켜보고 있었다. 리틀 엔젤이 불쌍한 놈이라는 생각을 하고 있지만, 그 생각을 알려주고 싶지는 않았다. 그는 케이크를 조금 맛보았다.

이게 다로군, 하고 빅 엔젤은 생각했다. 그는 자신이 바라던 것을 이미 얻었다. 그러니 이제는 끝이었다. 모든 게. 끝. 예전에는 뭔가 더 있을 거라고 생각했지, 아니었나? 바보 같은 엔젤. 그는 자신의 병이 나을 거라고 생각했었다.

사람들 속에서는 아버지의 유령도, 어머니의 유령도 나타나지 않았기에 그는 막냇동생을 지켜보았다. 그 애한테서 눈을 뗄 수가 없었다. 불쌍한 리틀 엔젤, 그는 생각했다. 앞으로 저 애의 인생이 어떻게 흘러갈지 알 수가 없었다. 책에서는 그 답을 찾을 수 없을 텐데.

라 미니가 저기 있다. 랄로는 쭈그리고 있었다. 랄로가 예전처럼 군인답게 어깨를 딱 펴고 있으면 얼마나 좋을까. 라 글로리오사는 어딘가에 있었다. 그녀를 보지 않아도 느낄 수 있으니까. 그녀는 성스러웠지만 본인은 그 점을 몰랐다. 그녀가 날개를 펼친다면, 그 넓은 날개는 어두운 색이리라. 검은색에 가깝겠지. 그녀는 세상이 끝날 때 활활 타오르는 불꽃 위로 날아가리라. 그리고 그의 불쌍한 아내도 저기 있다. 주방을 청소하는 중이다. 그는 아내 역시 실망시켰다. 만약 하느님과 한 번 더 협상할 기회가 있다면, 페를라를 더욱 즐겁게 해달라고 청탁을 넣을 텐데. 어쩌면 데이브가 노베나*를 마지막으로 한 번 더 해보면 어떨까. 아니면 무슨 기도라도 좋으니 하느님의 마음을 움직여보라고 말할까.

그렇지만.

아니.

그는 고개를 저었다. *너무 늦었어, 아가야. 우린 망했어.* 그와 하느님은 벌써 이야기를 끝냈다. 바이 골리!(저런!) 오늘 밤은 마지막으로 맺은 거래였다. *하느님 제기랄— 죄송합니다, 하느님.* 절대로 하느님과 거래를 해서는 안 된다는 걸 누구라도 경고해줬어야 하는 거 아닌가.

---

* 천주교에서 올리는 9일간의 기도.

모든 사람은 비밀을 품고 죽는다. 빅 엔젤은 분명히 행복한 사람일 것이다. 가장 끔찍한 사실을 안전하게 숨긴 채로 죽을 테니까. 삶이란 사물을 있는 그대로 받아들이기 위한, 또한 타인에게서 무언가를 지키기 위한 긴 투쟁이다. 이것이 그의 가장 은밀한 비밀이었고, 그건 결코 죄가 아니었다. 다만 그가 훌훌 털고 일어날 수 없었다는 사실을 그 누구에게도 알리고 싶지 않은 것뿐이었다.

그는 소리 내어 말했다.

"아, 그래. 날 무릎 꿇리시는군요."

그는 시간의 기포 안에 갇혀 떠돌았다. 파티 소리가 귓가에 울렸지만, 그는 지금 여기에 없었다. 그가 도착한 곳은 몇 달 전의 방이었다. 그날도 집 안에서는 참 많은 일이 일어나고 있었다. 얄궂은 일이야, 하고 그는 생각했다. 그날도 일요일이었다. 바로 오늘처럼.

그날 데이브는 주방에 있던 음식을 죄다 먹어치우고서 그를 휠체어에 태워 침대로 데려와 이불을 단단히 덮어준 다음 떠났다. 그때 이런 생각을 했던 기억이 났다. *어째서 사람들은 항상 죄다 소리를 지르고 있지?* 웃음소리와 고함이 들렸다. 그는 물을 마시고 싶었지만 아무도 그의 목소리를 듣지 못했다. 주변을 더듬어봐도 침대에서 핸드폰을 찾을 수가 없었다.

"어이!"

그는 소리를 쳤다. 답답하니 새된 목소리가 나왔다.

"미니!"

그는 매트리스를 내리쳤다. 약 먹을 시간이었다. 탁자를 더듬어 약병 뚜껑을 하나 열고서 김빠진 미지근한 콜라와 함께 약을 들이켜 꿀꺽 삼켰다. 그러자 토하고 싶었다. 그런데 다른 약병은 어디 있지? 지금은 약을 두 알 먹어야 할 시간이 확실한데.

주변을 둘러보았다. *아 대단하시군.* 약병은 침대에서 1미터도 넘게 떨어진 서랍장 위에 있었다. *어떤 정신 나간 놈이 약을 저기다 놨어?* 그는 누구든 꾸짖을 참이었다.

"어이!"

팔을 뻗어보았지만, 거기까지 닿지 못한다는 사실을 너무나도 잘 알고 있었다.

"도와다오! 응!"

아무 일도 일어나지 않았다.

욕설을 지껄이며 소란을 피웠지만 알고는 있었다. 아주 잘 알고 있는 사실이었다. 누군가 할 일 없이 복도를 지나다가 자신을 떠올릴 것이라고. 그러면 물을 가져다주겠지. 누군가 손을 뻗어 약을 가져다줄 것이다. 하지만 그는 자신이 원할 때 원하는 걸 하고 싶었다.

그래서 이를 악물었다. 앙상하고 얼룩덜룩해진 다리를 차가운 바닥에 내디뎠다. 그러자 긴 바늘로 찌르는 듯한 고통이 종아리를 타고 올라와 그만 움찔하고 말았다. 발볼부터 무릎까지 확 퍼지는 고통.

"쩽!"

그는 중얼거렸다. 왼팔로 몸을 지탱한 채로 오른팔을 뻗은 다음, 다른 발로 바닥 위 허공을 맴돌았다. 물론 이게 전략적인 오류라는 건 알았다. 기하학적으로 말이 안 되는 구도였고, 몸을 지탱하고 있는 팔이 몸무게를 지탱하다 못해 긴장해서 공기 압축 드릴처럼 덜덜덜 떨리기 시작했다. 게다가 매트리스와 서랍장 사이로 펼쳐진 광대한 간극으로 다른 손을 뻗자마자, 차가운 바닥에 닿은 발볼에서 냉기가 확 밀려오는 바람에 그만 넘어지고 말았다.

그는 무릎으로 착지하며 세게 부딪혔고, 머리를 서랍장 모서리에 찧고 말았다. 양피지처럼 버석거리는 관자놀이 쪽 피부가 찢어져서 서늘한 피가 온 얼굴에 선연하게 느껴졌다. 끈적끈적했다.

상처 걱정은 하지 않았다. 무릎이 부서졌을까 봐 걱정된 그는 훌쩍거리며 울었다. 암에 걸린 것도 아팠지만, 지금의 아픔이 더욱 생생했다. 게다가 일어날 수도 없어서, 그가 딱딱한 바닥에 대고 관절을 짓누르는 동안 으스러진 관절에서 퍼지는 고통이 더욱더 비명을 질러댔다. 이윽고 피가 두 손 사이로 뚝뚝 떨어졌다. 그는 울면서 고함쳤다.

"도와줘! 어이! 나 침대에서 떨어졌어! 도와줘!"

그는 속으로 생각했다.

자, 엔젤. 우린 꼼짝 못 하게 됐어. 생각을 해.

그는 손을 올려 시트를 움켜쥔 다음 몸을 일으키려 했다. 하지만 도로 바닥으로 떨어졌다. 무릎을 꿇은 채 엉덩이를 허공으로 들어 올리고, 두 손 사이로 고개를 숙인 채였다. 지금 대체 뭐 하는 짓일까? 팔에 남은 근육이라곤 하나도 없는데. 이젠 오도 가도 못하게 되었다. 침대와 서랍장 사이에 끼어버린 것이다. 몸을 일으켜보려 해도 무릎을 움직일 수가 없단 말이다. 그는 티셔츠 목깃을 관자놀이로 끌어당겨 지혈을 해보려 했다. 이제 피는 시퍼렇게 보일 정도였다.

"하느님, 아프네요."

이렇게 말했지만 하느님은 아무 말도 없었다.

"좀 도와주세요."

그는 간청했지만, 하느님은 다른 전화를 받느라 바쁘신 모양이었다.

그는 유령이 있나 둘러보았다. 하지만 그는 이미 운명에 버림받았다. 잠시 동안, 혹시 첸테벤트가 벽을 뚫고 나타나 히죽히죽 웃지 않을까 무섭기도 했다. 고통 때문에 온몸이 덜덜 떨렸다.

"좋아."

그는 이렇게 말하고서 머리를 바닥에 갖다댔다. 그리고 기다렸다. 누군가 오겠지. 그는 빅 엔젤이다. 이대로 죽을 수는 없는 것이다.

하지만 이대로 죽어버린다면?

잘 때까지 아무도 오지 않는다면? 당연히 그때쯤엔 골로 가겠지. 그의 몸은 이 상태를 견딜 수 없었다. 심장은 이미 망치로 두드려 맞은 느낌이었다.

"하느님? 안 계세요?"

그러자 확 떠오르는 생각이 있었다. *무릎을 꿇었잖아, 멍청아.*

그럼 고해를 해야지. 하느님께서 이렇게 만드신 것이니, 해야 할 일을 마치기 전까지는 일어날 수 있을 리가 없을 터였다.

그래서 그는 이야기를 시작했다.

"저는 더러운 놈입니다. 정말로 더러워요."

고해는 세 시간이 걸렸다.

* * *

랄로가 빅 엔젤을 발견한 건 'GTA'*를 하러 뒷방으로 가던 길이었다. 랄로는 술에 살짝 취해 있었지만, 심하게 취한 건 아니었다. 그냥 맥주 두어 잔에 양주도 두어 잔 마셨을 뿐. 그는 아버지가 메카를 향해 절하는 이슬람교도처럼 엎드려 있는 모습을 발견했다.

"아니, 아부지. 왜 바닥에서 자고 있어요? 응?"

그는 아버지를 일으켜서 침대에 눕히고 이불을 덮었다. 하지만 빅 엔젤의 얼굴에 말라붙은 핏자국은 알아보지 못했다. 그런 다음 휘적휘적 뒷방으로 돌아가서 비디오 게임 컨트롤러를 잡고 경찰을 따돌리며 차를 부수기 시작했다.

빅 엔젤은 무릎에서 느껴지는 고통을 견디다 못해 기진맥진한 채로 잠들었다. 그리고 하느님은 그에게 계시를 내려주셨으니, 꿈에서 송별 파티를 보았던 것이다. 그는 모든 장면을 보았

* Grand Theft Auto, 자동차를 훔치는 미국 비디오 게임.

다. 그리고 다음 날 아침에 페를라가 겁에 질린 채로 소리치는 가운데 깨어났다. 그녀는 빅 엔젤의 얼굴과 베개에 묻은 피를 발견했고, 사람들은 허겁지겁 집에서 달려 나와 싫다는 빅 엔젤을 침대에서 끌어내어 응급실로 달렸다. 그러는 내내 그는 죽기를 거부했다. 바로 이 파티 때문이었다. 이 케이크, 이 노래 때문이었다.

그는 이제껏 잡혀 있던 시간의 기포에서 빠져나왔다. 사람들은 웃으며 이야기하고 아직도 케이크를 먹거나 서로에게 던져대고 있었다. 빅 엔젤은 리틀 엔젤을 바라보며 말할 수 없는 연민을 느꼈다. *너는 한 번도 억지로 무릎을 꿇어본 적이 없겠지. 스스로 무릎을 꿇어본 적이 없다면, 언젠가 하느님은 너를 바닥에 메다꽂고는 네가 지은 죄를 낱낱이 대조해보실 거다. 그때가 오기를 기다려라, 막내야.*

내가 정말 미안하구나.

이렇게 시끄러운데도 랄로는 깨어날 기미가 보이지 않았다. 그 애는 아부지 옆에 있는 의자에서 점점 몸이 미끄러져갔다. 그리고 발을 축 늘어뜨린 채로 코까지 골아댔다. 그는 손등으로 아들의 얼굴을 쓸었다.

"폐인 같은 놈."

* * *

바깥에서는 미끈한 하얀색 아우디가 진입로 입구에서 미적대고 있었다. 엘 인디오는 운전대 앞에 앉았다. 새로 새긴 문신 중에 '탕자prodigal'라는 말이 보였다. 오른팔 안쪽을 따라 위에서부터 쭉 내려오는 글자였다.

그는 핸드폰을 확인했다. 엄마가 보낸 음성 메시지가 있었다.

"얘야, 들어와라. 제발. 안으로 들어와."

그는 그걸 삭제하지 않았다.

차창은 열려 있었다. 그는 사람들이 아버지에게 불러주는 노랫소리를 들었다. 그동안 이 길을 얼마나 많이 오가며 가족들을 지켜보았던가? 얼마나 많은 파티의 소리를 들었던가? 얼마나 많은 말다툼을 들었던가? 문이 쾅 닫히는 소리는 또 얼마나 많이 들었던가?

멀리 떨어져 있는 채로 한 해 한 해를 흘려보낼수록, 가족들과 골은 점점 깊어져만 가서 이제는 그 깊이를 잴 수조차 없었다. 자신의 행동이 부끄러웠다는 사실을 인정하는 것도 이젠 불가능해 보였다. 그 집이 싫어 스스로 떨어져 나왔다는 걸 어떻게 시인할 수 있겠는가?

그는 차에서 너무나 내리고 싶었다. 진심이었다. 차에서 내려 모여든 사람 속으로 걸어가서 자신을 본 미니와 어머니가 그 자리에 주저앉는 모습을 보고 싶었다. 긴 머리와 근육과 값비싼 하얀 청바지를 자랑하고 싶었다. 아버지에게 성큼성큼 다가가서 그를 용서하고 싶었다.

그리고 용서받고 싶었다.

인디오가 그 누구에게도 감히 말할 수 없었던 비밀이 바로 이

것이었다. 실은 스스로도 좀처럼 인정하지 못하는 비밀이기도 했다. 그는 이제껏 최대한 빅 엔젤의 반경에서 멀리 떨어져 나왔고, 빅 엔젤이 이해할 수도 없고 앞으로도 용납할 리 없는 삶을 살아왔다. 그건 반항 같았다. 하지만 참된 탕자가 다들 그렇듯이, 인디오의 가장 깊은 공포는 아버지가 자신의 면전에서 문을 쾅 닫아버릴지도 모른다는 생각이었다.

그는 차창 가장자리에 머리를 떨구고는 우렁차게 들려오는 노래의 마지막 가사를 들었다. 옆집 개가 짖는 소리도 들려왔다. 그는 작별 인사를 하고 싶었다. 하지만 그럴 수가 없었다. 창유리가 소리 없이 올라갔다. 하얀 차는 밤거리에 조용히 서 있었다.

* * *

이제 끝났군, 이라고 그들은 서로에게 이야기하는 중이었다. 음, 케이크는 아직 남았지만. 로스 케키스, 푸에스. 모두가 케이크를 먹고 싶어 했다. 그중에서도 빅 엔젤만큼 케이크가 간절한 사람은 없었다.

그는 케이크 두 접시를 앞에다 두고 양손에 플라스틱 포크를 쥐었다. 그리고 격한 기쁨으로 하얀 케이크와 까만 케이크에 포크를 찔렀다. 턱에 하얗게 아이싱이 묻었고, 심지어 한쪽 뺨에도 묻었지만 아무래도 괜찮았다. 페를라가 그의 얼굴을 닦아주려 했지만, 그는 어깨로 그녀가 손에 든 냅킨을 밀어내었다. 그리고 라 글로리오사에게 손짓하여 케이크를 한 조각씩 더 가져오라고 했다.

"이러면 앞으로 당신 여보라고 안 부를 거야. 돼지라고 부를 거라고."

"그러든지."

그는 이렇게 말하며 접시 쪽으로 손짓했다.

"더 줘."

미니는 여자애 여러 명과 군식구들과 꼬부랑 할머니들을 지휘해 모두에게 축 처진 접시들을 나눠주며 경고했다.

"이 녀석들아, 이제부턴 음식 가지고 장난치면서 던지면 안 돼."

페를라의 거대한 커팅 칼에 아이싱이 온통 덕지덕지 묻어서, 미니가 그걸 주방으로 가져가 루피타에게 씻으라고 주었다.

빅 엔젤은 라 글로리오사를 올려다보며 스페인어로 말했다.

"난 언제나 널 사랑했어."

그녀는 얼굴을 붉혔다. 그리고 고개를 돌렸다. 이 꼬마들이 스페인어를 잘 모른다는 게 다행이라고 생각했다.

"나도 사랑해."

그녀는 가볍게 말했다. 그리고 자리를 뜨겠다 말한 다음 물러나서 마당에서 벗어났다. 지금은 그저 숨을 쉬고 싶었다.

* * *

두 조각째 케이크를 먹으러 온 리틀 엔젤은 형 옆에 앉았다.

그들은 자면서 실실 웃고 있는 랄로를 바라보았다. 그리고 둘 다 고개를 저었다.

"내가 언제나 널 사랑한 거 알지."

빅 엔젤이 말했다.

"나도 그래."

"시애틀로 가지 마라."

"가야 해. 일해야지. 나도 내 삶이 있는데."

"그럼 내 자리는 누가 이어받냐?"

"난 아니야."

"너밖에 없어. 랄로는 가장이 될 자질이 없어. 인디오는 떠나버렸고. 불쌍한 세사르는…… 할 수 없어. 난 널 골랐다."

리틀 엔젤은 형을 슬쩍 보고서 고개를 저었다.

"이제는 여자가 가장을 할 차례가 온 것도 같아."

그는 이렇게 말하며 라 미니를 가리켰다.

"지금은 재가 여기 대장이야."

빅 엔젤은 고개를 갸웃거리며 딸을 지그시 바라보았다.

* * *

라 글로리오사는 차고 문에 기대어 밤하늘을 올려다보았다.

거리는 조용했다. 그녀는 진입로에 슬쩍 다가선 반짝이는 진줏빛 차가 누구의 것인지 알아보지 못했다. 차 좋네. 하지만 더 큰 차면 좋을 텐데.

그녀는 지금 아들에게 말을 걸고 있었다. 이 시간을 방해받고 싶지 않았다. 그 애는 저 위에 있었다. 기예르모. '조커'라니 바보 같은 소리. 그녀는 매일 밤 아들이 잘 자기만을 바랐다.

"엄마는 널 사랑해."

그녀는 속삭였다.

* * *

인디오는 이번에도 그냥 가버리기로 마음먹었다. 그리고 백미러를 점검했다. 구릿빛 빛무리가 길 위와 아스팔트 도로를 3미터 간격으로 떠다니면서 저 멀리 반짝이는 국경선 쪽으로 점점 물러섰다. 검은 강 위로 수련이 둥둥 떴다.

그때 재빨리 집으로 다가서는 어떤 남자의 모습이 보였다. 인디오는 남자가 길을 건너 진입로로 들어가서는 곧장 뒤뜰로 다가서는 걸 지켜보았다. 인디오는 집을 벗어나려고 엔진의 시동을 걸기 전에, 그 남자가 뒤로 손을 뻗어서 바지 허리춤에서 권총을 빼 드는 광경을 먼저 보았다.

"아, 이런 안 돼."

인디오는 이렇게 말했다.

그리고 10년 만에 처음으로, 그는 집 대문을 열었다.

* * *

총잡이는 파티 장소의 가장자리에서 걸음을 멈추었다. 그리고 옷깃을 올려서 얼굴에 새긴 문신을 가렸다. 랄로, 그 개새끼가 여기 산다. 그는 군중을 노려보았다. 이런 생일 파티가 벌어지고 있을 줄이야. 하지만 더 잘됐지. 그는 랄로의 가족이 전부 모인 자리에서 자신의 총으로 랄로를 처리할 참이었다. 다들 자신에게 존경을 표하는 가운데 본때를 보여줄 거다.

뭐라고 말할지도 벌써 다 정해놓았다. '복수란 이런 것이다'라고 해야지. 그는 손가락으로 그 문장의 음가를 하나씩 세어보아야 했다. 발음 하나마다 총알을 한 발씩 쏘아야 할 테니까.

총잡이는 랄로를 보고 있었다. 세차게 덤벼들 참이었다. 저 자식의 22구경 권총은 자신의 허벅지에 단단히 붙여놓았다. 그는 정원에서 케이크를 먹는 멍청한 사람들을 샅샅이 훑어보았다.

아까 차고에서 벌어진 일 때문에 아직도 부끄러워서 온몸이 벌게진 채였다. 그러니 뭐라도 하지 않으면 자존심 상해서 고개를 들고 다닐 수가 없었다. 그리고 이건 직접 나서야 했다.

정말이야? 그는 총을 꺼내며 이렇게 말할 참이었다. *개자식아, 정말이냐고?*

그리고 머리에 두 발을 바로 박아줘야지. 나머지는 가슴에 쏘고. 그러면 파티 참석자들은 겁에 질릴 테고, 자신은 곧바로 빠르게 정문으로 걸어 나오면 된다. 사람들이 다시 정신을 차리고 그놈을 살펴보거나 경찰을 부르기 전에 사라지는 거다. 좀 있다가 히오가 찾으러 오겠지만, 그땐 개도 좀 겁을 주면 된다.

그는 몰랐다. 그 자리에 모였던 사람들도 아무도 몰랐다. 인디오가 그늘 속에서 움직이며 모든 경우의 수를 계산하고 있다는 사실을. 인디오는 지금이라도 달려가서 저 자식을 제압할 수 있다는 걸 알고 있었지만, 만약 저놈이 총을 쏘기 시작하면 누가 다치게 될까? 인디오는 휠체어에 앉은 아부지를 노려보다가 그가 얼마나 연약해 보이는지 깨닫고 큰 충격을 받았다. 어쩌실 텐가? 그는 생각했다. '아부지는 이걸 어떻게 마무리 지을까?'

총잡이는 앞으로 걸어 나갔다. 휠체어에 앉은 늙은이는 케이크를 부수고 있었다. 그 옆에는 또 다른 늙은이가 하릴없이 앉은 채였다. 행색을 보아하니 도시에 사는 돈 많은 양반이군. 얼굴엔 초콜릿을 잔뜩 묻히고 말이야. 줴에길. 늙은이들은 둘 다 무릎에 자그마한 공책을 얹어놓았다.

그는 권총을 꺼내고 해머를 당긴 다음 방을 향해서 아무렇게나 한 발을 쏘았다. 차가운 총성이 울리자 파티장이 순식간에 얼어붙었다. 침묵이 흘렀다. 모두 얼굴을 휙 돌려 그를 바라보았다.

총을 발견하고 혼비백산한 사람들이 즉시 주위에서 물러났다. 의자가 뒤집어졌다. 새된 비명이 난무했다. 정원에서 사람이 죄다 사라졌다.

미니는 고개를 들었다. 살짝 미소를 짓고 얼굴에 나부끼는 머리카락을 훅 불어 올린 다음 말했다.

"왜 그……."

바로 그때, 총이 보였다. 그녀는 용맹하게 굴어야 했다. 용감하게 행동하고 싶었다. 하지만 정신을 차리고 보니 흐느적거리며 뒷걸음질 치고 있지 않은가. 그녀와 권총 사이를 어떻게든 막아야 했다. 그녀는 정신없이 뛰다가 인디오와 쿵 부딪쳤다. 그는 말없이 미니의 어깨를 잡고 그녀를 옆으로 민 다음 계속 앞으로 나아갔다.

빅 엔젤은 동생 쪽으로 몸을 숙이며 말했다.

"난 시애틀을 보고 싶었어."

"곧 보게 될 수도 있겠지."

총잡이는 두 손으로 권총을 쥔 채 랄로의 발을 걷어찼다.

"야."

형제들은 그를 올려다보았다. 랄로는 아무런 반응이 없었다.

그놈은 엔젤 형제 쪽으로 총구를 겨누었다.

"가만있어. 헛소리 말고."

그는 랄로의 다리를 세게 걷어찼다.

"야……."

랄로가 투덜댔다. 그는 머리를 뒤로 떨구었다가 실눈을 뜨고서 총잡이를 바라보았다.

"네 꼴이나 보라고…… 꼭두각시야."

빅 엔젤은 미소 짓기 시작했다. 하느님 맙소사. 이건 기적이구나. 이 조그마한 개새끼가. 이건 계시구나. 하느님이 응답하셨어. 여기서 살아남는다면 데이브를 꼭 불러야지. 뼈가 쑤셔오는 와중에도 그는 자신이 살아남으리란 사실을 알았다.

그는 아버지를 보았다. 첸테벤트도 보았다. 피의 복수를 하려고 그들의 마당에 찾아온 선원도 보았다. 아버지의 유령이 바로 이 앞에 있는 것처럼 그분의 목소리가 들렸다. 수십 년 전에 아버지가 뱉은 말들. 그는 자신의 인생 마지막 장면을 보았다. 조그마하지도, 스러지지도 않은 영웅적인 모습이었다. 그야말로 웅장했다. 그는 앞으로 가족의 기억에서 절대로 잊히지 않는 전설이 될 것이었다. 그는 일어섰다.

그는 리틀 엔젤에게 손을 뻗었다. 도와달라는 것이 아니라, 그를 가만히 앉혀두기 위해서였다. 그리고 온 힘을 다해 의자에서 천천히 일어섰다.

"너 지금 뭐 하자는 거냐?"

그는 총잡이에게 물었다.

총구를 당겨야 한다는 사실을 알건만, 총잡이는 총을 쏘는 대신 그를 흘깃 바라보고 말했다.

"앉아, 노인네."

"니미 씨발 놈아."

오늘 하루 동안 얼마나 더 이런 수모를 겪어야 하는 건가? 이 망할 새끼들은 입이 참 거칠었다. 총잡이는 계속 어찌할 줄을 모르고만 있었다. 오늘은 살면서 최악으로 웃음거리가 된 날, 다 망해버린 날이었다. 이 가족들, 다들 미쳤군. 게다가 다들 말도 너무 많아. 잃어버린 자존감을 되찾겠다는 총잡이의 계획은 아주 분명했는데. 자신의 총으로 가족들이 보는 앞에서 랄로를 죽여버리는 것이었다고. 그런데 이 늙은이가 입을 열어서 총잡이는 그만 당황했다. 여기 있는 사람들을 전부 죽여버리려고 온 건 아니었다. 그랬다면 총알을 더 챙겨왔겠지. 고달픈 인생이여. 할 일이 너무 많잖아.

"지금 뭐라 그랬어?"

총구가 빅 엔젤 쪽으로 돌아갔다.

리틀 엔젤은 못이 박힌 듯 꼼짝도 못 하고 자리에 앉아 있었다. 믿을 수 없다는 듯 당황한 표정으로 그저 이 장면을 바라볼 뿐이었다.

빅 엔젤은 덜덜 떨고 있었다. 무서워서가 아니라 고통과 분노 때문이었다.

"들었잖아, 이 좆만 한 새끼야."

지금 마당에 남아 있는 사람들은 빅 엔젤이 욕하는 걸 단 한 번도 들어본 적이 없었다.

빅 엔젤은 휠체어를 잡고 있지 않았다. 흔들리는 몸으로 서 있었다. 분노에 찬 눈빛은 총을 든 멍청이를 똑바로 노려보았다.

총잡이는 그를 다시 쏘아보았다.

"물러서, 할배. 진짜야."

그는 고개를 흔들며 랄로의 얼굴에 다시 총구를 겨누었다. 그리고 랄로에게 욕을 퍼부었다.

하지만 빅 엔젤은 이미 움직이고 있었다. 느릿느릿하게. 거리는 딱 60센티미터였다. 마치 빙산이 옆으로 스윽 움직이듯이, 널브러진 아들의 다리에 걸려 넘어질 뻔하긴 했지만, 결국 랄로의 몸에 걸터앉아 자신의 몸으로 아들과 총을 든 깡패 놈 사이를 가로막았다.

사방엔 침묵만이 흘렀다.

"씨발, 뭐 하는 거야 이 노인네가?"

빅 엔젤은 아직도 손에 플라스틱 포크를 쥐고 있었다.

리틀 엔젤은 모든 걸 더없이 분명하게, 빠짐없이 바라보고 있었다. 포크에 묻은 까만 케이크 시트와 초콜릿. 페를라가 모여든 사람들을 밀치고 오는 모습이 보였다. 그녀는 소리를 지르려 했지만 아무 소리도 나오지 않았다. 미니가 이 장면을 믿을 수 없다는 눈길로 응시하는 것도, 그리고 하얀 옷차림의 맹수가 이쪽으로 다가오는 장면도 보았다.

인디오?

빅 엔젤은 포크를 들어 올려 총을 든 남자 쪽으로 뻗었다. 이제 그들은 서로를 겨누고 있었다.

"내 마당에서 나가."

빅 엔젤이 말했다.

그놈의 총구가 흔들렸다.

"내 앞에서 비켜, 멍청아."

총잡이는 이렇게 말하며 리틀 엔젤을 슬쩍 보았다가 다시 이 집의 가장을 바라보았다. 그리고 옆을 향해 슬쩍 말했다.

"이봐, 할아버지를 죽이고 싶지 않으면 이 노인네 엉덩이를 당장 치워버려."

하지만 빅 엔젤은 남자의 얼굴에다 대고 손가락을 튕겼다.

"야, 날 봐라. 내 아들을 쏘고 싶다면, 어서 쏴. 쏴보라고."

"뭐라고?"

빅 엔젤은 미소를 지으며 이를 활짝 드러냈다. 그건 울버린의 미소였다. 총잡이는 이런 얼굴을 본 적이 없었다.

"그러면 난 이 포크로 네 눈깔을 파버릴 거다."

빅 엔젤은 손가락을 자신의 새가슴에 댔다.

"아니, 나를 먼저 쏘는 게 좋겠군. 나한테 총을 쏴. 그러면 내 아들도 맞겠지. 이 쌍놈 새끼야."

"뭐?"

"여길 쏘라고. 어차피 난 죽어가고 있으니까."

그는 한쪽 어깨를 으쓱이고는 입꼬리를 내렸다. 그리고 스페인어로 말했다.

"내 심장을 쏘란 말이다. 바로 여기. 보여? 여길 쏘면 총알이 관통해서 랄로까지 맞겠지."

그는 가슴을 두드렸다.

"우릴 같이 죽여. 그게 낫겠어."

"그러지."

"어서 쏴!"

"쏜다고, 노인네야."

"좋아! 소원을 들어다오. 여기다. 그러면 아무것도 못 느낄 거야."

"아빠!"

미니가 소리쳤다.

그놈은 어깨너머를 슬쩍 돌아보았다. 사람들이 다시 움직이고 있었다. 어떤 할머니가 비명을 지르며 앞을 가로막는 사람들을 마구 밀치면서 주방에서 달려 나왔다. 이런 제길. 그녀는 손에 커다란 칼을 들고 있었다.

"하지만 네가 날 못 죽이면, 내가 반드시 네 어미 목을 따버릴 거다. 네 아비 목도. 지체하지 않고 죽여버릴 거야. 그 머리통으로 볼링을 쳐줄 테다."

페를라의 목소리가 뒤에서 들려왔다.

"아들! 아버지를 구해!"

사람들이 총잡이를 향해 소리치기 시작했다. 그는 총구를 사람들 쪽으로 돌렸다. 제길. 그는 다시 노인네를 바라보았다.

남자의 목소리가 들려왔다.

"파티에 늦어서 미안해요."

빅 엔젤은 고개를 돌렸다가 다시금 그 모습을 바라보았다. 어두운 곳에서 인디오가 나타나서 아버지의 어깨에 팔을 둘렀다.

노인은 그를 올려다보았다.

"어서 와라, 얘야!"

사람들은 한 달 내내 연습해온 가족 연극을 보듯 그 장면에 빠져들었다.

인디오는 어마어마한 안도감을 느꼈다. 이 장면을 어떤 식으로 마무리 지어야 할지 알고 있었다. 그는 주저 없이 자신의 역할을 연기했다.

"왔어요, 아부지. 이게 다 무슨 일이에요?"

빅 엔젤이 작게 미소 짓자, 인디오의 마음은 자부심으로 가득 찼다.

"아, 이거."

빅 엔젤은 날씨 얘기를 하듯 아무렇지 않게 대꾸했다.

"어떤 멍청이가 우릴 전부 죽이겠다잖냐."

엘 인디오는 기분 나쁘다는 듯한 소리를 내었다. 그들은 이 상황을 끝까지 빅 엔젤의 방식으로 이끌어갈 작정이었다.

엘 인디오가 말했다.

"그럼 날 먼저 죽여, 개새끼야. 그게 내가 해줄 말이다."

이 사람들은 모두 미쳤어. 총잡이는 총구를 내리고 뒤를 돌아 도망쳤다.

미니가 그의 앞을 가로막고 말했다.

"야, 이 개놈의 새끼야."

그는 잠시 뒤를 슬쩍 돌아보았다. 그 짧은 순간을 놓치지 않고 잡아낸 인디오가 주먹을 날렸다. 오른 주먹이 남자의 옆얼굴을 치고 턱과 얼굴뼈를 부수었다. 그놈은 풀썩 쓰러졌고, 콘크리트 바닥에 어찌나 심하게 부딪혔는지 들고 있던 권총이 날아가버렸다. 미니는 권총을 밟아서 움직이지 못하게 했다.

빅 엔젤은 리틀 엔젤을 돌아보며 말했다.

"이게 우리 애들이야."

사람들은 총잡이 주위로 모여서 발길질을 시작했다. 그는 손과 무릎으로 엉금엉금 기어 다니며 태형의 고통을 견디다가 팔과 다리를 간신히 일으켜서는 사지를 버둥대며 대문으로 빠르게 다가갔다. 그런 다음 자리에서 일어나서 헐레벌떡 달리기 시작했다.

집 밖에 있던 라 글로리오사는 그가 달리다 넘어지고, 또 달리다 넘어지다가 간신히 차를 몰고 도망치는 모습을 바라보며 소리쳤다.

"왜 그래요?"

* * *

빅 엔젤이 다시 주저앉으려는 순간 페를라가 남편에게 다가갔다. 정확히는 그녀와 인디오였다. 페를라는 당장이라도 도자기 접시처럼 부서질 것 같았다. 그리고 "엔젤!" "인디오!" "여보!" "얘야!"라고 소리쳤다. 인디오는 빅 엔젤을 두 팔로 안아 들었다. 무게가 거의 느껴지지 않았다. 마치 수수깡과 종이로 만든 몸 같았다. 두 사람은 빅 엔젤을 다시 휠체어에 앉혔다.

페를라는 울고 있었다.

리틀 엔젤은 형의 수첩을 집어 들고서 그 자리에 섰다. 무력한 채로.

인디오는 자신의 손을 바라보았다. 손마디에 피가 흘렀다. 손을 폈다 오므리자 욱신거렸다. 아팠지만, 동시에 기분이 좋았다.

"영웅이시네."

미니가 말했다. 인디오는 자신의 이마를 여동생의 이마에 맞대었다.

페를라는 그를 철썩 때렸다.

"엄마!"

"10년 만에 오다니!"

그녀는 소리치더니 다시 남편에게로 쓰러졌다.

미니는 몸을 굽히고 총을 집어 들었다. 그리고 그걸 이리저리 돌려 보다가 랄로의 총이라는 걸 알아보았다. 랄로는 여전히 코를 골고 있었다. 그 모습을 바라본 미니는 말했다.

"쓰레기."

그녀는 빗물받이 통으로 가서 뚜껑을 연 다음 검은 물속으로 총을 던졌다.

"어디 한번 총을 찾아보시지, 헝그리 맨."

이 모든 것은 빅 엔젤을 위한 일이었다. 맥이 탁 풀렸다. 그는 자신의 몸 둘레에서 이는 불꽃을 느끼고 보았다. 비로소 자신이 왜 아직 죽지 않았는지 알게 되었다. 불꽃이 휘몰아쳤다. 자신의 깨달음을 음미하기 위해 살아 있었다고 생각했다. 자신의 과오를 바로잡기 위해 아직 살아 있는 거라고 생각했다. 가족을 단합시키기 위해서 마지막 순간까지 살려 했던 것이라 생각했다. 하지만 이제 그는 알게 되었다. 이 빛의 회오리가 참 예쁘구나.

바로 아들의 목숨을 구하기 위해 살아 있었던 거다. 그의 막내아들. 빅 엔젤은 세상에서 가장 영웅적인 행동을 한 참이었다. 그는 이제 분노가 아니라 기쁨에 차서 씩 웃었다. 세상 모든 책에 쓰인 세상 모든 형사의 활약을 능가했다. 그는 자신이 무엇으로 만들어졌는지 리틀 엔젤에게 보여주었다. 모든 사람 앞에서 말이다.

게다가 하느님께서는 인디오를 보내주심으로써 그를 용서해 주시기까지 했다. 가족에게 아들을 보내주셨구나.

그는 웃기 시작했다. 어깨가 부들부들 떨렸다. 눈물을 훔쳤다.

"내가 아까 말했지. 내 여길 쏴라!"

"미쳤어!"

페를라가 꾸짖었다.

긴 한숨을 내쉰 리틀 엔젤도 따라 웃기 시작했다.

"어우, 형!"

"알았어!"

빅 엔젤은 이렇게 말하고 인디오에게 손을 내밀었다.

"넌 디스트로이어처럼 그놈을 때려눕혔구나!"

"누구요?"

빅 엔젤은 손을 내저었다. 그리고 인디오의 팔을 만졌다.

"그러니까 뮬 킥mule kick처럼 말이다, 얘야."

인디오는 얼굴이 빨개졌다. 음, 그래. 인정하자. 그는 한 방에 그놈을 때려눕혔다. 제길. 자랑스러웠다. 빅 엔젤이 자신을 "얘야"라고 불러줄 때마다 좋았다. 왜 온몸을 떨고 있지? 모든 사람이 계속 그를 쳐다보고 있었다. 이런 상황이 되면 기분 좋을 거라고 생각했었다. 하지만 막상 눈길을 받으니 긴장이 되었다.

빅 엔젤이 말했다.

"인디오, 나 너무 피곤하다. 날 좀 침대에 데려다주련?"

인디오는 팔을 뻗어 빅 엔젤을 안아 들었다. 가족은 그 뒤를 따라 복도를 걸어가며, 그가 아버지를 옮기는 광경을 지켜보았다.

"살 좀 빼셔야겠어요, 아버지."

빅 엔젤은 진심으로 웃음 짓고 말했다.

"그렇지."

인디오가 대꾸했다.

“농담이었어요. 알잖아요.”

그들은 방에 들어갔다.

“네가 보고 싶었다.”

그의 아버지가 말했다. 인디오는 말이 없었다.

“넌 내가 보고 싶었니?”

인디오는 이 집의 가장을 침대에 내려놓았다.

“널 다시는 못 보게 될까 봐 무서웠다, 아들아.”

“내가 어디 있는지 알았잖아요.”

인디오는 이렇게 대꾸했지만 그다지 불통하지는 않았다.

“그건 너도 마찬가지였다, 얘야. 너도 나 있는 곳을 알았잖냐. 날 옮겨주어 고맙구나.”

모여든 이들은 숨죽이고 이 대화를 지켜보았다.

빅 엔젤은 동생을 불렀다.

“아우야, 자기 전에 잠깐 나 좀 보자.”

삼촌이 침대 옆으로 기어가 아부지 옆에 앉는 걸 보고 인디오는 깜짝 놀랐다.

“우리 아까도 이러고 있었어.”

리틀 엔젤이 그에게 말했다.

“멋지네.”

인디오는 대꾸했지만, 솔직히 아직도 좀 어안이 벙벙했다.

“얘야.”

빅 엔젤이 부르자 미니가 침대로 올라왔다.

인디오는 주먹을 꽉 쥐고 선 채로 이 장면의 전개를 그저 바라보았다. 이건 그가 기억하던 가족이 아니었다. 그의 머릿속에 브라울리오가 스쳐 지나갔다. 지금 이 장면을 보고 그의 동생이 잔인하게 웃는 모습이 상상되었다. 그는 아버지를 다시 응시했다.

페를라는 그의 옆에 서서 손으로 등을 쓸었다.

"너도 가봐."

"아냐, 괜찮아."

"얘야, 가라니까."

"나는 괜찮다고."

"랄로는 어디 있지?"

빅 엔젤이 말했다.

"여기 왔어요, 아부지."

랄로는 누가 말하기도 전에 침대 발치에서 올라가 아버지의 발밑에 몸을 둥글게 말아 누웠다.

페를라는 모두와 함께 침대에 올라가지 않을 참이었다. 그녀는 인디오에게서 물러서며 애원하는 눈빛을 보냈다. 인디오의 얼굴이 새빨개졌다. 페를라는 침대 머리맡으로 가서 빅 엔젤 옆에 가까이 선 다음 남편에게 손을 내밀었다. 빅 엔젤은 그 손을 잡고서 아내의 손마디에 입을 맞추었다. 그녀는 헝클어진 빅 엔젤의 머리카락을 손바닥으로 매만졌다.

"아들?"

페를라의 부름에 인디오는 몸을 돌렸지만 문 밖으로 나갈 수는 없었다.

마침내 빅 엔젤이 말했다.

"아들아, 왜 나랑 여기 있지 않는 거냐?"

인디오는 마침내 돌아섰다.

모두 몸을 비켜 가족의 침대에 그의 자리를 만들어주었다.

그 후

(coda)

*

그리고 이것이 이야기의 끝이었다.

일주일 뒤, 리틀 엔젤은 미니의 손을 잡고서 믿을 수 없는 눈초리로 형을 바라보다가, 사람들을 병원 침대에 남겨두고 돌아섰다. 소독약 냄새가 났다. 관자놀이는 새까맣고 손은 검었다. 튜브와 호스가 그의 몸과 입 안팎으로 액체를 들여보내고 내보냈다. 모니터에서 끔찍하고 단조로운 소리가 울려 퍼졌다. 화면에 평평한 선이 떴다.

빅 엔젤은 몸을 웅츠린 채였다. 한 손은 위로, 다른 손은 아래로. 이미 쪼그라들어 단단해진 모습이었다. 살아 있을 때 모습보다 더욱 쪼그라들고 단단한 모습. 이 방의 빛을 죄다 빨아들인 것만 같았다.

페를라는 천천히 바닥으로 주저앉았다. 아들들이 어머니를 일으키려 했다. 그녀의 몸은 솜털로 만들어진 것처럼 하염없이 가벼웠다.

* * *

하지만 다른 이야기도 있다. 좋은 이야기에는 모름지기 세부사항이 따라붙는 법이니까. 신혼부부의 웨딩카 범퍼에 깡통을 붙여놓듯이 말이다. 위대한 삶의 태동에는 요란하게 핑핑 울리는 소리와 자그마하지만 놀라운 순간이 빙글빙글 함께 쏟아져 나온다. 사람들이 두고두고 이야기할 일들이다.

예를 들면 이런 거다. 빅 엔젤의 장례식은 그 어머니의 장례식보다 더욱 아름다웠다.

사촌들은 하얀 비둘기를 종이 상자 속에 담아 와서 무덤 위로 날려 보냈다. 그걸 본 랄로가 말했다.

"뭐야, 쟤들 상자에 든 비둘기를 사 왔어?"

데이브 신부의 설교는 참 아름다웠고 아주 훌륭했다. 많은 내용이 담긴 그 설교를 훗날 아무도 기억하지 못했지만 어쨌든 모두는 하나같이 설교를 듣고 울었다.

장례 미사는 아름다웠고, 쥐새끼같이 생긴 신부는 데이브 신부 옆으로 비켜섰다.

관을 운구하는 이들은 모두 흰색 옷을 맞춰 입었다. 인디오와 랄로가 관의 앞부분을 잡았다. 세사르와 마르코는 가운데 부분을 들었다. 리틀 엔젤은 관 뒤쪽 끝을 잡은 채로 미니를 건너다

보았다. 미니는 머리를 뒤로 빗어 묶었다. 그리고 당당히 섰다. 바지와 새틴 조끼를 갖춰 입고서. 아무도 미니에게 여자는 관을 들면 안 된다고 말할 수 없으리라.

페를라는 약한 모습을 전혀 보이지 않았고, 동생들이 옆에서 붙잡아줄 필요도 없었다. 그리고 다시는 주방에 들어가지 않겠다는 약속을 굳게 지켰다.

엘 인디오는 삽으로 무덤에 첫 흙을 떠 넣었다.

가족들은 빅 엔젤의 수첩을 돌려 보며 웃고 울었다.

그날 밤, 빅 엔젤의 목록을 읽은 뒤였다. 미니는 거실에서 아버지의 애프터 셰이브 향기를 맡았다. 딱 한 자락의 향기가 머물다가 사라졌다. "아빠?" 하고 그녀가 불렀다.

페를라는 빅 엔젤의 잠옷을 모두 잘라서 그 천으로 자그마한 테디 베어를 만들어 아이들에게 나눠주었다. 그녀의 아이들, 그리고 손주들에게. 망할 놈의 개새끼라고 생각은 했지만 히오바니에게도 줬다. 그리고 자신의 여동생들에게도. 리틀 엔젤은 자신도 하나 가졌으면 싶었지만 수줍어서 차마 말할 수가 없었다. 후에 미니가 그에게 인형을 보내주었다.

하지만 그들이 열띠게 입에 올렸던 일화는 그 후에 있었던 남편과 아내의 결혼기념일에 생긴 미스터리였다. 그날 아주 크고도 참으로 아름다운 꽃이 배달되었으니까. 안에 든 쪽지는 빅 엔젤이 직접 서명한 것이었다. 그리고 직접 쓴 손 편지도 그날 UPS로 배달되었다. 페를라는 그 편지를 아무에게도 보여주지 않고 이틀 동안 침대에 품고 잤다.

대체 누가 빅 엔젤을 도와주어서 이런 기적이 생겨난 것인지 아무도 몰랐다. 심지어 빅 엔젤이 뭔가 수를 써서 하늘에서 이것들을 보냈다고 믿는 마음도 좀 생겼다. 빅 엔젤을 떠올리며 사람들은 경외심을 품을 뿐이었다.

* * *

파티가 끝나고 그날 밤 빅 엔젤의 침대에서 다들 내려온 다음이었다. 리틀 엔젤은 라 글로리오사를 찾아보았지만 어디에도 보이지 않았다. 대신, 미니가 테라스에 혼자 앉아 울고 있었다.

"삼촌."

미니는 울면서 그의 품으로 쓰러졌다. 그리고 어깨에 대고 흐느껴 울었다.

리틀 엔젤은 조카의 등과 머리를 쓰다듬었다.

"괜찮아."

"아니야! 안 괜찮아!"

미니는 훌쩍이며 울었고, 그는 조카를 더 꼭 안아주었다. 이윽고 그녀가 진정하자, 리틀 엔젤은 품에서 놓았다.

"내가 삼촌 재킷에 온통 콧물 묻혔네."

미니의 말에 리틀 엔젤은 그녀의 손을 잡았다.

"괜찮아. 이제 내가 신기한 걸 보여줄게."

이제 자그마한 마법이 펼쳐질 시간이었다. 우키의 천국 말이다. 사랑하는 조카를 위해서 빅 엔젤의 전설을 좀 더 금빛 찬란히 꾸밀 때가 왔다.

"이리 와."

리틀 엔젤은 미니를 데리고 마당을 가로질렀다. 그리고 헛간 밖에 섰다.

"믿기지 않을 만큼 놀라운 걸 보여줄게."

이렇게 말한 그는 문을 활짝 열었다.

안에는 레오 더 라이언이 등을 돌린 채로 서 있었다. 바지와 꽃무늬 팬티를 발목까지 내려 무더기를 만들고서. 그 허릿짓을 따라 허여멀건한 엉덩이가 실룩여댔다.

파주주는 작업대 위에 엎드려 사지를 뻗고 있었다. 그녀는 이를 악물며 소리쳤다.

"더 빨리! 세게! 올라타서 하라고, 개자식아!"

레오는 미친 당나귀처럼 날뛰었다. 그는 몸을 앞으로 숙이고 한 손으로 파주주의 풍만한 볼기짝을 때렸다.

리틀 엔젤과 미니는 물러서서 문을 닫았다.

"고마워, 삼촌. 아주 특별한 장면이었어."

미니가 말했다.

* * *

그날 밤 늦게 호텔 침대에 누운 리틀 엔젤은 긴장하고 있었다. 앞으로 대체 무슨 일이 벌어질지 알 수가 없었다. 무슨 일이 벌어졌으면 좋겠는지도 사실 알 수 없었다.

파티에서 나올 때쯤엔 마음이 무겁고 침울했다. 그때, 그는 벽에 기대 선 라 글로리오사를 보았다. 떨고 있는 그녀를.

"끝났어?"

그녀의 말에 리틀 엔젤은 고개를 끄덕였다.

"넌 내가 누군지도 모르지."

그녀가 말했다. 두 사람은 그저 서로를 응시했다.

"내가 뭘 모르는데요?"

"아무것도 몰라."

그는 금방이라도 눈물이 날 것처럼 작아졌다. 그는 그녀의 손을 잡았다.

"내 이름은 라 글로리오사가 아니야. 내 이름은 마클로비아야. 알고 있었어?"

그는 몰랐다고 시인했다.

"마음에 들어?"

"마클로비아. 아름다워요. 그래요."

그녀는 리틀 엔젤의 손을 꼭 잡고 말했다.

"날 데려가줘."

그는 의아한 눈빛으로 그녀를 보았다.

"난 집에 갈 수가 없어. 지금은 못 가."

그녀는 리틀 엔젤의 가슴에 머리를 기댔다.

"날 데려가줘."

그래서 지금 그는 침대에 누웠고, 그녀는 그의 티셔츠를 입은 채로 욕실에서 나왔다. 티셔츠 아래로 환한 무지갯빛 팬티가 보였다.

그는 마른침을 삼켰다.

"이야."

그는 지금 열세 살로 돌아가버리고 말았다.

"미친 거 아니야."

그녀는 이렇게 말하며 침대 옆에 서서 그를 내려다보았다.

"일어나."

그 말에 리틀 엔젤은 일어섰다. 그는 러닝 반바지와 검은 티셔츠 차림이었다.

"셔츠 벗어봐. 널 보고 싶어."

그는 멈칫하며 잠시 그녀의 얼굴을 살폈다. 플랭크 운동을 열심히 할걸 그랬다고, 이제야 후회가 됐다. 하지만 결국 셔츠를 머리 위로 벗었다. 배를 집어넣어 보려고 했지만 이미 너무 늦었다. 그래서 그는 그냥 서 있었다.

"바지도."

그는 민망한 표정으로 살짝 웃었다.

"보여줘."

그녀의 말을 듣자 얼굴이 화륵 붉어지고 말았다.

"어서."

그는 반바지를 벗어서 옆으로 차버렸다. 입고 있는 브리프는 검은색이었다.

그녀는 눈썹을 치켜올렸다.

"아주 섹시해."

그 눈빛은 솔직하고 열려 있었다.

그는 팬티를 내렸고, 손으로 자신을 가리지 않으려고 애썼다.

"정말 크네!"

그녀가 말했다. 남자한테는 그렇게 말해야 하기 때문이었다. 그게 실은 둥지 속에서 알 두 개를 품고 있는 꾀죄죄한 새처럼 보일지라도.

"혹시 휘었니?"

그는 얼굴이 심하게 빨개지고 말았다.

그녀는 셔츠를 머리 위로 벗어 옆으로 던지고, 맨가슴을 드러낸 채로 그의 앞에 섰다.

"괜찮아, 엔젤. 봐."

그녀는 자신의 왼쪽 가슴을 가리켰다. 왼 가슴이 오른 가슴보다 처져 있었다. 이윽고 그녀는 팬티를 끌어내렸다.

그렇게 둘이 있었다.

"우린 애들이 아니야."

"그래요."

그녀는 자신의 음모 가장자리에 있는 흉터를 손가락으로 쓸었다.

"내 아기, 기예르모의 흔적이야."

그는 자신의 복부 가장자리 흉터를 가리켰다.

"맹장 수술 했어요."

그녀는 그의 손을 잡고 침대로 끌어 올린 다음 그의 옆에 살며시 누웠다. 그리고 자신의 다리를 그에게 보여주었다.

"정맥류가 있어."

그는 자신의 가슴을 가리켰다.

"여유증이 있어요."

그녀는 몸 위로 이불을 끌어당겼다. 그는 그녀를 꼭 껴안았다. 그녀는 그의 가슴에 머리를 댔다. 그녀의 머리카락은 향수와 그녀 특유의 체취, 고수와 빗물과 바람의 내음이 가득했다.

그는 그녀를 한껏 들이마셨다.

그녀는 그에게 몸을 밀어붙였다. 둘은 늙지 않았다. 그들은 백살이었다. 그녀의 입이 그의 쇄골에 닿았다.

* * *

그녀가 말했다.

빅 엔젤의 아들인 브라울리오와 그녀의 아들인 기예르모는 사촌지간 이상이었다고. 절친한 친구였다고. 마치 쌍둥이 같았노라고.

그날 밤 두 아이는 여기저기 돌아다니며 놀고 있었다고. 그날은 토요일이었다고. 그들은 빅 엔젤의 차를 빌렸다고. 그녀는 아이들이 팬케이크를 먹으리라는 걸 알았다 했다. 온 가족이 팬케이크라면 사족을 못 썼으니까. 그 애들은 내셔널 시티에 있는 베이 시어터에서 여자애들을 만날 예정이었다고, 그 영화관에서 톰 크루즈가 나오는 영화를 상영했노라고. 티후아나에서 미친 녀석들이 영화를 보러 많이 왔었다고. 누가 오는지 전부 어떻게 알았겠느냐고. 그러나 누군가 왔었다고. 나쁜 놈이었다고.

엉클 짐보는 플라자 보니타 몰 옆에서 작은 주류 판매점을 운영했단다. 와일드 터키*와 싸구려 시가와 잡지와 복권을 파는 구멍가게였다고. 그녀와 자매들이 싫은 소리를 해대는데도, 짐보는 조카들이 그 가게에 오는 걸 참 좋아했다고. 아이들은 아직 술을 마시면 안 되는 나이였지만, 짐보는 남자애들이 가끔 맥주 정도는 한잔해도 괜찮다고 생각했다고. 그래서 아이들에게 냉장 창고에 들어가도 된다고 허락해주었고, 아이들은 차가운 캔 뒤에 숨어서 버드와이저를 훔쳐 마시며 고삐 풀린 기분을 느꼈다고 했다. 그리고 점점 커가면서 술을 마시며 주말을 보내는 게 습관이 되었다 했다.

영화를 다 본 그들은 짐보네 집에 갔단다. 왜 그랬는지는 모르겠다고 그녀는 말했다. 누가 알겠는가? 맥주를 마시러 갔을까? 짐보는 카운터 옆 창고에 진짜 야한 잡지들을 보관했다. 대놓고 팔 수 없는 것들이었단다. 그곳은 가족 같은 단골들이 드나드는 가게였다고. 그러니 어쩌면 발코니에서 자기 물건을 쥐고 흔들어본 다음 여자애들을 만나러 가고 싶었을지도 모르겠다고. 하지만 누군가 밖에서 그 애들을 잡아다 총으로 쐈단다.

경찰을 부른 건 짐보였다고 했다. 그는 불쌍한 기예르모가 죽어갈 때 옆에 앉아 있었단다. 그는 두 아이를 깨끗한 천으로 덮은 다음 보도에 앉아서 경찰이 오길 기다렸단다. 그리고 자신도

* 아메리칸 위스키.

모르게 술을 마셨다 했다.

"난 내 아기에게 잘 가란 말도 못 했어. 그 애한테 사랑한단 말도 못 했어."

그녀가 이야기를 마치자, 그들이 이제 일어나리라 생각했던 일은 더욱 부드럽고 무척 아름다운 일이 되어 있었다.

* * *

마지막 날 밤, 파티에 온 사람들이 마침내 모두 집에 갔다. 여자들이 난장판을 다 정리하고 미니는 랄로를 그의 차고 방 침대에 눕힌 다음 새벽 1시에 차를 몰고 집으로 떠난 뒤였다. 빅 엔젤과 페를라는 나란히 누웠다.

"여보. 나랑 같이 벗고 있어."

빅 엔젤이 말했다. 그녀는 이제 그런 버릇에서 벗어났는지라 민망해했다. 하지만 그들은 옷을 벗고 꼭 붙어 누웠다. 서로의 체온을 느낄 수 있을 만큼 가까이.

"여보. 이만하면 충분해."

"그래, 내 사랑."

"이거야."

둘은 어둠 속에서 손을 잡았다. 그가 말했다.

"난 벗고 있는 게 좋아."

"아유, 여보. 슬퍼지네."

"부끄러울 게 뭐 있어, 여보? 우리가 사랑을 얼마나 많이 나누었는데?"

"아유!"

"몇 번인지 말해봐."

"만 번."

"우리 같이 산 첫 달에 이미 그만큼 했어."

그녀는 그를 가볍게 때렸다.

"그리고 그때, 당신이 아기를 낳았을 때—"

"말하지 마, 여보."

"젖이 나왔지."

"여보!"

"사방이 젖이었어!"

"더럽게 무슨 소리야!"

그녀는 꾸짖었다. 그는 무척 행복했다.

"너무 맛있었어. 당신 몸에서 나오는 젖이. 내 얼굴에 뜨겁게 뿌렸잖아."

그녀는 생각했다. '난 언덕만큼이나 늙어버렸는데도 이이는 아직도 날 떨리게 하는구나.'

그는 고개를 돌려 그녀를 바라보았다.

"난 그게 참 좋았어."

이렇게 말하는 그의 목소리는 예전처럼 낮았다.

그녀는 그의 팔에 머리를 댔다.

그는 그녀의 얼굴에 손을 댔다.

"미안해. 더는 못 해서."

그녀는 쉬잇 소리로 그의 말을 막았다.

"난 이제 당신에게 남자가 될 수 없어."

"당신은 나에게 언제나 남자야. 내 남편이라고. 이제 조용히 해."

그는 한숨을 쉬었다.

"당신 샘을 만져봐도 돼?"

그녀는 그의 팔 안에서 고개를 끄덕이고는 다리를 벌려주었다. 그의 손이 그림자처럼 그녀에게 다가왔다. 그 손길은 거의 느껴지지도 않았다.

"당신이 위에 있는 자세. 내가 참 좋아했었는데."

"당신 지금 나쁘네."

"그러면 내가 볼 수 있었잖아."

"어유."

그들은 기억했다. 그의 몸이 불타는 것처럼 아파도, 고통이 혈관을 쥐어짜듯 괴롭혀도, 그는 어떻게든 남편의 의무를 할 수 있을 거라고 생각했다. 마지막 한 번을 못 할까. 할 수 있을지도 모른다. 그게 조금 움직였다.

하지만, 안 되더라.

"좋은 인생이었어."

그는 마침내 말했다. 다시 드러누운 그는 손을 치우고서는 빈 손바닥에 그녀의 온기를 움켜잡았다.

그녀는 그의 옆에 누워서 연인들이 잘 아는 특유의 행복한 소리를 냈다.

"제일 좋았던 때는 언제였어?"

그녀가 물었다.

"파티에서?"

"아니, 여보. 우리 인생에서."

그는 지체 없이 대답했다.

"다 좋았어."

그녀는 그 말을 생각해보았다.

"나쁠 때도 좋았어?"

"나쁜 때는 없었어. 당신이 있는 삶에 나쁜 때는 없어."

그녀는 그에게 키스하고 말했다.

"시인 같아."

"난 나쁜 짓도 했어."

그가 고백했다.

"그래, 그랬지."

"당신을 처음 봤을 때가 생각나."

"나 예뻤어?"

"이제껏 본 여자 중 제일 예뻤지. 지금도 마찬가지야."

"아유, 여보."

그녀가 무어라 더 말하려던 순간, 그의 핸드폰이 울렸다.

"이건 또 뭐야?"

그가 말했다. 핸드폰이 다시 울렸다.

"대체 어떤 놈이야?"

이제는 짜증이 났다. 그래서 탁자 위에 놓아둔 병 사이를 손으로 더듬댔다.

"그냥 받지 마, 여보."

핸드폰은 계속 울렸다.

"위급 상황일 수도 있어, 여보."

그는 핸드폰을 열고서 눈을 가늘게 뜨고 화면을 바라보았다.

"아유, 당신도 참."

그녀가 또 무어라 했다.

"동생이야."

"세사르?"

그는 고개를 젓고 전화를 받았다.

"지금 자정이다! 난 죽어가고 있고!"

리틀 엔젤이 말했다.

"들어봐. 형은 오늘 밤에 죽지 않을 거야."

"아니, 죽어가고 있어."

"아니라니까. 드라마는 그렇게 끝나지 않는다고. 『빅 엑시트』* 를 생각해봐, 형. 레이먼드 챈들러라면 이 상황을 어떻게 끝낼 것 같아?"

빅 엔젤은 페를라를 보며 속삭였다.

"이 자식이 날 귀찮게 해. 내가 죽지 않기를 바라고 있네."

페를라는 전화기에 대고 말했다.

"네가 뭐 그리 특별하다고 지금 이러는 거야, 응? 내 남편이 죽

---

* The Big Exit, 2012년에 출간된 데이비드 카노이의 스릴러 소설.

기를 바라지 않는 사람은 너 말고도 많다고."

빅 엔젤은 씩 웃었다.

"끊어."

그녀가 말했다. 그는 전화기에 대고 말했다.

"아우야, 우리는 지금 벗고 있다. 알겠어? 날 좀 내버려둬."

"꺼지라 해."

페를라가 말했다.

그러자 리틀 엔젤이 말했다.

"죽을 땐 멋진 모습으로 죽어야 할 거 아냐."

그러자 그의 형이 대꾸했다.

"맞아, 그래서 벗고 있는 거라고."

페를라는 짓궂은 목소리로 웃고 있었다.

"내일 아침 일찍 일어나. 빈말 아니야. 내가 8시까지 갈 거야. 옷 입고 있어. 알았어? 벗고 있지 마. 생각만 했는데도 토악질이 좀 났다고."

리틀 엔젤의 말에 빅 엔젤이 대답했다.

"등신 머저리 새끼."

"반바지 있지? 반바지랑 샌들 신어."

"반바지라고? 난 그런 거 안 입어."

"그럼 벗고 가든가. 아주 볼만하겠네."

"무슨 헛소리야?"

"형을 해변에 데려갈 거야."

"뭐야what?"

그의 말은 멕시코 억양이 들어가 '그와트gwatt'처럼 들렸다. 빅 엔젤은 안 되는 이유를 백 가지도 넘게 생각했다. 그러다 그저 미소를 지었다. 급기야 소리 없이 웃는 것도 같았다. 그는 페를라를 돌아보며 고개를 끄덕였다. 그는 페를라가 통화 상대를 모르기라도 한다는 듯 '리틀 엔젤이야'라고 입 모양으로 말한 다음 고개를 저었다.

그녀는 한숨을 쉬었다. 리틀 엔젤 이야기는 그만 듣고 싶었다.

"그래, 지긋지긋하네."

"나는 라호이아에 가고 싶어. 부자들이 가는 동네. 라호이아에 한 번도 안 가봤어."

빅 엔젤의 말에 리틀 엔젤이 대답했다.

"거기에 팬케이크 하우스가 있어. 팬케이크 사 먹을까?"

"뭐래?"

페를라는 계속 속삭였다.

"알았지?"

리틀 엔젤이 말하자, 빅 엔젤이 대꾸했다.

"알았다."

"8시야."

"준비할게."

"죽지 마."

"아직은 안 죽어. 하지만 혹시 내가 죽으면 벌새가 보일 거야. 그럼 인사를 해. 그게 나일 테니까. 잊지 마."

"절대로 안 잊을게."

리틀 엔젤은 약속했다.

그들은 작별 인사도 없이 전화를 끊었다.

빅 엔젤은 아내를 꼭 껴안았다.

"뭐, 좋아. 난 내일 죽을 거야. 하지만 그 전에 먼저 해변에 갈 거야."

그녀는 어쩔 수 없이 이런 생각이 들었다. *이 남자들 때문에 내가 미쳐버리겠어.*

빅 엔젤은 내일 아침에 여행할 생각을 하며 잠에 빠져들었다. 리틀 엔젤은 그들을 데리고 이 동네를 빠져나와 농구 코트와 맥도날드를 지나 805번 국도에 진입할 것이다. 라디오를 틀고 큰형에게 웃어주겠지. 티후아나는 저 멀리서 점점 작아지면서 보이지 않게 되리라. 그들은 북쪽과 서쪽으로 가서, 해변에 도착한 다음 탁 트인 구릿빛 바다 위를 영원히 떠도는 거대한 파도를 바라보리라.

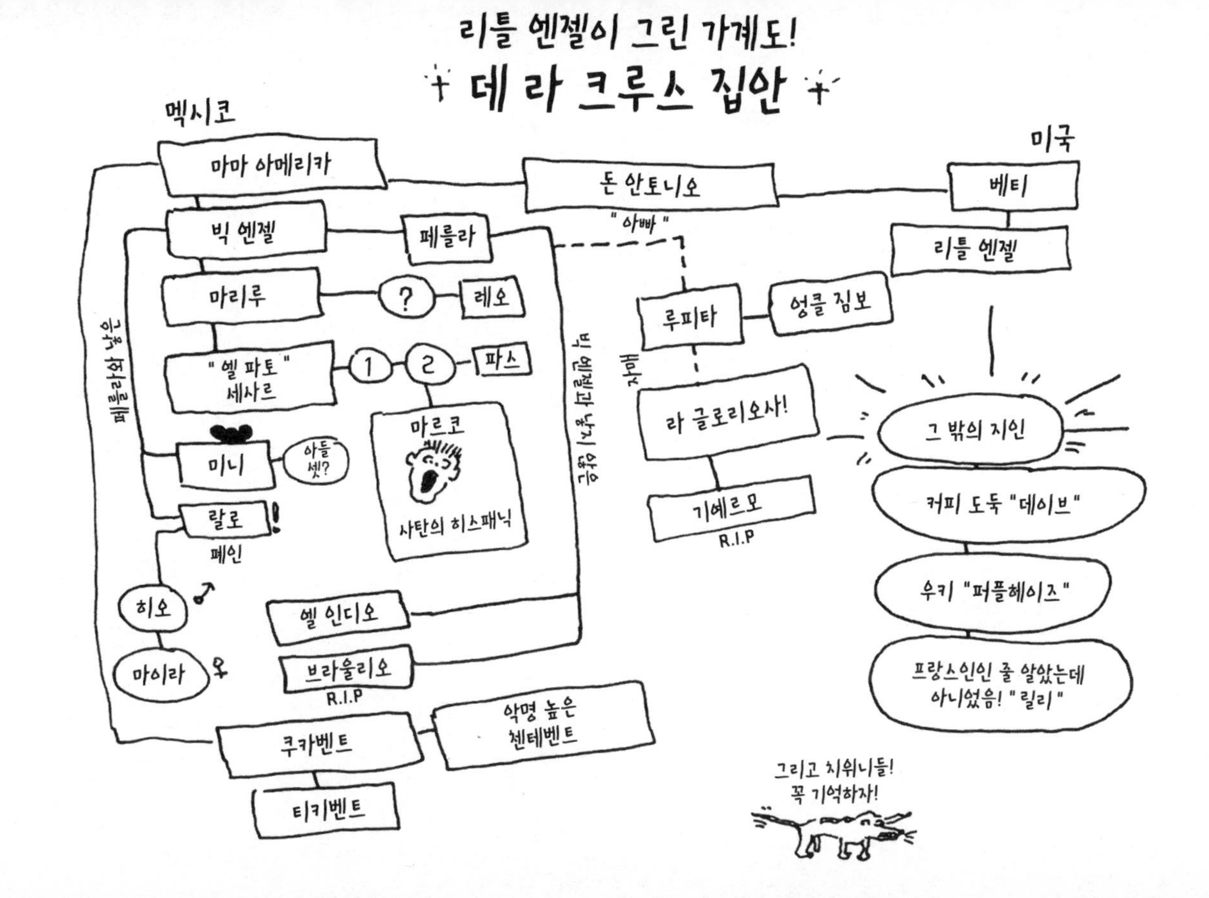

리틀 엔젤이 그린 가계도!
데 라 크루스 집안
멕시코
미국
마마 아메리카
돈 안토니오
"아빠"
베티
리틀 엔젤
빅 엔젤
페를라
마리루
?
레오
"엘 파토" 세사르
1
2
파스
마르코
사탄의 히스패닉
미니
아들 셋?
랄로
폐인
히오
마이라
엘 인디오
브라울리오
R.I.P
쿠카벤트
악명 높은 센테벤트
티키벤트
페를라와 낳은
빅 엔젤과 낳지 않은
루피타
엉클 짐보
자매
라 글로리오사!
기예르모
R.I.P
그 밖의 지인
커피 도둑 "데이브"
우키 "퍼플헤이즈"
프랑스인인 줄 알았는데 아니었음! "릴리"
그리고 치와와들!
꼭 기억하자!

친애하는 문학 동지들에게

우리 집안에 엔젤이란 사람은 없다. 빅 엔젤도, 리틀 엔젤도 없다.

나의 큰형은 불치병 말기로 인생의 마지막 달을 보내고 있을 때 본인 어머니의 장례를 치러야 했다. 어머니의 장례식은 형의 생일 전날이었다. 형은 이게 자신의 마지막 생일이란 사실을 알고 있었다. 그 사실을 혼자서만 알고 있었던 것 같지만. 많고 많은 손녀 중 하나인 크리스털이 온 가족을 설득하여 '아부지'에게 시끌벅적한 파티를 열어주자고 했다. 한창때의 형은 그런 생일 파티를 좋아했었으니까. 그래서 우리는 파티를 열었다. 형은 좋아했다. 모두는 이게 송별 파티라는 걸 알고 있었지만, 그래도 우리가 누군가. 멕시코인들 아닌가. 생일 케이크를 자르는 동안에 하늘에서 쿠란데라*나 천사나 하다못해 UFO 조종사라도 내려 와서 형을 치료해줄 수도 있을 테니까.

형의 이름은 후안이었다. 몸집이 많이 줄어들긴 했어도 성질머리나 존재감까지 줄어들진 않았다. 암 탓에 몸집이 작아진 것과는 반대로 항상 밝고 명랑한 유머감각에 불타오르던 사람이었다. 생일 파티이자 동시에 임종을 앞둔 이를 위한 송별회였던 그 파티는 참 놀라웠다. 그야말로 멕시코 버전의 『피네간의 경야』랄까. 구석구석마다 대단한 희극 내지는 비극이 펼쳐지는 것 같았다. 음식이 쌓이다 못해 무너질 지경이었고, 음악이 천둥 치듯 울렸다. 노년층부터 아동층까지 망라하는 평범한 사람들이 죄다 와서 74년을 살아온 이분의 인생 앞에 무릎을 꿇고 감사를 바쳤다. 후안이 휠체어에 앉아 있는 주변으로 사람들이 소용돌이치고, 이야기가 소용돌이치고, 수많은 행동들이 빙글빙글 돌았다. 그들 중 일부는 이 자리에 부적절하기도 했지만 그럼에도 굉장히 빛났다. 그 가운데 앉은 후안은 왕 같았다. 형은 정말이지 임금님 그 자체였다.

형은 환자였기 때문에 때때로 기력이 떨어져서 침대에 누워야 했다. 형이 나더러 침대에 올라와 같이 앉자고 해서, 우리는 함께 앉았다. 그리고 그 자리에 앉아 옛 이야기들을 회상했다. 형은 내가 작가가 되는 데 크게 일조했다. 내가 어렸을 적 형이 오래된 에드워드 엘머 스미스의 스페이스 오페라 소설책을 물려준

* 미 대륙과 남유럽에 전해 내려오는 치유 성녀.

덕택이다. 곧 가족들이 침대에서도 파티가 계속되고 있다는 걸 알아냈고, 후안은 갑자기 침대까지 꾸역꾸역 몰려드는 손님들을 맞이하게 되었다. 그날 형은 많이 웃었다.

그리고 한 달도 되지 않아 형은 세상을 떠났고, 우리는 다시 모여 형의 장례를 지냈다.

슬프기는 하나, 독자들이 기억할 점은 이 이야기가 소설일 뿐이지 우레아 가족의 실제 이야기는 아니라는 것이다.

물론 나의 형이나 사랑스러운 형수인 블랑카라는 모델이 없었다면 빅 엔젤은 존재할 수 없었을 것이다. 나는 종종 형이 무덤 저 너머에서 아이디어와 장면들을 구술하고 있다는 느낌을 받곤 했다. 사실, 조카딸과 함께 글을 읽어나가면서 내가 창작했던 장면이, 알고 보니 내가 전혀 몰랐을 뿐 현실에서 실제로 일어난 상황을 반영하고 있다는 걸 깨달을 때마다 우리는 살짝 소름이 돋곤 했다. 하지만 꼭 그렇지는 않다. 현실에는 벤트 가족도, 우키나 파스나 브라울리오 같은 인물도 없으니까. 우리는 라파스 출신도 아니다. 인명 피해가 있었던 화재가 난 적도 내가 알기로는 없다. 그리고 슬프게도 세사르나 마리루 같은 형제자매도 없다.

레고 장면은 나의 사위인 케빈의 기억에서 슬쩍했다.

샌디에이고에 사는 독자들은 로마스 도라다스라는 지명은 없다는 걸 알 것이다.

글로리오사도 허구의 인물이지만, 이런 사람이 있으면 좋겠다는 생각을 했다. 랄로도 허구의 인물이지만, 나의 조카인 후안의 유머감각과 전반적인 호의 덕택에 랄로라는 캐릭터를 창작할 수 있었다. 시각장애인인 '프랑스' 여자애나 트레일러 파크 걸도 없다. (그런 인물을 뉴햄프셔에서 만난 적은 있다.) 레오도 허구의 인물이다. 예수회 신부 데이브는 누구를 본딴 건지 본인은 알 것이다. 우리 가족에 인디오 같은 인물이 있으면 좋았을 텐데. 물론 그 시절 누군가 '사이클 슬럿츠 프롬 헬'*을 들으며 집에서 도망치기는 했다. 하지만 그건 아예 다른 이야기다.

역사적 참고 사항을 말해주겠다. 총잡이와 빅 엔젤이 맞붙는 장면은 나의 아버지가 킨세아녜라** 파티에서 깡패와 맞섰던 일화에서 따왔다. 그리고 앵무새 장면도 있다. 아, 앵무새 장면을 어찌 빼놓겠는가. 그건 우리 할머니가 아주 잠깐 앵무새 밀수꾼 노릇을 했던 일화에서 영감을 얻었다. 그런 사건을 볼 수 있어서 참으로 행운이었다는 걸, 그 당시의 나는 몰랐다.

하지만 하나는 확실하다. 우리는 팬케이크를 정말 좋아한다.

형의 장례식이 끝나고 얼마 지나지 않아, 내가 우러러보던 짐 해리슨과 함께하는 저녁 식사에 초대받았다. 그 역시 죽음이 머지않은 상황이었다. 나는 옆에 앉은 그에게 물었다. "괜찮으세요?" 그때 그가 한 대답이 이 책의 한 문장이 되었다. "내가 괜찮

---

* the Cycle Sluts from Hell, 1980년대 후반부터 1990년대 초반까지 활동한 미국의 헤비메탈 밴드.

** 라틴아메리카에서 소녀의 열다섯 살 생일을 축하하는 의식.

아질 날이 언제 또 오겠냐."

식사하는 동안, 짐은 갖가지 술을 만족스럽게 마셨다. 술의 빛깔은 투명한 색부터 호박색을 거쳐 아주 진한 빨강까지 다양했다. 그러다 갑자기 그가 말했다. "네 형의 죽음에 대해 말해줘." 그래서 나는 말했다. 상세하게. 짐은 천장을 응시하며 듣기만 했다. 이야기를 마치자, 그는 나를 바라보며 말했다. "가끔, 하느님이 소설을 주실 때가 있어. 그러면 쓰는 게 좋을 거야."

나의 아내 신데렐라는 이 모든 일을 겪어내며 이 책의 초안을 천 번쯤 읽었다. 어떨 때는 나의 상황과 과하게 가까운 장면들이 있어서 마음이 불편하고 힘들었다. 그럴 때면 내가 내뱉는 말들을 아내가 대신 타이핑을 해주었다. 아내는 우리 형제와 함께 침대에 올라앉기도 했다.

이 책이 나오도록 함께해준 팀에 감사한다. 우선 편집자인 벤 조지가 있다. 우리는 이 책을 두고 주먹다짐까지 했다. 이 책에 대한 그의 비전은 내 것보다 더 광대했다. 고마워요. 레이건 아서여 영원하라. 매기 사우사드와 리틀 브라운에 있는 그녀의 홍보팀은 멋지고도 쾌활하게 날 이끌어주었다. 나를 위한 최고의 에이전트이자 감독관인 더 북 그룹의 줄리 바러에게 사랑과 찬사를 보낸다. (그녀는 불쌍한 조지가 초고를 읽기 전에 몇 개의 초고를 붙잡고 나와 씨름을 했다.) 플레셧 에이전시의 마이크 센데야스는 나와 함께 할리우드라는 탁한 바다를 항해하는 분이다. 마이클 태켄스는 날 믿어준다. 그건 여러분의 생각보다 훨씬 더 감사할 일이다. 그리고 트리니티 레이와 케빈 밀스는 1년 내내 이야기를 해주며 내가 갈 길을 제대로 보여준다. 우리 아이들을 계속 대학에 보내라, 형제들이여!

글을 쓰는 사람은 잘 훔쳐야 한다. 나는 우레아 가족, 허버드 가족, 글렌저 가족, 소머스 가족, 그리고 오래전 가르시아 가족의 덕을 보았다. 나의 이야기에 뒤섞여 들어간 그들의 재담과 일화, 웃음에 감사하는 바이다.

마지막으로 이 책의 많은 초안을 읽고 충고와 비판을 해준 수많은 친구들에게 감사드린다. 말하지 않아도 본인은 알 것이다. 특히 언제나 힘이 넘치는 '슈퍼 파워' 제이미 포드에게 감사한다. 에린 코울린 홀로웰에게도 고맙다. 조니와 스티브에게도 감사의 마음을 전한다. 데이브 에거스에게도 고맙다. 우리는 어린아이들을 위한 글쓰기 프로그램인 '826LA'에 후원하기 위해 우리의 새 책에 나오는 등장인물들을 각기 경매에 붙였는데, 데이브는 후에 나에게 아주 깐깐하고도 좋은 조언을 해주었다. 그리고 리처드 루소는 그걸 읽고 나서 대화를 하다가 내가 책에 넣지 않은 내용을 이야기했다는 걸 눈치챘다. 그의 반응은 언제나 나를 따라다닐 것이다. 뭐라고 했냐면, "너 미쳤어?"라고 했다.

마침내, 이건 책으로 나오리라는 사실을 짐 해리슨보다 신데렐라가 먼저 알아냈다.

옮긴이 **심연희**

연세대학교와 동 대학원에서 영문학을 전공하고 독일 뮌헨대학교에서 언어학과 미국학을 전공했다. 현재 영어와 독일어 전문 번역가로 활동 중이며 다수의 저서를 옮겼다. 그중 대표적인 것으로 『퍼펙트 마더』 『어른이 되기는 글렀어』 『고양이는 내게 행복하라고 말했다』 『마쉬왕의 딸』 『이사도라 문』 시리즈, 『캡틴 언더팬츠』 시리즈 등이 있다.

빅 엔젤의 마지막 토요일

초판 1쇄 인쇄 2019년 12월 11일
초판 1쇄 발행 2019년 12월 19일

지은이 루이스 알베르토 우레아
옮긴이 심연희
펴낸이 김선식

경영총괄 김은영
기획편집 정지혜 **디자인** 문성미 **크로스교정** 조세현, 이상화 **책임마케터** 이고은
콘텐츠개발2팀장 김정현 **콘텐츠개발2팀** 문성미, 정지혜, 이상화
마케팅본부장 이주화
채널마케팅팀 최혜령, 권장규, 이고은, 박태준, 박지수, 기명리
미디어홍보팀 정명찬, 최두영, 허지호, 김은지, 박재연, 배시영
저작권팀 한승빈, 이시은
경영관리본부 허대우, 하미선, 박상민, 윤이경, 권송이, 김재경, 최완규, 이우철

펴낸곳 다산북스 **출판등록** 2005년 12월 23일 제313-2005-00277호
주소 경기도 파주시 회동길 357 2, 3층
대표전화 02-704-1724 **팩스** 02-703-2219 **이메일** dasanbooks@dasanbooks.com
홈페이지 www.dasanbooks.com **블로그** blog.naver.com/dasan_books
종이·인쇄·제본·후가공 (주)상림문화

ISBN 979-11-306-2758-8 (03840)

- 이 도서의 국립중앙도서관 출판시도서목록(CIP)은 서지정보유통지원시스템 홈페이지(http://seoji.nl.go.kr)와 국가자료종합목록시스템(http://www.nl.go.kr/kolisnet)에서 이용하실 수 있습니다. (CIP제어번호 : CIP2019049195)